Ren Dhark
Weg ins Weltall
Band 67

Rebellen gegen die Friedensstifter

Herausgegeben von
Ben B. Black

Unitall

Lieferbare Ren Dhark-Bücher

Ren Dhark Classic-Zyklus
Die Heftserie
Paperback/Hardcover
HJB-Ausgabe/Lizenzausgabe
je 352 Seiten, € 16,90
Bände 1-16

Ren Dhark Drakhon-Zyklus
Die Fortführung der Heftserie bei HJB
Buchausgabe, 352 Seiten, € 16,90
Bände 1-24

Ren Dhark Bitwar-Zyklus
Buchausgabe, 352 Seiten, € 16,90
Lieferbar: Bände 1-12

Ren Dhark Platinum
Luxusausgabe, 160 Seiten, € 14,90
(1) »Legende der Nogk«

Ren Dhark Spezial
Nachdruck der alten Taschenbücher
und Lexikon (Band 5; € 4,90)
Buchausgabe, 304 Seiten
Band 1 € 11,90; Bände 2/3 € 14,90

Ren Dhark Sternendschungel Galaxis
Paperback, 96 Seiten, € 6,50
Lieferbar: Bände 1-54
Band 39 »Jahrtausendschiff«
Band 40 »Die Erleuchteten«
Band 41 »Einschlag!«
Band 42 »Galaktische Notare«
Band 43 »Höllenfeuer«
Band 44 »Das Volk der Erwachten«
Band 45 »Die Macht d. Symbionten«
Band 46 »Ein verlorener Haufen«
Band 47 »Die Flotte der Verlorenen«
Band 48 »Die Schlacht über Odour«
Band 49 »Die stille Stadt«
Band 50 »Vorstoß nach Kurnuk«
Band 51 »Unglaubliche Lösung«
Band 52 »Weltuntergangsprogramm«
Band 53 »Geheimwaffe Kurnuk«
Band 54 »Drakhon für immer?«

Der Mysterious
Paperback, 96 Seiten, € 6,-
Bände 1-6

Die Straße zu den Sternen (TCG)
TradingCardGame, 68 Karten, € 4,90

Ren Dhark – Weg ins Weltall
Das aktuelle Abenteuer
Buchausgabe, 352 Seiten,
ab Band 34: 272 Seiten, € 16,90
Zuletzt erschienen:
Band 46 »Geheimsache Schweres Wasser«
Band 47 »Operation Apokalypse«
Band 48 »Die Stunde der Synties«
Band 49 »Geheimwaffe im Einsatz«
Band 50 »Wächterschicksal«
Band 51 »Das Geheimnis des
Hyperkalkulators«
Band 52 »Markt des Verbrechens«
Band 53 »Risiko Hypergeschwindigkeit«
Band 54 »Im Namen der Murip«
Band 55 »Vereinigung der Alten Völker«
Band 56 »Feind der Wächter«
Band 57 »Forscher ohne Gewissen«
Band 58 »Götter der Niapave«
Band 59 »Kampf um das Miniuniversum«
Band 60 »Das Wissen der Quun'ko'Aaraan«
Band 61 »Einsatz auf Blue Star«
Band 62 »Rückkehr zum Ort der Macht«
Band 63 »Gefahrenpotenzial Ter«
Band 64 »Im Auftrag der INSTANZ«
Band 65 »Aufbruch nach NGK 3109«
Band 66 »Aufruhr in Voktar«
Band 67 »Rebellen gegen die Friedensstifter«

Ren Dhark-Sonderbände
Neugeschriebene Einzelbände
Hardcover, 192 Seiten, € 11,90
Lieferbar: Bände 2-8, 10-29

Unitall-Reihe
Neue, abgeschlossene Einzelromane
Hardcover, 192 Seiten, lieferbar: Bände 1,
3-28, € 11,90; ab Band 18 € 12,90
Zuletzt erschienen:
Bans 22 »Hundert Jahre Krieg«
Band 23 »Herrschaft des Wahnsinns«
Band 24 »Flug der SPACE QUEEN«
Band 25 »Raumschiffsfalle gelber
Hyperriese«
Band 26 »Das Vermächtnis der Heriten«
Band 27 »Verborgene Erkenntnis«
Band 28 »Das Geheimnis von Iondru«
Band 29 »Das Capgras-Syndrom«
Band 30 »Ewiger Winter«
Band 31 »Das Elektrische Zeitalter«
Band 32 »Goguls Armee«
Band 33 »Iondrus Suche«

Rebellen gegen die Friedensstifter

von

ANDREAS ZWENGEL
(Kapitel 1 bis 6)

NINA MORAWIETZ
(Kapitel 7 bis 12)

ACHIM MEHNERT
(Kapitel 13 bis 18)

und

BEN B. BLACK
(Exposé)

1. Auflage

HJB Verlag & Shop KG
Im Kai 1
78259 Mühlhausen-Ehingen
Bestellungen und Abonnements:
Tel.: 0 77 33 – 9 77 34 30
Fax: 0 77 33 – 9 77 34 39
www.ren-dhark.de

Herausgeber: Ben B. Black
Titelbild: Ralph Voltz
Printed in EU

Vorwort

Vor wenigen Wochen habe ich die Bauanleitung für einen Quanten-Energie-Generator – oder kurz QEG – in die Hände bekommen. Ein Patent von Nikola Tesla bildet die Grundlage für den QEG, die Verbreiter dieser Bauanleitung versprechen kostenlose Energie für jedermann, die quasi aus dem Nichts kommt. Ein Erregerglied bestehend aus einer Spule, einem Kondensator und einer Funkenstrecke soll dabei, nachdem es in die richtige Resonanzfrequenz gebracht wurde, einen Quantentunnel erzeugen, der es dem eigentlichen Generator ermöglicht, mehr Energie abzugeben als in ihn hineingesteckt wird.

Als begeisterter SF-Leser und -Schreiber ist man neuen Technologien gegenüber natürlich aufgeschlossen und bringt auch die entsprechende Neugierde mit, also habe ich mir den Bauplan genauer angesehen. Allerdings bin ich verhältnismäßig rasch an einen Punkt gelangt, an dem mir meine Elektroniker-Ausbildung nicht mehr weitergeholfen hat, zumal ich es spätestens nach dem Studium hauptsächlich mit Digitaltechnik zu tun hatte; sprich: Mehrere zusammengeschaltete sowie via Trafoblech gekoppelte Spulen, von denen auch welche mittels Kondensatoren einen Schwingkreis bilden, überstiegen mein Vermögen einzuschätzen, ob und gegebenenfalls wie dieser Generator funktioniert.

Während ich noch darüber nachdachte, wie ich diese Nuss knacken könnte, fiel mir ein, dass ein alter Freund von mir nach seinem Ingenieursstudium beruflich in der Elektrotechnik geblieben ist. Da ich weiß, dass er sich unter anderem ebenfalls für autarke Energieversorgung interessiert, habe ich ihn gebeten, sich den Bauplan einmal in Ruhe anzuschauen. Gemeinsam haben wir uns dann etliche Gedanken gemacht, ausgiebig über die Machbarkeit sowie die technischen Grundlagen gesprochen. Um es kurz zu machen: Das Ergebnis war mehr als ernüchternd. Ein solcher Generator kann nicht funktionieren, da seine vermeintliche Funktionsweise gegen einige Regeln der Physik verstößt. Schade eigentlich.

Besagter Freund ist übrigens auch begeisterter REN DHARK-Leser, und so verwundert es nicht weiter, dass auch kurz das Thema im Raum stand, man könne vielleicht Energie aus dem Hyperraum ziehen. Den Gedanken haben wir aber sehr schnell wieder verworfen, denn zumindest mit den Bauteilen, die im QEG Verwendung finden, ist so etwas definitiv nicht möglich.

Der Utare Lek war da mit seinen Experimenten schon wesentlich erfolgreicher, wie wir in den Bänden 52 und 53 von *Weg ins Weltall* erfahren haben, aber der hatte ja auch wesentlich fortschrittlichere Technologie zur Verfügung als unsereins. Bleibt zu hoffen, dass unseren realen Wissenschaftlern eines Tages der Nachweis gelingen wird, dass der Hyperraum tatsächlich existiert, und vielleicht kann man den auch wirklich zur Energiegewinnung nutzen, auch wenn das dann bitteschön deutlich verantwortungsbewusster geschehen sollte, als Lek und seine Leute das getan haben.

An dieser Stelle möchte ich Sie noch auf den zeitgleich erschienenen 33. UNITALL-Band hinweisen, der den Titel »Iondrus Suche« trägt und von Jan Gardemann nach einer eigenen Idee verfasst wurde. Darin wird die Geschichte von Iondru, der unter bemerkenswerten Umständen im New York des Jahres 2069 auftauchte, weitererzählt. Zuvor kommen wir jedoch mit den *Rebellen gegen die Friedensstifter* in Kontakt …

Stuttgart, im Januar 2017
Ben B. Black

Prolog

Im Herbst des Jahres 2067 scheint sich das Schicksal endlich einmal zugunsten der Menschheit entwickelt zu haben. Deren Hauptwelt heißt längst nicht mehr Terra, sondern Babylon. 36 Milliarden Menschen siedelten auf diese ehemalige Wohnwelt der Worgun um, als die irdische Sonne durch einen heimtückischen Angriff zu erlöschen und die Erde zu vereisen drohte. Mittlerweile konnte die Gefahr beseitigt werden, und das befreundete Weltallvolk der Synties hat den Masseverlust der Sonne durch die Zuführung interstellaren Wasserstoffgases wieder ausgeglichen. Die Erde ist erneut ein lebenswerter Ort, auf dem allerdings nur noch rund 120 Millionen Unbeugsame ausgeharrt haben. Die neue Regierung Terras unter der Führung des »Kurators« Bruder Lambert hat es sich zur Aufgabe gemacht, den Planeten nach dem Vorbild Edens in eine Welt mit geringer Bevölkerungsdichte, aber hoher wirtschaftlicher Leistungskraft zu verwandeln, und ist deshalb nicht bereit, die nach Babylon Ausgewanderten wieder auf die Erde zurückkehren zu lassen.

Allerdings haben auch die wenigsten der Umsiedler konkrete Pläne für einen neuerlichen Umzug innerhalb so kurzer Zeit. Es kommt die katastrophale Entwicklung hinzu, die Babylon seit dem Umzug der Menschheit nahm: Durch eine geschickt eingefädelte Aktion war es dem höchst menschenähnlichen Fremdvolk der Kalamiten gelungen, den Regierungschef Henner Trawisheim, einen Cyborg auf geistiger Basis, derart zu manipulieren, dass er zu ihrem willenlosen Helfer und Vollstrecker bei der geplanten Übernahme der Macht über die Menschheit wurde. Erst in allerletzter Sekunde gelang die Revolution gegen die zur Diktatur verkommene Regierung Babylons und damit gegen die heimlichen Herren der Menschheit, die Kalamiten. Während den meisten der Fremden die Flucht gelang, wurde Trawisheim aus dem Amt entfernt und in ein spezielles Sanatorium für Cyborgs gebracht.

Noch im selben Jahr nimmt Ren Dhark das Angebot des Industriellen Terence Wallis an und lässt seinen Körper mit Nanorobotern behandeln, die ihn und sieben von ihm Auserwählte unsterblich machen. Doch anstatt sich mit seiner nun vollständig veränderten Lebensperspektive beschäftigen zu können, muss sich Ren Dhark einer neuen Aufgabe stellen: Eine unbekannte Macht namens Kraval sorgt dafür, dass der Hyperraum nicht länger zugänglich ist.

Als man diese Herausforderung endlich gemeistert hat, tauchen die Wächter mit einer neuen Hiobsbotschaft auf: Im Zentrum der Milchstraße hat sich scheinbar aus dem Nichts ein Miniaturuniversum gebildet, das allerdings exponentiell wächst und schon in wenigen Jahren den Untergang unseres Universums herbeiführen könnte.

Mithilfe der Nomwarun – nur etwa 50 Zentimeter große Nachfahren der Worgun – gelingt es schließlich, der Gefahr zu begegnen. Allerdings spielen die Nomwarun nicht mit offenen Karten und zerstören das Miniuniversum, anstatt es wie versprochen in ein anderes Kontinuum zu versetzen, weil das anscheinend nicht möglich gewesen ist. Ren Dhark macht dieses Resultat sehr zu schaffen, doch es gelingt ihm nicht, die Nomwarun entsprechend zur Rede zu stellen.

Knapp zwei Jahre später, im Sommer des Jahres 2072, scheint endlich Ruhe in der Milchstraße eingekehrt zu sein und die Normalität zu herrschen, die sich jedermann wünscht. Da erhält Ren Dhark einen Notruf von der Erde: Arc Doorn, Chris Shanton und Amy Stewart haben eine uralte Einrichtung der Wächter unterhalb des Titicacasees erforscht und sind seither verschollen. Auf der Suche nach den Freunden folgen Ren Dhark und seine Getreuen einer Spur, die sie in die Galaxis Voktar führt. Der Commander macht sich Sorgen, und die sind nicht unbegründet, denn die drei Vermissten stecken gerade in großen Schwierigkeiten ...

1.

Sie kamen direkt aus dem Hyperraum und eröffneten sofort das Feuer. Siebenunddreißig Herzmuschelschiffe der Woniozell, die in drei Angriffswellen versetzt übereinander flogen, hielten auf den S-Kreuzer zu.

»Wir müssen sofort hier weg, die bekommen Verstärkung!«, brüllte Chris Shanton.

Die Herzmuschelschiffe von Dabophilorisoptyls Schwadron, die den S-Kreuzer umgaben, unternahmen jedoch keinen Versuch, ihn ebenfalls anzugreifen.

Die TOTENSCHIFF drängte sich sofort aus deren Ring, und Arc Doorn lenkte sie hinter den Verband, damit dieser in der Schusslinie der angreifenden Neuankömmlinge stand.

»Bereit?«, rief er zu Chris Shanton hinüber, der den Feuerleitstand besetzt hatte.

»Bereit«, bestätigte dieser.

Seit Amy Stewart hinter einer Abdeckung die Freischaltmodule für die Waffenarten Mix-1 bis Mix-4 gefunden hatte, war die TOTENSCHIFF noch um einiges gefährlicher geworden. Mit der neuentdeckten Bewaffnung wäre der S-Kreuzer in der Lage, die Schutzschirme ihrer Gegner fast mühelos zu durchdringen und sie mit einem Schlag zu zerstören.

Die Herzmuschelschiffe waren dadurch kein wirklich bedrohlicher Gegner mehr und konnten nur noch durch ihre schiere Masse punkten. Nachdem sich ihre anfängliche Angriffsformation zerstreut hatte, fanden sie nicht wieder zu einem geordneten Angriff zusammen.

Leider würde eine Feuererwiderung durch die TOTENSCHIFF auch sofort die aufknospende Zusammenarbeit zwischen den beiden Parteien beenden, und das lag nicht im Interesse von Amy

Stewart, Arc Doorn und Chris Shanton. Sie wollten die Hilfe von Dabophilorisoptyl und seinen Leuten, um weitere Ringraumer aufspüren zu können.

Amy blickte immer noch die Bildkugel an, in der der Anführer der Woniozell dargestellt wurde. Ihr erster Impuls war es, Dabophilorisoptyl wegen seines Verrats zu beschimpfen, doch an seiner Reaktion merkte sie, dass er vom Eintreffen der neuen Herzmuschelschiffe ebenso überrascht war wie die dreiköpfige Besatzung der TOTENSCHIFF. Die Woniozell verfügten über keine ausgeprägte Mimik, an der man eine Lüge einfach erkennen konnte, aber das hektische Umherdrehen von Dabophilorisoptyls siphonartigen Auswüchsen passte nicht zu einem kühl kalkulierten Hinterhalt.

Das Stielaugenpaar am oberen Ende der Auswüchse blickte hektisch zwischen Amy und den eigenen Anzeigen hin und her, und einer der Schlitze im Siphon beteuerte mehrfach auf Worgun, dass sie, also Dabophilorisoptyl, den Menschen keine Falle gestellt hätten.

Doorn maulte unterdessen einmal mehr über die umständliche Bedienbarkeit der Armaturen. Diese Aufgabe wäre ihm natürlich viel leichter gefallen, wenn er eine zwei Meter große Krabbe mit klobigen Scheren gewesen wäre und kein Worgunmutant mit dem Aussehen eines schlecht gelaunten Wikingers. Er warf sein schulterlanges, rotes Haar nach hinten, damit es nicht seine Sicht behinderte. »Bereit zur Transition. Sehen wir zu, dass wir hier wegkommen!«

»Angriff abbrechen! Sofort abbrechen! Wir sind nicht in Gefahr!«, rief Dabophilorisoptyl. Seine Stimme klang so, als würde er während des Sprechens eine Mahlzeit einnehmen. Der Kommandant des Flaggschiffs gab sich alle Mühe, den Angriff abzuwenden.

»Langsam wird es zu einer lästigen Gewohnheit, von diesen Dingern beschossen zu werden«, knurrte Doorn und lenkte den Ringraumer der Reckbatz unter den pinkfarbenen, überlichtschnellen Strahlen der Herzmuschelschiffe hindurch. Obwohl er die TOTENSCHIFF mittels Gedankensteuerung kontrollierte, war ihm das Manöver nur möglich, weil er inzwischen schon reichlich Erfahrung mit der Vorgehensweise dieser Schiffe gemacht hatte.

Doorn war anzusehen, wie viel Mühe er hatte, gegen einen Angriff von fast vierzig Gegnern zu bestehen, und ihr eigenes Intervallfeld würde unter einer solchen Trefferflut ebenfalls leiden.

Die einfachste Möglichkeit bestand natürlich darin, sich wie beim letzten Mal mittels Sternensog einer Schlacht zu entziehen. Aber dann würde es umso schwerer werden, wieder mit den Woniozell ins Gespräch zu kommen, und die drei Terraner brauchten die Hilfe dieses Volkes.

Amy Stewart stand auf dem Laufsteg, der um die Bildkugel herumführte. Der weibliche Cyborg ließ den Anführer der Muschelschiffe nicht aus den Augen. »Warte noch mit der Transition«, richtete sie sich auf Angloter an Doorn. »Ich glaube, er bekommt die Lage unter Kontrolle.«

Chris Shanton nahm die Abstrahlantennen ins Visier, die wie Stacheln auf den Muscheln wirkten und unentwegt ihre Nadelstrahlen verschossen. Wenn er ein paar der Schiffe entwaffnete, würde ihnen dies vielleicht die benötigte Verschnaufpause verschaffen, damit Dabophilorisoptyl zu seinen Leuten durchdringen konnte.

Die Schutzschilde der Herzmuschelschiffe waren viel zu schwach, um gegen den Beschuss des Ringraumers zu bestehen. Shanton hätte mühelos ein paar von ihnen unter Feuer nehmen, die Schutzschilde außer Gefecht setzen und dann das eigentliche Ziel zerstören können. Doch nach dem Gespräch mit Dabophilorisoptyl, und da es sich nicht mehr um anonyme Angreifer handelte, wollte er eine solche Vorgehensweise nach Möglichkeit vermeiden.

Plötzlich brach der Beschuss durch die Herzmuschelschiffe ab. Die Neuankömmlinge kreisten die TOTENSCHIFF ein, positionierten sich zwischen ihr und Dabophilorisoptyls Flaggschiff und blieben in Feuerbereitschaft.

Sie waren offenbar weiterhin misstrauisch, aber zumindest bereit, sich die Situation erklären zu lassen, und genau das tat Dabophilorisoptyl in diesem Moment.

Amy hob die Lautstärke der Funkübertragung an, und so konnten alle an Bord die Stimme eines weiteren Woniozell hören, der mit dem Kommandanten sprach.

»Wir glaubten euch schon verloren, Dabophilorisoptyl.« Die Stimme klang ebenfalls so, als würde der Sprecher während des Redens eine herzhafte Mahlzeit einnehmen oder müsse um einen heißen Knödel im Mund herumsprechen.

»Snooporidchlororidthopyl, ihr wart uns nie willkommener als in diesem Moment, aber wir können euch beruhigen, die Situation ist geklärt. Es handelt sich nicht um Friedensstifter an Bord dieses Ringraumers. Die Besatzung ist uns wohlgesonnen.«

»Haben die wirklich alle solche Zungenbrechernamen?«, flüsterte Shanton zu Amy.

»Wer weiß, vielleicht gehört ›Dabophilorisoptyl‹ bei diesem Volk noch in den Bereich der Kurznamen.«

»Na, Prost Mahlzeit«, murmelte Doorn.

Sie warteten alle drei darauf, in das Gespräch mit einbezogen zu werden, was auch prompt geschah. Zuvor bereitete Dabophilorisoptyl allerdings seinen Freund noch auf den Anblick der TOTENSCHIFF-Besatzung vor.

Das war in der Tat eine gute Idee, denn Dabophilorisoptyl selbst hatte beim ersten Sichtkontakt sehr heftig auf den Anblick der menschlichen Gestalten reagiert. Es gab in dieser Galaxis keine Wesen von humanoider Gestalt außer den Friedensstiftern, und die waren den Woniozell zutiefst verhasst.

Snooporidchlororidthopyl bildete da keine Ausnahme. Obwohl Dabophilorisoptyl ihm angekündigt hatte, was er zu sehen bekommen würde, sobald die Bildübertragung zwischen allen drei Schiffen hergestellt war, zuckten seine siphonartigen Schläuche bei dem Anblick zurück.

»Ich habe mein Aussehen noch nie so abstoßend gefunden wie jetzt gerade, wo ich deren Reaktion beobachten muss«, nörgelte Shanton.

»Wir anderen können uns einfach nur besser beherrschen«, scherzte Doorn.

Die Ähnlichkeit mit den Friedensstiftern hatte bisher nicht nur negative Reaktionen hervorgerufen, sondern ihnen auf der anderen Seite die Unterstützung der Sarrack beschert. Sie durfte deshalb nicht als völlig nutzlos betrachtet werden. Interessant war allerdings, dass nach eigener Aussage keines der beiden Völker jemals einen Friedensstifter von Angesicht zu Angesicht gesehen hatte. Trotzdem verinnerlichten sie wohl von klein auf die Beschreibung dieser anscheinend allmächtigen Herrscher ihrer Galaxis.

Das Missverständnis war jedoch schnell geklärt. Snooporidchlororidthopyl, der Kommandant der Schwadron, erklärte, dass sie zufällig in der Nähe gewesen waren und den Kampf angemessen hatten. Deshalb hatten sie sich sofort auf den Weg gemacht, um der hiesigen Einheit zu Hilfe zu eilen. Bei ihrer Ankunft sahen sie dann die Schiffe von Dabophilorisoptyls Schwadron in unmittelbarer Nähe eines Ringraumers, ohne dass sie diesen bekämpften. Das ließ für sie nur den einen Schluss zu, nämlich dass ihre Kameraden bereits besiegt worden waren. Da sie zu spät kamen, um noch Hilfe zu leisten, wollten sie zumindest Rache nehmen oder bei dem Versuch sterben. Blindwütig stürzten sie sich deshalb auf den Ringraumer zwischen den vermeintlichen Wracks.

»Das hätte euch eine ganze Menge eurer Schiffe kosten können«, äußerte Doorn. »Bei einem richtigen Kampf würden wir jetzt nicht mehr miteinander sprechen.«

Der Kommandant der Neuankömmlinge öffnete einen Sprechschlitz zu einer saftigen Erwiderung, aber Dabophilorisoptyl kam ihm zuvor. »Wir können uns eine Zusammenarbeit vorstellen«, erklärte er. »Aber wir benötigen noch einen Akt des Vertrauens, um den Rest unseres Volkes überzeugen zu können.«

»Wie soll der aussehen?«, fragte Doorn lauernd.

»Zunächst einmal schlagen wir vor, das System der Sarrack zu verlassen. Wir möchten das Gespräch auf einer unserer Kolonialwelten weiterführen. Dort können wir uns konkret mit den Einzelheiten der Vereinbarung beschäftigen.«

Shanton meldete sich zu Wort: »Wir schließen uns euch gerne an, aber vielleicht solltet ihr alle eure Verbände auf unserem Weg verständigen, damit es zu keinen weiteren Missverständnissen dieser Art kommt.«

»Snooporidchlororidthopyl werden vorausfliegen und unsere Schwadron nimmt euch in die Mitte. Das wird höchstens den falschen Eindruck vermitteln, dass ihr unsere Gefangenen seid.«

Amy lächelte. »Und das wäre ein Missverständnis, das ihr gerne in Kauf nehmt. Stimmt's?«

»Der Anblick wird die Zuversicht unseres Volkes stärken. Wir Woniozell brauchen jede Aufmunterung, die wir bekommen können. Zu lange führen wir unseren Kampf schon erfolglos.«

»Einverstanden«, stimme Doorn dem Ansinnen zu. »Wir folgen eurem Kurs.«

Jetzt, wo sie den Kontakt zu den Woniozell hergestellt hatten, wünschten sie sich, beim Flug im S-Kreuzer nicht ständig das Gefühl haben zu müssen, eine Zielscheibe auf dem Hinterkopf zu tragen.

*

Sie benötigten nur gut einen Tag und ein halbes Dutzend Transitionen, dann erreichten sie die Kolonialwelt der Woniozell. Doktarol war der größte Stützpunkt der Muschelabkömmlinge außerhalb ihres Heimatsystems.

Jeder der drei Terraner an Bord des S-Kreuzers war froh, das Schiff verlassen zu können, denn die Gewöhnung an die Räumlichkeiten und Einrichtung nach Reckbatzbedürfnissen war ihnen immer noch nicht vollständig gelungen.

Shanton quälten Rückenschmerzen, weil er auf dem ganzen Ringraumer keine angemessene Liegefläche gefunden hatte. Selbst Polster und Kissen ließen ihn die Schalenform der Unterlagen nicht vergessen.

Arc Doorn war in dieser Hinsicht genügsamer, denn er hatte im Verlauf seines langen Lebens bereits auf jeder erdenklichen Unterlage geschlafen, davon schier unzählige Male auf der bloßen Erde.

Amy Stewart schien ebenfalls keine Probleme mit einem passenden Schlafplatz gehabt zu haben, denn ihr Cyborg-Körper neigte dazu, dass die Umgebung sich ihm anpasste, statt umgekehrt.

Als sie sich im Anflug auf die Kolonialwelt befanden, nahmen Arc, Amy und Chris wieder ihre Positionen an den Steuerkonsolen des Schiffes ein.

Amy wählte den Bildausschnitt der Bildkugel neu und stellte eine entsprechende Vergrößerung ein, um die Oberfläche der Welt zu betrachten. Diese zeigte sich dreigeteilt. Das südliche Drittel bestand aus einer trockenen Steppenlandschaft, der Norden war von einer üppigen Vegetation bedeckt. Dazwischen verlief ein blauer Wassergürtel rund um den Planeten herum.

Die Zusammensetzung der Atmosphäre ähnelte der auf Babylon, allerdings in etwa dreitausend Metern Höhe, und die Gravitation war annähernd identisch.

Im Anflug erkannte Amy zahlreiche Siedlungen, die sich gleichmäßig über die Oberfläche verteilten. Sowohl in der Steppe als auch auf dem Wasser gab es gewaltige Städte. Bei der Kolonialwelt handelte es sich also um einen dicht besiedelten Planeten, auf dem Milliarden Woniozell lebten.

»Willkommen auf Doktarol«, verkündete Dabophilorisoptyl über Funk.

»Ist das alles?«, wollte Doorn verwundert wissen, weil er glaubte, Dabophilorisoptyl habe sich mitten in der Namensnennung unterbrochen. »Ich dachte, ihr haltet nichts von Abkürzungen?«

»Wir verstehen nicht, was ihr meint. Das ist der Name unseres Planeten.«

»Entschuldigung, ich dachte, ich hätte mich verhört«, sagte Doorn beschwichtigend, um keine unnötige Diskussion aufkommen zu lassen.

»Diese vulgäre Sprache beleidigt unsere Ohren«, beschwerte sich Snooporidchlororidthopyl über Funk. »Haben diese Menschen denn keinen Stolz, dass sie ständig auf so unwürdige Weise von sich selbst sprechen? Wir können das einfach nicht gutheißen.«

Dabophilorisoptyls Schläuche machten eine zustimmende Bewegung. »Ihr solltet etwas Geduld mit ihnen haben. Wir haben auch einen Moment gebraucht, um es zu tolerieren, aber sie werden es noch lernen.«

»Eure Welt macht einen friedlichen Eindruck«, bemühte sich Amy um einen Themenwechsel.

»Ja, von hier oben«, erwiderte Snooporidchlororidthopyl missmutig.

Dabophilorisoptyl erläuterte die Bemerkung seines Freundes: »Das wäre nicht die erste Welt, die wir uns errichtet haben, und die wir anschließend wieder aufgeben müssen. Solange wir den Friedensstiftern ein Dorn im Auge sind, wird es für uns kein friedliches Leben geben.«

Der Großteil der Muschelschiffe geleitete die TOTENSCHIFF zum größten Raumhafen des Planeten, während die restlichen Schiffe sich aus dem Verband ausklinkten um weiter in dem Sonnensystem zu patrouillieren. Die Woniozell waren offensichtlich immer auf der Hut und befanden sich praktisch rund um die Uhr im Alarmzustand.

Das färbte während der gemeinsamen Reise auch auf die Besatzung des S-Kreuzers ab. Obwohl der Ringraumer in sein Doppelintervallum gehüllt war und deshalb über ausreichend Schutz verfügte, kontrollierten die Spürer und Orter per Reizstrahl die Umgebung der TOTENSCHIFF, nur für den Fall, dass plötzlich Schiffe im Erfassungsbereich auftauchten und einen Angriff starteten.

Die Woniozell stellten zwar keine Gefahr mehr dar, und neuerliche Attacken der Herzmuschelschiffe würden wohl ausbleiben, aber vielleicht befanden sich die Reckbatz schon auf der Suche nach ihrem verlorenen Raumer und dessen Besatzung.

Doorn setzte den S-Kreuzer auf einer zugewiesenen Landefläche am Rand des Raumhafens auf und tat so, als würde er die zahlreichen Antennen nicht bemerken, die auf ihr Schiff gerichtet waren.

»Die sind wirklich sehr misstrauisch«, stellte Chris Shanton fest, dessen Sensoren zahlreiche Anpeilungen verzeichneten. »Vielleicht sollten wir besser an Bord bleiben und das Intervallfeld aktiv lassen.«

»Ich schätze, es wäre einer der Akte des Vertrauens, von denen Dabophilorisoptyl gesprochen hat, genau dies nicht zu tun«, widersprach Amy.

»Aber wer sagt uns, dass sie nicht in unserer Abwesenheit den Raumer kampfunfähig machen oder ausschlachten«, grummelte Doorn, der trotz der unbequemen Sitzgelegenheiten eine gewisse Zuneigung für die TOTENSCHIFF entwickelt hatte.

»Niemand.«

Die Antwort empfand er als nicht besonders befriedigend, aber schließlich verließen sie alle drei das Schiff. Arc Doorn schickte mit seinem Armbandvipho einen Befehlsimpuls zum Schiffsrechner, der nicht nur die Luke wieder schloss und versiegelte, sondern darüber hinaus das gesamte System durch einen Code sicherte.

Niemand würde die TOTENSCHIFF in ihrer Abwesenheit unbefugt betreten, zumindest würde er es nicht ganz einfach dabei haben. Wenn die Woniozell dies als Affront auffassten, durften sie sich gerne bei ihm beschweren.

*

Die Reise durch die Stadt erwies sich als Problem, denn Dabophilorisoptyl war nicht der Einzige, der beim Anblick humanoider Wesen eine ziemlich schlechte Stimmung entwickelte. Die Woniozell drängten sich bei ihrem Anblick zusammen und begannen, leise miteinander zu tuscheln. Die Stielaugen folgten Doorn, Shanton und Amy, wo immer sie hingingen. Diese Wesen mussten Furchtbares durch die Friedensstifter und ihre Handlanger erlebt haben.

Ihr Gastgeber tat allerdings so, als würde er das Gemurmel überhaupt nicht bemerken. Mit hörbarem Stolz in der Stimme führte er die drei durch die Hauptstadt des Planeten. Überall hingen Flaggen in den Farben Grün, Blau und Hellbraun. Die Flagge der Woniozell leitete sich ganz offensichtlich vom Aussehen ihres Planeten ab. Die drei Terraner entdeckten sogar Bewohner, die ihren Panzer in diesen Farben bemalt hatten.

Die Gebäude waren wellenförmig und in der gleichen undefinierbaren Farbe wie die Herzmuschelschiffe gehalten. Es schien kaum einzelnen Räume im Inneren zu geben, sondern mehrere Säle, die ineinander übergingen. Offenbar legten die Woniozell nicht viel Wert auf Privatsphäre. Andererseits konnten sie sich ja jederzeit ins Innere ihres Muschelpanzers zurückziehen.

Am auffälligsten war allerdings das Transportsystem in der Stadt.

Da die Fühler an der Unterseite ihrer Muschelpanzer ganz offensichtlich nicht für längere Märsche geeignet waren, gab es überall Förderbänder, die genau den Bedürfnissen der Woniozell angepasst waren. Beim Einstieg rutschten die Muschelabkömmlinge in ein Fach hinein, und am anderen Ende der Strecke verliefen an beiden Seiten aufsteigende Geländerstäbe, die sie wieder heraushoben, ohne dass die Woniozell die geringste Anstrengung aufbringen mussten. Statt Straßen gab es ein mehrspuriges Fördersystem, auf dem sie halb liegend ihr Ziel erreichten. Fahrzeuge wurden nur für Reisen durch die Luft verwendet.

Die Förderbänder verliefen meistens ebenerdig. Nur an Steigungen erhoben sie sich diagonal, und an Hauswänden fuhren sie senkrecht in die Höhe. Die Eingänge zu den einzelnen Etagen sahen aus wie Münzschlitze, und wenn ein Woniozell das gewünschte Stockwerk erreichte hatte, wurde er seitwärts aus dem Transportfach genommen.

Amy erinnerte dieses schnelle und reibungslose System an eine Fabrik, in der man runde Produkte herstellte, die in rasender Geschwindigkeit in alle Richtungen transportiert wurden. Links von ihr begaben sich zwei Woniozell in nebeneinanderliegende Schlitze, die sich sofort herabsenkten. Amy fand, dass diese Aufzüge große Ähnlichkeit mit einem Toaster besaßen.

»Noch schneller würdet ihr rollend vorankommen«, überlegte Shanton laut.

Dabophilorisoptyl machte ein ärgerliches Geräusch. »Das ist doch Quatsch, da würde uns bloß schlecht werden.« Er streckte einen Fühler aus dem Seitenschlitz seines Panzers und wies damit auf den Eingang eines Gebäudes. »Aber vielleicht möchtet ihr es einmal selbst ausprobieren.«

Die Freunde traten ein, ohne zu wissen, wie diese Bemerkung gemeint war, und fanden sich in einer Art Werkstatt wieder, in der ein halbes Dutzend Woniozell bei ihrem Eintreten die Arbeit unterbrachen.

»Ihr seid nicht unsere ersten Besucher mit einer ungewöhnlichen Körperform, deshalb haben wir etwas entwickelt, das Gästen die Fortbewegung auf Doktarol erheblich erleichtert.«

Hörten sie da einen Anflug von Schadenfreude in Dabophilorisoptyls Stimme?

Anscheinend waren ihre Gastgeber davon abgekommen, alles mit Kissen und Polstern den Bedürfnissen ihrer Gäste anzupassen, und hatten stattdessen Adapter für sie gebaut.

»Da steige ich nicht rein«, sagte Shanton entschieden, als er die beiden künstlichen Muschelhälften sah, die zum Einsteigen bereitstanden.

Es gab insgesamt drei solcher Panzer, die für sie vorbereitet worden waren. Sie waren etwas größer als die Woniozell selbst, damit auch andere Völker ausreichend Platz darin fanden.

»Wir konnten es natürlich für eure Statur noch nicht ausprobieren, aber unsere Werker sind fest davon überzeugt, dass sie euch einen gewissen Komfort bieten. Auf jeden Fall seid ihr dadurch in der Lage, alle unsere Transportmittel zu nutzen.«

»Ich steige da nicht rein«, wiederholte Shanton.

»Unsere Werker wären sehr gekränkt, wenn ihr es nicht zumindest ausprobieren würdet. Sie arbeiten seit der Ankündigung eurer Ankunft daran, seit wir ihnen euren Körperbau übermitteln konnten.« Dabophilorisoptyl ließ es wie eine enorme Herausforderung für die Techniker klingen, sich auf eine humanoide Form einstellen zu müssen.

»Ich lasse es mal drauf ankommen«, erklärte Amy und kletterte wagemutig in die erste bereitgestellte Hülle hinein. Im Inneren befand sich eine Gurthalterung, die sie zwischen den gepolsterten Muschelhälften praktisch schweben ließ. Amy musste die Gurte ein wenig verstellen, damit ihr Kopf über den oberen Muschelrand reichte und sie ihre Hände aus den Seitenöffnungen strecken konnte, aber insgesamt war sie sehr zufrieden. »Jetzt stellt euch nicht so an, Jungs! Das ist wirklich bequem.«

»Keine Sorge, wir können die Muschelhälften auch weiter öffnen, damit jeder von euch ausreichend Platz darin findet.«

Shantons Kopf ruckte herum. »Meint der mich damit?«

»Jetzt stell dich nicht so an und steig schon ein«, befahl Doorn und beförderte seinen Freund mit einem Stoß zwischen die Schulterblätter zum Muschelpanzer hin.

*

Von da an verlief ihre Reise durch die Stadt wie eine Achterbahnfahrt, und Amy Stewart hatte mit Abstand am meisten Freude daran. Sie legten ungeheure Strecken auf den Förderbändern zurück, während Dabophilorisoptyl ihnen voller Stolz die technischen Errungenschaften seines Volkes zeigte. Er gab mit Vollendung den Reiseführer, präsentierte ihnen das Denkmal des woniozellschen Nationalhelden Pyktaklophyl, die Fabriken des Nationalgerichtes P, das sie später noch zu kosten bekommen sollten, und den Förderkomplex, in dem alle Bänder zusammenliefen, neben dem Raumhafen der größte Verkehrsknotenpunkt auf dem Planeten.

Maskottchen und Wappentier der Woniozell war ein Xephyll, ein raupenartiges Wesen mit weichem Fell, das überall auf dem Planeten vertreten war. Es handelte sich bei ihm um ein reiselustiges und paarungswilliges Tierchen, das überall die heimische Fauna verdrängte, sobald man es aussetzte.

Im Wappen des Volkes wurde es vor einer grün-blau-hellbraun-gestreiften Muschel dargestellt, der Hauptform der Woniozell.

»Die sind süß«, juchzte Amy. »Können wir die auch einmal in natura sehen?«

»Wir werden euch ein Exemplar in eure Unterkunft bringen lassen«, versprach Dabophilorisoptyl, während sie in einem serpentinenartig verlaufenden Förderband den Stadtpark durchquerten.

»Wir würden gerne über unsere geplante Zusammenarbeit reden«, merkte Doorn an, der nicht unhöflich sein wollte, aber langsam ein bisschen ungeduldig wurde.

»Das machen wir morgen früh, jetzt werden wir erst einmal feiern und euch zeigen, mit welchen kulinarischen Köstlichkeiten die Woniozell ihre Gäste bewirten.«

»Wir könnten doch wenigstens schon ein paar grundlegende Dinge besprechen«, hakte der Worgunmutant vorsichtig nach.

Chris Shanton räusperte sich. »Ich finde, wir sollten die Sitten und Gebräuche der Woniozell in dieser Beziehung respektieren, Arc. Morgen bleibt uns noch genug Zeit.«

Doorn warf seinem Begleiter einen finsteren Blick zu, verkniff sich aber eine Bemerkung darüber, was er von dessen dauerhaftem Appetit hielt.

»Was denn?«, fragte Shanton unschuldig.

Ihre kleine Reisegruppe wurde an der nächsten Kreuzung beinahe unmerklich auf ein anderes Band versetzt und reiste über ein wesentlich schnelleres System wieder Richtung Zentrum.

»Offenbar ist die Bummeltour jetzt zu Ende«, stellte Amy Stewart breit grinsend fest, als die Geschwindigkeit ihr Haar waagerecht in der Luft hielt.

»Ich hoffe nur, die haben auch gute Bremsen am Ziel«, meldete Shanton mit einiger Besorgnis in der Stimme. »Ich möchte nicht, dass es mich aus diesen Schalen raushaut.«

Seine Sorge erwies sich natürlich als völlig unbegründet, denn sobald sie sich einem großen, palastartigen Muschelgebäude näherten, verlor das Band beträchtlich an Fahrt.

Ein rechtwinklig verlaufendes, höhergelegenes Förderband mit Greifklauen klaubte sie von ihrem Beförderungsmittel herab und trug sie in das Gebäude hinein.

»Dies ist der Regierungssitz von Doktarol«, erklärte Dabophilorisoptyl mit nach hinten gewandten Sprechschlitzen. »Hier wird es das Bankett zu Ehren eurer Ankunft geben. Außerdem befinden sich in diesem Gebäude auch die Unterkünfte für Gäste unseres Volkes sowie der Konferenzraum, in dem wir über unsere weitere Zusammenarbeit sprechen können.«

*

Das Bankett für die terranischen Gäste fiel sehr üppig aus, und die Woniozell hatten sogar für geeignete Sitzmöglichkeiten gesorgt. Alle Woniozell in dem Saal hatten ihre Stielaugen auf die Besucher gerichtet und musterten sie neugierig. Fürchteten sie, die Terraner könnten plötzlich ihre Maske fallen lassen und sich doch als Friedensstifter entpuppen, die gekommen waren, um die aufsässigen Woniozell auszuspionieren?

Doorn entdeckte einen Weg, die Muschelabkömmlinge voneinander zu unterscheiden. Ein Muster am oberen Rand unterschied die drei Geschlechter, in die sie sich laut Dabophilorisoptyl unterteilten, und eine Färbung entlang der oberen Auswüchse bot offenbar so viele Unterscheidungsmerkmale wie menschliche Gesichtszüge. Doorn war allerdings der Meinung, dass man verdammt gute Augen und jahrelange Erfahrung brauchte, um auf diese Weise die einzelnen Bewohner auseinanderzuhalten.

Chris Shanton rieb sich über seinen kahlen Schädel, als er den ersten Gang betrachtete. Die Speisen wurden auf Tabletts mit mehreren Vertiefungen serviert, und es handelte sich dabei auf den ersten Blick um verschiedenfarbigen Schleim. Außer durch die Farben unterschied er sich noch in seiner Konsistenz, die von einem zähflüssigen Brei bis zu einer dünnen Brühe reichte. Aber jede einzelne Probe machte den Eindruck, als würde sie nach einem Wurf mühelos an der Wand kleben bleiben. Das war also das sagenumwobene P, welches das Grundnahrungsmittel aller Woniozell darstellte. Kein Wunder, dass man bei einer solchen Ernährung den Drang nach kämpferischen Auseinandersetzungen verspürte, fand Shanton.

»Na, ist dir der Appetit vergangen?«, stichelte Amy, als sie das Zögern ihres Reisegefährten bemerkte.

»Ich dachte, du würdest mich besser kennen«, brummelte Shanton und griff beherzt zu.

2.

Am nächsten Morgen wurden die drei Terraner, nach einem reichhaltigen Frühstück bestehend aus P, in einen runden Konferenzraum geführt. In der Mitte stand eine runde Tafel, die an die Außenhaut der Herzmuschelschiffe erinnerte. Die Oberfläche war gewellt und wohl nicht als Ablagefläche gedacht. Um die Tafel herum führten die bekannten metallenen Halteschienen, in denen sich die Körper der Woniozell entspannt einklinken konnten. Wieder hatte man für die drei Besucher eigene Sitzmöglichkeiten improvisiert, die wie Hängematten funktionierten.

Amy ließ ihren Blick durch den Raum schweifen. Bis auf den Eingang bildete die Wand, die sie kreisförmig umgab, eine einzige durchgehende Fläche, auf der sich rund zwei Dutzend Abbildungen befanden. Diese zeigten einzelne Situationen, die anscheinend aufeinander aufbauten, und Amy hielt es für eine bildliche Darstellung der Geschichte der Woniozell. Es gab allerdings keine Zeitangaben, nach denen man die Abbildungen chronologisch einordnen konnte. Ihr entging nicht, dass auf zweien der Bilder Ringraumer dargestellt waren, und der Position in dem Rundgemälde nach zu urteilen, hatte die Begegnung erst im letzten Viertel der Geschichte der Woniozell stattgefunden.

Dabophilorisoptyl bemerkte Amys Blick. »Wir würden euch später gerne die Geschichte unseres Volkes erzählen, wenn ihr daran interessiert seid.«

»Sehr gerne, ich …, also wir wären wirklich sehr daran interessiert.«

Dabophilorisoptyl nahm wohlwollend die sprachliche Korrektur zur Kenntnis und zeigte mit einem Fühler zum Eingang, wo gerade zwei weitere Woniozell erschienen. Er stellte den Menschen die beiden anderen Teilnehmer an ihrer Sitzung vor. Es handelte sich um Hyiasiatol, den Ältesten von Doktarol, und Seraphimdemptophyl, den Kontakter des Planeten. Letzterer erfüllte wohl die Funktion eines Außenministers und war wegen der rigiden Politik der Friedensstifter chronisch unterbeschäftigt. Dementsprechend begeistert stürzte er sich auf die Besucher und ließ einen schier unerschöpflichen Wortschwall auf sie niederprasseln.

Kontakter Seraphimdemptophyl ließ kein gutes Haar an ihren »Nachbarn«. Die Reckbatz waren die Sheriffs in der Galaxis NGK 3109 und sorgten dafür, dass niemand aus der Reihe tanzte.

Die Sarrack verkörperten die braven, ordnungsliebenden Bürger, die niemals auf den Gedanken gekommen wären, die bestehenden Verhältnisse zu hinterfragen. Aber das lag nicht daran, dass sie von diesen völlig überzeugt waren. Sie machten eher den Eindruck, völlig eingeschüchtert zu sein und so manche Regelungen einfach deshalb zu akzeptieren, um im Gegenzug ihre Ruhe zu haben.

Viele andere Völker in Voktar hielten es offenbar ganz genauso.

Die Woniozell übernahmen die Aufgabe der Kritiker und Unruhestifter in diesem System. Dafür wollten die Reckbatz sie auslöschen, da die krabbenartigen Kreaturen als Handlanger der Friedensstifter eine gute Stellung innerhalb dieser Galaxis erlangt hatten.

»Wir bekamen einige Warnungen von den Friedensstiftern, weil unser Expansionswille wohl andere Völker verärgert hat.«

»Die sich dann bei den Friedensstiftern beschwert haben?«, mutmaßte Doorn.

»Das nehmen wir an. Wir wollen aber betonen, dass wir kein anderes Volk von seinem Planeten verdrängt haben. So etwas tun wir nicht! Wir könnten ihnen lediglich bei der Besiedlung einiger Planeten zuvorgekommen sein, die sie ebenfalls im Auge hatten.«

»Das hat Unruhe verbreitet, und Unruhe mögen die Friedensstifter nicht.«

Dabophilorisoptyl senkte die Schläuche wie bei einem Nicken.

»Ich finde ›Friedensstifter‹ einen sehr unpassenden Namen für jemanden, der so skrupellos seine Interessen durchsetzt.«

»Nicht, wenn einem egal ist, wie der Frieden durchgesetzt wird«, widersprach Amy. »Ich hatte nicht den Eindruck, dass die Corell die Methoden ihrer hochverehrten Friedensstifter infrage stellen.«

»Das nun wirklich nicht«, stimmte Doorn zu. »Mir fällt gerade ein, dass es gegen Ende des 19. Jahrhunderts auf der Erde einen Colt mit dem Namen Peacemaker gab. Wir müssen wohl akzeptieren, dass es verschiedene Arten gibt, Frieden zu stiften.«

Shanton zuckte mit den Schultern. »So oder so, danach ist Ruhe.«

Doorn erinnerte die anderen daran, was sie von Meystrom und Weckom in GELENAD erfahren hatten. Die Haltung der Corell zu den Friedensstiftern war völlig anders gewesen als die der Woniozell. Sie hielten sie für annähernd unfehlbar und zweifelten ihre Entscheidungen nicht an. Dabei wussten sie nicht einmal, wie die Mitglieder dieses mysteriösen Volkes aussahen, und hielten es sogar für einen Frevel, sich deren Aussehen auch nur auszumalen. Solche braven Anhänger wünscht sich jede Regierung und jede Religion. Aber selbst die Corell mochten die Isolationspolitik der Friedensstifter nicht, die ihre Galaxis Voktar nach allen Seiten abschottete. Ein Volk wie die Corell brannte regelrecht darauf, neues Wissen zu sammeln und sich mit anderen Völkern auszutauschen.

Mehrere lange Fühler schoben sich vorn aus der schmalen Öffnung der beiden Muschelschalen des Kommandanten und gestikulierten nervös in der Luft herum. »Seitdem kämpfen wir dafür, unsere Kolonien zu behalten und neue zu gründen. Wir wollen unsere Freiheit zurück, und wir streiten für das Recht, unserer Natur gehorchen zu dürfen und uns nach unserem Gutdünken in Voktar auszubreiten.«

Shanton sah sein Gegenüber mit nachdenklicher Miene an. »Besteht denn noch die Chance auf Frieden mit den Friedensstiftern?«

»Von unserer Seite aus nicht. Wir werden weiterkämpfen.«

»Und sie schicken weiter die Reckbatz gegen euch, bis ihr euch gegenseitig aufgerieben habt. Dann sind sie die Rebellen los und suchen sich ein anderes Hilfsvolk.«

»Wir werden trotzdem nicht aufgeben. Es liegt in unserer Natur, uns auszubreiten und neue Welten zu entdecken. Wenn die Friedensstifter den Frieden durch Stillstand bewahren wollen, führt das irgendwann zu einem Stillstand in allen Bereichen. Aber sie werden ihre Ansichten nicht mehr ändern. Wir können höchstens darauf hoffen, dass die Reckbatz irgendwann ihre Rolle satt haben.«

»Darauf würde ich nicht warten«, sagte Doorn. »Und selbst wenn, werden die Friedensstifter immer ein Volk finden, dass für sie die Drecksarbeit macht, solange sie dieses Volk nur mit der entsprechenden Macht ausstatten.« Er warf seinen beiden Freunden einen Blick zu und wandte sich dann wieder an ihren Gastgeber: »Jetzt mal ganz offen: Wie schafft ihr es, die Ringraumer aufzuspüren? Ihr seid immer dort aufgetaucht, wo wir uns mit der TOTENSCHIFF befanden, und zwar ziemlich schnell.«

»Stimmt.« Shanton nickte. »Ihr wart immer recht zügig zur Stelle.«

»Wir besitzen ausgezeichnete Informationen über alle Reisebewegungen in diesem Sonnensystem.«

»Blödsinn!«, urteilte Doorn undiplomatisch. »Was ist euer Geheimnis?«

Die Woniozell zierten sich, dieses Wissen preiszugeben, während sie sich bisher mit allem anderen äußerst freigiebig gezeigt hatten. Dabophilorisoptyls Auswüchse drehten sich zu dem Ältesten und dem Kontakter.

»Wir verfügen über einen Ringraumer-Detektor«, erklärte Hyiasiatol schließlich. »Mit seiner Hilfe können wir die Schiffe aufspüren.«

Es war den drei Freunden nur allzu verständlich, weshalb die Woniozell dieses Gerät wie einen Schatz hüteten, schließlich versetzte es sie in die Lage, den Feind jederzeit und überall aufspüren zu können. So etwas gab man nicht leichtfertig aus der Hand.

»Können wir das Gerät sehen?«, erkundigte sich Shanton aufgeregt.

Wieder tauschten die drei Woniozell Blicke miteinander aus, aber nachdem sie die Existenz des Detektors zugegeben hatten, sprach wohl nichts mehr dagegen, auch noch den letzten Schritt zu machen.

»In Ordnung«, stimmte Dabophilorisoptyl zu. »Wir sind der Meinung, dass ihr euch diese Information verdient habt. Machen wir also eine kleine Pause, in der ihr euch das Gerät ansehen könnt.«

»Dann bringt ihr uns eines zur Ansicht her?«

»Nein, sie sind fest in unseren Schiffen installiert. Wir müssen eines der Schiffe besuchen, damit ihr es euch ansehen könnt. Am besten nehmen wir unser eigenes.«

*

Gemeinsam nahmen die Woniozell und die Terraner das Förderband zurück zum Raumhafen, wo die Maschinen von Dabophilorisoptyls Schwadron gewartet und neu bewaffnet wurden. Über eine Hebevorrichtung gelangten sie in das Flaggschiff, dessen Inneres sich als noch mehr an die Bedürfnisse seiner Nutzer angepasst erwies, als es bei dem S-Kreuzer der Reckbatz der Fall war.

Für Arc Doorn, Amy Stewart und Chris Shanton bedeutete das, sich zwischen Halterungen und Förderbahnen entlangzuschlängeln, bis sie die Zentrale des Herzmuschelschiffes erreichten, die etwas geräumiger war.

Das geheimnisumwitterte Ortungsgerät machte einen recht unscheinbaren Eindruck und besaß nicht die exponierte Position, die ihm seiner Bedeutung nach zugestanden hätte. Der Detektor erwies sich als ein Zusatzmodul am Arbeitspult des Orters und fiele dort überhaupt nicht auf, würde sich sein Gehäuse nicht durch dessen grüne Farbe vom Rest des Pults abheben.

»Das ist Ter«, stellte Doorn verblüfft fest.

Ter war die Worgun-Bezeichnung für den Baustoff, aus dem die Grüne Technik gefertigt wurde. Es handelte sich um ein grünes Kunstmetall, dessen Zusammensetzung von den Menschen bisher noch nicht analysiert werden konnte – eine Tatsache, die Arc Doorn ziemlich wurmte, da er sich seit schlappen tausend Jahren damit beschäftigte.

Obwohl die Woniozell ebenfalls Worgun sprachen, schienen sie mit diesem Begriff jedoch nichts anfangen zu können.

»Dieses Gerät wurde nicht von euch gebaut«, behauptete Shanton rundheraus.

»Das ist eine Beleidigung!«, empörte sich Dabophilorisoptyl, doch Shanton ließ sich davon nicht beeindrucken.

Er sah den Woniozell durchdringend an. »Ihr habt uns stolz alle eure technischen Errungenschaften gezeigt, ich habe also einen guten Eindruck davon bekommen, wie ihr arbeitet und welche Möglichkeiten ihr besitzt. Die Entwicklung eines solchen Gerätes ist nicht im Bereich eurer Möglichkeiten. Das klingt vielleicht wie eine Beleidigung, ist aber nicht so gemeint. Ich habe die Struktur eures Denkens studiert, und euer technisches Verständnis läuft nach völlig anderen Gesetzmäßigkeiten ab.«

Dabophilorisoptyl sah aus, als wolle er sich jeden Moment auf Doorn stürzen, doch Hyiasiatol schob sich dem Jüngeren in den Weg. Er redete beruhigend auf den Kommandanten ein und fuhr mit seinen Fühlern über den oberen Rand von dessen Muschelrand. Offenbar übte das eine beruhigende Wirkung auf Mitglieder dieses Volkes aus.

Insgesamt machte Dabophilorisoptyl allerdings den Eindruck, dass unter seiner Oberfläche ein Vulkan brodelte, der bald zum Ausbruch kommen würde. So viel aufgestaute Wut wie in dem Kommandanten hatten die Freunde lange nicht mehr erlebt. Solche Anführer konnten unberechenbar werden und damit für alle unter ihrem Kommando zu einer tödlichen Gefahr.

Der Älteste und der Kontakter der Woniozell sahen dieses Problem entweder nicht oder ignorierten es. Sie besänftigten Dabophilorisoptyl, bis dieser wieder seine Beherrschung zurückgewonnen hatte.

»Ihr habt natürlich recht«, gestand Seraphimdemptophyl ein. »Der Detektor ist keine Entwicklung von uns, wir benutzen ihn nur.«

Shanton schlug ebenfalls einen sanfteren Ton an. »Wie gesagt, wir wollten euch damit nicht beleidigen. Wir sind lediglich an der Herkunft dieser Maschine interessiert.«

»Sehr interessiert sogar«, unterstrich Doorn noch einmal.

Dabophilorisoptyl straffte seine Haltung und brachte seine Schale in eine senkrechte Position. Es sollte wohl ausdrücken, dass er wieder auf dem Posten war. »Wir haben es vor geraumer Zeit gefunden, und es dauerte lange, bis wir seine Funktion erforscht hatten. Sonst hätten wir schon viel früher gegen die Ringraumer vorgehen können.«

»Wo habt ihr es gefunden?«, bohrte Shanton nach.

»Das ist eine lange Geschichte.«

»Ihr wolltet uns die Geschichte eures Volkes erzählen, Dabophilorisoptyl. Wir würden gerne die Ursache für so viel Wut verstehen.«

Dabophilorisoptyl sah sich in der engen Zentrale seines Flaggschiffs um. »Es ist eine sehr lange Geschichte für eine so enge und unbequeme Umgebung. Lasst uns in den Konferenzraum zurückkehren. Die Bilder dort werden euch helfen, uns zu verstehen.«

*

Der Weg zurück in den Konferenzsaal verlief allerdings nicht so ruhig wie erwartet. Amy, Doorn und Shanton hatten bereits zuvor die misstrauischen und vielfach auch feindseligen Blicke der Woniozell bemerkt, aber sie dachten, das Missverständnis sei bereits ausgeräumt und eine mögliche Verwechslung mit den Friedensstiftern aufgeklärt.

Als sie zu der Förderstation gingen, die sie zum Konferenzraum zurückbringen sollte, wurde das Gedränge um sie herum plötzlich viel dichter. Sie hörten geflüsterte Beleidigungen, die allmählich lauter wurden, ohne dass sie hätten sagen können, von wem genau sie kamen – ganz abgesehen davon, dass die Woniozell für sie ohnehin alle gleich aussahen.

Amy besaß die Gabe, komplexe Situationen intuitiv zu erfassen und richtig zu beurteilen. Dies betraf besonders potenzielle Bedrohungssituationen, und so bemerkte sie vor jedem anderen die vier Woniozell, die sich um sie herum verteilt hatten und sich mit Bewegungen ihrer Fühler untereinander verständigten. Sie planten nichts Gutes.

»Über welche Nahkampfwaffen verfügt euer Volk?«, fragte Amy wie beiläufig an Dabophilorisoptyl gewandt.

»Nun, es gibt Strahlenwaffen, die aber der kämpfenden Truppe vorbehalten sind, und …«

Weiter kam er nicht, denn der Angriff begann.

Mit einem Mal stürmten sie aus vier Richtungen auf die Gruppe der Terraner zu, und die anderen Woniozell machten ihnen bereitwillig Platz.

Amy sah die Waffen, alle vier trugen die gleiche. Es handelte sich um lange Messer, etwa von den Ausmaßen einer Machete, die statt eines Griffs eine kelchartige Öffnung an ihrem unteren Ende besaßen. Diese wurde über einen Fühler gestülpt, der das Innere vollständig ausfüllte. Die Verbindung zwischen Fühler und Waffe war stärker, als der Griff, den eine Hand ausüben konnte. Woniozell und Machete verschmolzen praktisch miteinander, und deshalb waren die Angreifer auch nicht so einfach zu entwaffnen.

Amy legte die Kraft ihres Cyborg-Körpers in einen Karatetritt und fegte damit dem ersten Woniozell die Machete vom Fühler herunter. Der Angreifer war entwaffnet, aber noch nicht zur Aufgabe bereit. Amy packte die Vorderseite des Muschelpanzers und hielt den ganzen Woniozell wie einen Schild vor sich, dem nächsten Angreifer entgegen. Ein Hieb prallte von dem Panzer ab, und die Fühler des Abgewehrten wuselten wild durcheinander.

Arc Doorn griff sich die verlorene Machete und versuchte, seine Hand in die Öffnung zu zwängen. Vor fast zweieinhalbtausend Jahren, am Hofe Philipps des Zweiten, hatte er den Umgang mit allen damals gebräuchlichen Hieb- und Stichwaffen erlernt. Zwar fehlte es ihm in den letzten Jahrhunderten ein wenig an Übung, aber sein Können war immer noch vorhanden. Doch bei dieser Machete fand er einfach keine Möglichkeit, sie zu nutzen. Sie war noch unzugänglicher als die Sitzmöglichkeiten und Konsolenbedienungen der Woniozell.

Doorn packte die Machete mit beiden Händen an der Klinge und schlug dem angreifenden Woniozell den Kelch der Waffe auf den Fühler, mit dem dieser seine Machete hielt. Das bremste ihn zumindest ein wenig.

Amy bemühte sich, die Angreifer nicht allzu schwer zu verletzen oder gar zu töten, doch wenn es um das Leben ihrer Freunde ging, dann kannte sie keine falsche Rücksichtnahme. Sie hob mit ihren Cyborg-Kräften den Woniozell an seinem Panzer waagerecht in die Luft, holte aus und schleuderte ihn wie einen Diskus.

Der Muschelpanzer prallte auf und sauste über den Boden auf ihren und Doorns Angreifer zu. Er schlug ihnen die Fühler unter den Muschelkörpern weg, und sie kullerten alle durcheinander.

Der vierte Woniozell griff Chris Shanton an, weil er ihn für das leichteste Opfer in der Gruppe hielt. Das mochte zwar stimmen, bedeutete aber nicht zwangsläufig einen geschenkten Sieg.

Shanton schlug mit der Faust zu und wusste bereits beim Ausholen, dass es ein Fehler war und schmerzhaft werden würde. Es gab einen dumpfen Schlag beim Aufprall, und Shanton brüllte auf. Er zog seine Faust zurück und trat stattdessen mit seinem Stiefel zu, um den Angreifer auf Abstand zu halten. Mit seinem ganzen Gewicht stieß er den Muschelpanzer von sich, sodass dieser beinahe von seinen Fühlern gehoben wurde.

Dann waren Dabophilorisoptyls Leute zur Stelle und drängten die aggressiven Woniozell ab.

»Es tut uns wirklich leid, was gerade passiert ist«, beteuerte der Kommandant.

Shanton strahlte vor Erleichterung und legte einen Arm um Amys Schultern. Neben dem beleibten Wissenschaftler wirkte sie schmal und zerbrechlich, aber dieser Eindruck konnte kaum mehr täuschen. »Diese junge Dame hat ihre Ausbildung bei den Terra Defence Forces erhalten. Das wird euch nicht viel sagen, aber glaubt mir, das hat etwas zu bedeuten.«

»Was geschieht mit denen?«, fragte Amy und wies auf die Angreifer, die abgeführt wurden.

»Wir werden ihnen in Ruhe erklären, dass ihr keine Friedensstifter seid, keine Sorge.«

»Sonst nichts? Die wollten uns umbringen.«

»Sie dachten, ihr seid Friedensstifter«, entgegnete Dabophilorisoptyl, als würde dies jedes Verhalten ausreichend erklären und gleichzeitig entschuldigen.

Amy schnappte empört nach Luft, aber Doorn legte ihr beruhigend eine Hand auf den Arm. »Wir sollten uns jetzt wieder wichtigeren Dingen zuwenden, nicht wahr?«

Nach einem kurzen Zögern nickte sie zustimmend.

*

Zurück in dem runden Saal nahmen die drei Woniozell und die drei Terraner einander gegenüber Platz. Ein Unsterblicher, ein Worgunmutant und ein weiblicher Cyborg waren sicher keine repräsentative Vertretung des Volks der Menschen, aber dieses Detail mussten sie ihren Gastgebern nicht unbedingt auf die Nase binden.

Eine unpassende Redewendung bei diesen Gesprächspartnern, dachte Doorn, aber ihm fielen auf die Schnelle nicht genug Muschelvergleiche ein.

Dabophilorisoptyl wies auf das erste Bild der Reihe, das offenbar den Heimatplaneten der Woniozell zeigte. Ein anderer Sprechschlitz übernahm. »Unser Volk befand sich stets auf der Suche nach neuen Orten zum Ansiedeln. Das ist unsere Bestimmung, so wie ein innerer Drang, der uns immer wieder zum Aufbruch treibt. Die Woniozell sind ein Volk, das sich rasch vergrößert, schon deshalb konnte unser Heimatplanet nur ein Ausgangspunkt sein. Er wurde schon sehr früh viel zu klein, um uns alle zu beherbergen. Die ersten Siedler brachen noch zu bewohnten Welten auf, um dort unter anderen zu leben, doch je mehr die Leute zum Teilen besaßen, desto weniger waren sie dazu bereit. Wir wollten nicht auf Gutmütigkeit und Almosen angewiesen sein, sondern uns selbst neue Heimaten aufbauen. Wir bauten also größere Schiffe, um fremde Welten zu entdecken, die keiner vor uns zuvor betreten hatte. Denn die Woniozell waren und sind ein sehr stolzes Volk, und wir selbst waren und sind es auch. Alles begann also mit einer neuen Erkundungsmission unseres Volkes.«

3.

Vor einhundertzwanzig Jahren irdischer Zeitrechnung

Die QST war einer der Späher zur Entdeckung neuer Kolonialwelten, und ihr Kommandant Pyktaklophyl ein Held auf seinem Heimatplaneten.

Kein anderer Woniozell hatte so viele Planeten entdeckt, die sich zur Besiedlung eigneten und von anderen Völkern bisher unentdeckt geblieben waren. Er selbst zählte sie längst nicht mehr, aber er wusste, dass andere dies für ihn taten. Seine Statistik hätte sogar noch beeindruckender ausfallen können, wenn er nicht so hohe Maßstäbe an einen Planeten stellen und sich mit den minimalen Anforderungen begnügen würde.

Die QST gehörte zu den zehn Schiffen, die eigens zu diesem Zweck erbaut worden waren. Unentwegt waren sie alle in Voktar unterwegs, um neue Welten zu entdecken. In ihrem Aussehen glichen sie den Herzmuschelschiffen, nur dass sie um ein Vielfaches größer waren. Sie beherbergten zahlreiche Lagerräume, um Proviant und andere benötigte Dinge zu lagern und zum anderen auch Proben entdeckter Welten aufzunehmen.

An Bord gab es mehrere Wissenschaftsteams, die einen Planeten innerhalb kurzer Zeit unter allen relevanten Aspekten überprüfen konnten. Ihnen zur Seite stand eine bewaffnete Sicherheitstruppe, die allerdings nur die Aufgabe hatte, die Wissenschaftler zu beschützen und heil wieder an Bord zu bringen. Sie waren keine Angriffstruppe, und die Bewaffnung von Schiff und Besatzung bestand nur aus Defensivwaffen.

Pyktaklophyl betrachtete ihre Missionen nicht als Eroberungsfeldzüge, da sie lediglich unbewohnte Planeten erkundeten. Wenn sie feststellten, dass eine Welt bereits bevölkert war, zogen sie sich sofort zurück. Die Woniozell waren nicht an einem Konflikt interessiert und wollten auch nicht mit einem der anderen Völker in der Galaxis in Konkurrenz treten. Es gab so viele Planeten in Voktar, dass ein Streit überhaupt nicht nötig war.

Trotzdem störten sich die Friedensstifter an dieser Expansion. Pyktaklophyl nahm an, dass es ihnen in Wahrheit nicht um die Wahrung des Friedens ging, der überhaupt nicht gefährdet war, sondern um die Beibehaltung des Status quo, den sie einmal erschaffen hatten. Jede Veränderung bedeutete in ihren Augen eine Verschlechterung.

»Da ist ein schwarzer Fleck vor uns im All«, meldete der Ausguck und riss Pyktaklophyl aus seinen Gedanken.

Dieser erhob sich und trat an die Monitore. Dann ließ er das Bild auf den Hauptmonitor der Zentrale legen. »Das ist eine Dunkelwolke.«

Das Schweigen verriet dem Kommandanten, dass die anderen keine Ahnung hatten, was er damit meinte. »Bei der Dunkelwolke handelt es sich um eine Ansammlung von kaltem Gas und Staub, die die dahinterliegenden Sterne verdeckt. Sie absorbiert das Licht«, erklärte er so knapp wie möglich.

»Droht uns Gefahr darin?«, fragte sein Steuermann.

»Das werden wir nur herausfinden, indem wir uns hineinbegeben.«

»Freiwillige oder Losverfahren?«

»Weder noch, wir werden selbst hineinfliegen.«

Der unterste Schlitz am linken Auswuchs des Steuermannes öffnete sich, aber er sagte nichts. Oft genug hatte er gegenüber dem Kommandanten seine Bedenken geäußert, wie riskant es war, wenn dieser persönlich an solchen Erkundungsmissionen teilnahm.

Pyktaklophyl war an Bord der QST unverzichtbar, aber er selbst schien die Gefahr nicht zu sehen. Stets ignorierte Pyktaklophyl die Warnungen seiner Untergebenen, und irgendwann einmal würde ihm dies zum Verhängnis werden.

Ein reguläres Herzmuschelschiff wurde ausgerüstet, und Pyktaklophyl begab sich auf das Förderband, das ihn in die Zentrale hinabbeförderte. Der Kommandant hatte sich wieder einmal entgegen aller Empfehlungen seiner Berater entschlossen. Er würde die Dunkelwolke persönlich erforschen, zusammen mit einer kleinen Gruppe Wissenschaftler.

Die drei anderen Besatzungsmitglieder erwarteten ihn bereits und begrüßten ihren Kommandanten. Pyktaklophyl bat bei solchen Ausflügen stets um einen weniger formellen Umgang miteinander, da diese Flüge für ihn zu einem nicht unbeträchtlichen Teil reines Vergnügen darstellten, ein Gegengewicht zu den routinemäßigen Pflichten eines Kommandanten, die doch häufig sehr langweilig ausfallen konnten.

*

Das kleinere Herzmuschelschiff verließ die QST und näherte sich der Dunkelwolke, während die Flotte in sicherer Entfernung wartete.

Sie traten in das lichtabsorbierende Umfeld ein und mussten sich ganz auf ihre Instrumente verlassen.

»Selbst wenn wir einen Planeten finden, wer möchte denn in permanenter Dunkelheit leben?«, unkte einer der Wissenschaftler.

»Nur Geduld«, beschwichtigte Pyktaklophyl ihn. »Wir sollten nicht so schnell aufgeben – nicht, ohne die Wolke ganz genau untersucht zu haben.«

Seine Begleiter teilten diese Zuversicht nicht, aber das war Pyktaklophyl bereits gewohnt. Viele andere Woniozell brachten einfach nicht die nötige Geduld auf, um wirklich erfolgreich zu sein. Sie orteten ein Sonnensystem rasch und oberflächlich durch. Wenn ihnen ein geeigneter Planet nicht sofort ins Auge sprang oder grell aufleuchtete, dann reisten sie weiter. Er mochte sich gar nicht ausmalen, wie viele fantastische Welten sie durch dieses Vorgehen bereits übersehen hatten.

Die ungewohnte Erscheinung der Dunkelwolke beunruhigte seine Begleiter mehr, als sie zugeben wollten.

»Wer weiß, was uns erwartet«, sagte einer von ihnen zu Pyktaklophyl. »Das könnte eine Falle sein. Vielleicht lauern Piraten im Inneren, locken harmlose Reisende in ihre Wolke und rauben sie aus.«

»Wie wollt ihr jemals wissen, ob es stimmt, wenn ihr nicht nachseht?«

»Aber wir wollen es gar nicht wissen.«

Pyktaklophyl schüttelte sich vor Freude. Er mochte diese Neckereien, auch wenn die Antwort durchaus ernst gemeint war.

Die Dunkelheit schien sich mit einem Mal zu lichten.

»Unglaublich, ihr hattet recht, Pyktaklophyl.«

»Das wissen wir«, antwortete der Kommandant ganz unbescheiden. Die Freude überwog die Genugtuung, denn er behielt viel zu oft recht.

»Wir orten ein einzelnes Sonnensystem im Zentrum der Wolke.«

Jubel brach unter der Besatzung aus, nicht nur wegen der Entdeckung, die sie gemacht hatten, sondern auch, weil sie auf keine Bedrohung gestoßen waren.

»Wir sollten das Sonnensystem nach seinem Entdecker benennen«, schlug eines der Besatzungsmitglieder vor. Er war noch jung, und es handelte sich um seine erste Entdeckungsreise, deshalb wunderte er sich über das Lachen seines Kommandanten.

Seine Kollegen klärten ihn darüber auf, dass man die Planeten und Sonnensysteme, die man nach Pyktaklophyl benennen konnte, inzwischen zweistellig durchnummerieren müsste.

Pyktaklophyl war von der Unwissenheit seines jungen Begleiters so amüsiert, dass er ihm die Ehre erwies, dieses Sonnensystem nach sich selbst zu benennen.

So bekam Coophyl im Inneren der Dunkelwolke seinen Namen.

Das Sonnensystem verfügte lediglich über fünf Planeten, was zunächst eine Enttäuschung darstellte, doch als sie den mittleren von ihnen überprüften, stellten sie zu ihrer Überraschung und Freude fest, dass es sich bei ihm fast um einen Zwilling ihrer Ursprungswelt handelte. Dieser Planet entsprach genau ihrem Ideal. Nicht nur wies er perfekte Lebensbedingungen für die Woniozell auf, sondern es gab auch keinerlei Anzeichen auf intelligentes Leben oder fortschrittliche Technik.

Da die Dunkelwolke abseits der üblichen Routen lag und das in ihr befindliche Sonnensystem ebenfalls in keiner Sternenkarte auftauchte, sprach nichts gegen eine Besiedelung. Sie hatten dort die mit Abstand besten Voraussetzungen, um nicht von den Friedensstiftern aufgespürt zu werden.

*

Yorba erwies sich in der Tat als ideal zur Besiedlung. Der Planet erfüllte alle Voraussetzungen, die die Woniozell an eine Kolonialwelt stellten. Die Flora und Fauna auf Yorba war nicht sehr vielfältig, aber gut nutzbar. Zufrieden bemerkten sie, dass es zahlreiche nutzbare Pflanzen gab und weniger Importe aus der Heimat als gedacht benötigt wurden.

Schnell setzte ein massiver Zuzug von ihrem Heimatplaneten aus ein. All die Woniozell, die dort aus Platzmangel in beengten Verhältnissen leben mussten, erklärten sich sofort zur Übersiedlung bereit. Nach einem Jahr gab es bereits fünf große Siedlungen auf Yorba.

Einen schweren Rückschlag erlebte die Besiedlung, als es zu einer ganzen Reihe von Todesfällen kam. Mehrere Expeditionen in die noch unerschlossenen Gebiete Yorbas meldeten sich plötzlich nicht mehr und kehrten auch nicht zurück. Suchtrupps rückten aus und konnten die Expeditionsmitglieder nur noch tot bergen. Sie fanden die Leichen in einem schrecklichen Zustand vor.

Es gab wilde Spekulationen über die Todesursache. Die Körper sahen aus, als seien sie von wilden Tieren angefallen worden, denn in den meisten Fällen war kaum mehr als der Muschelpanzer übrig geblieben. Allerdings waren Angriffe eines Raubtieres sehr unwahrscheinlich, wenn sie ausschließlich an einigen weit auseinanderliegenden Orten stattfanden und gezielt gegen die Expeditionen gerichtet waren. Nirgendwo sonst hatte man während der Besiedlung gefährliche Tiere entdeckt.

Die Woniozell fürchteten, dass der Planet doch bewohnt sein könnte und die Bewohner sich irgendwo im Verborgenen aufhielten, um die Neuankömmlinge nach Art von Partisanen zu bekämpfen.

Von ihren Muschelschiffen aus ließen sie Audiobotschaften in allen bekannten Sprachen verbreiten, in denen sie um eine Kontaktaufnahme mit den Ureinwohnern baten. Doch sie erhielten keine Antwort. Entweder verstanden die Einheimischen keine der Sprachen oder wollten nicht mit ihnen reden.

Ihrem eigenen Kodex zufolge hätten die Woniozell wieder abreisen müssen, wenn sich ein Planet als bewohnt herausstellte, aber sie wollten zuerst sichergehen, dass Yorba tatsächlich bereits von intelligenten Lebewesen bewohnt war. Es gab nämlich noch eine dritte Möglichkeit für eine ausbleibende Antwort auf die Audiobotschaften, und zwar die, dass es tatsächlich keine Bewohner gab.

Es wäre ziemlich ärgerlich gewesen, wenn sich irgendwann herausgestellt hätte, dass die Woniozell diesen wunderbaren Planeten wegen eines Irrtums aufgegeben hatten und es überhaupt keinen Anlass dafür gab.

Die Todesfälle gingen allerdings weiter und häuften sich sogar. Die Zahl wurde zunehmend besorgniserregender, weil die Nachricht davon bis zu ihrer Heimatwelt getragen wurde und dort dafür sorgte, dass die Siedlerzahlen deutlich zurückgingen. Niemand wollte auf einen Planeten auswandern, auf dem sein Leben in Gefahr war, mochte diese Welt sonst auch noch so schön und verlockend sein.

Die Sicherheitskräfte wurden verstärkt und die Kontrollen verschärft, was aber für alle die Lebensqualität senkte. Die Zahl der Unzufriedenen stieg, und als die ersten Woniozell ihre Sachen packten, um auf ihren Heimatplaneten zurückzukehren, war es ausgerechnet ein Mitglied aus Pyktaklophyls Mannschaft, das den Mörder schnappte.

Besser gesagt, einen der Mörder.

Die Überraschung über den Fang war wirklich groß, gerade weil die Täter so klein waren. Es handelte sich um vielbeinige Tierchen, kaum länger als ein halber Fühler, die als Schwarm jagten und so auch wesentlich größere Beute zur Strecke bringen konnten. Sie lebten versteckt in Erdlöchern und Bäumen und schnappten sich alles, was ihr Gebiet betrat.

Die Woniozell tauften ihre neuen Fressfeinde Alkero, nach einem lästigen Musiker ihres Volkes, der überall auftrat, obwohl ihn niemand mochte. Der Musiker klagte dagegen, verlor aber, nachdem er den Entscheidungsträgern eine Probe seiner Kunst zum Besten gegeben hatte.

Nun, da die gefräßigen kleinen Monster einen Namen besaßen, musste man nur noch einen Weg finden, sie zu vertreiben. Aber das war einfacher gesagt als getan, denn die Alkero entpuppten sich als zäher und gefährlicher Gegner. Sie waren weder klug noch einfallsreich, sondern stürmten direkt und ohne Rücksicht auf Verluste auf einen Gegner zu. Wenn sie diesen erst einmal zu Fall gebracht hatten, begannen sie zu fressen und hörten erst auf, wenn es nichts mehr zu fressen gab.

Normalerweise würden solche Wesen sich innerhalb kurzer Zeit haltlos vermehren und alles Leben in ihrer Umgebung auffressen, doch die Alkero achteten darauf, dass ihre Anzahl ein bestimmtes Maß nicht überstieg. Sobald dies geschah, fraßen sie sich gegenseitig, um ihre Anzahl zu regulieren. Die Alten und Schwachen traf es dabei natürlich immer als Erstes.

Die Woniozell bekämpften die Alkero, doch ihre Erfolge blieben sehr bescheiden. Selbst bei Großeinsätzen konnten nur wenige dieser gierigen Fressmaschinen erledigt werden, da sie sich nach einer ihrer gefürchteten Blitzattacken sofort wieder in ihre Verstecke verkrochen.

Man versuchte es mit Giftködern, auf die sie allerdings nicht hereinfielen, und mit Feuer, das größeren Schaden als Nutzen brachte.

Es schien, als seien diese kleinen Räuber den Siedlern einfach überlegen. Dabei zeigten sie kaum Zeichen von Intelligenz, ihr gesamtes Handeln schien auf Instinkten zu basieren.

Die Woniozell spielten mit dem Gedanken, die Gebiete der Alkero weiträumig einzuzäunen, damit niemand sie aus Versehen betrat. Dadurch würden sie zwar auf weite Teile von Yorba verzichten müssen, doch es schien die einfachste Lösung zu sein, abgesehen von der Entscheidung, den Planeten wieder aufzugeben.

Es war Pyktaklophyl selbst, der die entscheidende Wendung brachte. Er besuchte mit der QST seine letzte Errungenschaft, um sich persönlich vom Ausmaß der Probleme zu überzeugen. Das Schiff landete in unmittelbarer Nähe eines dichten Waldes, in dem es des Öfteren zu Angriffen auf die Woniozell gekommen war.

Auf seinen Fühlern bewegte er sich entschlossen auf die ersten Bäume zu, sodass seine Begleiter kaum mithalten konnten. Pyktaklophyl schien von den Berichten nicht im Geringsten beeindruckt zu sein, denn er zeigte keinerlei Furcht vor den Alkero. »Wir können keines von diesen gefährlichen Wesen entdecken«, sagte Pyktaklophyl nach hinten gewandt zu seinen Begleitern.

Im selben Moment sprangen sie vor ihm aus dem Boden. Es wirkte fast, als würden die Alkero aus unterirdischen Rohren abgefeuert werden, so viel Sprungkraft entwickelten sie mit ihren kleinen Körpern.

Ein Leibwächter stellte sich schützend vor Pyktaklophyl, und der vorderste Alkero prallte mit einem dumpfen Schlag dagegen, sodass es beinahe amüsant wirkte. Doch schon der zweite Alkero krallte sich in den kleinen Unebenheiten des Panzers fest und krabbelte blitzschnell über die Vorderseite des Woniozell. Bevor der Leibwächter noch etwas unternehmen konnte, schlüpfte das kleine Raubtier durch den schmalen Spalt der beiden Muschelhälften ins Innere.

Der Leibwächter begann augenblicklich zu schreien, aus allen seinen Sprechschlitzen gleichzeitig. Damit übertönte er glücklicherweise die ekelerregenden Geräusche aus dem Inneren des Muschelpanzers, die der Alkero in seinem Fressrausch erzeugte.

Die Todesschreie des Woniozell wirkten wie eine Essensglocke auf die anderen Alkero, die überall im Wald und unter der Erde gelauert hatten. Sie fluteten jetzt ins Freie und wogten wie ein Teppich über das Gelände.

Pyktaklophyl wurde von seinen Begleitern gepackt und zur QST gedrängt, wo man bereits den Einstieg öffnete. Ein Bordgeschütz nahm die Verfolger unter Feuer und brannte große Löcher in den lebenden Teppich. Doch die Stellen schlossen sich augenblicklich wieder, und die Treffer zeigten keine nachhaltige Wirkung auf die Alkero. Sie hatten nur ihr Ziel vor Augen, und niemand würde sie davon abbringen können.

Die Woniozell eilten auf ihren Fühlern zu einer Rampe, da der Aufzug sie nicht alle gleichzeitig an Bord nehmen konnte. Ein

Wissenschaftler stieg in die Halterung, doch noch bevor diese vom Boden abheben konnte, krabbelten die Alkero an ihm herauf und drangen in das Innere seiner Muschelhälften. Ein weiterer stürzte kurz vor dem Erreichen der Rampe, und die Alkero schwappten wie eine Welle über ihn hinweg und hinterließen nichts außer einem leeren Panzer.

Kaum hatte der letzte Woniozell die Rampe erreicht, wurde diese eingefahren, und die QST hob vom Boden ab. Den Aufzug sprengten sie einfach ab, denn er war voller Alkero und konnte deshalb unmöglich eingefahren werden.

»Was sind das nur für gefräßige Monster?«, stöhnte Pyktaklophyl, als er nach unten blickte, wo sich der Alkero-Teppich rasch wieder in den Wald zurückzog oder einfach im Boden verschwand.

Plötzlich sprang etwas gegen einen seiner Siphons, fand aber keinen Halt und rutschte ab.

Es war ein Alkero, der es an Bord geschafft hatte, und Pyktaklophyl hoffte, dass es der Einzige war.

Das Wesen setzte erneut zum Angriff auf den Kommandanten an, als es seinerseits angegriffen wurde. Überrascht sah Pyktaklophyl zu, wie der Alkero vom Schoßtier der Besatzung angegriffen wurde. Die Xephyll waren nicht unbedingt dafür bekannt, große Jäger oder Kämpfer zu sein. Die Woniozell schätzten sie am meisten für ihre Anschmiegsamkeit und ihr weiches Fell, und deshalb mussten diese Tiere auch kaum mehr tun, als sich füttern und streicheln zu lassen.

Dieses Exemplar jedoch lieferte sich einen Kampf auf Leben und Tod mit dem Alkero und schlug sich dabei nicht einmal schlecht. Während die Schwarmtiere hauptsächlich aus Reißzähnen zu bestehen schienen, verfügte der Xephyll über einen verhältnismäßig kleinen Mund, der für gewöhnlich nicht zu sehen war. Es handelte sich einfach um die Stelle im Fell, in der das Essen verschwand. Auch wenn das Haustier der QST-Besatzung nicht über ein großes Gebiss verfügte, konnte es das vorhandene jedoch offenbar sehr gut einsetzen. Der Xephyll verbiss sich in die Kehle des etwa gleichgroßen Alkeros und durchtrennte gezielt dessen Hauptschlagader.

Der Kampf war zu Ende, und das kleine Raubtier verendete zuckend auf dem Boden des Schiffes, während der Xephyll begann, sein Fell sauberzulecken. Die gesamte Besatzung, mit Pyktaklophyl an der Spitze betrachtete ihr Haustier fortan mit ganz anderen Augen.

Der Rest war Geschichte. Alle Xephyll auf Yorba wurden eingesammelt und weitere aus der Heimatwelt importiert, um sie an den Stellen auszusetzen, wo die Alkero zugeschlagen hatten. Es wurde ein erbarmungsloser Kampf zwischen zwei Arten, den beide Seiten mit großen Verlusten führten, während die Woniozell nur die Funktion eines Zuschauers übernahmen.

Es dauerte drei Wochen, dann sah man keinen Alkero mehr, und die Xephyll tummelten sich recht ungeniert zwischen den Bäumen des Waldes. Ihre Population stieg rasend schnell an, und die Woniozell mussten rasch handeln, wenn sie verhindern wollten, dass ihnen daraus ein neues Problem erwuchs. So kam es, dass jeder Haushalt auf Yorba in den Besitz eines Xephyll gelangte. Es wurde streng darauf geachtet, dass sie keinen Kontakt untereinander bekamen, aber davon abgesehen, wurden die possierlichen Tierchen als Retter des Planeten gefeiert.

*

Vor neunzig Jahren irdischer Zeitrechnung

Gryshoam wurde zur Hauptstadt des Planeten Yorba im Sonnensystem Coophyl. Die Woniozell erlebten auf dieser Kolonialwelt eine Periode der Blüte. Ihre Gesellschaft entfaltete sich in allen Bereichen. Ohne die direkte Kontrolle durch die Friedensstifter erlebten Technik, Kunst und Wissenschaft wahre Höhenflüge. Nur der Kontakt zu anderen Völkern blieb ihnen verwehrt, um ihre neue Heimat nicht zu gefährden. Doch das ließ sich verschmerzen.

Sie hatten nicht nur einen ganzen Planeten für sich, sondern sogar ein komplettes Sonnensystem. Nur ganz selten verließen Schiffe die Dunkelwolke, um das Geheimnis von Yorba nicht zu gefährden. Stets bereiteten mehrere Herzmuschelschiffe das Verlassen der Wolke vor, indem sie einen Kontrollflug machten, um auszuschließen, dass sich Ringraumer in der Nähe aufhielten. Sie betrieben einen ungeheuren Aufwand, um ihr neugewonnenes Paradies zu schützen.

Es gab natürlich auch mahnende Stimmen, die von Anfang an gegen die Besiedlung von Yorba gewesen waren. Sie fürchteten Sanktionen der Friedensstifter, wenn sie von dieser Kolonie erfuhren.

Dadurch, dass die Friedensstifter nur selten direkt eingriffen, waren sie im Laufe der Jahre mehr zu einem Mythos geworden, anstelle einer realen Bedrohung. Gerade die jüngeren Woniozell kannten das Auftreten der Ringraumer nur noch aus Erzählungen. Ihr größter Fehler bestand darin, die Warnungen der Friedensstifter lediglich als einen gutgemeinten Rat zu verstehen, denn es gab keine Alternative zu Gehorsam.

Hyiasiatol war der erste Woniozell, der auf Yorba geboren wurde, und er besaß deshalb Zeit seines Lebens eine besondere Bindung zu der Hauptstadt, dem Planeten und dem gesamten Sonnensystem. Er lebte mit zwei seiner Eltern am Rande von Gryshoam. Seinen dritten Elter hatte er niemals kennengelernt, aber er hörte, dass der vor seiner Geburt gestorben sei.

Die drei Geschlechter der Woniozell, die zur Zeugung nötig waren, blieben nur selten in dieser Kombination zusammen. Meist fanden sich zwei Woniozell, um den Nachwuchs beim Aufwachsen zu unterstützen, und es war nicht einmal üblich, dass diese beiden alle zu den ursprünglichen drei Erzeugern gehörten. Manchmal entstanden ganz neue Arrangements mit einem Mitglied einer anderen Elterneinheit, und den Kombinationen der Geschlechter waren dabei keine Grenzen gesetzt, da diese nur bei der Zeugung selbst eine Rolle spielten.

Hyiasiatol bereitete sich von frühester Kindheit an darauf vor, eine Führungsrolle in seinem Volk zu übernehmen. Er wusste noch nicht, welche das sein würde, aber er zweifelte nicht an seiner Bestimmung. Bis es so weit war, wollte er sich so gut wie möglich dafür rüsten.

Die Woniozell hatten in den dreißig Jahren seit seiner Entdeckung den ganzen Planeten Yorba besiedelt und dort einige der prächtigsten Bauwerke ihrer Kultur errichtet. Nicht einmal ihr Ursprungsplanet konnte eine solche Pracht aufweisen, und im Laufe der Jahre ließen sich immer mehr Mitglieder ihres Volkes auf dem neuen Kolonialplaneten nieder.

Ihr Leben war unbekümmert, und zum ersten Mal dachten viele der Woniozell darüber nach, richtig sesshaft zu werden.

Für die zahlreichen Siedler wurde eine Menge Platz gebraucht, und so begann man, auch die letzten bisher unerschlossenen Gebiete von Yorba zu erkunden. Diese Gebiete waren aus der Luft bereits genauestens vermessen und untersucht worden, aber bisher lagen sie brach, weil sie noch nicht benötigt wurden. Doch dies konnte sich im Laufe der nächsten Jahre rasch ändern, und in diesem Fall wollte die Führung in Gryshoam vorbereitet sein.

Hyiasiatol war an jenem schicksalhaften Tag zugegen, als die Expedition zurückkehrte, und sah sofort die Aufregung der Wissenschaftler. Sie mussten etwas wirklich Besonderes gefunden haben, denn sie konnten ihre Fühler kaum unter Kontrolle halten, und die Sprechschlitze wechselten beim Sprechen schneller, als man schauen konnte. Der junge Hyiasiatol hatte noch nie Mitglieder seines Volkes in solcher Aufregung gesehen.

Ein Wissenschaftler trug den gleichen Namen wie ihr Sonnensystem, und es hieß, er sei damals bei der Entdeckung dabei gewesen, als Pyktaklophyl mit der QST diesen Ort gefunden hatte.

Noch heute wurde der Kommandant für diesen sensationellen Fund gerühmt, mit dem sie den Friedensstiftern ein Schnippchen schlagen konnten.

Der Wissenschaftler Coophyl berichtete, dass sie durch Zufall den Eingang zu einer offenbar uralten unterirdischen Struktur gefunden hatten, bei der sie davon ausgingen, dass diese künstlich erschaffen worden war. Auch wenn das Ganze inzwischen einen recht desolaten Eindruck erweckte, musste man die Herkunft und Beschaffenheit unbedingt näher untersuchen. Coophyl besaß einen Ruf, bei dem es niemand gewagt hätte, ihm eine Bitte abzuschlagen. Aber auch bei einem weniger bekannten Woniozell hätten alle begriffen, dass es sich um einen wirklich bedeutsamen Fund handelte.

So schnell wie möglich wurde eine entsprechende Forschungsexpedition ausgerüstet, und schon zwei Tage später machten sich mehrere Spezialisten auf den Weg.

Coophyl führte seine Kollegen zu dem erstaunlichen Fund, den er gemacht hatte, und sie verstanden sofort, weshalb er so aufgeregt gewesen war und weshalb sie diese Unmengen an Ausrüstung und Analysegeräten mit sich führten.

Beim Betrachten der Höhle wurde ihnen klar, dass ihr Paradies nicht völlig unentdeckt war. Jahrelang waren sie davon ausgegangen, die ersten Lebewesen zu sein, die sich auf Yorba niederließen, und nun mussten sie feststellen, dass es andere vor ihnen gegeben hatte. Sie fanden keinerlei Hinweise darauf, um wen es sich dabei gehandelt hatte. Als sicher galt nur, das es keines der ihnen bekannten Völker aus Voktar war.

Die Woniozell fragten sich allerdings, aus welchem Grund ihre Vorgänger den Planeten aufgegeben hatten. An den Alkero konnte es nicht gelegen haben. Eine Zivilisation, die eine solche Technologie erschaffen konnte, ließ sich sicher nicht von einem Schwarm kleiner Raubtiere vertreiben.

Unentdeckt, als Teil der Ladung, reiste ein junger und neugieriger Woniozell namens Hyiasiatol mit, der bereits ahnte, dass dieser Fund große Auswirkungen auf sein weiteres Leben haben würde.

Sie entdeckten ihn beim Entladen der Ausrüstung und zunächst befahl Coophyl, den Jungen sofort nach Gryshoam zurückzuschicken. Doch das hätte mindestens einen Helfer von seiner bevorstehenden Arbeit abgehalten. Da der Fundort keinen gefährlichen Eindruck machte, beschloss man, ihren jungen Verfolger vor Ort zu behalten.

Hyiasiatol war überglücklich über diese Entscheidung, bemühte sich aber, es sich nicht anmerken zu lassen, um die Wissenschaftler nicht noch mehr zu verärgern. Stattdessen tat er alles, um sich unentbehrlich zu machen. Er ging jedem zur Hand und versuchte zu helfen, wo er nur konnte.

Der Wissenschaftler Sigurdypol nahm sich des jungen Hyiasiatol an. Er war ein beeindruckender Woniozell, dessen Muschelschale von einem gezackten Riss geziert wurde, ein Andenken an einen früheren Forschungseinsatz, das ihn für die Mitglieder der beiden anderen Geschlechter sehr attraktiv machte. Er war fast so berühmt wie Pyktaklophyl, wenn auch nur auf einem anderen Gebiet. Bei dessen Anzahl an Entdeckungen von fremden Planeten konnte Sigurdypol mit Entdeckungen im technischen Bereich mühelos mithalten. Diese waren zwar nicht ganz so pompös und öffentlichkeitswirksam, aber für die Entwicklung seines Volkes mindestens ebenso bedeutsam. Wenn man also auf eine unbekannte Technologie stieß, dann war er der Erste, den man rief.

Gemeinsam mit Coophyl koordinierte Sigurdypol das Ausladen und Zusammensetzen der Ausrüstung, während andere Mitglieder einen Transportaufzug in die Höhle hinab bauten. Manche Apparaturen ihrer Ausrüstung waren so groß, dass sie nicht durch den Zugang passten und unten in der Höhle zusammengebaut werden mussten.

Die Woniozell untersuchten die gewaltige Maschine, die sie im Inneren des Berges gefunden hatten. Viele der Wissenschaftler waren lange sprachlos, so sehr beeindruckte sie die fremde Technik. Es handelte sich um eine besondere Technologie, das konnte jeder auf den ersten Blick sehen, aber das Ausmaß der Überlegenheit konnten sie nicht einmal annähernd bestimmen, was einen Eindruck davon vermittelte, wie fortschrittlich sie war.

Den ersten Tag verbrachten die Wissenschaftler allein damit, die Ausmaße der Apparatur zu bestimmen, bevor sie anfingen, die ersten Messungen zu machen. Alle Versuche, ins Innere der Maschine zu gelangen, stellten sich als aussichtslos heraus. Die gesamte Oberfläche schien aus einem Guss zu bestehen, und sie konnten nicht einmal feststellen, um welches Material es sich dabei handelte.

Bald machte sich Frustration bei den ersten Mitgliedern der Expedition breit, und man ging zu rabiateren Methoden über, um die Hülle zu durchbrechen. Hyiasiatol wollte seinem neuen Mentor in irgendeiner Form behilflich sein, aber seine wissenschaftlichen Kenntnisse waren einfach zu gering, um etwas Nützliches beitragen zu können. Deshalb streifte er die meiste Zeit tatenlos durch die Höhle.

Am zweiten Tag dieser Beschäftigung entdeckte er an einem der hintersten Teile der Apparatur ein Rohr, das im Felsen verschwand. Keinem der Wissenschaftler war dies bisher aufgefallen, weil sich keiner von ihnen durch den schmalen Spalt zwängen konnte.

Von außen betrachtet sah es so aus, als würde die Maschine direkt an der Wand enden, doch wenn man dicht herankam, sah man den Übergang ins Gestein.

Hyiasiatol untersuchte die Stelle von allen Seiten und drang anschließend tiefer in die Höhle hinein, um herauszubekommen, ob dieses Rohr irgendwo wieder aus dem Felsen herauskam.

Als er kurz davor stand aufzugeben, erhaschte er zufällig durch einen Spalt einen Blick auf das Rohr. Mit seinen Fühlern schob er sich flach auf dem Boden an den Spalt heran und zwängte dann einen seiner Siphons durch die Öffnung. Er reckte sich so weit, wie es ihm möglich war, und erblickte die Fortsetzung der Maschine. Es gab sie tatsächlich!

*

Hyiasiatol verständigte unauffällig Sigurdypol, denn er wollte, dass diese Entdeckung nur ihnen beiden gehörte. Gemeinsam fanden sie einen breiteren, aber keineswegs bequemeren Zugang. Ihre Muschelform war nicht besonders geeignet, um sich in dieser Umgebung zu bewegen. Doch von solchen Kleinigkeiten ließ Sigurdypol sich nicht aufhalten, und Hyiasiatol blieb dicht hinter ihm. Mehr schlitternd und rutschend bewältigten sie das Gefälle in die abgelegenen Teile der Höhle hinein.

»Wir fragen uns, wie wir hier wieder herauskommen wollen«, sagte Hyiasiatol, als sie am unteren Ende angelangten.

Aber Sigurdypol blieb ihm die Antwort schuldig, denn er hatte etwas entdeckt und bewegte sich flink auf dem Dutzend Fühler aus der unteren Muschelöffnung.

»Was seht ihr?«, rief der junge Woniozell und folgte dem Wissenschaftler, doch trotz seiner Jugend konnte er nicht mithalten. Er bewegte sich quer zwischen zwei Stalagmiten hindurch und rannte dann mit dem oberen Muschelrand gegen einen

Stalaktiten, so hart, dass es ihn fast von den Fühlern gehoben hätte.

Als er Sigurdypol endlich einholte, stand dieser staunend vor einer weiteren Apparatur, die in das Gestein hineingesetzt worden war, ohne dass sich ein sichtbarer Übergang erkennen ließ. Auf den ersten Blick erschien sie wie eine kleinere Ausgabe des Apparats im oberen Teil der Höhle, mit einer einzigen Ausnahme: Auf einem vorgerückten Deck befand sich eine kreisrunde Vertiefung, die wie ein Knopf zu funktionieren schien.

Der Wissenschaftler trat dicht an die Maschine heran. »Wir fragen uns, ob man damit diese Apparatur in Gang setzen kann.«

»Sollten wir damit nicht lieber warten, bis wir wissen, was diese Maschine bewirkt? Vielleicht ist es nichts Wünschenswertes.«

»Ihr meint, es könnte sich um eine Waffe handeln?«, fragte Sigurdypol interessiert.

»Wir wissen es nicht, aber ganz sicher wissen wir alle zu wenig über diese Apparatur, um auf einen ihrer Schalter zu drücken.«

»Für euer Alter seid ihr schon erstaunlich weise, und wir müssen euch recht geben. Wir sollten erst ein bisschen mehr über ihre Funktionsweise und ihre Erbauer herausfinden, und den Grund erfahren, weshalb sie hier auf Yorba steht.« Sigurdypol sprach diese Worte und drückte seinen Fühler auf die kreisrunde Stelle.

Sofort leuchtete die Vertiefung auf, und das grüne Leuchten breitete sich unter der Oberfläche immer weiter aus, wie eine aufsteigende Flüssigkeit.

Ein Summton erklang, der rasch lauter wurde. Die Maschine war am Hochfahren, und die Geräusche wurden lauter und bedrohlicher.

Sigurdypol sah gespannt an ihr empor, aber Hyiasiatol bewegte sich vor und drückte den Knopf ein zweites Mal. Sofort erlosch der grüne Schimmer im Inneren, und das Summen verklang.

Die Stielaugen des Wissenschaftlers fuhren zu seinem jungen Schüler herum und verengten sich bedrohlich. Doch nur für einen kurzen Moment, dann entspannte er sich wieder. »Vielleicht habt ihr recht, Hyiasiatol, und es ist einfach noch zu früh dafür.«

*

Coophyl ließ sich von Sigurdypol den Fund zeigen. Hyiasiatol verstand, dass sein Mentor seinen Verdienst daran verschwieg, denn es war keine gute Idee, den blinden Passagier mehr als nötig zu erwähnen. Der Leiter ihrer Expedition konnte immer noch auf die Idee kommen, den jungen Woniozell doch nach Gryshoam zurückbringen zu lassen, und das wollte Hyiasiatol um jeden Preis verhindern – nicht bevor er wusste, welche mysteriöse Technologie Sigurdypol und er da gefunden hatten.

Nach außen hin tat Sigurdypol weiterhin so, als würde er Hyiasiatol für seine Dreistigkeit bestrafen und ließ ihn die Ausrüstung tragen und allerlei zusätzliche Arbeiten verrichten, doch wenn niemand zusah, begann er, seinen jungen Begleiter zu unterrichten und ihn an seinem Wissen teilhaben zu lassen.

Am dritten Tag schafften sie es, eine Öffnung in der Maschine zu finden und sich im Inneren umzusehen. Sie entfernten Bestandteile, um sie einzeln zu untersuchen. Jeder Schritt wurde sorgfältig dokumentiert, um im Fall der Fälle alles wieder an seinen ursprünglichen Ort bringen zu können. Die ausgebauten Teile wurden aus der Höhle herausgebracht.

Mit dem eigens dafür errichteten Förderband gelang ihnen die Reise in die neuentdeckte Unterwelt mühelos, und sie konnten auf jedem Rückweg neue Beutestücke nach oben bringen. Diese wurden in einem Transportgleiter gelagert, um sie zur näheren Untersuchung nach Gryshoam zu bringen.

Nach einer Woche hatten sie nicht einmal einen Bruchteil der Apparatur katalogisiert, aber die Arbeit war so spannend, dass die Wissenschaftler es jeden Abend bedauerten, nach Hause fahren zu müssen. So wie an diesem Tag. Es juckte Sigurdypol förmlich in den Fühlerspitzen, die Anlage noch einmal in Betrieb zu nehmen, dieses Mal für länger, um die Funktion erkennen zu können. Dazu musste er allerdings warten, bis Coophyl die Fundstelle verließ, denn der würde einem solchen Versuch niemals zustimmen. Er war ein Wissenschaftler, der immer auf Nummer sicher ging und deshalb auch nicht sehr erfolgreich war. Abgesehen von seiner Funktion als Namensgeber des kompletten Sonnensystems hatte er nicht viel vorzuweisen. Aber seine frühere Zugehörigkeit zur Besatzung der QST hatte ihm alle Wege geebnet. Jemand wie Coophyl würde diesen Knopf nicht drücken, bevor ihm nicht drei andere unabhängig voneinander bestätigt hatten, dass es absolut ungefährlich war.

»Was habt ihr?«, wollte Sigurdypol wissen, als er aus der Höhle trat und den Blick seines jungen Schützlings bemerkte.

»Da war ein Ringraumer, er bewegte sich auf Gryshoam zu. Aber er war nicht allein, wir haben eine ganze Flotte beobachtet, die sich in alle Richtungen verteilt hat.«

Sigurdypol sagte nichts, aber sein Schweigen wog tonnenschwer.

»Vielleicht wollen die Friedensstifter uns allen zu unserem Erfolg auf Yorba gratulieren«, überlegte sein Schüler laut.

»Ihr seid noch sehr jung, Hyiasiatol. Deshalb glaubt uns, wenn wir euch sagen: Ringraumer sind niemals ein gutes Zeichen für irgendetwas.«

4.

Vor neunzig Jahren irdischer Zeitrechnung

Die Ringraumer tauchten gleichzeitig über allen größeren Siedlungen von Yorba auf. Bedrohlich schwebten sie am Himmel und machte keine Anstalten zur Kontaktaufnahme.

Pyktaklophyl stieg mit der QST auf, um sich direkt als Unterhändler anzubieten. Wenn es jemanden gab, dem die Woniozell diese Aufgabe anvertraut hätten, dann ihm. Schließlich hatte er auf seinen Reisen den Kontakt zu Dutzenden fremder Völker aufgebaut.

Die QST ging auf eine Höhe mit dem Schiff über Gryshoam und funkte die Friedensstifter an.

Zuerst geschah überhaupt nichts, und die Woniozell, die gespannt vom Boden aus oder über Monitore zusahen, wagten vor Aufregung kaum zu atmen. Trotz ihres Verstoßes gegen die Regeln der Friedensstifter waren sie doch ungeheuer gespannt auf den Kontakt mit ihnen. Selbst wenn die Woniozell sich deren Zorn zugezogen hatten, wäre es doch ein besonderer Moment, ihnen zu begegnen.

Doch mit der Reaktion, die dann erfolgte, hatte keiner von ihnen gerechnet.

Die volle Feuerkraft des Ringraumers traf ohne Vorwarnung das legendäre Entdeckerschiff und zerstörte es völlig. Die Einzelteile der QST stürzten zu Boden.

Die ganze Situation war wie erstarrt.

Die Woniozell sahen mit ungläubigem Entsetzen zu und waren nicht fähig, sich zu auch nur ein kleines bisschen vom Fleck zu rühren, während die Ringraumer weiterhin unbeweglich über ihnen am Himmel schwebten.

Nachdem die Überreste der QST aufgeschlagen waren, trat eine Stille ein, die nicht nur bedrohlich, sondern geradezu unheimlich wirkte.

In diese Stille hinein sprach plötzlich eine Stimme auf Worgun, die überall auf dem Planeten durch die Ringraumer übertragen wurde: »Woniozell, ihr habt wiederholt gegen die Regeln der Friedensstifter verstoßen. Ihre Geduld mit euch ist am Ende. Eure Siedlung hier wird geschlossen, ihr kehrt zu eurem Heimatplaneten und den genehmigten Kolonialwelten zurück und bleibt dort. Jeder weitere Verstoß wird erneut schwere Sanktionen nach sich ziehen. Die Bestrafung für eure bisherigen Vergehen erfolgt jetzt sofort!«

Das letzte Wort war noch nicht verklungen, als der Ringraumer das Feuer eröffnete.

Die olivgrünen, lichtschnellen Duststrahlen lösten alle ungeschützte anorganische Materie in Staub auf. Die Bauten der Woniozell verschwanden entlang der Strahllinien, und es entstanden breite Schneisen kreuz und quer durch Gryshoam. Förderbänder wurden zerteilt und sprangen auseinander. Passagiere, die darauf befördert wurden, stürzten ins Leere oder wurden durch die Luft geschleudert.

Die Bewohner flohen immer weiter Richtung Raumhafen. Zunächst konnte man den Eindruck gewinnen, die Ringraumer wollten die Bevölkerung durch den Einsatz der Duststrahlen vor Schaden bewahren, doch kaum waren die höchsten Häuser verschwunden, wechselten die Schiffe auf die pinkfarbenen Nadelstrahlen, die stärkste Strahlenwaffe der Ringraumer.

Spätestens da wurde allen bewusst, dass die Angreifer bisher nur jede mögliche Deckung ihrer Opfer aus dem Weg geräumt hatten, um leichteres Spiel mit ihnen zu haben. Die Strahlen zuckten vom Himmel herab, töteten einzelne Flüchtende.

Kleine und große Gruppen strömten zwischen den zerstörten Gebäuden hervor. So schnell ihre Fühler sie tragen konnten rannten sie weiter, auf der Suche nach einer Fluchtmöglichkeit oder nur irgendeinem Schutz. Aber die herabfahrenden Strahlen brachten sie bald zum Stehen. In ihrer Not bildeten sie mit ihren Körperpanzern einen Schutzschild um die Jungen und Schwachen. Sie schoben ihre Panzer versetzt ineinander, um noch mehr Widerstand zu bieten. Aber letztlich war das völlig vergebens. Eine Salve von Nadelstrahlen löschte jedes Leben in der Mulde aus.

Die ersten Schiffe verließen den Raumhafen und flohen von Yorba. Jeder nutzte das erstbeste Fluchtmittel, das er erwischen konnte. Selbst mit den kleinsten Gleitern versuchten einige zu fliehen, obwohl diese die Reise zum Heimatplaneten niemals bewältigen würden.

Viele flohen erst einmal aus den Städten, um dem Beschuss zu entgehen. Sie hofften, später aufgenommen zu werden, um nicht auf dem verwüsteten Planeten zurückgelassen zu werden.

Keiner von ihnen drehte sich um, und so mussten sie auch nicht mitansehen, wie alles zerstört wurde, was sie sich in den letzten drei Jahrzehnten aufgebaut hatten.

Ein riesiger Passagiertransporter hob vom Raumhafen ab, unmittelbar vor dessen Zerstörung. Der Transporter verfügte über keinerlei Bewaffnung und war als ziviles Schiff gekennzeichnet. Er wurde der Länge nach von einer Serie Nadelstrahlen getroffen, die die Außenhülle spielend leicht durchdrangen und eine ganze Reihe von Explosionen im Inneren auslöste.

Feuerbälle bahnten sich ihren Weg nach draußen, und der Transporter wankte wie ein großes, angeschossenes Tier in der Luft, bevor er brennend zu Boden ging und ein ganzes Stadtviertel unter sich begrub.

Beim Aufprall auf die Erde wurde zuerst das aufkommende Heck eingedrückt, dann brach der Transporter in der Mitte, und eine weitere, gewaltige Explosion füllte das Innere des Schiffes aus. Es war völlig ausgeschlossen, dass irgendjemand darin überlebt haben konnte.

Hyiasiatol hätte einer der unzähligen Toten sein können, wenn es ihm gelungen wäre, an Bord zu gelangen. Doch Erleichterung war momentan das wenigste, das er verspürte. Gebannt starrte er auf die brennenden Überreste und konnte nicht fassen, was gerade geschehen war. Der Abschuss dieses zivilen Transporters fasste für ihn das Grauen zusammen, das die Ringraumer gerade auf Yorba anrichteten.

Man konnte den Eindruck gewinnen, dass sie besonders grausam vorgingen, um die Wirkung dieser Strafaktion noch zu verstärken. Die Woniozell sollten noch lange darüber sprechen und sich daran erinnern, was bei Ungehorsam geschah. Ebenso sollten sie anderen Völkern davon berichten und so die Botschaft immer weitertragen.

Auch im Orbit des Planeten waren die panisch Flüchtenden Freiwild.

Die Handlanger der Friedensstifter ließen einfach auf alles schießen und machten keinen Unterschied zwischen Frachtern, Kampffliegern und Passagierschiffen. Viele der Herzmuschelpiloten lenkten ihre Maschinen in die Schusslinie zu den Passagierschiffen und opferten sich selbst, auch wenn sie den Fliehenden damit nur einen kleinen Aufschub verschafften.

In Panik versuchten die Woniozell zu fliehen, doch die Besatzungen der Ringraumer kannten keine Gnade. Sie zerstörten alle Siedlungen auf dem Planeten durch heftige Feuerschläge und schossen hemmungslos selbst auf flüchtende Schiffe. In dem ganzen Chaos gelang es nur wenigen Schiffen zu entkommen.

*

Auch die fremde, unterirdische Struktur wurde unter Feuer genommen, und nur ein Teil der Expedition konnte sich gerade noch rechtzeitig ins Freie retten. Sie eilten an Bord eines Muschelschiffes und versuchten, der Strafaktion zu entfliehen. In ihrer Todesangst entging ihnen, dass sich noch zwei weitere Mitglieder der Expedition aus der einstürzenden Struktur retten konnten.

Sigurdypol und Hyiasiatol sahen dem abhebenden Herzmuschelschiff nach und schauten sich nach einer anderen Fluchtmöglichkeit um.

Überall lagen getötete Woniozell, die von den ersten Treffern überrascht worden waren. Ihre Fühler ragten leblos zwischen den Muschelhälften hervor.

Der junge Woniozell sah reglose Auswüchse mit starren, toten Augen, die schlaff aus den Muschelhälften heraushingen. Er sah

Fühler, die durch Explosionen abgerissen oder durch Nadelstrahlen abgetrennt worden waren. Er sah gesplitterte und gerissene Muschelpanzer. Diesen Teil seines Körpers hatte er in jungen Jahren für unzerstörbar gehalten.

Sigurdypol und Hyiasiatol retteten sich an Bord eines Transportgleiters, der von der Forschungsexpedition gechartert worden war, um die technischen Gegenstände nach Gryshoam zu bringen. Diese Art Gleiter war so langsam und schwerfällig, dass sie niemand als Fluchtmittel in Betracht zog, solange es noch irgendein anderes Fahrzeug gab. Sigurdypol und Hyiasiatol befanden sich jedoch nicht in der luxuriösen Situation, wählen zu können. Mit dem Gleiter würden sie nicht weit kommen, aber er brachte sie zumindest für den Augenblick aus der Gefahrenzone.

Der Ringraumer, der zuvor die unterirdische Struktur zerstört hatte, nahm nun sie aufs Korn. Ein Nadelstrahl brannte sich über den Boden auf sie zu.

Sigurdypol riss den Gleiter seitlich in die Höhe, Sekundenbruchteile bevor der Strahl die Stelle traf, an der sie zuvor noch gestanden hatten.

Aus der Luft bekamen sie das Ausmaß des Gemetzels noch deutlicher zu sehen. Die Friedensstifter wollten sich anscheinend nicht damit begnügen, den Woniozell einen Denkzettel zu verpassen. Es war keine Strafe, um den Rest von ihnen zur Besserung anzuhalten, sondern sie schienen jeden einzelnen Übeltäter ausmerzen zu wollen, so als sollte kein Mitglied dieses Volkes überleben.

Offenbar hatten die Friedensstifter sie aufgegeben und trauten ihnen keine Besserung mehr zu.

Vielleicht schätzten aber auch die Woniozell das Ausmaß ihres Fehltrittes ganz anders ein als die Friedensstifter. Wenn diese ihre Reaktion für angemessen hielten, sollte Sigurdypol noch einmal ganz genau überprüfen, was sie eigentlich getan hatten. Vielleicht übersahen sie das eigentliche Ausmaß ihrer Verfehlung.

Mit einem seiner Fühler schob Sigurdypol einen grünen Apparat aus der unterirdischen Struktur zurück, der immer wieder aus dem Regal zu rutschen drohte.

»Wohin sollen wir fliegen?«, haspelte Hyiasiatol aufgeregt.

»Wir folgen dem Rest des Teams«, erklärte Sigurdypol und neigte einen seiner Siphons zu dem Herzmuschelschiff, das vor ihnen flog. »Dann werden wir weitersehen.«

Ein pinkfarbener Strahl sauste an ihrem Gleiter vorbei und zerstörte das Herzmuschelschiff mit den übrigen Wissenschaftlern.

Hyiasiatol gab einen Aufschrei von sich, der in klagende Laute überging. Zum ersten Mal zeigte sich sein wahres Alter, das dieser Situation einfach nicht gewachsen war.

Sigurdypol schwenkte vom ursprünglichen Kurs ab und sauste fast senkrecht zur Oberfläche zurück. Hinter ihm purzelten ungesicherte Fundstücke aus den Regalen und polterten gegen die Wände der Zentrale.

»Halt noch einen Moment durch, wir sind gleich in Sicherheit«, versuchte der Wissenschaftler seinen Schüler zu trösten.

Angesichts des näherkommenden Bodens, auf den sie zurasten, und der Nadelstrahlen, die nur knapp an ihnen vorbeiwischten, fehlte es diesen Worten ganz erheblich an Überzeugungskraft.

Sigurdypol würde sich selbst höchstens als mittelmäßigen Piloten bezeichnen, doch für das, was er in den nächsten Minuten leistete, würden ihm die höchsten Fliegerauszeichnungen zustehen, wenn es nur jemand außer Hyiasiatol und ihm beobachtet hätte. Er fing den Gleiter im allerletzten Augenblick aus dem Sturzflug ab, lenkte ihn im annähernd rechten Winkel weiter und flog in einer Höhe, die diesen Begriff gar nicht verdient hatte, parallel zum Boden. Ungebremst steuerte er in eine Canyon-Landschaft hinein, durchwedelte einen engen Parcours und landete schließlich unter einem großen Felsvorsprung.

Keiner der beiden Woniozell sagte ein Wort, bis Sigurdypol schließlich seufzte. »Wir glauben, wir haben unseren Panzer beschmutzt.«

Sobald die Handlanger der Friedensstifter die überlebenden Woniozell komplett hatten, endeten die Exekutionen. Sie wollten sichergehen, dass sich niemand ihrem Zugriff entzog, aber sobald sie die Kontrolle gewonnen hatten, akzeptierten sie eine Kapitulation.

Die Woniozell mussten bei ihrer Abreise beobachten, wie Ringraumer ihre neugeschaffene Welt in Schutt und Asche legten. Keine der Siedlungen auf Yorba wurde verschont, alle technischen Neu- und Weiterentwicklungen ausgemerzt, als wolle man sie gewaltsam auf einem niedrigeren Entwicklungsniveau halten.

Hyiasiatol blickte aus seinem Versteck zu den Ringraumern hinauf, die alle anderen Schiffe im Orbit in Schach hielten. Von diesem Tag an verband er mit Ringraumern nur noch Gefühle von Angst, Trauer und Hass.

*

Vor fünfundvierzig Jahren irdischer Zeitrechnung

Besiegt, verletzt und in tiefer Trauer zogen sich die Woniozell auf die Welten zurück, die ihnen von den Friedensstiftern noch zugestanden wurden.

Sie hatten eine bittere Lektion erhalten, was ihren Hass auf die Ringraumer noch weiter anstachelte. Diese waren nicht länger eine unbekannte Macht, die sie nur einschränkte und unterdrückte. Sie waren jetzt der erklärte Feind.

In der ersten Zeit fürchteten die Woniozell noch weitere Repressalien und den Verlust weiterer ihrer Kolonialwelten. Es war nicht einmal auszuschließen, dass die Friedensstifter ihnen ihre Schiffe wegnahmen, um sie dadurch an weiteren Erkundungsmissionen zu hindern.

Doch nichts davon geschah. Die Ringraumer zogen sich zurück und tauchten nicht wieder auf. Wobei kein Woniozell daran zweifelte, dass die Handlanger der Friedensstifter sofort wieder erscheinen würden, wenn sie versuchten, erneut einen anderen Planeten zu besiedeln. Also verhielten sie sich für viele Jahre ruhig und unauffällig.

Aber unter der friedlich und gehorsam erscheinenden Oberfläche brodelte es gehörig.

Der Hass auf die Friedensstifter und die Ringraumer wurde an die nächste Generation weitergegeben.

Yorba wurde ein Symbol für die Unbarmherzigkeit der Friedensstifter, aber im Geheimen stand der Planet auch noch für etwas anderes: Die Entdeckung der unbekannten Technologie.

Die unterirdische Anlage hatte aus einem unbekannten Metall bestanden, das sich all ihren Analyseversuchen widersetzte und dadurch Sigurdypols Neugierde noch mehr anstachelte. Er war ein Vollblutforscher, und es gab nichts, das ihn in größere Verzückung versetzte als ein ungelöstes Rätsel. Bei seinen zahlreichen Unternehmungen suchte er nicht nur nach neuen Erkenntnissen, sondern auch nach neuentwickelten Verfahren, um diese zu erlangen. Sigurdypol wandte sein ganzes Wissen auf die geretteten Gegenstände an – und scheiterte.

Hyiasiatol hatte Sigurdypol noch nie so niedergeschlagen erlebt wie zu dem Zeitpunkt, als diesem klar wurde, dass sein lebenslang gesammeltes Wissen einfach nicht ausreichte.

Monate vergingen, bis der Wissenschaftler sich endlich fing und die Arbeit wieder aufnahm. Er versuchte, neue Analysemethoden zu entwickeln, und nahm Kontakt zu den Wissenschaftlern anderer Völker auf, auch wenn er wusste, wie gefährlich das werden konnte. Als er für sich und sein Volk nicht mehr ruhigen Gewissens das Risiko eingehen konnte, dass die Ringraumer seine Heimatwelt heimsuchen würden, verließ er den Planeten und verlegte seine Forschung an Bord eines kleinen Frachters. Ihn begleiteten lediglich Hyiasiatol und drei ehemalige Kollegen.

Sie blieben stets in Bewegung und hielten sich nur an sehr abgelegenen Plätzen abseits der Hauptverkehrsrouten auf. In ihrem selbstgewählten Exil glitten sie durch das All und widmeten sich ausschließlich ihrer Forschung.

In den ersten Jahren schickten sie noch vereinzelt Meldungen mit ihren dürftigen Fortschritten, doch beides wurde immer spärlicher – die Meldungen und die Fortschritte.

Die Woniozell setzten dem Wissenschaftler nach einigen Jahren ein Denkmal, benannten eine neuerrichtete Lehrstätte nach ihm und hielten sein Werk in Ehren. Sigurdypol und seine Crew bekamen den Ruf von Exzentrikern und Besessenen, doch mit der Zeit gerieten sie allmählich in Vergessenheit.

Zwanzig Jahre nach Sigurdypols Abreise wurde die Erforschung der unbekannten Technologie von Yorba endgültig beendet. Die Kosten waren im Verlauf zweier Jahrzehnte einfach zu groß geworden, und die Ergebnisse gingen gegen Null. Schon in der Vergangenheit hatten Forscher und Techniker reihenweise die Arbeit daran aufgegeben und sich anderen, lohnenderen Aufgaben zugewandt.

Die geretteten Funde aus der unterirdischen Struktur wurden eingelagert und die bisherigen Forschungsergebnisse archiviert. Man vergaß diesen Fehlschlag ebenso, wie man das Massaker von Yorba vergessen wollte. In ersterem Fall gelang dieses Vorhaben allerdings viel besser.

*

Auf den Tag genau vierzig Jahre nachdem Sigurdypols Schiff die Heimat verlassen hatte, tauchte es auf den Ortungsschirmen der Woniozell wieder auf.

Als der Frachter sich auf das zugewiesene Feld des Raumhafens herabsenkte, drängten sich unzählige Schaulustige um ihn herum. Der Frachter war von seiner jahrzehntelangen Reise stark ramponiert und wies deutliche Spuren von Zusammenstößen und Beschuss auf. Man konnte nur darüber spekulieren, was dieses Schiff und seine Besatzung in der langen Zeit alles erlebt haben mochten.

Die Rampe senkte sich, und in der erleuchteten Öffnung erschien ein Woniozell. Es dauerte eine Weile, bis sie in dem stark gealterten Artgenossen den ehemals jungen Hyiasiatol erkannten.

Sigurdypol war vor wenigen Jahren gestorben, aber er hatte noch einen entscheidenden Schritt bei der Erforschung des unbekannten Gegenstandes vollbracht.

Hyiasiatol, der die Arbeit seines Mentors anschließend fortsetzte, gelang schließlich ein Durchbruch, und er schuf damit einen runden Abschluss für das Lebenswerk seines Lehrmeisters, denn der Wissenschaftler hatte in den letzten Jahrzehnten gleich zwei Ziele verfolgt. Nicht nur das Verständnis der Technologie sollte ihm gelingen, sondern auch die Ausbildung Hyiasiatols zu einem würdigen Nachfolger, der Sigurdypols gesamtes Wissen besaß und darüber hinaus noch neue, eigene Gedankengänge entwickeln konnte. Beides war ihm gelungen.

*

Vor zwanzig Jahren irdischer Zeitrechnung

Dabophilorisoptyls Großelter war in jungen Jahren Mitglied der Expedition von Sigurdypol gewesen und nur knapp mit dem Leben davongekommen, weil er zum Zeitpunkt des Angriffs gerade eine Lieferung zur Heimatwelt gebracht hatte. Einer von Dabophilorisoptyls Eltern gehörte später zu dem Team, das die unbekannte Technologie zu erforschen versuchte. Zwei seiner Eltern waren bei dem Angriff auf Yorba gestorben. Mit anderen Worten, Dabophilorisoptyl bekam den Kampf gegen die Friedensstifter bereits in die Wiege gelegt und lernte von frühester Kindheit an, sie zu hassen.

Oft sprach er mit Hyiasiatol, dem Ältesten, der Sigurdypol noch persönlich gekannt hatte, und sie schmiedeten nächtelang Pläne, um ihr Volk endlich aus dem Joch der Friedensstifter zu befreien.

Auf der Heimatwelt der Woniozell war man in all den Jahren ebenfalls nicht untätig geblieben. In ihrem Bemühen, ein Mittel gegen die Unterdrücker zu finden, griffen sie nach jedem Strohhalm. Sie entwickelten neuere und stärkere Waffen für die Herzmuschelschiffe, ohne zu wissen, ob diese überhaupt gegen einen Ringraumer bestehen konnten. Die Entwickler waren auf Vermutungen angewiesen, da sie keines dieser Schiffe zur Verfügung hatten, um ihre Waffen daran zu testen. Also beschlossen die Woniozell einfach, die stärksten und besten Waffen zu entwickeln, die ihnen möglich waren. Nie wieder wollten sie den Friedensstiftern so hilflos und wehrlos ausgeliefert sein wie auf Yorba.

Neben der Waffentechnik wurde aber auch noch auf vielen anderen Gebieten geforscht. Ein Thema bildete dabei natürlich der Aufenthaltsort der Ringraumer und der Friedensstifter selbst, und wie man diesen bestimmen konnte.

Die Forschung von Sigurdypol und Hyiasiatol an der seltsamen Technologie ermöglichte die Reproduktion eines einzelnen Gerätes, das sie damals aus der unterirdischen Struktur gerettet hatten. Eine entscheidende Fähigkeit des Gerätes hatte Hyiasiatol basierend auf Sigurdypols Arbeit entschlüsselt: Der kleine Kasten konnte, wenn er an eine Ortungsanlage gekoppelt wurde, Ringraumer aufspüren. Obwohl die Funktionen noch nicht bis ins Letzte entschlüsselt waren, kannten sie jedes einzelne Element und konnten es vollständig kopieren. Allerdings war der Nachbau sehr aufwendig, sodass sie nur wenige ihrer Schiffe damit ausstatten konnten.

Dabophilorisoptyl wurde über die Jahre zu einem der engsten Vertrauten von Hyiasiatol. Er hätte sich ebenfalls der wissenschaftlichen Arbeit widmen können, wie so viele seiner Vorfahren, aber er wollte auf andere Art ihren Unterdrückern entgegentreten. Ihm schwebte ein viel direkterer Weg vor. Deshalb widmete er seine gesamte Energie der Aufgabe, der beste Pilot der woniozellschen Flotte zu werden. In dieser Funktion würde er nicht nur an vorderster Front gegen die sogenannten Friedensstifter kämpfen, sondern auch garantiert eines der ersten funktionsfähigen Ortungsgeräte bekommen, um die Ringraumer aufzuspüren.

*

Vor zwei Monaten irdischer Zeitrechnung

Neunzig Jahre waren vergangen, seit das Volk der Woniozell die größte Katastrophe seiner gesamten Geschichte erlebt hatte, die Abermillionen von ihnen den Tod gebracht hatte.

Ein Erlebnis, von dem sich dieses Volk nie wieder erholte und das es bis heute weder aus seiner Erinnerung noch aus seinem Bewusstsein verdrängen konnte.

Die ehemals kontaktfreudigen Entdecker waren verbittert und härter geworden. Ganze Generationen widmeten ihr gesamtes

Leben dem Widerstand gegen das Regime der Friedensstifter. Millionen von Woniozell bereiteten fast ein Jahrhundert lang einen Gegenschlag vor und nun war es endlich so weit.

Endlich waren sie in der Lage, Jagd auf die verhassten Ringraumer zu machen!

In den vergangenen Jahrzehnten waren sie froh und erleichtert gewesen, keinen Ringraumer zu Gesicht zu bekommen, aber nun wollten sie dringend welche finden. Einige Stimmen sprachen sich dafür aus, sie durch ein massives Fehlverhalten zu sich zu locken, aber die meisten hielten dies für ein zu großes Risiko. Die erste Begegnung mit einem Ringraumer sollte auf neutralem Gebiet stattfinden, denn niemand wollte, dass ihr Heimatplanet dasselbe Schicksal erlitt, wie einst die Kolonialwelt Yorba.

Die Herzmuschelschiffe, die mit einem Detektor ausgestattet waren, flogen fast ununterbrochen ihre Patrouillen. Es war eine langwierige und frustrierende Aufgabe, die sich über viele Wochen hinzog. Als schon erste Stimmen laut wurden, die forderten, das Vorhaben aufzugeben und die Detektoren für unbrauchbar zu erklären, machte eine Patrouille in der Nähe des Systems der Sarrack endlich einen Ringraumer aus.

Sofort ging ihre Schwadron zum Angriff über.

5.

Dabophilorisoptyl beendete den Vortrag. Dies war also die Antwort auf die Frage, wie die Woniozell an dieses Gerät gelangt waren. Mit diesem Detektor konnten sie die TOTENSCHIFF und jeden anderen Ringraumer aufspüren.

Es war keine mitreißende Geschichte eines erfahrenen Erzählers geworden, sondern die nüchterne Aufzählung von Fakten. Nicht einmal bei dem Teil, in dem die Friedensstifter beinahe die gesamte Zivilisation der Woniozell auslöschen ließen, hatte sich seine Stimmlage verändert.

Amy vermutete, dass Dabophilorisoptyl sich bewusst so sachlich gab, um sich vor den Gefühlen zu schützen, die diese Erinnerungen auslösten.

Er redete sich in eine Art Trance, um sich einen gewissen Abstand vom Inhalt bewahren zu können. Während des Vortrags war er die Bilderreihe an der Wand des Konferenzraumes abgeschritten und hatte mit einem Fühler auf die jeweilige Abbildung gezeigt.

Die Darstellungen halfen sehr dabei, sich die damaligen Ereignisse auszumalen, und sie verdeutlichten, dass Dabophilorisoptyl diese Geschichte doch sehr nahe gehen musste. Er entschuldigte sich, um ein paar Getränke zu holen, aber die drei Freunde vermuteten, dass er einfach einen Moment allein sein wollte.

Shanton sah zu Doorn und Amy. »Wisst ihr, was ich denke?«

»Dass es Zeit für die nächste Zwischenmahlzeit ist?«, vermutete Doorn.

»Nein. Okay, das auch, aber ich denke, dass es sich bei diesem letzten Angriff um den Kampf gehandelt haben muss, den wir als Gefangene der Reckbatz miterlebt haben.«

»Das könnte tatsächlich sein«, stimmte Amy nachdenklich zu. »Wir könnten das in den Logbüchern der Woniozell nachschauen.«

Dabophilorisoptyl kam wieder herein, in Begleitung von Hyiasiatol und Seraphimdemptophyl.

Shanton bat die Woniozell um einen Abgleich mit den zeitlichen Einträgen in den Logbüchern des Flaggschiffes und erhielt tatsächlich die erhoffte Bestätigung.

Eine andere Vermutung sprachen die Freunde hingegen nicht laut aus. Aber sie konnten während der Erzählung des Woniozell einander ansehen, dass sie bei der Schilderung der unterirdischen Struktur und der gefundenen Technologie alle denselben Schluss gezogen hatten: Es musste sich um eine Station mit grüner Technologie gehandelt haben, die – aus welchem Grund auch immer – aufgegeben worden war. Ihnen fiel einfach keine andere Technologie ein, die so schwer zu entschlüsseln sein sollte.

Arc Doorn wollte nicht erzählen, wie lange er schon mit diesem Rätsel kämpfte, und er war ein wenig erleichtert, dass es anderen auch so viele Probleme bereitete.

In Gegenwart von Hyiasiatol vermieden die Freunde auch zu erwähnen, dass es weniger die Besiedlung von Yorba gewesen war, die die Reckbatz auf den Plan gerufen hatte, sondern höchstwahrscheinlich die Untersuchung der Station. Sie wollten das Gewissen des alten Mannes nicht damit belasten, dass er und sein Mentor Auslöser eines Massakers an ihrem Volk gewesen sein könnten. Niemanden wäre damit gedient gewesen. Sie selbst hatten durch ihre Ankunft in Voktar ebenfalls das Auftauchen der Reckbatz provoziert. Wie bei Sigurdypol und Hyiasiatol war das unwissentlich geschehen, aber glücklicherweise mit deutlich weniger dramatischen Folgen.

»Können wir eure Aufzeichnungen zum Bau des Ringraumer-Detektors einmal sehen?«, fragte Chris Shanton freundlich, konnte seine Aufregung dabei aber nur schwer verbergen. Die Entschlüsselung des Ursprungsgeräts aus grüner Technologie wäre für Arc und ihn eine wissenschaftliche Sensation.

»Diesen Wunsch können wir euch leider nicht erfüllen«, entgegnete Dabophilorisoptyl bestimmt.

»Ihr müsst das verstehen«, entschuldigte sich Seraphimdemptophyl. »Es handelt sich um unsere stärkste Waffe im Widerstand gegen die Friedensstifter, und Hyiasiatol hatten praktisch ihr ganzes Leben in die Entschlüsselung dieses Gerätes gesteckt. Da können wir das Geheimnis nicht einfach so weitergeben.«

Doorn widersprach aufgeregt: »Oder gerade deswegen. Wenn ihr dieses Wissen überall verbreitet, dann können noch viele andere Völker den Kampf gegen die Reckbatz und damit gegen die Friedensstifter aufnehmen.«

»Ein guter Gedanke. Trotzdem, zum jetzigen Zeitpunkt möchten wir dieses Geheimnis lieber bewahren.« Dabophilorisoptyl klang barsch, aber es verriet nur erneut seine Anspannung in diesem Punkt. »Wir haben ohnehin schon sehr viel riskiert, weil wir euch überhaupt davon erzählt haben. Einige aus unserem Volk könnten uns Verrat vorwerfen, weil wir euch unser größtes militärisches Geheimnis anvertraut haben. Unser Gefühl sagt uns, dass wir euch vertrauen können, aber es ist, wie gesagt, nur ein Gefühl.«

»Eure Hilfe beim Feldzug gegen die Ringraumer wäre uns trotzdem sehr willkommen«, verkündete Seraphimdemptophyl.

»Dazu sind wir gerne bereit«, verkündete Amy. »Wir würden ebenfalls gerne einige Ringraumer besitzen.«

»Tatsächlich?«, wunderte sich Dabophilorisoptyl, und sein Misstrauen war sofort wieder geweckt.

Die Freunde wollten bei den Gründen nicht allzu sehr ins Detail gehen und sprachen vor allem den Koppelflug nicht an, nachdem sie mit diesem Thema bei den Reckbatz äußerst schlechte Erfahrungen gesammelt hatten.

»Ihr könnt gerne für eure Bemühungen einen der Ringraumer behalten«, bot Hyiasiatol an.

Doorn schüttelte sofort den Kopf. »Einer ist uns nicht genug. Immerhin wird es nicht ganz einfach werden, sie zu bekommen. Mit dem Aufspüren allein ist es ja nicht getan. Wir müssen die Ringraumer auch erobern, und ihre Besatzungen werden uns das ganz sicher nicht einfach machen.«

»Möchtet ihr jeder einen eigenen Ringraumer besitzen?«, fragte Dabophilorisoptyl.

»Wir dachten eigentlich daran, dass wir die Beute gerecht untereinander aufteilen.«

»Ihr wollt die Hälfte?!?« Die drei Woniozell waren fassungslos. Sie drängten sich zusammen und wickelten ihre Auswüchse mit den Sprechschlitzen fast umeinander, damit ihre Gäste nichts von dem verstehen konnten, was sie nun besprachen.

Schließlich drehte der Kontakter einen Auswuchs in Richtung der Terraner. »Wozu braucht ihr so viele Ringraumer? Ihr könnt sie doch nicht alle fliegen.«

»Wir werden eine große Expedition mit ihnen starten, die größte, die es jemals gegeben hat, weit über die Grenzen von Voktar hinaus«, verkündete Arc Doorn mit dröhnender Stimme. Er legte so viel Pathos und Enthusiasmus hinein, dass sogar Shanton und Amy beinahe daran geglaubt hätten, hätten sie es nicht besser gewusst.

Den Woniozell schien diese Antwort zu gefallen, zum einen, weil diese geradewegs ihrem eigenen Naturell entsprach, und zum anderen, weil sie die Ringraumer, die nicht ihrem Kommando unterstehen würden, sehr weit weg führte. Im Grunde war ihnen alles recht, solange die Terraner ihren Anteil nicht an Feinde der Woniozell verkauften oder eigene Interessen in ihrem Gebiet entwickelten. Sie waren mit den Reckbatz und den Friedensstiftern ausreichend bedient und brauchten keinen weiteren Gegner.

Nach einigem weiteren Hin und Her einigten sich beide Parteien darauf, dass die Woniozell den Terranern beim Aufspüren von Ringraumern helfen und im Gegenzug dafür von ihnen in die Bedienung dieser Schiffe eingewiesen würden.

»Kurzgefasst, wir schnappen uns jeden Ringraumer, den wir in die Finger bekommen und machen dann halbe-halbe«, fasste Shanton ihre Vereinbarung zusammen.

»Was sind Finger?«, fragte Seraphimdemptophyl irritiert.

Zur Antwort hob Doorn seine rechte Hand und bewegte die Finger. »Das ist nur eine Redewendung. Wir meinen jeden erbeuteten Raumer.«

Seraphimdemptophyl senkte zufrieden seine Auswüchse. »Das klingt nach einer guten Vereinbarung.«

»Dann sind wir uns einig?«, hakte Hyiasiatol nach.
»Wir sind uns einig«, bestätigte Arc Doorn.

*

Zur Feier der Vereinbarung gab es am Abend neuerlich ein opulentes Festmahl.

Die Terraner hielten sich zu Beginn ein wenig abseits. Sie hätten sich gerne in ihre Unterkunft zurückgezogen, um sich dort in aller Ruhe miteinander zu beraten, doch die Woniozell gönnten ihnen keine Verschnaufpause, sondern drängten sie mit sanfter Gewalt von einem Programmpunkt zum nächsten. Auf dem Weg vom Konferenzraum zum Festsaal wurden ihnen so viele Amts- und Würdenträger vorgestellt, dass allen dreien der Kopf schwirrte. Nach der anfangs misstrauischen bis ablehnenden Haltung der Woniozell wollte nun offenbar fast jeder von ihnen die Terraner persönlich kennenlernen.

Erst im Festsaal selbst konnten die drei für kurze Zeit in eine stille Ecke verschwinden.

»Wir sollten noch einmal überdenken, welche Macht wir den Woniozell damit verschaffen«, sagte Amy. Der weibliche Cyborg senkte seine Stimme immer weiter, bis sie kaum noch zu verstehen war. »Wenn wir ihnen zehn Ringraumer geben, könnten sie diese auch offensiv und aggressiv einsetzen. Sie könnten damit andere Planeten unterwerfen. Vielleicht sehen sie irgendwann nicht mehr ein, auf bestimmte Planeten zu verzichten, nur weil diese schon von jemand anderem bewohnt sind.«

Shanton rieb sich seinen nachgewachsenen Kinnbart. »Ein Argument, das man nicht so leicht von der Hand weisen kann. Sie wären nicht die Ersten, denen ihre Macht zu Kopf steigt. Sie könnten sich ähnlich verhalten wie die Reckbatz und die Friedensstifter oder vielleicht sogar noch schlimmer.«

Doorn sah sich nach allen Seiten um. »Dann sollten wir unsere Gastgeber gut im Auge behalten, um eine Änderung ihrer Motive rechtzeitig zu erkennen und gegebenenfalls die nötigen Schritte zu unternehmen.«

»Zum Beispiel? Was meinst du mit den nötigen Schritten?«

»Wir könnten zum Beispiel die Ringraumer so manipulieren, dass die Woniozell sie nicht als Waffen einsetzen können.«

In diesem Moment wurde das Essen vor ihnen abgestellt, und sie wechselten rasch das Thema.

Shanton fand zunehmend Gefallen an den vielfarbigen Speisen, aber Amy und Doorn hätten, falls ihre Mission am nächsten Tag fehlschlagen sollte, eine andere Henkersmahlzeit bevorzugt.

*

Am folgenden Morgen wurden die Terraner zeitig zum Raumhafen gebracht, wo eine Schwadron Herzmuschelschiffe unter dem Kommando von Dabophilorisoptyl sie bereits erwartete. »Die Jagd beginnt, wir werden uns einen Ringraumer schnappen, und er wird nur der Erste einer ganzen Reihe sein.«

»Freut uns, dass ihr so zuversichtlich seid.« Amy Stewart lächelte.

Dabophilorisoptyl wies mit einem Fühler auf die TOTENSCHIFF. »Wir würden euch gerne an Bord eures Schiffes begleiten, um uns fürs Erste schon einmal mit der Steuerung vertraut zu machen.«

Shanton druckste herum. »Wir fänden es wichtiger, dass ihr persönlich den Ringraumer-Detektor an Bord *eures* Schiffes überwacht, damit das Aufspüren auch ganz sicher gelingt. Wenn es euch recht ist, würde ich euch gerne dabei zusehen.«

Dabophilorisoptyls Blick drückte seine Enttäuschung aus. Er durchschaute das Argument mit dem Detektor und begriff, dass die Terraner ihn nicht an Bord der TOTENSCHIFF haben wollten. Er beschloss allerdings, das Thema nicht zu vertiefen, da er bald selbst über einige dieser Schiffe verfügen würde.

Amy wechselte rasch das Thema. »Ich halte es für keine gute Idee, in der Nähe des Sarrack-Systems zu beginnen.«

»Wieso das?«

»Dort hätte längst jemand auftauchen müssen, um nach dem Verbleib des erbeuteten S-Kreuzers zu schauen.«

Dabophilorisoptyl zwinkerte irritiert. »Aber genau darin besteht doch eine ausgezeichnete Chance, gleich den ersten Fang zu machen. Wir warten darauf, dass ein Ringraumer kommt, um den euren zu suchen, und schnappen ihn sofort. Dafür brauchen wir nicht einmal den Detektor.«

»Das ist richtig, aber wir sollten eines bedenken: Vielleicht kommt nur ein Schiff zum Nachsehen, vielleicht aber auch gleich zwei oder zehn. Und selbst falls wir es schaffen sollten, gegen sie zu bestehen und auch dieser Schiffe Herr zu werden, werden die Reckbatz spätestens beim nächsten Mal eine richtige Übermacht hier auflaufen lassen. Das kann – zumindest zum jetzigen Zeitpunkt – nicht in eurem Interesse sein. Ihr braucht erst ein paar eigene Ringraumer und müsst mit ihnen umgehen können, um gegen eine solche Übermacht anzukommen.«

Arc Doorn mischte sich ein: »Außerdem nutzt es uns nichts, wenn es zu einer richtigen Schlacht kommt und die Ringraumer dabei so schwer beschädigt werden, dass wir sie nicht mehr einsetzen können.«

Dabophilorisoptyls Stimme klang weniger aufgeregt, sondern eher nachdenklich, als er antwortete. »Ihr habt recht. Wir sind gelegentlich ein bisschen übermütig, wenn wir uns dicht vor dem Ziel wähnen. Eure Bedenken sind wirklich berechtigt, verehrte Amy.«

Amy Stewart lächelte geschmeichelt. Tatsächlich hatten Doorn, Shanton und sie sich bereits zuvor darüber gewundert, dass sich keine weiteren Reckbatz an der Stelle blicken ließen, an der ihr S-Kreuzer verschwunden war. Sie erklärten es sich damit, dass sie nicht wirklich viel über dieses Volk und seine Strukturen und Gewohnheiten wussten.

Die Reckbatz mochten in einer solchen Situation völlig anders reagieren, als Menschen es getan hätten. Allein ihr Selbstmordpakt wies darauf hin.

Vielleicht besaßen die Reckbatz auch einfach so viele Ringraumer, dass ihnen der Verlust eines einzigen keine Suchaktion wert war. Eine andere Möglichkeit bestand darin, dass zwischenzeitlich ein getarnter Aufklärer der Reckbatz unauffällig die Stelle untersucht und nichts Verdächtiges mehr vorgefunden hatte, weil die TOTENSCHIFF sich zu dieser Zeit bereits bei den Corell aufhielt. Aber das waren alles reine Spekulationen.

»Es muss doch noch einen anderen Sektor geben, in dem Ringraumer gesichtet wurden.«

»Mehr als einen«, bestätigte Dabophilorisoptyl.

*

Die TOTENSCHIFF und die Woniozell hoben gleichzeitig vom Raumhafen ab und nahmen Kurs auf einen Raumsektor, in dem Dabophilorisoptyl am ehesten Kontakt erwartete. Dort wurden hin und wieder Ringraumer gesichtet, aber der Woniozell konnte keine genauen Angaben darüber machen, wie oft das der Fall war. Die geschätzte Zahl würde irgendwo zwischen einer einzigen Sichtung und wahrem Stoßverkehr liegen.

Sein Flaggschiff und die TOTENSCHIFF blieben die gesamte Zeit in Verbindung miteinander.

Aus Stunden wurden Tage, ohne dass etwas geschah. Dabophilorisoptyl unternahm noch zwei weitere Versuche, an Bord der TOTENSCHIFF zu kommen, um mit der Einweisung in die Handhabung eines Ringraumers beginnen zu können.

Amy verwehrte ihm diesen Wunsch weiterhin auf möglichst höfliche Art. Sie verstand sich gut darauf, ihn zu vertrösten und ihm das Gefühl zu vermitteln, dadurch seine Vorfreude noch zu steigern. Aber mit jedem neuen Tag schwand bei allen Beteiligten die Geduld immer weiter.

Am fünften Morgen meldete sich Dabophilorisoptyl auf der TOTENSCHIFF. »Wir müssen langsam über andere Strategien nachdenken. Mit Warten allein kommen wir nicht an sie heran.«

»Wir könnten sie herausfordern und so herlocken«, schlug Amy vor.

Der Woniozell wurde neugierig. »Eine bewusste Provokation? Wie könnte die aussehen?«

Shanton rieb sich seinen Kinnbart. »Die Woniozell könnten wieder eine Entdeckungsmission starten oder sich auf einem fremden Planeten niederlassen.«

»Wir möchten nicht, dass eine unserer Kolonialwelten oder gar unser Heimatplanet zum Ziel wird, lieber spielen wir selbst den Lockvogel«, wehrte Dabophilorisoptyl ab.

Der Kommandant des Flaggschiffs wurde von einem seiner Besatzungsmitglieder unterbrochen.

Amy konnte nicht verstehen, was ihm mitgeteilt wurde, aber die Hektik, die an Bord des Herzmuschelschiffes ausbrach, vermittelte ihr eine Ahnung.

Dabophilorisoptyls Konterfei in der Bildkugel wandte sich wieder den Terranern zu. »Unser Detektor hat Ringraumer ausfindig gemacht!«

»Einen oder mehrere?«, fragte Amy.

»Wir wissen es nicht, wir bekommen kein differenziertes Signal. Wir wissen nur, dass sich dort Ringraumer befinden.«

Shanton wies auf seinen Monitor. »Die ersten Muschelschiffe seines Verbandes gehen bereits in Transition.«

»Dabophilorisoptyl, wartet!«, rief Amy.

»Keine Zeit! Wir müssen handeln, bevor der oder die Ringraumer wieder aus dem Ortungsbereich unseres Detektors verschwinden«, antwortete der Woniozell, und beide Auswüchse wandten sich von der Bildkugel ab und den anderen Besatzungsmitgliedern an Bord seines Schiffes zu.

»Wir müssen uns beeilen, wenn wir dranbleiben wollen«, machte Shanton klar, während er dabei zusehen musste, wie ein Muschelschiff nach dem anderen durch Transition verschwand.

»Diese verdammten Hitzköpfe!«, polterte Doorn. »Sie springen, ohne zu wissen, was sie am Zielort erwartet. Die Woniozell beweisen einmal mehr, dass militärische Disziplin offenbar nicht ihre Stärke ist.«

»Dabophilorisoptyl soll seine Leute zurückhalten, es könnte ihr sicherer Tod sein.«

»Er ist selbst dabei zu springen«, rief Amy.

»Was?!?« Chris Shanton fuhr auf seiner Sitzgelegenheit herum.

Dabophilorisoptyls Raumer beschleunigte, während er ihnen die Zielkoordinaten der Sichtung übermittelte. Dann folgte das Flaggschiff den anderen Maschinen der Schwadron.

»Warum müssen die jeden Einsatz wie ein Himmelfahrtskommando angehen?« Shanton raufte sich den Kinnbart.

»Sollen wir hier warten, bis sie zurückkommen?«, fragte Amy.

»Zurückkommen?« Doorn klang höhnisch. »Wenn die am Ziel auf mehrere Ringraumer stoßen, dann werden sie nicht mehr zurückkommen. Wir haben keine andere Wahl, als ihnen zu folgen, sonst verlieren wir nicht nur unsere Verbündeten, sondern auch noch die einzige Möglichkeit, die benötigten Ringraumer aufzuspüren.«

»Es ist nicht der einzige Detektor, den die Woniozell besitzen«, gab Chris Shanton zu bedenken.

»Und du glaubst, sie geben uns noch einen, wenn wir ohne Dabophilorisoptyl und seine Schwadron zurückkehren?«

Amy holte tief Luft. »Also los, folgen wir Ihnen, bevor es zu spät ist!«

Um nicht den Anschluss zu verlieren, leitete Doorn fluchend die Transition ein, wobei er ein paar Lichtminuten Abstand von den ermittelten Koordinaten einhielt. Wo auch immer ihr Ziel lag, er wollte mit der TOTENSCHIFF nicht im Herzen einer Schlacht herauskommen.

*

Die TOTENSCHIFF erreichte das Ziel ein wenig abseits eines erbitterten Kampfes zwischen den Muschelschiffen und einem einzelnen Ringraumer. Die Schiffe der Woniozell umschwirrten und attackierten den Gegner wie besessen. Sie feuerten ohne Unterlass, sodass die Terraner nicht den Eindruck gewannen, dass ihre Verbündeten den Ringraumer in einem Stück erobern wollten.

Amy versuchte, Dabophilorisoptyl über Funk zu erreichen, aber der hatte momentan wohl Wichtigeres zu tun, denn die Muschelschiffe flogen Angriff um Angriff. Allerdings steuerten sie so unkoordiniert, dass sie einander in die Schusslinie gerieten und es an ein Wunder grenzte, dass sie sich nicht gegenseitig abschossen.

Die Abstrahlantennen der Bordwaffen gaben beinahe ununterbrochen ihre pinkfarbenen, überlichtschnellen Strahlen ab. Waffenmäßig wären sie durch die Nadelstrahlen durchaus dazu in der Lage, den Ringraumer zu besiegen, wenn es ihnen nur gelänge, einen einheitlichen und koordinierten Angriff zu fliegen, um dessen Intervallfeld ausreichend zu schwächen.

»Wir müssen die Woniozell davon abhalten, dass sie den Ringraumer zerstören«, rief Amy, als sie einsah, dass Dabophilorisoptyl sich nicht melden würde.

»Vielleicht können wir den Ringraumer zur Aufgabe überreden, bevor die Opferzahlen so hoch sind, dass keiner mehr zurückstecken kann«, schlug Shanton vor.

Amy hob zweifelnd die Augenbrauen, entschied sich dann aber, dass es einen Versuch wert war. Sie funkte den Ringraumer an, doch niemand reagierte darauf. »Die stellen sich taub.«

Die Muschelschiffe hatten inzwischen eine keilförmige Formation gebildet und sausten jetzt auf den Ringraumer zu.

»Wenn sie ihm diese Breitseite verpassen, ist das Schiff nur noch Schrott!«, warnte Shanton, aber Arc Doorn hatte die Bedrohung bereits selbst entdeckt.

Der Worgunmutant gab vollen Schub und jagte die TOTENSCHIFF direkt auf die Lücke zwischen den verfeindeten Parteien zu.

»Äh …, Arc, das ist vielleicht nicht der günstigste Ort, um sich dort aufzuhalten«, mahnte Shanton.

Amy betrachtete die Flugbahn in der Bildkugel. »Ich hoffe nur, du weißt, was du da tust.«

Doorn antwortete seinen Freunden nicht, aber der Schweiß stand ihm deutlich auf der Stirn, als er den S-Kreuzer per Gedankensteuerung zwischen Ringraumer und Dabophilorisoptyls Schwadron lenkte. Er hoffte sehr, dass die Herzmuschelschiffe nicht auf ihn feuern würden.

Im Laufe seines langen Lebens hatte er dieses Spiel schon mit Booten, Autos, Panzern und Gleitern vollführt und war stets siegreich geblieben – zumindest bisher.

Die Woniozell schossen zwar nicht, aber sie blieben auf Kurs. Die Piloten gingen wohl davon aus, dass die TOTENSCHIFF der Schwadron ausweichen würde, aber Doorn besaß mehr Erfahrung bei diesem Spiel, als alle Woniozellpiloten zusammen.

»Arc! Abdrehen!«, schrie Shanton, und Amy hielt den Atem an.

Die Darstellung in der Bildkugel zeigte, dass der Zusammenstoß unmittelbar bevorstand.

»Na los, zieht endlich die Fühler ein!«, presste Doorn zwischen den Zähnen hervor.

Im buchstäblich letzten Moment wichen die Herzmuschelschiffe aus und zerstreuten sich in alle Richtungen.

Dabophilorisoptyl erschien in der Bildkugel, seine beiden Auswüchse waren ausgestreckt, was höchste Erregung verriet. »Was tut ihr da?«, rief er wütend.

»Schaut mal, wer da plötzlich wieder mit uns redet«, spottete Doorn, immer noch darüber erleichtert, dass sein Plan funktioniert hatte.

»Wenn der Ringraumer durch eure Schuld entkommt, wird das Folgen für euch haben«, drohte der Kommandant.

»Er ist immer noch da. Wenn ihr gefeuert hättet, wären jetzt vielleicht nur noch ein paar treibende Trümmer von ihm übrig«, gab Doorn in nicht minder feindseligem Ton zurück.

Der gegnerische Ringraumer nutzte die Verschnaufpause, um etwas Abstand zu seinen Angreifern zu bekommen.

Shanton wunderte sich laut darüber, dass der fremde Ringraumer ebenfalls nur Nadelstrahlen einsetzte, so wie seine Angreifer, obwohl er auch Dust und Strich-Punkt zur Verfügung hatte. Die Mix-Waffen kannten die Reckbatz wahrscheinlich nicht, aber den Rest konnten ihnen die Friedensstifter nicht auch verheimlicht haben, oder etwa doch?

Amy versuchte weiter, den Ringraumer anzufunken, aber dessen Besatzung ignorierte die Anfragen. Sie kämpften offenbar lieber, anstatt zu reden.

Die TOTENSCHIFF musste für ihre Beschäftigung mit den Muschelschiffen ein paar Treffer von dem fremden Ringraumer einstecken. Ein weiterer Nadelstrahl des Gegners streifte ein Muschelschiff, und es geriet ins Trudeln. Doorn fühlte sich dafür verantwortlich, weil er sich den Woniozell in die Schusslinie gestellt hatte. Außerdem war er der Meinung, dass sie lange genug versucht hatten, mit dem Ringraumer in Kontakt zu treten. Es wurde Zeit, in den Kampf einzugreifen, bevor es Verluste in den eigenen Reihen gab.

»In Ordnung, beenden wir die Schlacht«, entschied Doorn.

*

Die TOTENSCHIFF und der fremde Ringraumer passierten einander und nahmen sich dabei unter Feuer.

Die Salven beider Parteien verpufften an den Intervallfeldern des jeweiligen Gegners.

Bei Schiffen, die von der Ausstattung her ebenbürtig waren, entschied hauptsächlich das Geschick der Piloten über den Ausgang eines Kampfes. Allerdings besaß die TOTENSCHIFF durch Amys Fund eines verborgenen Waffensystems inzwischen einen beträchtlichen Vorteil.

»Wir sollten die Mix-Waffensysteme einsetzen, dafür haben wir sie schließlich«, schlug Amy vor.

»Beginnen wir mit Mix-2«, stimmte Shanton zu.

Das energetische Strahlengemisch von Mix-2 diffundierte durch den Schutzschirm des gegnerischen Ringraumers und schwächte ihn. Damit war die Deckung für Nadelstrahlen leicht zu durchdringen.

»Lass ihnen einen Moment, um ihre Situation zu begreifen. Vielleicht geben sie auf, wenn sie merken, dass ihr Intervallfeld geschwächt ist.«

»Mal ehrlich, Chris, hattest du bisher den Eindruck, dass irgendetwas die Reckbatz dazu veranlassen könnte, vorsichtiger zu werden?«, ätzte Doorn.

Wie zur Bestätigung seiner Worte verstärkte der feindliche Raumer den Beschuss noch.

»Okay, jetzt Mix-4!«, befahl der Worgunmutant.

Das silbrigblau fluoreszierende Strahlenfeld traf auf das Intervallfeld des Ringraumers und machte es durchlässig für konventionellen Beschuss.

»Jetzt sollten wir uns ranhalten, bevor die Woniozell die Gelegenheit nutzen und den Ringraumer zu Klump schießen.«

Es war einfacher, einen Gegner auszuschalten, wenn man dabei keine Rücksicht auf dessen Raumer zu nehmen brauchte, doch in diesem Fall wollten sie das Schiff erhalten. Alles, was sie im Verlauf des Kampfes zerstörten, mussten sie hinterher wieder reparieren. Deshalb war es wichtig, die Schäden so gering wie möglich zu halten.

Aus diesem Grund verzichtete die TOTENSCHIFF auch auf den Einsatz von Mix-1. Aber die Nadelstrahlen des S-Kreuzers durchdrangen beim zweiten Aufeinandertreffen das aufgeweichte Intervallfeld des Gegners mühelos und zerstörten einen großen Teil von dessen Waffensystemen.

»Den Zahn haben wir ihnen gezogen«, jubelte Shanton. In der Tat mussten sie keine Rücksicht auf die Bewaffnung des anderen Ringraumers nehmen, da sie für ihren geplanten Koppelflug nicht notwendig war. Sie benötigten lediglich ein flugtüchtiges Schiff, beziehungsweise zehn von ihnen.

Die Muschelschiffe sahen den nahenden Sieg kommen und stürzten sich mit großer Begeisterung, aber wenig Verstand ins Kampfgeschehen. Rasch kamen die ersten von ihnen auch der TOTENSCHIFF in die Quere, und eines der Schiffe aus Dabophilorisoptyls Schwadron drang ein Stück weit in ihr Intervallfeld ein.

Etwas in dem Muschelraumer explodierte, vermutlich als Folge einer Rückkopplung, die durch Interferenzen zwischen dem Intervallum und dem Schutzschirm des Muschelschiffs entstanden war. Angeschlagen trudelte es nach dem Zusammenprall umher und war nun ein leichtes Ziel für den gegnerischen Ringraumer, der auch keine Sekunde zögerte.

»Haltet eure Leute auf Abstand!«, befahl Amy dem Kommandanten. »Wir brauchen keine unnötigen Verluste.«

»Dies wird ein alleiniger Sieg der Woniozell. Wir schaffen das auch ohne fremde Helfer.«

Kopfschüttelnd drehte sich der weibliche Cyborg von der Bildkugel weg. »Und ich dachte, wenigstens er hätte ein bisschen Grips in seiner Schale.«

»Tja, hinter der harten Schale verbirgt sich wie so oft ein weicher Verstand«, brummte Doorn zustimmend.

Der angeschlagene Ringraumer ging auf Kollisionskurs mit den Herzmuschelschiffen.

»Mir geht die Kamikazementalität von beiden Seiten ganz schön auf den Keks«, sagte Amy verärgert. »Man könnte meinen, man habe es mit störrischen kleinen Kindern zu tun, die keine Sekunde über die Konsequenzen ihres Tuns nachdenken.«

Shantons Stimme überschlug sich fast. »Aber wir müssen etwas unternehmen, bevor die sich gegenseitig umbringen und dabei alle ihre Schiffe zerstören, und zwar schnell!«

Doorn knirschte mit den Zähnen, er sah sich zu etwas gezwungen, dass er eigentlich um jeden Preis verhindern wollte. »Schießt auf den Antrieb des Ringraumers! Legt ihn lahm!«

Eine Serie von Nadelstrahlen traf den Antrieb, und sofort verlor der Ringraumer an Geschwindigkeit. Er war weder in der Lage, weiter anzugreifen, noch konnte er fliehen.

Doorn hoffte, dass der Schaden am Antrieb nicht zu schwer und schnell zu reparieren war. Noch mehr hoffte er allerdings, dass die Woniozell jetzt keinen Fehler machten.

Beinahe übergangslos hörte jegliche Gegenwehr auf, und das Schiff begann zu treiben.

»Sie wehren sich nicht mehr«, berichtete Amy und meldete dies auch an Dabophilorisoptyl und seine Schwadron.

»Das könnte eine Falle sein«, antwortete der Kommandant der Muschelschiffe endlich. Man merkte deutlich, dass ihm dieser geschenkte Sieg nicht schmeckte.

»Haben Sie noch funktionierende Waffen oder sind alle zerstört?«, erkundigte sich Doorn.

Shanton ortete den Ringraumer durch. »Mehrere Nadelstrahler sind noch funktionsfähig, und die übrigen Abstrahlantennen haben sie überhaupt nicht aktiviert.«

Für einen Moment herrschte Schweigen an Bord. Die Freunde teilten gerade dieselbe Befürchtung, denn eine ähnliche Situation hatten sie bereits bei einer früheren Begegnung mit den Reckbatz erlebt. Sie hofften, dass sich das nicht wiederholen würde. Damals mussten sie mitansehen, wie ihre Gegner bewusstlose Kameraden erschossen und sich dann selbst das Leben nahmen.

»Versuch weiter, sie anzufunken, und sag ihnen, dass sie nichts zu befürchten haben. Leg es in eine Dauerschleife«, wies Doorn Amy an. Keiner von ihnen wollte noch einmal so einen Anblick wie bei der Übernahme der TOTENSCHIFF ertragen müssen.

»Keine Reaktion«, meldete die Angesprochene.

»Also, bereit zum Übersetzen?« Doorn blickte in die Runde.

Amy Stewart und Chris Shanton nickten zustimmend.

»Danach müssen wir mal mit Dabophilorisoptyl ein ernstes Wörtchen über unsere gegensätzlichen Vorstellungen des Begriffs Taktik reden.«

6.

Amy Stewart, Arc Doorn und Chris Shanton hielten Waffen in ihren Händen, falls sie auf Gegenwehr stoßen würden, doch sie glaubten nicht wirklich daran. Sie betraten den Ringraumer und blieben nach wenigen Schritten stehen.

Amy seufzte. »Wir hätten wissen müssen, dass dies geschieht.«

Die Krabbenwesen lagen überall in den Gängen bis hin zur Zentrale. Man konnte kaum noch den Boden aus Unitall sehen, so viele Körper bedeckten ihn.

Weißlicher Schaum war aus ihren Mündern gequollen und bildete kleine Pfützen neben ihren Leichen. Der rötliche Schimmer war aus den Augen gewichen.

Amy und ihre Begleiter wussten bereits, wie es dazu hatte kommen können. Die Reckbatz besaßen eine tödliche Giftdosis an einer Seepocke, die unter ihrer Greifzange verborgen lag. In ausweglosen Situationen wie einer drohenden Niederlage oder einer bevorstehenden Gefangennahme begingen sie damit kollektiven Suizid.

Die gesamte Besatzung des Ringraumers, nach ersten Schätzungen über 350 Reckbatz, war tot. Das gab dem Sieg einen sehr bitteren Beigeschmack.

Die Terraner schritten zwischen den toten Krabbenartigen hindurch zur Zentrale und versuchten, die Leichen zu ignorieren.

Doorn und Shanton machten sich sofort daran, den Bordrechner zu kontrollieren, aber sie brauchten nur wenig Zeit, um festzustellen, dass es für sie nichts mehr zu holen gab.

Dieses Mal war es den Reckbatz rechtzeitig gelungen, die Speicherinhalte des Bordgehirns vollständig zu löschen. Die Sternenkarten, die Koordinaten der Sonnensysteme und vor allem auch Grobinformationen über die Nachbargalaxien waren zerstört.

Die Reckbatz gingen sehr konsequent vor und hinterließen nur verbrannte Erde. Niemand sollte ihre Hinterlassenschaft nutzen können.

»Warum haben die Reckbatz ihr Schiff nicht mittels Selbstzerstörung vernichtet?«, überlegte Shanton laut.

Doorn kontrollierte das zugehörige System. »Sie haben es versucht, aber wir haben wohl mit unserem Beschuss dafür gesorgt, dass es ihnen nicht gelungen ist. Die Treffer haben eine Fehlfunktion in den entsprechenden Einrichtungen verursacht.«

»Dann sollten wir das aber komplett deaktivieren. Ich möchte nicht, dass die Selbstzerstörung nachträglich ausgeführt wird, nur weil wir eine Kaffeemaschine anstellen oder etwas in der Art.«

Amy blickte auf all die Leichen zu ihren Füßen. »Die Woniozell haben jetzt ihren eigenen Ringraumer. Mir ist nicht ganz wohl dabei, in dieser Galaxis eine Revolution anzuzetteln. Wir bringen ein ganzes Volk in Gefahr.«

Doorn schnaubte. »Also erstens läuft die Revolution schon längst, und zwar ganz ohne unsere Mitwirkung, und zweitens bringen wir die Woniozell nicht in größere Gefahr, als sie ohnehin schon sind, sondern sorgen dafür, dass sie nicht einfach abgeschlachtet werden.«

Der weibliche Cyborg lehnte sich mit verschränkten Armen gegen eine Konsole. »Wir verschaffen ihnen ein paar Ringraumer, ohne zu wissen, wie groß die Flotte der Reckbatz eigentlich ist. Wenn wir den Woniozell zehn Ringraumer geben und beibringen, mit ihnen zu kämpfen, stehen sie vielleicht hundert Schiffen der Reckbatz gegenüber. Dann werden die Woniozell nicht nur geschlagen, sondern es erfolgt wieder eine Strafaktion gegen sie. Vielleicht verlieren sie dieses Mal alle ihre Kolonialwelten, oder sogar ihre Heimatwelt. Die Reckbatz könnten kurzen Prozess mit ihnen machen und das gesamte rebellische Volk einfach auslöschen.« Amy ließ die beiden Männer nicht aus den Augen, denn sie war noch nicht fertig. »Selbst wenn sie die Reckbatz schlagen, was meiner Meinung nach sehr unwahrscheinlich ist, haben sie damit noch lange nichts gegen die Friedensstifter ausgerichtet. Die Woniozell reiben sich an den Stellvertretern auf und müssen sich anschließend geschwächt ihrem Hauptgegner stellen. Wir dürfen das nicht zulassen! Wir haben eine Verantwortung gegenüber den Woniozell, weil wir ihnen erst die Möglichkeit zu diesem Angriff verschafft haben.«

»Das stimmt nicht ganz«, unterbrach Doorn. »Weder der Detektor noch die Waffe stammt von uns. Die Woniozell hätten auf jeden Fall angegriffen, dafür brauchen wir nicht die Verantwortung zu übernehmen.«

»Aber wir haben sie unterstützt und gaben ihnen Hoffnung. Mithilfe der TOTENSCHIFF haben wir ihnen ihren ersten eigenen Ringraumer verschafft. Das wäre ihnen ohne uns nicht gelungen.«

»Richtig, sie wären alle bei dem Angriff getötet worden.«

»Sollen wir ihre Hilfe ausnutzen, um die zehn Ringraumer zu beschaffen, die wir für den Koppelflug benötigen, und dann mit ihnen verschwinden? Das wäre mies.«

»Und würde auch nichts ändern. Sie werden weiter Ringraumer angreifen und dabei schreckliche Verluste erleiden.«

»Aber wenn wir ihnen helfen, die Raumer zu bekommen, dann werden sie damit angreifen.«

»Das ist ihr Schicksal.« Doorn wedelte unwillig mit der Hand. »Sie wollen nicht mehr unter dem Regime der Friedensstifter leben und werden sich ihnen nicht mehr unterordnen, ganz egal, unter welchen Voraussetzungen. Die Woniozell werden rebellieren, ob wir sie unterstützen oder nicht.«

Shanton räusperte sich. »Nach dem, was sie von Yorba erzählt haben, gibt es auch keine andere Möglichkeit für sie. Die Friedensstifter werden sich nicht durch Worte überzeugen lassen.«

Amy warf einen Blick auf einen der Monitore. »Unsere Verbündeten haben angelegt.«

Das Flaggschiff der Woniozell befand sich jetzt direkt neben dem Ringraumer.

Kurz darauf schob sich Dabophilorisoptyl mit einigen Vertrauten in die Zentrale. »Jetzt haben wir einen Grund zum Feiern, liebe Freunde!«

*

Die TOTENSCHIFF nahm den erbeuteten Ringraumer in Intervallschlepp, und sie machten sich auf den Rückweg nach Doktarol, von wo sie etliche Tage zuvor aufgebrochen waren.

Dabophilorisoptyl blieb während der Reise mit einigen Vertrauten an Bord des Ringraumers. Während die Terraner ihn im Intervallschlepp zogen, konnten sie sich im Inneren schon einmal umsehen. Da sie den Woniozell den Zugang zur TOTENSCHIFF so lange verwehrt hatten, konnten sie dies nun nicht mehr tun, ohne einen Konflikt zu provozieren. Länger würden sich Dabophilorisoptyl und seine Leute nicht mehr hinhalten lassen.

Doorn gesellte sich zu ihnen, um ihnen die rudimentären Funktionsweisen zu erklären und zu verhindern, dass sie diese durch Ausprobieren herausfanden. Nicht auszudenken, was alles passieren konnte, wenn sie neugierig an den Konsolen herumfummelten. Vielleicht aktivierten sie unabsichtlich die Nadelstrahler oder stellten sonstigen Blödsinn an.

Der Worgunmutant würde ihnen während des Fluges eine erste Einweisung geben, aber auch dafür sorgen, dass er nicht ganz überflüssig wurde. Die Woniozell sollten schließlich nicht auf dumme Ideen kommen, zum Beispiel, sich die TOTENSCHIFF »ausborgen« zu wollen, während sie auf die Reparatur ihres eigenen Ringraumers warteten.

Amy und Shanton überlegten unterdessen, wie sie an ein Exemplar des Detektors und dessen Baupläne gelangen konnten.

»Am besten besorgen wir uns beides heimlich«, brummelte Shanton. »So geheimnistuerisch, wie die sich anstellen, werden sie uns freiwillig keinen geben.«

Amy setzte sich auf den Rand der umlaufenden Galerie. »Die Pläne können wir uns vielleicht heimlich kopieren, aber einen Detektor würden sie sofort vermissen. Das kann nicht gutgehen.«

»Sobald die Woniozell die Ringraumer besitzen und deren Bedienung erlernt haben, verfügen wir über kein Druckmittel mehr. Hoffentlich kommen sie nicht auf die Idee, dass wir für unsere Hilfe gar nicht so viele Ringraumer verdienen.«

»Das glaube ich nicht. Ich halte Dabophilorisoptyl für ehrenwert und vertrauenswürdig.«

Shanton fuhr sich mit einer Hand über den kahlen Schädel und wiegte ihn dabei hin und her. »Unter idealen Bedingungen vielleicht, aber unter Druck kann er ganz schön biestig werden. Ich möchte nicht wissen, wie er reagiert, wenn er uns plötzlich für Spione hält, die das größte militärische Geheimnis seines Volkes rauben möchten. So hat er den Detektor doch, glaube ich, genannt.«

»Ihr solltet jetzt besser nicht nach draußen schauen«, meldete sich Arc Doorn überraschend über Armbandvipho.

Amy und Shanton ignorierten gleichzeitig seinen Rat. Dem weiblichen Cyborg entfuhr ein Laut des Erschreckens.

»Was ist das?«, fragte Shanton besorgt. Dann erkannte er es selbst. Hinter dem erbeuteten Ringraumer entstand eine Spur toter Reckbatz, die ins All entsorgt wurden.

»Wir können wohl nicht erwarten, dass sie ihnen eine formelle Bestattung bieten.«

»Angesichts dessen, was die Reckbatz den Woniozell angetan haben, müssen wir fast noch froh sein, dass die Leichen einfach aus der Luftschleuse geworfen werden – was wir übrigens auch nicht viel anders gemacht haben, wenn auch vermutlich aus anderen Gründen …«

*

Bei ihrer Ankunft auf Doktarol war die Begeisterung der Woniozell immer noch ungebrochen, und sie wurden von ihrem Volk begrüßt, als würden sie von einem triumphalen Feldzug zurückkehren, nachdem sie die entscheidende Schlacht gewonnen hatten. Von diesem Punkt waren sie jedoch leider noch sehr weit entfernt.

Die ganze Stadt befand sich in geschmücktem Zustand, und überall versammelten sich Woniozell, um einen Blick auf den erbeuteten Ringraumer zu werfen. Das Siegesbankett stand bereit, und die ganze Stadt bewegte sich wie in einem Siegestaumel.

Die drei Besatzungsmitglieder der TOTENSCHIFF empfanden die Feierlichkeiten als ziemlich verfrüht. Sie wollten zwar keine Spielverderber sein, aber momentan galt ihr ganzes Interesse dem Ringraumer.

Doorn und Shanton machten sich sofort an eine genauere Untersuchung des erbeuteten Schiffes und förderten das stärkste Manko der Kaperstrategie der Woniozell zutage: Der Raumer war durch den Kampf so stark beschädigt worden, dass er erst aufwendig repariert werden musste, bevor er erneut eingesetzt werden konnte.

Shanton schüttelte verzweifelt den Kopf. »Wenn wir bei dieser Methode bleiben, wäre es einfacher und schneller, wenn wir uns eigene Ringraumer bauen würden.«

»Ihr könnt Ringraumer bauen?«, staunte einer der woniozellschen Techniker, der die Bemerkung gehört hatte.

Doorn beugte sich zu Shanton hinüber. »Falls du es noch nicht bemerkt haben solltest: Sie haben kein Gespür für Ironie, du solltest also Missverständnisse vermeiden.«

»Das schränkt natürlich mein sprachliches Repertoire gehörig ein«, brummte Shanton.

Die Muschelschiffe hatten dem Ringraumer noch einige empfindliche Treffer versetzt, nachdem er eigentlich schon außer Gefecht gewesen war, und dabei nicht auf seine weitere Verwertbarkeit geachtet. Das rächte sich nun, weil es die Reparaturarbeiten unnötig in die Länge zog.

Amy war anwesend, als Dabophilorisoptyl einem kleinen Komitee Bericht erstattete, zu dem auch Hyiasiatol und Seraphimdemptophyl gehörten. In dem Bericht wurde nichts ausgelassen, auch wenn der Kampf selbst ein wenig zu dramatisch geschildert wurde und die offensichtlichen taktischen Probleme ausgespart blieben. Aber vielleicht erkannte Dabophilorisoptyl sie tatsächlich nicht.

Amy hielt sich höflich zurück, bis ganz am Ende des Berichts die Entsorgung der Leichen zur Sprache kam.

Die Woniozell schienen wegen der toten Reckbatz keine Skrupel zu haben, ganz im Gegenteil entdeckte Dabophilorisoptyl in dem seltsamen Verhaltenskodex seiner Feinde bei Niederlagen eine neue mögliche Strategie. »Wir müssen die Reckbatz nur in eine ausweglose Situation bringen, dann töten sie sich alle selbst, und wir können anschließend ihre Ringraumer übernehmen.«

»Das ist nicht euer Ernst«, sagte Amy um Fassung bemüht.

»Weshalb nicht? Ob wir sie nun selbst töten oder in den Selbstmord treiben, das Ergebnis ist dasselbe, und wir haben ein viel geringeres Risiko.«

»Das ist ebenso logisch wie barbarisch.«

Dabophilorisoptyl konnte die Aufregung der terranischen Frau nicht nachvollziehen. »Die Reckbatz sind Mörder und Unterdrücker. Wir möchten euch daran erinnern, dass sie Hunderttausende unseres Volkes auf Yorba ermordet haben. Nur um damit ein Exempel zu statuieren, begingen sie einen Massenmord. Weshalb sollten wir Mitleid mit ihnen haben, wenn sie sich selbst umbringen, nur weil sie schlechte Verlierer sind?«

»Es muss doch auch einen anderen Weg geben.«

Der Kontakter mischte sich nun ebenfalls ein: »Nur ein toter Reckbatz ist ein guter Reckbatz. Jeden, den wir leben lassen, haben wir anschließend wieder zum Gegner. Wenn sie den Tod der Gefangenschaft vorziehen, dann lassen wir ihnen doch ihren Willen.«

»Gesprochen wie ein wahrer Diplomat«, knurrte Amy.

»Oh, vielen Dank.« Seraphimdemptophyl fühlte sich offenbar geschmeichelt.

Amy musste Doorn insgeheim recht geben: kein Sinn für Ironie.

*

Shanton und Doorn halfen den Technikern der Woniozell bei der Reparatur des Ringraumers, erstellten mit ihnen eine Liste der Schäden und gaben ihnen genaue Anweisungen zu deren Behebung.

»Was denkst du, wie lange sie dafür brauchen werden?« Shanton fuhr sich nachdenklich mit dem Zeigefinger über den Nasenrücken.

Doorn zuckte mit den Schultern. »Das hängt davon ab, was sie hier alles auf Lager haben und welche Maschinen ihnen zur Verfügung stehen. Aber ein paar Tage müssen wir auf jeden Fall einplanen.«

»Dann sollten wir die Zeit unbedingt für einen Strategiewechsel verwenden. Der Sturmangriff der Woniozell führt doch zu nichts. Wir könnten ihnen einen Kurs in militärischer Taktik geben, damit sie wenigstens über die Grundlagen verfügen.«

»Ich wüsste nicht mal, womit wir anfangen sollten.«

»Überlasst das mir«, sagte Amy Stewart hinter ihnen.

Während die Techniker der Woniozell den Ringraumer eingehender untersuchten, zogen sich Dabophilorisoptyl und seine Gäste zur neuerlichen Beratung zurück. Dafür suchten sie den Konferenzraum auf.

Dabophilorisoptyl sprach es nicht direkt aus, aber wie befürchtet schien er der Meinung zu sein, dass er die Unterstützung der Terraner nicht mehr unbedingt brauchte. Diesen Gedanken mussten sie möglichst schnell zerstreuen, bevor auch die anderen Woniozell daran glaubten.

»Wir haben einen ersten Sieg erzielt, aber das war ein Überraschungserfolg«, begann Doorn, der bei der Beschwörung düsterer Aussichten sehr überzeugend sein konnte. »Von jetzt an wird es jedes Mal schwieriger werden.«

»Dabophilorisoptyl erklärten uns, dass unsere Schiffe den Ringraumer im Handstreich überwältigt haben«, entgegnete Hyiasiatol und schien etwas irritiert über die mangelnde Überzeugung auf Seiten der Terraner.

»So, haben sie das?«, fragte Doorn gefährlich leise und wandte sich direkt an Dabophilorisoptyl: »Ihr hättet ohne unsere Unterstützung große Verluste in eurer Schwadron gehabt. Das ist euch klar, oder?«

»Wir erinnern uns eher an eine Situation, in der ihr uns in die Quere gekommen seid, als wir den Ringraumer im Visier hatten«, erwiderte der Kommandant kühl.

»Wir haben euch davon abgehalten, gleich das erste Schiff unserer Sammlung zu zerstören. Außerdem waren wir es mit der TOTENSCHIFF, die den Ringraumer außer Gefecht gesetzt und hierher gebracht haben. Oder wie hättet ihr ihn mit euren Schaluppen hergeschleppt?« Doorn geriet zusehends in Fahrt. »Fliegen könnt ihr ihn ja noch nicht.«

Dabophilorisoptyl schwieg, denn widersprechen konnte er diesen Argumenten nicht. Aber man merkte ihm an, wie wütend er wurde. »Das ist nur eine Frage der Zeit. Oder beabsichtigt ihr, euren Teil der Vereinbarung nicht mehr einzuhalten?«

»Doch, wir halten uns an unser Wort. Ihr solltet euch aber darüber klar sein, dass nicht alle eure Gegner sofort Selbstmord begehen. Einige von ihnen werden es euch wesentlich schwerer machen.«

»Wollt ihr damit sagen, wir können nur gewinnen, wenn sich unsere Gegner selbst töten?«

Der Kontakter bemühte sich, den beginnenden Streit zu schlichten. »Wir werden nur ans Ziel gelangen, wenn wir eine Einigung erzielen, also lasst uns darüber reden, wie wir vorgehen wollen«, sagte Seraphimdemptophyl.

Shanton zeigte sich wissbegierig: »Wie kommt es, dass ihr über Nadelstrahlen verfügt, wenn ihr vorher noch keinen Ringraumer besessen habt?« Er erwähnte weder Dust noch Strich-Punkt oder gar die Intervallfelder. Die Woniozell würden noch früh genug feststellen, über welche Möglichkeiten sie nun verfügten. »Wie seid ihr an eure Bewaffnung gelangt?«

»Weil wir die auch unmöglich selbst entwickelt haben können, wie?«, gab Dabophilorisoptyl bissig zurück.

»Weil sie den Nadelstrahlern der Ringraumer sehr ähneln.« Shanton hatte mit seinen Zweifeln an dem Detektor zuvor wohl einen Nerv getroffen.

Hyiasiatol ermahnte den Kommandanten, die Frage zu beantworten.

Dabophilorisoptyl schien einen Augenblick abzuwägen, ob er beleidigt sein sollte, entschied sich aber dagegen. »Wir haben vor einigen Jahren einen Fund gemacht.«

»Und wo haben eure Leute diesen Fund gemacht?«

»Nicht unsere Leute, wir selbst.«

»Er meint sich«, erklärte Amy.

»Danke, das habe ich inzwischen auch verstanden.«

Dabophilorisoptyl wies mit einem seiner Fühler auf das vorletzte Bild an der Wand des Konferenzraumes und begann zu erzählen.

*

Unser Volk steht nach langer Forschung kurz davor, einen Ringraumer-Detektor zu besitzen. Aber mit dem Aufspüren allein ist es nicht getan, denn wir brauchen auch eine schlagkräftige Waffe, um gegen die Reckbatz und die Friedensstifter bestehen zu können.

Deshalb stimmten wir auch sofort zu, als uns Kontakter Seraphimdemptophyl auf eine Geheimmission schicken wollte, um eine Waffe gegen die Friedensstifter zu erwerben.

Wir melden uns ohnehin für jeden Patrouilleneinsatz, der frei wird, denn wir lieben die einsamen Flüge durch das All.

Der Rest unserer Crew schätzt die Einsamkeit ebenfalls, sodass es kaum Gespräche an Bord gibt. Alle haben jemanden auf Yorba verloren oder kannten zumindest jemanden, der dort gestorben ist. Obwohl der Angriff Jahrzehnte zurückliegt, beschäftigt er alle Woniozell. Er beeinflusst ihr Leben und Denken, so wie bei uns.

Wir brechen in einem unauffälligen Transportschiff auf und nehmen zunächst Kurs auf eine unserer wenigen verbliebenen Kolonialwelten, bis wir sicher sein können, nicht verfolgt und überwacht zu werden. Dann ändern wir den Kurs und erreichen unentdeckt unser erstes Ziel.

Doch unsere Aufgabe stellt sich schnell als recht schwierig heraus. Keines der uns bekannten Völker besitzt eine entsprechende Ausrüstung, mit Ausnahme der Reckbatz, und die haben sie von den Friedensstiftern persönlich erhalten. Sie unterdrücken jede Entwicklung oder bloße Forschung, die auch nur entfernt in diese Richtung geht. Natürlich geben sie vor, damit nur Kriege und bewaffnete Konflikte zwischen den einzelnen Planeten verhindern zu wollen.

Die meisten Völker zeigen ohnehin kein Interesse daran, sich gegen das Regime der Friedensstifter aufzulehnen. Entweder haben sie zu viel Angst vor den Friedensstiftern oder sie sind mit den bestehenden Verhältnissen in Voktar zufrieden.

Bei unserer Suche müssen wir deshalb vorsichtig vorgehen, denn allein die Frage nach Waffen kann uns Ärger einbringen. Treue Untertanen der Friedensstifter könnten uns melden, um eine Gefährdung des Friedens in der Galaxis zu vermeiden – das was sie für Frieden halten, in Wahrheit aber nur Unterdrückung ist.

Eine Waffe werden wir also nur bei Völkern außerhalb von Voktar finden, außerhalb des Einflussbereichs der Friedensstifter. Doch um dorthin zu gelangen, reichen unsere Raumschiffe nicht aus.

Vier Welten suchen wir erfolglos auf und sind gerade dabei, die letzte von ihnen zu verlassen, als unser Lenker Alarm schlägt. Er dreht einen seiner Auswüchse in unsere Richtung. »Ein Schiff folgt uns. Es muss offenbar hinter dem Planeten auf uns gewartet haben.«

In der Zentrale herrscht augenblicklich Stille.

»Ein Ringraumer?«, fragen wir sie.

»Wir wissen es noch nicht. Der Detektor gibt nur ein sehr schwaches Signal von sich.«

»Können wir den Verfolger abhängen?«

»Unwahrscheinlich, sie können uns innerhalb von ein paar Minuten einholen.«

»Wir brauchen ein Versteck.«

»Es gibt ein Asteroidenfeld in der Nähe, dort können wir hineinfliegen, bis unsere Verfolger vorüber sind.«

Wir nicken, und unser Schiff nimmt Fahrt auf. Wir erreichen das Asteroidenfeld und docken an einen der Felsen an. Er wird uns verbergen, bis unser Verfolger vorüber ist.

»Um wen handelt es sich, wenn es kein Ringraumer ist? Hallalor? Tarakoniden?«

Wir bekommen Sichtkontakt. Der Verfolger ist weder ein raketenförmiges Schiff der Hallalor noch ein Frachtraumer in Form eines Obelisken, wie sie die Florandiner verwenden. Es handelt sich nicht um ein Kugelschiff der Sarrack und auch nicht um einen Ringraumer. Vor allem anderen ist es aber auch kein Verfolger. Gemütlich zieht ein Handelsschiff der Hem'brach an unserem Versteck vorüber und verschwindet in der Ferne.

Wir sind ein wenig gereizt, weil man uns bei unserem Abflug einen Prototyp des Ringraumer-Detektors mitgab, der, wie sich nun herausstellt, völlig falsche Signale liefert.

»Dieser Apparat ist so nützlich wie ein Xephyll mit Haarausfall«, beschwert sich unser Lenker.

Wir sind zwar der Auffassung, dass er damit unserem Wappentier Unrecht tut, aber unsere Meinung über den Detektor ist nicht besser. Vor allem stört alle an Bord, dass er weiter Signale anzeigt.

Der Detektor reagiert, aber wir können nicht sehen, worauf. Laut der Anzeige befindet sich ein Ringraumer ganz in unserer Nähe.

Wir machen unsere Waffen bereit und halten Ausschau, aber im Grunde halten wir es für eine Fehlfunktion. Unsere normalen Detektoren finden nichts, was auch nur annähernd die Größe eines Ringraumers besitzt.

Unser Lenker schimpft weiter. »Das Ding funktioniert nicht! Es zeigt uns Ringraumer, wo überhaupt keine sind. Schon wieder ein Fehlschlag!«

Wir können ihm nicht widersprechen, denn das sind auch unsere Gedanken. So viele vergeudete Jahre der Forschung, so viele Forscher, die ihr Leben damit verschwendet haben, den fremden Apparat zu ergründen, und nach all dem befinden wir uns hier in diesem Asteroidenfeld und verstecken uns vor einem Phantom.

»Machen wir uns auf den Heimflug. Wenn wir zurück sind, schmeißen wir als Erstes dieses Stück Schrott aus unserem Schiff.«

Allgemeine Zustimmung auf Seiten der Besatzung.

Wir ziehen uns auf unseren Platz zurück und überlegen, was wir als Nächstes tun sollen. Weiter durch Voktar zu fliegen und nach Ringraumern zu suchen kommt uns mit einem Mal so sinnlos vor. Ohne geeignete Waffen und einen funktionierenden Detektor machen wir uns nur lächerlich. Wir verlieren einen Krieg, weil es niemals zur Schlacht kommen wird. Schlimmer noch, die Friedensstifter wissen noch nicht einmal, dass wir Krieg gegen sie führen.

»Warum bewegen wir uns nicht?«, fauchen wir unseren Lenker an.

»Wir haben zwischen den Asteroiden etwas entdeckt.«

»Wohl keinen Ringraumer?«

»Nichts annähernd so großes, aber der Detektor reagiert ebenfalls in dieser Richtung.«

Wir horchen auf. Trotz unserer Enttäuschung glimmt immer noch ein Funken Hoffnung in uns, der sich leicht wieder entzünden lässt. »Näher heran!«

Der Lenker hat offenbar nur auf unser Kommando gewartet, denn der Kurs ist bereits gesetzt.

Zwischen den Felsen reflektiert etwas das Licht unserer Suchscheinwerfer. Es sind Metalltrümmer, die sich in dem Asteroidenfeld verteilt haben.

»Dichter, los!«, befehlen wir, sehen das Problem aber selbst. Die Gesteinsbrocken schweben zu dicht beieinander, um zwischen ihnen hindurchzukommen. Die einzige Möglichkeit besteht darin, unser Schiff zu verlassen und uns durch die Lücken zu zwängen. Wir fragen uns allerdings, ob dieser Fund den Aufwand und das Risiko lohnt.

Die jüngsten Mitglieder unserer Besatzung, die noch nicht durch jahrelange Fehlschläge und Enttäuschungen deprimiert sind, melden sich freiwillig für den Außeneinsatz, und so können wir ihnen unsere Einwilligung nicht verweigern.

Sie legen ihre Außenhaut an und machen sich auf den Weg.

Es handelt sich um ein Raumschiff, aber kein Teil davon ist groß genug, um noch seine Herkunft oder auch nur seinen Typ zu bestimmen. Wir finden ein halbes Deck und schweißen uns einen Zugang hinein. Wir fürchten, auf die Leichen der Besitzer zu stoßen, doch das Schiff ist verlassen. Offenbar konnten sie es rechtzeitig räumen, bevor es zwischen den Asteroiden zerschellte.

Unser Suchtrupp kann die Spuren eines Treffers ausmachen. Es hat einen Kampf gegeben, wahrscheinlich schon vor langer Zeit. Wir durchsuchen die wenigen Räumlichkeiten und finden etwas, das wir nicht sofort erkennen.

Der Gegenstand ist nicht für eine Handhabung durch uns oder die Reckbatz vorgesehen. Man braucht seltsam geformte Extremitäten, um ihn zu halten und zu bedienen. Trotzdem begreifen wir sofort, dass es sich um eine Waffe handelt.

Der Suchtrupp nimmt sie zwischen die Fühler und hebt sie aus den Trümmern hervor. Wir wissen nicht, wie stark sie ist, aber den Wert erkennen wir auch so.

An Bord unseres Schiffes rätseln wir weiter über den seltsamen Fund.

Wir können nicht einmal sagen, ob er vollständig ist oder ob wir nur ein Bruchstück besitzen. Uns fehlt ein Labor, um Material und Herkunft genau zu bestimmen, aber wir sind uns sicher, so etwas noch nie gesehen zu haben. Keiner von uns.

Als wir durch Zufall den Auslöser finden, ist dies beinahe unser Ende. In einem anderen Winkel hätte das Ding ein Loch in unsere Bordwand gebrannt, doch so durchquert der Strahl das Schiff der Länge nach und verliert rechtzeitig an Kraft. Dabei richtet er einen verheerenden Schaden an, aber er tritt nicht aus dem Schiff aus.

Wir bringen die Waffe auf schnellstem Weg auf unseren Planeten und übergeben sie unseren Wissenschaftlern.

Im Gegensatz zu unserem Detektor verstehen wir die Funktionsweise recht schnell, aber es dauert noch mehrere Jahre, bis wir unsere Schiffe damit ausrüsten können. Es ist keine einfache Aufgabe, eine Nahkampfwaffe so weit zu verstärken, um sie als Bordwaffe eines Raumschiffes einsetzen zu können.

Als das erste einsatzfähige Modell zur Verfügung steht, gebührt unserem Schiff die Ehre. Wir führen inzwischen eines der Flaggschiffe unserer Flotte und brennen darauf, die neuartige Strahlenwaffe an einem Feind der Woniozell ausprobieren zu dürfen.

*

Dabophilorisoptyl ließ einen Rollwagen hereinbringen und zeigte stolz auf eine durchsichtige Vitrine darauf, in der die ursprüngliche Waffe ausgestellt war.

Doorn und Shanton traten näher, wenig überrascht davon, einen Handnadelstrahler zu sehen, noch dazu in einem nahezu unversehrten Zustand.

»Einer von uns?«, fragte Doorn auf Angloter, damit die Woniozell ihn nicht verstehen konnten.

Shanton beugte sich dicht an die Vitrine heran und murmelte in der gleichen Sprache: »Der ist ganz sicher nicht aus terranischer Produktion. Ich möchte wirklich gerne wissen, wie er in diesem Asteroidenfeld gelandet ist.«

»Dank dieses Fundes sind wir in der Lage, die Friedensstifter anzugreifen und zu besiegen«, verkündete Kontakter Seraphimdemptophyl stolz. » Dafür können wir Dabophilorisoptyl nicht genug danken. Also lasst uns darüber sprechen, wie wir es anders und besser machen können.«

»Gestattet uns zuvor noch eine Frage, denn wir sind ein wenig verwirrt«, wandte sich Amy an Dabophilorisoptyl. »Wir hatten euren Bericht über den Detektor so verstanden, dass der erst rund zwei Monate bevor wir uns das erste Mal trafen fertiggestellt und in euer Schiff eingebaut wurde. Nun hörten wir, dass ihr den Detektor schon vor Jahren an Bord hattet, als ihr diese Waffe entdecktet. Sicherlich haben wir da nur etwas falsch verstanden, und wir würden uns sehr freuen, wenn ihr uns darüber aufklären würdet.«

Bereitwillig gab Dabophilorisoptyl, dem sichtlich schmeichelte, wie sehr sich Amy um die korrekten Anredeformen bemühte, Auskunft: »Wir sprachen in unserem ersten Bericht davon, dass unser Volk viele Jahre an geeigneten Waffen gearbeitet hat. Damit war unter anderem die Erforschung dessen, was ihr Nadelstrahler nennt, gemeint. Wir dachten, es sei auch so klar geworden, dass wir erst dann gegen die Friedensstifter und ihre Vasallen vorgehen können, wenn beides fertig ist, Ringraumer-Detektor und Bordgeschütze von entsprechender Feuerkraft. Wir denken jedoch auch, dass die genaue zeitliche Abfolge der einzelnen Entwicklungsstufen nun keine Rolle mehr spielt und wir uns jetzt besser über das unterhalten sollten, was Seraphimdemptophyl bereits angesprochen haben: Wie können wir künftig anders und besser vorgehen?«

Amy räusperte sich. »Ein Hinterhalt auf einem verlassenen Planeten wäre eine Option, aber wie verhindern wir, dass sie mit einer Übermacht anrücken, gegen die wir keine Chance haben?«

»Der Grund für ihr Kommen muss so ausgewählt werden, dass sie nur einen Ringraumer schicken. Wenn der sich nicht mehr meldet, schicken sie einen weiteren zum Nachsehen. Wir schnappen uns einen nach dem anderen.« Dabophilorisoptyl konnte seine Begeisterung für den eigenen Plan kaum zügeln.

Doorn und Shanton warfen sich einen Blick zu und seufzten. »Das funktioniert aber nicht zwanzigmal hintereinander. Spätestens nach dem zweiten verschwundenen Ringraumer werden sie mehr als einen schicken.«

»Noch etwas, das wir bedenken sollten«, begann Doorn. »Zu diesem Zeitpunkt hätten wir dann vier zur Verfügung, drei davon mit unerfahrenen Piloten. Wenn die Reckbatz mit fünf Raumern kommen, haben wir keine Chance.«

Er hatte sich große Mühe gegeben, bei seiner Erklärung geduldig zu klingen. Dafür erhielt er ein anerkennendes Heben der Augenbrauen von Shanton, bevor dieser für ihn fortfuhr: »Außerdem ist bereits einer ihrer Ringraumer verschwunden, deshalb sollten wir in Betracht ziehen, dass sie bereits beim ersten Mal mehr als einen Raumer in unsere Falle schicken. Wir müssen bereits beim ersten Versuch auf mehrere Gegner vorbereitet sein.«

Dabophilorisoptyls anfängliche Begeisterung fiel langsam in sich zusammen, und er ließ sogar die beiden Siphons ein wenig hängen.

Seraphimdemptophyl reagierte auf ein leises Zirpen und bewegte sich zu der seltsam geformten Vase. Einer seiner Sprechschlitze öffnete sich, und die Terraner begriffen, dass es sich um eine Kommunikationsanlage handelte.

Sie konnten nicht hören, was am anderen Ende gesprochen wurde, aber Seraphimdemptophyls Reaktionen fielen sehr heftig aus. Immer wieder fragte er nach, ob sein Gesprächspartner sich wirklich sicher sei und woher er seine Informationen habe. Schließlich beendete der Woniozell das Gespräch und schwieg nachdenklich.

Die Terraner ließen ihm etwas Zeit, doch als seine Grübelei kein Ende fand, wurde Doorn ungeduldig. »Was gibt es denn?«

»Eines unserer Schiffe hat ein Gerücht aufgeschnappt, das einfach unglaublich klingt«, sagte der Kontakter nachdenklich.

Wieder wartete Doorn vergebens auf eine Fortsetzung. »Nun, wir würden das auch gerne beurteilen. Wie lautet denn das Gerücht?«

»Es soll ein großes Zusammentreffen von Ringraumern gegeben haben.«

»Eine Versammlung von Reckbatz oder das Zusammenziehen ihrer Flotte?«

»Weder noch, würden wir sagen. Laut unserer Quelle haben die Ringraumer gegeneinander gekämpft.«

Dabophilorisoptyl war fassungslos. »Sind denn plötzlich alle verrückt geworden? Warum sollten die Ringraumer auf einmal aufeinander losgehen?«

7.

Tag 3

»Hab ich dich, Terraner!«, brüllte der Rateke triumphierend und so laut, dass Ömer Giray die Ohren klingelten.

Einige Sekunden lang verstand der GSO-Agent nichts mehr, was ihm der Kerl mitzuteilen versuchte. Er wollte den Koloss, dessen Pranke auf seiner Schulter lastete, nicht unnötig provozieren, daher erklärte er lediglich mit ruhiger Stimme: »Ich fürchte, es handelt sich um eine Verwechslung.«

»Unsinn! Das hast du beim letzten Mal auch behauptet. Noch einmal falle ich nicht darauf herein!«

»Welches letzte Mal?«

»Tu nicht so blöd! Du kommst jetzt mit mir vor die Tür.«

Mit einem Mal drehte jemand die Musik leiser. Die Gäste in der heruntergekommenen Kneipe beobachteten das Spektakel mit unverhohlenem Interesse, machten jedoch keinerlei Anstalten, sich einzumischen oder die Ordnungshüter zu rufen. Ganz im Gegenteil schienen manche von ihnen Credit-Chips zu zücken, als ob bereits die ersten Wetten liefen.

Der Druck auf Girays Schulter erhöhte sich. Aus dem sechsfingrigen Griff gab es kein Entkommen – jedenfalls nicht, ohne sehr viel Aufsehen zu erregen und womöglich ein paar Knochenbrüche zu erleiden, was sich der Agent im Augenblick nicht erlauben konnte. Der Rateke wandte sicherlich nur einen Bruchteil seiner Kraft auf, um ihn in Richtung Tür zu manövrieren.

Da baute sich mit einem Mal Mok Moklis vor dem Giganten auf. »Mein Freund geht nirgendwo mit dir hin!«, stellte er mit befehlsgewohnter Stimme klar, die Fäustchen in die Hüften gestemmt.

Der Angesprochene hätte den laufenden Meter einfach zur Seite treten können, blieb jedoch stehen und senkte sogar den Kopf, um den mutigen Winzling besser mit seinem Facettenkranz betrachten zu können. »Misch dich nicht ein, Utare!«, donnerte er aus allen vier Mündern, was Moklis nicht im Geringsten zu beeindrucken schien. »Das hier ist eine Sache zwischen mir und diesem Menschenabschaum.«

»Tatsächlich? Wieso legst du dich nicht mit jemandem an, der dir gewachsen ist? Mit mir zum Beispiel.«

Giray versuchte, seinem Freund einen warnenden Blick zuzuwerfen, doch der Blaue ignorierte ihn.

»Das hat nichts mit dir zu tun«, entgegnete der Rateke und richtete sich wieder zu seiner vollen Größe von drei Metern auf. »Dieser Terraner braucht eine Lektion.«

»Was hat er denn so Schlimmes verbrochen?«

»Nichts, was dich etwas anginge. Und nun zur Seite! Ich will das schnell über die Bühne bringen. Es gibt nämlich Leute, die Besseres zu tun haben, als sich über dieses verdammte Menschenpack zu ärgern.«

»Wie wäre es, wenn du ihn ziehen lässt und dir stattdessen einen Drink gönnst?« Moklis zauberte einen Fünfzig-Credit-Chip hervor. »Ich lade dich ein.«

»Abgelehnt. Hier geht es ums Prinzip. Der Drecksack hat mich letzte Woche beim Gimboo übers Ohr gehauen.«

»Wie bitte?«, mischte sich Ömer Giray ein. »Ich bin doch erst vor wenigen Tagen auf Danlechraa angekommen.« Er blieb absichtlich vage hinsichtlich des genauen Zeitpunkts, da es auf diesem Planeten nicht viele Terraner gab. Schon wenige Informationen reichten womöglich aus, um die Aufmerksamkeit auf jenen vermeintlichen Tel zu lenken, als der er vorgestern angereist war. Das musste er unter allen Umständen vermeiden.

»Ausrede!«, behauptete der Rateke brüsk. »Den Verlust zahlst du mir jetzt Credit für Credit zurück, plus Zinsen in Form von grünen und blauen Flecken in deiner Visage. Deine eigene Mutter wird dich danach nicht mehr wiedererkennen.«

»Bist du dir ganz sicher, dass ich der Richtige bin? Schau mich doch erst einmal genau an!«

»Wozu? Ihr seht doch sowieso alle gleich aus.«

»Was bringt es dir, mich für die Taten eines anderen zu bestrafen? Der Betrüger lacht sich doch nur ins Fäustchen und zieht sein Spielchen beim Nächsten ab – oder vielleicht sogar erneut bei dir. Würdest du ihn tatsächlich nicht wiedererkennen?« Giray spürte, wie sich der Griff um seine Schulter ein wenig lockerte. Ein Kribbeln breitete sich in seinem Arm und seinem Nacken aus, als das Blut wieder zu zirkulieren begann.

»Hm«, brummte der Hüne nachdenklich. »Jetzt wo du es sagst … Der andere Mensch hatte deutlich kürzeres Haar als du, und es war auch heller.«

In der nächsten Sekunde riss ihm der Graue so heftig am Zopf, dass Giray Sterne vor den Augen explodierten. Nur mit Mühe konnte er einen Aufschrei unterdrücken.

Ebenso abrupt ließ ihn der Rateke wieder los. »Deine Mähne scheint echt zu sein. Da habe ich dich wohl tatsächlich verwechselt. He, Utare, gilt dein Angebot noch? Nach der Aufregung brauche ich dringend einen Krug Rachenputzer.«

Mok Moklis sah den Riesen schräg von der Seite an. »Erst mal ist eine Entschuldigung fällig, meinst du nicht?«

»Nicht nötig«, widersprach Giray rasch. Er wollte den Rateken schnellstmöglich loswerden, daher zog er nun selbst einen Credit-Chip aus der Jackentasche, den er dort für »Notfälle« wie diesen deponiert hatte, und überreichte ihn dem Koloss. »Hier, für dich als Kompensation für die Unannehmlichkeiten, die dir unsere Begegnung bereitet hat.«

Einen Augenblick lang wirkte der Rateke überrascht, doch dieser Eindruck verflog sofort wieder. »Was soll ich mit zwanzig Credits? Der Utare hat mir fünfzig angeboten.«

»Sei froh, dass du überhaupt etwas kriegst!«, kläffte Mok Moklis zurück.

»Ich hatte mich aber schon seelisch auf fünfzig eingestellt. Mit zwanzig kann ich mir nicht einmal gute Laune antrinken!«

»Vergiss nicht, dass wir Zuschauer haben! Willst du, dass morgen ganz Rutekan weiß, was für ein unverschämter Gierlappen du bist? Dich lädt nie wieder jemand ein, wenn du so weitermachst.«

Eine gefühlte Ewigkeit lang schwiegen sich die beiden an. Fast schien es, als wären sie zu Statuen erstarrt. Die Glatze des Grauen schillerte unter der fahlen, künstlichen Deckenbeleuchtung. Moklis' strahlend blaue Augen funkelten kampflustig.

Giray ahnte, dass er sich lieber nicht einmischen sollte, wenn die »Ureinwohner« Danlechraas etwas untereinander regelten. Er fürchtete, in dem Fall jener berühmte Tropfen zu sein, der das Fass zum Überlaufen brachte.

Plötzlich stöhnte das Publikum leise auf. Musik begann wieder zu dudeln.

Niemand schien sich mehr für die beiden ungleichen Männer zu interessieren, die einander nach wie vor anstierten. Die Leute knüpften übergangslos an ihre Gespräche, Spiele und Saufgelage an, als wäre nichts geschehen. Und gerade, als Giray sich fragte, ob er etwas verpasst hatte, drehte sich der Rateke wortlos um und stapfte Richtung Bartresen, wo er auf einem sattelartigen, wuchtigen Hocker Platz nahm. Keine zehn Sekunden später stand ein Krug vor ihm.

Verwundert blickte der Agent seinen utarischen Freund an, der jedoch nur grinsend mit den Schultern zuckte und meinte: »So regelt man das bei uns.«

»Indem ich einem Grauen ganz tief in die Facetten starre?«

»Nein, indem du hartnäckig bleibst.«

»Mir hätte er garantiert eins auf die Mütze gegeben, hätte ich das versucht.«

»Wenn wir nach deinem Plan vorgegangen wären, bestimmt. Dann würde ich nämlich jetzt durch diese Tür kommen und könnte nur noch deine Überreste vom Boden aufkratzen. Diese Rateken sind alles andere als zimperlich. Mit mir an deiner Seite kann dir jedoch nichts passieren.«

Moklis' Selbstverständnis und scheinbar grenzenloses Selbstbewusstsein amüsierten Giray. *Hättest du nicht mit dem Fünfzig-Credit-Chip gewedelt, hätte sich der Graue wahrscheinlich auch mit weniger zufriedengegeben,* erwiderte er in Gedanken, ließ seinen Freund jedoch in dem Glauben, ihn gerettet zu haben.

Moklis stupste ihn freundlich gegen den Oberschenkel. »Komm, wir setzen uns, bis unser ›Freund‹ aufkreuzt!«

*

Kaum fanden Ömer Giray und Mok Moklis einen freien Tisch, da öffnete sich die Kneipentür, und der Erwartete spazierte herein. Moklis winkte ihm zu. Erfreulicherweise standen drei passende Stühle bereit, deren Sitzhöhe sich an die persönlichen Bedürfnisse anpassen ließ.

»Nab Nabez«, stellte sich der Neuankömmling seinem Artgenossen vor. »Wir hatten telefoniert.« Mit seiner pomadegeformten Haartolle, dem dunklen Ganzkörperanzug und dem knallgrün-gelb gestreiften Halstuch sah er wie ein durchschnittlicher Utare aus – vollkommen unscheinbar, unverdächtig, unschuldig. Sein gütig-freundliches Gesicht trug den verständnisvollen Ausdruck eines Psychotherapeuten.

»Was kannst du uns über das Video sagen?«, fragte Moklis unumwunden.

»Erst die Bezahlung.«

Nachdem Nabez um ein paar Credit-Chips reicher geworden war, erklärte er, es anonym zugespielt bekommen zu haben.

»Das wissen wir bereits. Gibt es nähere Details dazu?«

»Nun, als ich heute Morgen aufstand, lag plötzlich dieser Umschlag vor meiner Haustür. Zunächst dachte ich, er sei von meiner lieben Mama, die momentan auf Esmaladan weilt, aber als ich hineinschaute …« Er pausierte.

»Ja?«

Mit einer offensichtlich einstudierten Geste drehte Nab Nabez seine leere Handfläche nach oben und wackelte mit den Fingern, als ob er irgendetwas greifen wollte. Moklis half ihm mit einem weiteren Credit-Chip aus. »… befand sich darin ein Zettel sowie ein Speicherkristall.«

»Sonst nichts?«

»Nun ja, ein bisschen Geld.«

»Das lag einfach vor deiner Tür herum?«

»Klar.«

»Passiert dir so etwas öfter?«

»Nein, das war das erste Mal.«

»Was genau ist dein Beruf?«

»Ich dachte, wir wollten über das Video sprechen«, entgegnete Nabez kühl.

»Natürlich, trotzdem möchte ich wissen, in wessen Tasche meine hart verdienten Credits wandern.«

»In meine. Du bist auf mich zugekommen, nicht ich auf dich. Vergiss das nicht!«

»Na schön, dann erzähl uns mal, was auf dem Zettel stand.«

»Du hast nur für Informationen über das Video bezahlt.«

Giray presste die Kiefer aufeinander. Er musste sich wirklich zurückhalten, den gierigen Utaren nicht anzufahren, der für nahezu jeden Satz abkassierte. Allmählich wurde es ihm auch unangenehm, Mok Moklis ständig Unsummen für Liv ausgeben zu sehen. Einmal mehr nahm er sich vor, seinem Freund zumindest einen Teil des Geldes zurückzuzahlen. Wer auch immer hinter der Entführung steckte, er würde jeden Einzelnen von ihnen dafür zur Rechenschaft ziehen.

Ohne mit der Wimper zu zucken, rückte Moklis einen weiteren Credit-Chip heraus.

Für den Bruchteil einer Sekunde blitzte blanke Gier in den Augen seines Artgenossen auf. Im nächsten Moment hingegen trug Nabez wieder seine undurchdringliche Therapeutenmiene zur Schau. »Ich brauchte ein paar Minuten, um das Gekrakel auf dem Zettel zu entziffern. Darauf stand, dass ich das Video für einen weiteren Credit-Chip beim örtlichen Nachrichtensender platzieren sollte, was ich dann auch tat.«

»Habe ich das richtig verstanden?«, mischte sich Giray nun doch ein. »Die Notiz erfolgte handschriftlich?«

»Ganz genau.«

»Könnten wir die mal sehen?«

»Ich weiß nicht, ob mein anonymer Auftraggeber das gutheißt.«

»Würden dich zwanzig Credits überzeugen?« Giray beförderte einen Chip aus seiner Hosentasche zutage – leider mit einem Guthaben über fünfzig Credits. Insgeheim verfluchte er das Design dafür, dass es mit seiner einheitlichen Konstruktion und der digitalen Anzeige unmöglich machte, den Betrag zu erfühlen.

Manchmal wünschte er sich die guten alten Dollar-Scheine zurück.

»Gewiss werde ich nicht meinen Kopf für lumpige Almosen riskieren.«

»Du fürchtest, in Lebensgefahr zu schweben?«

»Sozusagen. Doch der Chip da in deiner Hand könnte mich ein wenig beruhigen.«

»Er soll dir gehören, doch zuerst möchten wir diesen Zettel sehen. Bislang hast du uns nur Dinge erzählt, die wir nicht nachprüfen können. Woher sollen wir wissen, dass du dir die Geschichte nicht aus den Fingern gesogen hast?«

Nab Nabez blinzelte erbost. »Bezichtigst du mich etwa der Lüge, Terraner?«

»Das würde mir im Traum nicht einfallen«, erwiderte Giray kalt. »Und nun zeig uns bitte, was du hast!«

»Ohne Bezahlung läuft hier gar nichts.«

Mok Moklis schnaufte verächtlich. »Allmählich gehst du mir auf den Keks, Nab Nabez. Hier, nimm einen von meinen Chips, bevor du meinem Begleiter noch das letzte Hemd abluchst.«

»Nein, ich will genau den Chip da.« Nabez deutete mit seinem kleinen, blauen Zeigefinger auf das Wunschobjekt in Girays Hand.

Der GSO-Agent wunderte sich, weshalb der Gierhals gerade auf diesen bestand und ob er wusste, dass es sich nicht um zwanzig, sondern um fünfzig Credits handelte. Gab es irgendein optisches Merkmal, von dem er nichts wusste?

»Guten Abend, was darf ich euch bringen?« Aus dem Nichts war plötzlich ein dürrer Tel neben dem Tisch aufgetaucht – offenbar die Bedienung. Nachdem er die Bestellung aufgenommen hatte, verschwand er wieder und brachte wenig später drei Gläser Wasser. Mit dem Getränkewunsch schien er ebenso unzufrieden zu sein wie mit dem nicht vorhandenen Trinkgeld. Er murmelte irgendetwas Unverständliches vor sich hin, als er zum übernächsten Tisch eilte, wo die Gäste schon ungeduldig ihre leeren Krüge in die Höhe reckten.

Weil Nab Nabez keinerlei Anstalten machte, Giray und Moklis entgegenzukommen, übergab der Agent mit einem resignierenden

Seufzer den verlangten Credit-Chip. Daraufhin holte der Informant besagten Zettel aus seiner Jackentasche, entfaltete ihn und strich ihn auf dem Tisch glatt.

Interessant, dass er ihn tatsächlich dabei hat, grübelte Giray. *Wahrscheinlich hat er das von Anfang an geplant und uns einen vom Pferd erzählt, um sein ›Gehalt‹ aufzustocken. Aber was rege ich mich auf? Wir sind hier auf Danlechraa, wo Leute wie Mok die Ausnahme statt die Regel sind.*

Zehn Credits kostete es, damit Giray und Moklis den Zettel anfassen, zwanzig weitere, damit sie ihn behalten durften.

Für den Speicherkristall mussten sie noch einmal einhundert blechen.

Interessanterweise verlor Nab Nabez kein Wort mehr über die Lebensgefahr, in der er zu schweben behauptete. Die gutmütige Fassade begann zu bröckeln. Gierig leckte er sich über die Lippen. Hinter seiner Stirn schien es ordentlich zu arbeiten. Bestimmt heckte er bereits einen Plan aus, wie er eine weitere »Aufwandsentschädigung« erbeuten konnte.

Als weder der Terraner noch dessen Begleiter weiter auf sein Spielchen eingingen, setzte er wieder jene Miene auf, die ihn so unfassbar sympathisch wirken ließ. Höflich bedankte er sich bei den beiden, verabschiedete sich und verließ die Kneipe.

*

Wieder zurück im Hotelappartement sprang Mok Moklis erst einmal unter die Dusche, während Ömer Giray im Wohnbereich den Notizzettel inspizierte. Er konnte nichts von Belang entdecken, allerdings war er auch kein Handschriftenexperte, schon gar nicht für utarisches oder ratekisches Gekrakel – oder wer auch immer diese offenbar hastig gekritzelten Zeichen geschrieben haben mochte. Gerne hätte er sich sofort mit dem Speicherkristall beschäftigt, doch Moklis wusste nichts von der Agententätigkeit seines Gastes, was auch vorerst so bleiben sollte.

Als der Utare aus dem Bad kam – einem von vielen –, wehte eine zart parfümierte Brise durch das Appartement. Moklis ließ sich neben Giray auf dem Sofa nieder und reckte interessiert den Hals. »Hast du etwas herausgefunden?«

»Leider muss ich passen. Ich kann das Gekritzel einfach nicht entziffern.«

»Ja, das erinnert mich an die Sauklaue meines alten Schulfreundes. Nie konnte ich von ihm abschreiben. Das waren noch Zeiten!«

»Du glaubst, die Notiz stammt von ihm?«

»Nur, falls der gute Jurr Jurris zwischenzeitlich von den Toten auferstanden ist. Er kam 2056 bei einem Raumfahrtunglück kurz vor Esmaladan ums Leben. Die gesamte Besatzung inklusive der Passagiere verbrannten dabei.«

»Das tut mir leid.«

»Ach was, du kannst doch nichts dafür.« Schließlich erhob sich Moklis wieder vom Sofa. »Übrigens habe ich schon jemanden im Auge, den ich wegen des Zettels konsultieren werde. Allerdings erreiche ich den Mann erst morgen. Jetzt brauche ich aber erst mal eine Mütze Schlaf. Ich hoffe, du kannst mir das verzeihen.«

Als hätte sein Zwerchfell nur auf das Stichwort gewartet, musste Giray unwillkürlich gähnen.

Moklis schmunzelte. »Dein Bettchen ruft dich offenbar ebenfalls.«

Obwohl Giray gern weitergeforscht hätte, spürte er die Müdigkeit, die an seinen Augenlidern zerrte. Ein Blick auf die Uhr zeigte ihm, dass er schon seit über neunzehn Stunden auf den Beinen war. Unter anderen Umständen hätte er sich jetzt ein stark koffeinhaltiges Getränk hinuntergekippt und weitergearbeitet, doch es gab im Moment nichts zu tun, weshalb er sich letztlich ebenfalls zu Bett begab.

*

Tag 4

Am nächsten Morgen direkt nach dem Frühstück machte sich Mok Moklis mit der handschriftlichen Notiz auf den Weg zu jenem Informanten, von dem er gesprochen hatte. Ömer Giray hingegen blieb im Appartement. Kaum, dass er sich allein wähnte, holte er seinen Hand-Suprasensor hervor. Auf den ersten Blick erschien dieser wie ein gewöhnlicher Miniaturrechner, der hauptsächlich »Gal Kürays« Termine und die Adresslisten enthielt.

Doch als Giray einen bestimmten Satz in das Textverarbeitungsprogramm eingab und auf »bestätigen« drückte, änderte sich plötzlich das Erscheinungsbild der Bedienoberfläche.

Der Hand-Suprasensor befand sich nun im GSO-Modus und erlaubte den Zugriff auf die von der Galaktischen Sicherheitsorganisation vorgenommenen Modifikationen.

Giray setzte den Speicherkristall auf die Schnittstelle des internen Multifunktionslesegeräts, das sich auf der Oberseite des Suprasensors befand. Es war kompatibel mit den allermeisten den Menschen bekannten, modernen Datenträgern, sofern diese eine maximale Breite und Höhe von jeweils drei Zentimetern nicht überschritten.

Der von Nab Nabez erhaltene Speicherkristall entsprach dem utarischen Standard, deshalb stellte der Zugriff kein Problem dar. Ein Programm nahm die erste Analyse der auf dem Kristall gespeicherten Datenstrukturen vor.

*

Rund zwanzig Minuten nachdem er das Haus verlassen hatte, parkte Mok Moklis seinen Gleiter vor einem riesigen Einkaufszentrum. Die dazugehörige Geräuschkulisse empfing ihn schon beim Aussteigen – eine Kakofonie, in der sich verschiedenste Musikrichtungen mit dröhnenden Werbeversprechen, Raunen und Gelächter vermengten.

Im sechsundzwanzigsten Stockwerk der Pyramide wollte er sich mit seinem Informanten treffen.

Leider führte dank findiger Innenarchitekten kein direkter Weg dorthin, sodass er sich minutenlang von visuellen Eindrücken berieseln lassen musste, während die vielfältigen Einkaufsgeschäfte wie am Fließband an ihm vorbeizogen.

Glücklicherweise muss ich nicht zu Fuß gehen, sondern kann die A-Grav-Pfade nutzen, die mich durch diese Konsumhölle transportieren, tröstete sich Moklis in Gedanken.

Normalerweise hielt er sich von derlei Einrichtungen fern. Seine Kleidung ließ er sich grundsätzlich maßschneidern. Sein Konsumbedürfnis befriedigte er hauptsächlich mithilfe des hiesigen Datennetzes oder indem er exklusive Messen besuchte.

Dieses luxuriöse Leben hatte er sich hart erarbeitet, wenn auch zugegebenermaßen nicht immer auf ganz legalem Wege. Unter den Emporkömmlingen Danlechraas bildete er jedoch insofern eine Ausnahme, als dass er als einer der Wenigen noch einen Sinn für Anstand und Moral besaß. Wenn er beim Glücksspiel mogelte, dann nur bei solchen Gegnern, die der Verlust nicht an den Rand der Existenz trieb – jedenfalls nicht, dass er wüsste.

Im sechsundzwanzigsten Stockwerk stieg er vom Antigrav-Band und ging die letzten dreihundert Meter zu Fuß. Ein bisschen Bewegung tat ihm ohnehin gut, auch wenn er seine kleine Wampe bis jetzt immer gut hatte verstecken können.

Am Treffpunkt angekommen – ein Fresslokal namens »Zum rustikalen Blauen« – hielt er nach seiner Verabredung Ausschau, die er auch gleich am hintersten Tisch entdeckte.

Der Murip stand höflich auf, als Moklis zu ihm kam. »Guten Tag. Hast du gut hergefunden?«

Moklis lächelte, entzückt über die erfrischende Zuvorkommenheit seines alten Bekannten. »Natürlich. Du auch?«

»Ja, vielen Dank der Nachfrage. Wollen wir etwas bestellen?«

»Klar, warum nicht?«

Turiax, so hieß der Murip, studierte die Imbisskarte, als würde es sich um die Menüs eines erstklassigen Gourmetrestaurants handeln.

Moklis schüttelte sich innerlich allein bei dem Gedanken an diesen Fraß. Um seinen Informanten jedoch nicht zu brüskieren, bestellte er einen Salat, der leider mit viel zu wenig Soße kam. Seiner Meinung nach musste richtiger Salat schwimmen, fast wie Gemüse in einem Eintopf, nur knackiger.

Der Murip hingegen schien sehr zufrieden mit seinem Essen zu sein. Fein säuberlich zerkleinerte er die fetttriefenden Fleischmedaillons, die er sich häppchenweise in den Mund steckte und genüsslich kaute. Sobald ihm Krümel in den hellgrauen Flaum spritzten, der nahezu seinen gesamten Körper außer dem Gesicht bedeckte, wischte er sie sich dezent mit einer Serviette fort. Nicht ein einziges Mal beschwerte er sich, was entweder von einer unerschütterlichen Höflichkeit zeugte oder von verflucht schlechtem Geschmack.

Ein bisschen bewunderte Moklis sein Gegenüber dafür. »Und, hat's geschmeckt?«, erkundigte er sich lauernd, nachdem sie beide ihre Mahlzeit beendet hatten.

»Ganz vorzüglich«, bestätigte Turiax.

»Würdest du noch einmal hierherkommen?«

»Wenn ich eingeladen werde, gewiss.«

»Und wenn nicht?«

»Nun, es gibt so viele Restaurants in Rutekan, die ich noch besuchen möchte, da ist es unwahrscheinlich, dass sich mir in absehbarer Zeit neuerlich eine Gelegenheit bieten wird, im ›Rustikalen Blauen‹ einzukehren.«

»Du verstehst es, dich geschickt aus der Affäre zu ziehen, Turiax.«

»Was meinst du damit?« Etwas blitzte in den Augen des Murips auf. War es Angst?

Moklis winkte ab. »Vergiss es! Das war nur ein blöder Witz.«

Da schien Turiax ein Stein vom Herzen zu fallen. Er lachte scheu.

Nachdem die Bedienung das Geschirr abgeräumt und den Tisch abgewischt hatte, bestellten die beiden Männer jeweils ein Heißgetränk und wandten sich anschließend dem Geschäftlichen zu. Moklis holte einen handlichen Ordner aus seiner Anzugtasche, in dem Nab Nabez' Zettel lag, und gab ihn Turiax.

Der Murip bedankte sich, klappte den Ordner auf und nahm die Notiz mithilfe eines Fadenzählers in Augenschein.

Moklis schaute ihm dabei auf seinen flaumbedeckten Kopf und versuchte sich vorzustellen, was unter der Schädeldecke vorgehen mochte. *Niemand, der ihn nicht kennt, würde vermuten, dass es der Kerl faustdick hinter den Ohren hat,* dachte er. *Ich frage mich, ob diese respektvolle Zurückhaltung bloß Tarnung ist. Andererseits habe ich gehört, dass alle Murip so seien. Trotzdem finde ich es seltsam, dass in all den Jahren nichts von den Umgangsformen, die auf Danlechraa herrschen, auf ihn abgefärbt zu haben scheint.*

Turiax verdiente seinen Lebensunterhalt in erster Linie als Fälscher. Er vermochte nahezu alles mit einem hohen Perfektionsgrad anzufertigen, von »speziellen« ID-Karten, Diplomen, Passagierscheinen, Flugtickets bis hin zu Einladungen. Er gehörte sicherlich nicht zu den billigsten, aber dafür zu den besten in ganz Rutekan. Seine Kundschaft bestand aus einem kleinen, handverlesenen Kreis.

Zumindest lauteten so die Gerüchte.

Manchmal nahm auch Moklis Turiax' Dienste in Anspruch, um sich beispielsweise hochwertige gezinkte Spielkarten anfertigen zu lassen – natürlich nicht zu oft, sonst würde er mit immer derselben Masche schnell in den Kasinos auffliegen.

»Hm«, machte der Murip nach einer Weile. »Ich habe eine Vermutung, wer diese Nachricht geschrieben haben könnte. Sicher bin ich mir jedoch nicht.«

»Kenne ich denjenigen?«

»Das entzieht sich meiner Kenntnis.«

»Versuch's doch mal mit einem Namen! Vielleicht kommt er mir ja bekannt vor.«

»Diese Informationen fallen leider unter das Geschäftsgeheimnis.«

»Ach komm! Wie lange kennen wir uns schon? Vier Jahre? Fünf? Ich verspreche dir, dass ich nicht verrate, wie ich an den Namen gekommen bin. Nenne mir einfach deinen Preis!«

»Es geht mir nicht ums Geld.«

»Turiax, eine gute Freundin von mir wurde entführt. Ich weiß nicht einmal, ob sie noch lebt. Dieser Zettel stellt die einzige Spur dar, die ich habe.«

»Ich kann dir nur so viel verraten, dass es sich bei dem Gemeinten um einen Utaren handelt.«

»Du weißt genau, dass mich das nicht weiterbringt. Auf Danlechraa leben Millionen meiner Artgenossen. Soll ich etwa jeden Einzelnen um eine Schriftprobe bitten?«

Der Murip seufzte. »Es gibt da einen Blauen, der mich hin und wieder wegen einer neuen Identität konsultiert. Nach meinem letzten Kenntnisstand dürfte er derzeit als Bol Bolderopp unterwegs sein.«

Nachdenklich rieb sich Moklis das Kinn. »Nie gehört. Wo finde ich den Kerl?«

»Ich erfrage niemals persönliche Dinge, sofern sie nicht dringend erforderlich für die Durchführung des Auftrags sind. Meine Kunden zahlen grundsätzlich bei Abholung der Waren, und zwar in bar.«

»Sprich: Du kennst Bolderopps Aufenthaltsort nicht.«

»Exakt.«

*

Als Mok Moklis heimkam, klappte Ömer Giray seinen Hand-Suprasensor zu – weniger, um irgendetwas zu verheimlichen, als viel mehr aus dem Grund, dass die Analyse des Speicherkristalls so weit abgeschlossen war. Er lehnte sich auf dem steinharten, jedoch überraschend gemütlichen Sofa zurück und blickte erwartungsvoll seinen Gastgeber an. »Wie ist es gelaufen?«

Moklis zuckte mit den Schultern. »Mein Informant konnte mir zwar keine Offenbarung liefern, doch immerhin einen Namen: Bol Bolderopp. Seiner Aussage nach handelt es sich um eine von vielen Tarnidentitäten eines … nennen wir es mal geschäftstüchtigen Utaren.«

»Klingt vielversprechend.«

»Geht so. Eigentlich hatte ich mir nähere Details zu dem Kerl erhofft, aber sei's drum. Konntest du wenigstens dem Speicherkristall ein paar Geheimnisse entlocken?«

»Geheimnisse wären wohl übertrieben. Zunächst einmal stammt das gute Stück aus utarischer Produktion. Es handelt sich um das Basismodell für zehn Credits, das es an jeder Ecke zu kaufen gibt. Anhand der hartcodierten Chargennummer lässt sich feststellen, dass der Speicherkristall im Januar dieses Jahres produziert wurde. Bei dreißigtausend Einheiten pro Woche ist allerdings kein Endkunde zu ermitteln. Im Speicher befand sich auf den ersten Blick lediglich das uns bekannte Video, also dachte ich, ich werfe mal einen Blick auf die tieferen Segmente.«

»Aha? Ich fürchte, ich stehe gerade auf dem Schlauch. Was für tiefere Segmente?«

»Wenn der normale Anwender mithilfe seiner herkömmlichen Programme eine Datei von einem Datenträger löscht, wird lediglich der Verweis auf eben jene aus der Dateisystemliste – vergleichbar mit einem Inhaltsverzeichnis – ausgetragen und die entsprechende Speicheradresse als frei markiert. Die Daten selbst schlummern dort nach wie vor. Mit ›tieferen Segmenten‹ meine ich jene Bereiche des Speichermediums, die von Standardprogrammen nicht direkt ausgelesen und angezeigt werden.«

»Davon habe ich noch nie gehört. Bist du IT-Experte oder so?«

»Nein, ich stieß vor einigen Jahren mal durch Zufall auf das Thema, als ich gelangweilt im Hyperfunknetz stöberte. Es gibt zuhauf Programme, die diese ›gelöschten‹ Dateien wieder herstellen, sprich in die Liste eintragen können. Ein solches habe ich benutzt.« Bis auf den »Zufall« stimmte das sogar.

»Ist das kompliziert?«

»Was meinst du?«

»Solche Programme zu benutzen.«

»Nein, eigentlich nicht. Hast du etwas Bestimmtes vor?«

Mok Moklis grinste verschmitzt. »Reine Neugier. Wer weiß, wann dieses Wissen mal von Nutzen sein kann.«

»Stimmt. Ich bin auch tatsächlich fündig geworden auf unserem Speicherkristall. Zwar wurde durch das Video ein guter Teil der alten Dateien überschrieben, womit vieles tatsächlich aus dem Speicher verschwunden ist, doch auf eine Handvoll Fragmente konnte ich noch zugreifen. Offenbar handelt es sich um einen Bericht, den ein gewisser Gro Grovis verfasst hat und der die Aktivitäten der VdAV im Herbst 2071 thematisiert.«

»Der Name sagt mir nichts. Hat er für eine Zeitung recherchiert oder war das eine interne Angelegenheit?«

»Ich glaube, Letzteres ist der Fall. Dieser Grovis scheint ziemlich gut Bescheid zu wissen, drückt sich allerdings manchmal sehr kryptisch aus. Da sich bestimmte seltsam anmutende Wörter ständig wiederholen, haben wir es höchstwahrscheinlich mit Codes zu tun. Leider lässt sich der Adressat dieses Berichts nicht mehr ermitteln.«

»Kann ich mal sehen?«

Giray gab Moklis seinen Hand-Suprasensor, der natürlich längst wieder im normalen Anwendermodus lief.

Der Utare überflog mehrfach die Überreste des Berichts, runzelte stellenweise die Stirn, kratzte sich die Haartolle und schüttelte schließlich den Kopf. »Ich muss passen. Keine Ahnung, was diese ›Wohltätigkeitsveranstaltung‹ und diese ›Gala‹ zu bedeuten haben. Meines Wissens setzte sich die Vereinigung der Alten Völker nie für wohltätige Zwecke ein und sammelte auch nie unter diesem Vorwand Spenden.«

»Das dachte ich mir schon. Wenigstens haben wir einen Namen.«

»Du denkst, dieser Grovis hat etwas mit Azealias Entführung zu tun?«

»Zunächst sammele ich lediglich Informationen. Die Auswertung verschiebe ich auf später, sonst riskiere ich es, vorschnell welche als irrelevant abzutun, die sich später als bedeutsam entpuppen.«

»Hast du dir das Video noch einmal angeschaut?«

»Natürlich. Ich habe mir sogar einen Blick auf die Metadaten im Header der Videodatei erlaubt, in denen normalerweise Infos wie das Kameramodell, der Timecode, die Koordinaten des Aufnahmeorts und so weiter abgelegt sind. Heutzutage erledigen das die modernen Kameras automatisch.«

»Diese miesen Datenkraken!«, empörte sich Moklis schnaufend.

»Das dachte sich unser Kameramann wohl auch.«

»Oder die Kamerafrau!«

»Äh, ja. In diesem Fall beziehe ich mich mit ›Mann‹ weniger auf das Geschlecht als vielmehr auf die diffuse Idee eines Verdächtigen, der selbstredend auch eine Frau sein kann. Wir sollten es sprachlich nicht zu kompliziert machen, zumal auch geschlechtslose Völker und solche mit mehr als zwei Geschlechtern existieren.«

Moklis schnalzte mit der Zunge. »Mensch, Aykut, ich wollte dich doch bloß necken!«

Der Terraner grinste schief. »Da bin ich aber erleichtert. Als ich noch ein Kind war, galt diese Art der Sprache als wünschenswert, bis die Menschen begriffen, wie schwierig und ineffizient sich Kommunikation dadurch gestaltet.«

»Heute sprecht ihr nicht mehr so, oder?«

»Zum Glück nicht, sonst wären wir beide uns nie begegnet, weil es die Menschheit nie weiter als bis zum Mars geschafft hätte. Aber genug von der Vergangenheit! Wir wollten über das Video sprechen, dessen Metadaten leider manipuliert wurden, sodass wir nichts mit ihnen anfangen können.«

»Na super! Wir haben auch nur Pech.«

»Um ehrlich zu sein, würde ich es höchst verdächtig finden, wenn uns Infos per Fingerschnippen zufliegen würden. Allein die Tatsache, dass sich das Video auf einem Datenträger befindet, der vermutlich mal einem ranghohen Tier der VdAV gehörte, finde ich schon grenzwertig.«

»Weil du denkst, es könnte sich um eine Art Köder handeln, der uns in eine Falle locken soll?«

»Eher, weil die Realität nicht so wie in einem Buch funktioniert.«

»Was? Wir sind keine Protagonisten in einer großartigen Kriminalgeschichte?«

Befremdet runzelte Giray die Stirn. »Heute hast du es aber mit dem Witzereißen, nicht wahr? Ich vermute, dass wir einfach verdammt großes Glück mit dem Speicherkristall hatten. Die Datenfragmente wurden sehr wahrscheinlich nicht mit Absicht hinterlassen, sondern es war jemand schlichtweg schlampig oder unwissend.«

»Mir wird das garantiert nicht mehr passieren.« Moklis zuckte mit den Schultern. »Wie geht es jetzt weiter?«

»Wie es scheint, bleibt uns vorerst nur der Hinweis, den wir von deinem Informanten erhalten haben.«

*

Ömer Giray staunte darüber, was Mok Moklis mit wenigen Viphonaten herauszufinden vermochte. *Er muss unheimlich gut in dieser Metropole vernetzt sein, was mich aber nicht weiter verwundern sollte. Sein Reichtum lockt vermutlich allerlei Gestalten an, die gern mit ihm beziehungsweise seinem Geld befreundet wären.*

Moklis beendete das Viphogespräch und klatschte in die Hände. »Also, ich habe Folgendes in Erfahrung gebracht: Bol Bolderopp scheint tendenziell ein Mann fürs Grobe zu sein. Allerdings macht er sich normalerweise nicht selbst die Hände schmutzig.«

»Wie habe ich das zu verstehen?«

»Eines vorweg: Meine Bekanntschaften kennen ihn nur vom Hörensagen, daher würde ich die Geschichten eher mit Vorsicht genießen.«

»In jeder Geschichte steckt ein Fünkchen Wahrheit.«

»Vielleicht. Jedenfalls heißt es, er sei der Kopf einer kriminellen Bande, wobei es das nicht ganz trifft. Er agiert eher als eine Art Organisator. Du trittst mit einem Wunsch an ihn heran, woraufhin er ein Team zusammenstellt, um dir diesen zu erfüllen – sei es mittels Einbruch, Erpressung, Sabotage.«

»Oder Entführung?«

»Das hat niemand erwähnt. Obwohl uns auf Danlechraa nahezu keine Gesetze und Verbote einschränken, sind Mord und Entführung dennoch verboten, weil sie als geschäftsschädigend erachtet werden. Hätte sich Bolderopp auf diese Weise betätigt, dann wüsste ich davon.«

»Alles andere ist erlaubt?«

»Ich formuliere es mal so: Unsere Behörden nehmen es mit Gesetzen nicht so genau. Solange ein Vergehen nicht die Aufmerksamkeit einer breiten Bevölkerungsschicht oder gar der galaktischen Presse auf sich zieht, schauen sie gegen einen kleinen Obolus gerne mal weg.«

Nachdenklich rieb sich Giray den Kinnbart. »Seltsamer Vogel, dieser Bolderopp. Was mag ihn wohl dazu veranlasst haben, sich für niedere Botengänge herzugeben, noch dazu auf solch plumpe Art?«

»Das kann nur bedeuten, dass er dafür extrem gut bezahlt wurde, weshalb wir höchstwahrscheinlich keine Informationen bei ihm einkaufen können.«

»Soll mir recht sein. Ich habe schon einen Tennisarm vom vielen Credit-Chip-Wedeln.«

»Ja, aber du weißt doch genau, wie es auf Danlechraa läuft. Ohne ›Aufwandsentschädigung‹ erreichst du hier gar nichts. Bol Bolderopp wird uns nicht mal mit dem Allerwertesten anschauen.«

»Das trifft sich gut, dann können wir gleich zur Sache kommen. Würdest du deine Bekannten fragen, wo man Bolderopp voraussichtlich heute noch antrifft?«

Mok Moklis stutzte. »Hast du mir nicht zugehört? Ohne Geld brauchen wir dort gar nicht erst aufzulaufen. Der Kerl lacht uns höchstens aus. Wenn wir Pech haben, hetzt er uns anschließend noch seine Leute auf den Hals.«

»Genau deshalb werden wir ihn auf dem Nachhauseweg abpassen.«

»Da müssten wir aber ganz schön lange warten. Er arbeitet nachts und kehrt wahrscheinlich erst in den frühen Morgenstunden heim. Aber gut, ich schau mal, ob ich die Adresse seines aktuellen ›Büros‹ in Erfahrung bringen kann.«

Eineinhalb Stunden und zwölf Anrufe später erfuhr Mok Moklis, dass Bol Bolderopp sich des Nachts im »Lucky Credit« aufhielt, einem Kasino in der Nähe des Raumhafens, und dass der Bandenchef dieses für gewöhnlich kurz vor der Dämmerung durch den Hintereingang verließ. Selbst ein Foto hatte Mok von dem Mann auftreiben können.

Zufrieden mit ihren Fortschritten gingen die beiden Männer früh zu Bett, denn es konnte gut sein, dass der nächste Tag lang und anstrengend werden würde.

8.

Tag 5

Das penetrante Gekreische eines Geräuschteufels riss Ömer Giray aus dem Bett. Vom sechsundzwanzigsten Stockwerk aus konnte er bereits einen subtilen Schimmer am fernen Horizont erkennen, doch möglicherweise handelte es sich dabei nur um Einbildung, denn Rutekan emittierte rund um die Uhr Licht. Nicht einmal die Sterne am Himmel konnte der GSO-Agent sehen.

Rasch huschte er ins Bad, sprang kurz unter die eiskalte Dusche, um wach zu werden, ließ sich ungeduldig trocken pusten, schlüpfte in seine Kleidung, kämmte sich die Haare und band sie anschließend zu einem Pferdeschwanz.

Zurück im Zimmer holte er einen Paraschocker sowie ein Schulterholster aus dem Geheimfach seines Agentenkoffers. Zum Schluss zog er sich eine weit geschnittene Jacke an, schnappte sich seine Umhängetasche mit diversen Utensilien und ging ins Wohnzimmer, wo Mok Moklis bereits auf ihn wartete.

Ausnahmsweise trug der Utare keine grellen Farben, sondern lediglich einen dunklen Anzug, der jedoch umso stärker das Blau seiner Haut, seiner Augen und seiner Tolle betonte. »Bereit oder willst du noch was essen?«

»Frühstücken können wir später«, entgegnete Giray wortkarg.

Mit Moklis' Gleiter flogen die beiden Männer zum »Lucky Credit« und positionierten sich an einer strategisch günstigen Stelle auf dem Parkplatz, von der aus sie sowohl das Treiben am Vorder- als auch am Hinterausgang beobachten konnten. Das rund zwanzig Meter hohe, zu der dem Parkplatz abgewandten Seite hin ausladende Gebäude erinnerte an flache Schachteln, die jemand gestapelt und dann mit einer Pyramide gekrönt hatte. Am höchsten Punkt strahlte wie der goldene Stern eines Weihnachtsbaums das Kasinologo, das einen abstrahierten Utaren darstellte, der einen Credit-Chip küsste.

Wie banal!, schoss es Giray beim Anblick dieses »subtilen« Meisterwerks durch den Kopf. Andererseits konnte er nachvollziehen, weshalb Bol Bolderopp ausgerechnet dieses Kasino ausgesucht hatte: Es war unauffällig in seiner Mittelmäßigkeit.

Eine Handvoll Utaren verließ lallend und torkelnd das Gebäude. Was die Blauen sprachen, hörten die beiden Männer, die die Gruppe aus dem dunklen Inneren des Gleiters heraus beobachteten, nur dumpf. Giray zählte acht Personen, wovon drei männlich und fünf weiblich waren. Die Frauen trugen enge Abendkleider aus mehreren Stofflagen. Aufgrund der kunterbunten Farben muteten sie aus der Ferne an, als hätte sie jemand in Klebstoff getaucht und anschließend in Konfetti gerollt. Den Männern, die sich – relativ gesehen – zurückhaltend gekleidet hatten, schien es zu gefallen.

Moklis senkte das Fernglas, mit dem er die Blauen aus dem Cockpit heraus inspiziert hatte. »Bolderopp ist nicht dabei.«

Minuten verstrichen, in denen vereinzelt weitere Personen aus dem Kasino spazierten, allerdings handelte es sich um Leute mit einer Körpergröße von deutlich mehr als einem Meter.

Einmal wurde ein zeternder Riiin unsanft von einem Rateken vor die Tür gesetzt – oder vielmehr geworfen. Für einen kurzen Moment hielt Giray den Atem an. Sollte der Spezialanzug des Wesens bei dem Fall zu Schaden gekommen sein, bedeutete das den sicheren Tod des Riiins, dessen »Wohlfühltemperatur« bei rund minus 75° Celsius lag.

Unter der Schuppenschicht der Riiin befand sich eine isolierende Eisschicht, die hier draußen binnen kürzester Zeit schmelzen würde, wofür ein Hormon verantwortlich war. Eine herkömmliche Gefriertruhe würde den Fischähnlichen höchstwahrscheinlich nicht retten können.

Zum Glück raffte sich dieser schnell wieder auf, gab noch mit erhobenen Fäusten eine blubbernde Schimpftirade in Richtung des Kasinos zum Besten und stapfte schließlich davon, als seine

Verwünschungen wirkungslos an der schmucklosen Betonplastfassade abprallten.

»Wie hoch ist eigentlich die Unfallrate mit Todesfolge bei ratekischen Türstehern?«, wollte Giray von Moklis wissen.

»Gute Frage«, antwortete dieser grübelnd. »Diese Riesen können manchmal ziemlich grob sein und haben bestimmt schon den einen oder anderen Knochen gebrochen. Ich glaube aber, dass tödliche Ausgänge eher die große Ausnahme darstellen, denn die Besitzer der Etablissements wollen nicht in Verruf geraten. Ihre Türsteher müssen daher genau die richtige Mischung aus Brutalität und Fingerspitzengefühl mitbringen.«

»Wobei man Letzteres vermutlich mit der Lupe suchen muss.«

»Du irrst dich. Rateken können sehr sanft und rücksichtsvoll sein, wenn sie nur wollen. Als Utare muss ich es schließlich wissen. Meine Bodyguards sind beispielsweise sehr umgänglich.«

»Das liegt nicht zufällig an der Bezahlung?« Giray sah seinen Begleiter von der Seite an.

»Doch, natürlich. Aber ich habe sie angewiesen, nicht jeden, der mir im Kasino zu nahe tritt, gleich zu Brei zu schlagen. Daran halten sie sich. Bisher liegt die Statistik gebrochener Knochen, die meine Bodyguards verursacht haben, bei zweieinhalb. Den einen werte ich nur halb, da er vorher schon angeknackst war.«

»Du führst ernsthaft Buch darüber?«

»Klar, wieso nicht? Die Idioten versuchen einen ja ständig zu verklagen, obwohl sie sich die Blessuren und Brüche selbst zuzuschreiben haben. Ich habe sie schließlich nicht dazu aufgefordert, sich mit mir anzulegen.«

»Gerätst du immer noch so oft in Schwierigkeiten?«

»Mit meinen Beschützern nicht. Allerdings falle ich mit ihnen zu sehr auf, sodass ich in manche Kasinos trotz Verkleidung nicht mehr hineinkomme, wenn sie mich begleiten. Insofern stehe ich vor einem Dilemma.«

»Ich verstehe.« Gedankenverloren blickte Giray durch das Fenster des Fonds auf den Parkplatz hinaus, der schon seit geraumer Weile verlassen dalag. Hier und dort parkten noch einige Schweber.

Ob einer davon Bolderopp gehört?, fragte sich der Agent. Er warf einen kurzen Blick auf sein Armbandvipho, um die Uhrzeit abzulesen. In etwa einer Stunde würde es hell werden. *Wo bleibt der Kerl nur?*

Die Nacht war ziemlich kühl und feucht. Die Temperaturen lagen dicht über dem Gefrierpunkt. Obwohl sich Giray im klimatisierten Gleiter befand, fröstelte er ein wenig. Seine Gedanken kreisten um Liv Sanders.

Würde er seiner Kollegin diesmal einen Schritt näherkommen? Wo steckte sie bloß? Ob sich schon ein Zuschauer gemeldet hatte, der ihre Zelle zufällig wiedererkannt hatte? Die quälende Ungewissheit ließ ihn an sich selbst zweifeln, an seinen Prinzipien. Andererseits wusste er genau, dass er nichts hätte tun können, um die Entführung zu verhindern.

Mit einem Mal rutschte Moklis unruhig auf seinem Pilotensessel herum. »Da!«, flüsterte er Giray zu, der mit seinem Spezialauge die Gestalt längst entdeckt hatte, die in diesem Moment das Kasino durch den Hinterausgang verließ.

Es handelte sich um Bol Bolderopp, wie Moklis gleich darauf bestätigte.

Der Informant in spe schlenderte quer über den Parkplatz in Richtung eines Schwebers. Ein paarmal blickte er sich verstohlen um, setzte seinen Weg jedoch unbekümmert fort. In einigen Metern Entfernung passierte er Moklis' Schweber, schien jedoch keinen Verdacht zu schöpfen. Das lag womöglich daran, dass auch besser betuchte Besucher das Kasino frequentierten und ihre luxuriösen Vehikel auf dem Parkplatz abstellten.

Als sich der Gleiter mit den von außen betrachtet dunkel getönten Scheiben in Bewegung setzte, warf er ihm nur einen kurzen Blick zu und beachtete ihn nicht weiter. Wahrscheinlich glaubte er, es würde sich um einen gewöhnlichen Glücksspieler handeln, der nun ebenfalls nach Hause wollte.

Kurz bevor Bolderopp seinen Schweber erreichte, flog das fremde Flugfahrzeug nahezu lautlos und gemächlich an ihm vorbei. Er bemerkte nicht, wie sich von hinten jemand an ihn heranpirschte, sondern kramte in seiner Hosentasche – vermutlich nach dem Entriegelungsgerät für seinen Schweber.

Der GSO-Agent beschloss, sofort zuzuschlagen, um auf Nummer sicher zu gehen, und feuerte kurzerhand einen Schockstrahl aus seinem Paralysator ab.

Sofort verkrampfte sich der Körper des Blauen, und er stürzte wie ein dicker kleiner Baumstumpf.

Bevor Bolderopp auf dem Boden aufschlug, fing Giray ihn auf, klemmte ihn sich unter den Arm und rannte zu Moklis' Gleiter, der wenige Meter vor ihm in der Luft schwebend wartete. Er verfrachtete seine Beute in den Gepäckraum. Kaum war er in den Fond gesprungen, drückte Moklis auf die Tube, und der Gleiter düste beinahe lautlos davon.

*

»Mann, Mann, ich habe noch nie jemanden entführt«, wiederholte Mok Moklis nun schon zum vierten Mal. Nervös trommelte er auf der Steuerkonsole seines Gleiters herum. »Ich hoffe, wir werden nicht erwischt.«

»Wenn es dir zu heikel ist, können wir unseren Plan ändern«, erklärte Giray verständnisvoll. »Niemand hat uns gesehen. Setze mich einfach irgendwo ab, und den Rest erledige ich selbst.«

»Nein, wir ziehen das zusammen durch. Allerdings werden wir zu einem meiner Ausweichquartiere fahren. Es handelt sich um meine alte Wohnung aus der Zeit, als ich noch nicht erfolgreich war.«

»Wieso hast du sie behalten?«

»Einerseits aus Nostalgiegründen, andererseits dient sie mir hin und wieder als Unterschlupf, wenn ich kurzfristig für eine Weile von der Bildfläche verschwinden muss.«

»Kannst du dich nicht in deiner eigentlichen Residenz verleugnen lassen?«

»Sicher, aber mit einer Meute auf den Fersen komme ich schwerlich ungesehen durch die Stadt. Ferner könnten mich die Typen vor dem Hotel abfangen. Jeder weiß, wo ich wohne. Das lässt sich schwer vermeiden bei meinen Ansprüchen. In der Gegend, wohin wir jetzt fliegen, vermutet mich hingegen niemand. Schau, wir sind fast da!«

Nach einem kurzen Blick aus dem Fenster verstand Giray, was Moklis meinte. Schäbige Betonbauten drängten sich monoton aneinander. Wabenförmige Fassadenplatten wechselten sich mit wabenförmigen Fenstern ab. Hinter manchen Scheiben brannten bereits Lichter. Zerzauste Utaren schlurften durch ihre spartanisch eingerichteten oder zugemüllten Wohnungen. Andere saßen in ihren Küchen und stopften einsam ein trostloses Frühstück in sich hinein.

Plötzlich sackte der Gleiter ab. Girays Herz machte einen panischen Satz.

»Verdammte Idioten!«, fluchte Mok Moklis lautstark und ließ den Gleiter wieder steigen.

Ratlos schaute Giray aus dem Rückfenster, konnte jedoch nichts erkennen, das seinen Freund aufgeregt haben könnte. »Was ist passiert?«

»Hast du die Wäscheleine nicht gesehen, die zwischen zwei Häusern gespannt war? Die hätte ich fast erwischt.«

»Deinem Gleiter hätte es vermutlich nicht geschadet.«

»Den Fassaden höchstwahrscheinlich schon. Da bröckelt regelmäßig etwas ab. Wir befinden uns in etwa vierzig Metern Höhe. Wenn ich zwei Gebäude mitreiße wegen einer ollen Leine, die irgendein Spinner montiert hat, gibt es womöglich Tote. Sobald ich wieder zu Hause bin, schicke ich als Erstes eine anonyme Beschwerde an die örtlichen Behörden, das garantiere ich dir!«

»Tu das.«

Wenig später landeten sie. Giray stieg aus, nahm den bewusstlosen Bol Bolderopp aus dem Gepäckraum und trug den Kerl wie ein Baby auf dem Arm.

Moklis flog weiter zu einem bewachten Parkhaus, in dem er einen Stammplatz gemietet hatte.

Der Anflug eines schlechten Gewissens plagte Giray beim Anblick des verkrampften blauen Gesichtleins, das seine Jacke besabberte. Normalerweise vermied er die Anwendung von Gewalt, wo er nur konnte. *Hätte ich mir den Plan nur etwas genauer überlegt, hätte ich bestimmt eine Alternative zum Paraschocker gefunden.*

Wirklich überzeugend fand er seine Gedanken allerdings nicht.

Mit Liv an seiner Seite wäre er niemals in einen Gewissenskonflikt geraden, denn sie hätte Bol Bolderopp ohne mit der Wimper zu zucken überwältigt, während er – nun ja – zugeschaut hätte. Obwohl sie bestimmt nichts dagegen hätte, sämtliche Lorbeeren allein einzuheimsen, wurde ihm seine eigene Passivität erst jetzt bewusst. Um einen Konkurrenzkampf ging es ihm nicht, sondern darum, ein zuverlässiger Partner zu sein. Trotz besseren Wissens fühlte er sich an Liv Sanders' Entführung schuldig. Er würde alles dafür tun, sie zu finden, und wenn es hieß, Opfer zu bringen.

Der Paraschocker schien mit einem Mal Tonnen zu wiegen.

Endlich kehrte Mok Moklis zurück. Mit einem Kopfnicken forderte er Giray auf, ihm zu folgen.

Der Hauseingang befand sich nur wenige Meter entfernt. Der Antigrav-Schacht funktionierte nicht, wie Moklis leise fluchend feststellte.

Im engen Treppenhaus stank es nach Unrat. Müll und verrottendes organisches Material säumten die Stufen.

Im siebten Stock schloss Moklis die Tür zu einer spartanisch eingerichteten Einzimmerwohnung auf, in der es leicht muffig roch, als ob lange niemand mehr hier gewesen wäre.

Als die beiden Männer die Wohnungstür hinter sich geschlossen hatten, hieß Moklis seinen terranischen Freund, Bolderopp irgendwo abzulegen. »Aber nicht auf mein Bett!«, betonte er.

Der einzige Stuhl im Zimmer wirkte durch die vier Meter hohen Decken umso winziger, fast wie aus einem Puppenhaus entwendet. Giray setzte Bolderopp darauf, hielt ihn fest, zog mit der freien Hand ein Seil aus seiner Umhängetasche und begann, seinen Gefangenen zu fesseln.

»Ui!«, staunte Moklis. »Du hast echt an alles gedacht. Ich wollte gerade nach Klebeband suchen.«

»Ich habe sogar Sturmmasken dabei.«

»Du bist echt krass drauf, Aykut.«

»So krass auch wieder nicht. Das gehört doch zur Standardausrüstung. Hast du noch nie einen Krimi geguckt?«

»Ich bevorzuge Liebesfilme. Alles andere ist mir zu brutal«, erklärte Moklis mit ernster Miene.

Giray prustete, fasste sich jedoch sofort wieder. »Jedem Tierchen sein Pläsierchen. Nichtsdestotrotz lautet die oberste Regel in Entführungsfällen, niemals Namen zu nennen.«

Der Ärger war verschwunden. Entsetzt schlug sich der Utare die Hand vor den Mund. »Oh Mist, ist er mir etwa herausgerutscht?«

»Allerdings. Aber keine Sorge! Unser Freund schläft noch.«

»Wann wacht er voraussichtlich auf?«

»Es müsste jede Minute so weit sein.« Giray warf Moklis die Sturmmaske zu, die offensichtlich nicht utarischen Ansprüchen genügte. Er musste dem Geschäftsmann helfen, die ausladende Haartolle unter das Gewebe zu quetschen.

Mit Müh und Not gelang es Moklis, sich die Maske so überzuziehen, dass sie einerseits sein Gesicht ausreichend bedeckte und dass er andererseits durch die beiden Aussparungen schauen konnte. Voller Verzweiflung tastete er seinen Kopf ab. »Hoffentlich kriege ich keine Dellen in meine Frisur. Das ist jeden Morgen ein regelrechter Akt, alles zurechtzuformen.«

»Rasiere dir doch eine Glatze.«

Moklis starrte ihn entgeistert an. »Bist du des Wahnsinns? Ein Utare ohne Tolle ist kein Utare!«

Ömer Giray, der nun ebenfalls eine Maske trug, lag die perfekte Antwort auf der Zunge, mit der er Mok Moklis necken konnte, doch das Schäkern musste er auf später verschieben. Er ging zum Fenster und zog die Gardinen zu. Staub rieselte ihm entgegen.

In diesem Augenblick fiel Bol Bolderopp das Kinn auf die Brust. Speichel floss ihm wie ein schleimiges Rinnsal vom Mund auf seine Hose.

Plötzlich zuckte sein Kopf nach oben. Mit weit aufgerissenen, hervorquellenden Augen blickte er sich hastig um. Schließlich fixierte er die beiden Gestalten, insbesondere die größere der beiden, die sich wie ein furchteinflößender Turm vor ihm aufbaute. Er öffnete den Mund und gab einen quiekenden Laut von sich, den Moklis sofort mit einem Stofflappen erstickte.

Stolz auf seinen Einfall suchte der Glücksspieler den Blick seines Freundes, doch Giray ignorierte ihn, um das Ganze nicht wie eine Kindergartenveranstaltung wirken zu lassen.

Der Geheimagent ließ seine Fingergelenke vernehmlich knacken. Anschließend stemmte er den linken Arm gegen die Hüfte, sodass seine Jacke zurückrutschte und den Blick auf die Waffe freigab, die sich darunter verbarg. Selbst Moklis bekam für einen Moment große Augen.

»Wir wissen, wer du bist, Bol Bolderopp«, begann Giray. »Versuch also nicht, uns zu verarschen! Andernfalls verpasse ich dir weitere Ladungen aus dem Paraschocker, aber diesmal auf niedrigster Stufe. Deine Muskulatur wird sich jedes verdammte Mal schmerzhaft verkrampfen. Wir sorgen dafür, dass du dich nicht in die Bewusstlosigkeit zurückziehen kannst, sondern den Schmerz in jeder Faser deines Körpers in jeder Sekunde für den mickrigen Rest deines erbärmlichen Lebens spürst. Und irgendwann, vielleicht in ein paar Stunden oder Tagen, wird schließlich dein Kreislauf zusammenbrechen. Am Ende rasieren wir dir die Tolle ab und werfen deine Leiche nackt auf die Straße. Kein schöner Tod, wenn du mich fragst.« Einige Atemzüge lang pausierte er, um seine Worte wirken zu lassen, dann fügte er hinzu: »Oder du verrätst uns, was wir wissen wollen. In dem Fall krümmen wir dir kein Haar, und du kannst dein Leben weiterleben wie bisher. Verstanden?«

Bolderopps Blick huschte zwischen seinen Entführern hin und her.

Immer wieder blieb er an Moklis hängen, den er höchstwahrscheinlich längst als Artgenossen identifiziert hatte und von dem er sich wohl Beistand erhoffte.

Seine Augen glänzten feucht.

Schließlich nickte er, und Giray entfernte den Lappen.

»Scheiße, was wollt ihr von mir?«, legte Bolderopp sofort los.

»Halt die Klappe!«, unterbrach Giray ihn barsch. »Du redest nur, wenn du dazu aufgefordert wirst.«

»Ich bin schon ruhig.«

»Wo steckt die Tel-Frau?«

»Hä? Welche Tel-Frau?«

»Tu nicht so blöd!«, keifte Moklis. »Das Erpresservideo stammt von dir.« Anklagend zeigte er mit dem Finger auf seinen Artgenossen, als ob er ihn damit aufspießen wollte.

»Stimmt doch gar nicht!«, verteidigte sich der Beschuldigte. »Damit habe ich nichts zu tun.«

»Also weißt du doch von der Tel-Frau«, stellte Giray mit lauerndem Unterton in der Stimme fest.

»Na ja, du hast dich undeutlich ausgedrückt. Ich konnte ja nicht ahnen, dass du *diese* Tel-Frau meinst. Das Video lief auf sämtlichen Nachrichtenkanälen Danlechraas. Jeder kennt es, ich auch.«

»Von wem stammt es, wenn nicht von dir?«

»Keine Ahnung.« Bol Bolderopp schien wieder an Selbstsicherheit zu gewinnen, deshalb zog Giray kurzerhand seinen Paraschocker, der dem Gauner durch den bloßen Anblick einen spitzen Schrei entlockte. »Ich weiß es doch wirklich nicht, verdammt! Bitte töte mich nicht!« Eine Träne kullerte ihm über die blaue Wange.

»Pah!«, stieß Mok Moklis abfällig aus. »Du bist solch ein Jammerlappen, Bol Bolderopp! Wenn das deine Kunden wüssten!«

»Wenigstens bin ich noch nicht auf dein Niveau herabgesunken«, giftete der Angesprochene zurück. »Schämen solltest du dich, ausgerechnet mit einem Terraner gemeinsame Sache zu machen!«

»Woher willst du wissen, dass mein Kumpel hier ein Mensch ist? Du kannst sein Gesicht doch gar nicht sehen.«

»Das erkenne ich an seiner Gestalt und an seinen Augen, du Volltrottel.«

Moklis verpasste ihm einen Tritt gegen das Schienbein. »Gib acht, wie du mit mir sprichst!«

Bolderopp begann, unruhig auf dem Stuhl hin und her zu rutschen. Gleichzeitig jammerte er über die Schmerzen und über die ungerechte Behandlung – und überhaupt sei es total ungemütlich in dieser Sitzposition.

»Du bist hier nicht im Hotel«, rief Giray ihm entnervt in Erinnerung. »Woher stammt das Video?«

»Mann, ich sagte doch schon, dass ich es nicht weiß«, jaulte der Gefangene und wippte mit dem Kopf.

»Hast du den Speicherkristall zufällig am Straßenrand gefunden und dachtest, du schusterst ihn selbstlos dem erstbesten Nachrichtensender zu?«

Schockiert riss Bolderopp die Augen auf. »Aha! Welcher Saftsack hat mich verraten? War es Klum Klumutz, Nab Nabez oder dieses Arschloch Parr Parrek? Oder vielleicht …«

»Keiner von denen. Wir verfügen über bessere Quellen, aber nett, dass du die Namen deiner Kontaktpersonen nennst. Möglicherweise wissen sie ja mehr über dich oder möchten sich gern mit einem Nachrichtenbeitrag über dich und deine Aktivitäten revanchieren.«

»Eigentlich kennen die mich gar nicht.«

»Das kann sich schnell ändern. Ich wette, sie brennen allesamt darauf, die Identität ihres Wohltäters herauszufinden. Die Polizei dürfte sich auch dafür interessieren.«

»Mensch, warum hasst du mich so? Ich habe mir nichts zuschulden kommen lassen, jedenfalls nichts im Zusammenhang mit der Entführungsgeschichte. Jemandem anonym einen Speicherkristall zukommen zu lassen ist kein Verbrechen. Kannst du die Waffe jetzt bitte wieder einstecken? Die macht mich ganz nervös.«

Einige Sekunden lang durchbohrte Giray mit seinem Blick Bol Bolderopp, der auf dem Stuhl förmlich zu schrumpfen schien. Er tat dem Häufchen Elend schließlich den Gefallen und steckte den Paraschocker in das Holster zurück.

Ihm selbst war es ebenfalls lieber, wenn keine Waffe involviert war. »Zufrieden?«

»Danke, das werde ich dir nie vergessen.«

»Beantwortest du mir jetzt meine Frage?«

»Woher ich das Video habe?«

»Ganz genau. Und komm jetzt endlich zum Punkt! Allmählich verlieren wir die Geduld mit dir.«

Demonstrativ boxte sich Mok Moklis mit der rechten Faust in die offene Handfläche und knackte mit den Knöcheln, schwieg jedoch.

Bol Bolderopp leckte sich über die Lippen. »Ihr versprecht, dass ihr mich anschließend gehen lasst, wenn ich euch alles sage, was ihr wissen wollt?«

Giray bejahte.

»Na schön, ich habe den Auftrag anonym über mein Hyperfunkpostfach erhalten. In der Nachricht standen Ort und Zeit, wo ich die Ware abholen sollte. Mir wurden zwanzigtausend Credits in Aussicht gestellt dafür, dass ich bestimmten Leuten anonym eine harmlose Kleinigkeit zukommen lasse. Das lasse ich mir doch nicht entgehen!

Ich fuhr also wie verabredet zu der Adresse. Ein Rateke führte mich in ein Büro, das sich in einer verlassen wirkenden Lagerhalle befand. Dort wartete ein weiterer Rateke sowie ein Utare auf mich. Mir war natürlich sofort klar, dass die Typen irgendein krummes Ding drehten, sonst hätten sie ja nicht mich konsultiert.«

»Erreichen dich die Leute immer so?«

»Das ist ganz unterschiedlich.«

»Du erhältst also eine anonyme Nachricht, in der dir Geld versprochen wird, und du springst sofort auf. Macht dich eine solche anonyme Nachricht denn überhaupt nicht misstrauisch? Immerhin könnte sie von deinen Feinden stammen, die dich in eine Falle locken wollen.«

»Ich habe keine Feinde, und meine Kunden sind stets rundum zufrieden.«

»Was ist mit den Bestohlenen, Bedrohten und Hintergangenen?«

»Was soll mit denen sein?«

»Die meisten Leute mögen es nicht, wenn ihnen jemand zusetzt.«

»Lass das mal schön meine Sorge sein, Terraner! Du wolltest doch mehr über das Video erfahren, oder?«

»Ja, stimmt«, antwortete Giray. Er bemerkte sehr wohl die billigen Psychotricks, mit denen der Blaue versuchte, die Oberhand in diesem Verhör zu gewinnen. Allerdings ließ er sich nichts anmerken, denn er wollte herausfinden, welche Absichten sein Gefangener verfolgte.

»Ich kam also in diesem Büro an«, fuhr Bolderopp fort. »Dort überreichte mir der Utare eine Liste mit Namen von Mitarbeitern der wichtigsten Nachrichtensender Danlechraas sowie einen Karton mit Speicherkristallen. Er betonte mehrmals, dass ich die Sache diskret abwickeln solle, und als ich ihm versicherte, der richtige Mann für diesen Job zu sein, gab er mir noch einen Karton voller Credit-Chips für die Leute auf der Liste. Und dann bin ich gegangen, um meine Aufgabe zu erfüllen.«

»Der Utare hat dir einfach so einen Karton voller Credit-Chips anvertraut?«, hakte Moklis ungläubig nach. »Wie konnte er sicher sein, dass du dich damit nicht aus dem Staub machst?«

»Vermutlich baute er darauf, dass ich meinen guten Ruf nicht für ein paar Kröten aufs Spiel setzen würde, womit er vollkommen richtig liegt. Ich bestehle niemals meine aktuellen Kunden.«

»Haben dir die Kerle verraten, was sich auf den Speicherkristallen befindet?«, wollte Giray wissen.

»Nein, ich habe auch nicht danach gefragt, aber ich habe mir das Video zu Hause angesehen für den Fall, dass es sich um etwas ganz Brisantes handelt.«

»Was verstehst du unter brisant? Glaubst du, man beauftragt dich, wenn man einfach die offiziellen Postwege nutzen könnte?«

»Ich meine kontroverses Material wie zum Beispiel …« Verstohlen blickte er sich um, als ob er befürchten würde, belauscht zu werden. Flüsternd ergänzte er: »… Pornos.«

Für einen winzigen Moment verschlug es Giray die Sprache, dann fuhr er den Zwerg an: »Willst du uns verarschen? Das Hyperfunknetz ist voll davon!«

»Ja, aber nicht mit Filmchen, in denen Terraner Unzucht mit Angehörigen der Alten Völker treiben. Das würde einen Bürgerkrieg auslösen.«

»Jetzt übertreib mal nicht! Bestimmt werden solche Videos längst unter dem Ladentisch verkauft.«

»Ohne Beweise glaube ich dir gar nichts.« Abfällig verzog Bolderopp den Mund.

»Hör mal, Freundchen, ich weiß nicht, wie wir auf dieses Thema gekommen sind, aber wir interessieren uns für den Speicherkristall. Ich gehe mal stark davon aus, dass sich kein Porno darauf befand, sondern …« Am Ende des Satzes hob Giray die Stimme zur Frage, doch Bolderopp schien nun in den Kindergartenmodus geschaltet zu haben.

»Bevor du mir keinen Beweis geliefert hast für deine ungeheuerliche Behauptung, rede ich nicht mehr mit euch.« Mit diesen Worten schloss Bolderopp seinen Mund zu einem schmalen Strich und hielt ihn stur geschlossen.

Sämtliche Fragen prallten an ihm ab, sodass Giray bald beschloss, eine fingierte Pause einzulegen. Moklis packte ein Kartenspiel aus, mit dem sich die Entführer etwa eine Stunde lang beschäftigten. Bolderopp beobachtete die beiden genau, insbesondere den Terraner, der ständig gegen den Blauen verlor.

Irgendwann schien es ihm jedoch langweilig zu werden. »Hallo, was soll das werden? Wenn ihr sowieso nur die Zeit totschlagt, könnt ihr mich genauso gut gehen lassen.«

Mit gespielter Überraschung schaute Moklis zu dem Gefangenen hinüber. »Störe uns nicht, wenn du uns nichts Relevantes mitzuteilen hast! Ich kümmere mich um dich, sobald ich gewonnen habe.«

»Du gewinnst doch schon die ganze Zeit.«

»Und?«

»Ich dachte, ihr wollt wissen, was sich auf dem Speicherkristall befand.«

»Tun wir auch, aber solange du es uns nicht verrätst, beschäftigen wir uns eben anderweitig.«

»Es handelte sich um ein ganz gewöhnliches Entführungsvideo, handwerklich nicht einmal besonders gut gemacht.«

»Das wissen wir längst.«

Erbost kniff Bolderopp die Augen zusammen. »Was zum Geier wollt ihr dann von mir?«

»Nähere Informationen zu der Entführung.«

»Seid ihr Freunde von der Tel?«

»Betrachte uns einfach als Investigativreporter!«

»Reporter betäuben keine unbescholtenen Bürger, um sie an einen Stuhl zu fesseln und zu foltern.«

»Wir sind ja auch keine gewöhnlichen Reporter.«

»Für welche Zeitung arbeitet ihr?«

»Das verraten wir dir ganz sicher nicht.«

»Mir ist kein einziger Verlag in Rutekan bekannt, der einen Terraner beschäftigt.«

»Ich bin freischaffend«, erklärte Giray kurz und bündig, und warf halbherzig die letzte Karte ab, die ihn erneut verlieren ließ.

»Der Utare zockt dich voll ab«, kommentierte Bolderopp amüsiert die Niederlage.

»Macht nichts.«

»Wie öde. Wollt ihr etwa, dass ich hier vor lauter Langeweile sterbe?«

»Du könntest ja ein bisschen Spannung in die Geschichte bringen, indem du uns von den drei Kerlen erzählst, die du getroffen hast, oder von der Lagerhalle.«

»Da gibt es nichts zu erzählen. Es handelte sich um eine stinknormale Lagerhalle mit diversen Waren. Sie befand sich in einer Gegend mit vielen Lagerhallen gleichen Typs, total unauffällig und daher ideal als temporäres Versteck.«

»Versteck für was?«

»Für ein Entführungsopfer. Der Standort bietet alle nötigen Voraussetzungen, soweit ich das beurteilen kann. Niemand würde auf die Idee kommen, dort zu suchen. Hätte ich etwas mit der Sache zu tun – was ich garantiert *nicht* habe –, hätte ich die Tel höchstwahrscheinlich in eine solche Halle gebracht.«

»Dafür, dass du angeblich von nichts weißt, spekulierst du ganz schön wild herum, Bolderopp«, bemerkte Giray.

»Aus mir spricht lediglich der Profi. Ignoriere es doch einfach, wenn es dir nicht passt!«

»Wo befindet sich die Lagerhalle?«

»He, ich habe euch schon mehr als genug verraten! Wollt ihr mich nicht endlich mal losbinden? Ihr müsstet doch längst bemerkt haben, dass ich auf eurer Seite stehe. Außerdem spüre ich meine Finger nicht mehr wegen der engen Fesseln. Vielleicht sind meine Nerven längst irreparabel geschädigt.«

Mok Moklis schnaufte. »Hör auf, uns die Ohren vollzusülzen! Deine Wehwehchen interessieren uns nicht. Du bleibst so lange dort sitzen, bis du uns die Adresse verraten hast!«

»Ihr könnt nicht von mir verlangen, meine Auftraggeber zu verpfeifen!«

»Und ob wir das können!«

»Könnt ihr nicht. Beweis gefällig?«

Es folgte ein weiteres Schweigen, diesmal volle zwei Stunden lang.

Giray spürte genau, wie Bolderopp versuchte, ihn und Moklis zu provozieren. Doch ihr unfreiwilliger Informant biss auf Granit.

Erst um die Mittagszeit herum wandte sich Moklis erneut an seinen Artgenossen: »Hast du deine Bezahlung denn schon erhalten?«

Der Angesprochene stutzte. »Ja, wieso?«

»Was würdest du …«

Als Mok Moklis wie gewohnt einen Credit-Chip zücken wollte, räusperte sich Giray laut. Moklis blickte ihn überrascht an, schien dann jedoch zu verstehen und nahm seine Hand wieder aus der Tasche. Mit gespieltem Bedauern richtete er sich wieder an Bolderopp: »Tja, Kumpel, mein Freund bevorzugt offenbar die Peitsche. Zuckerbrot gibt es für dich nicht, was nicht nur mich, sondern auch meinen Geldbeutel freut.«

Unwillig verzog der Gefangene das Gesicht. »Das ist ungerecht! Normalerweise verteile ich keine Gratisinformationen. Ich habe euch schon mehr als genug geholfen. Außerdem habt ihr mich entführt und gefoltert, verdiene ich da nicht eine kleine Wiedergutmachung?«

Giray sprang auf, packte Bolderopp am Schopf und riss den Kopf des Blauen brutal nach hinten. »Folter?«, höhnte er. »Wir haben noch nicht einmal richtig angefangen, Bürschchen!«

Erneut stiegen Tränen in die Augen des Blauen. »Doch! Der Utare hat mir gegen das Bein getreten. Von der seelischen Folter fange ich gar nicht erst an. Bestimmt habe ich jetzt ein Trauma und brauche eine teure Therapie! Du tust mir übrigens weh. Aua!«

Der GSO-Agent hielt das Gejammer nicht länger aus. Seufzend ließ er von dem Gefangenen ab, öffnete ein paar Schubladen und wühlte darin herum.

»Was tust du da?«, wollte Moklis wissen, den das Verhalten des Terraners wahrscheinlich genauso beunruhigte wie Bolderopp.

»Ich suche eine Schere«, erwiderte Giray knapp.

»So etwas besitze ich nicht, fürchte ich, doch im Bad findest du einen alten Frisurenschneider.«

Daraufhin begab sich Giray in besagten Raum, der sich erfreulicherweise an ratekischen Maßstäben orientierte, sodass er sich nicht wie eine Krabbe seitwärts hineinquetschen musste. Eine Duschkabine oder eine Wanne gab es nicht, dafür jedoch einen Sprühkopf, der mitten im Raum von der Decke hing.

Hinten rechts in der Ecke befand sich eine Mulde im Boden, wo offenbar das Duschwasser sowie diverse andere Dinge abfließen sollten. Zu Girays Linken ragte ein Waschbecken aus der Wand. Der dazugehörige Spiegel war zu niedrig, als dass jemand Größeres als ein Utare sich darin bequem hätte betrachten können.

Der Agent öffnete den danebenstehenden Schrank, in dem er wenig überraschend auf ein Fach voller Pomadetuben stieß sowie Handtücher und einen Behälter mit verschiedenen Kämmen, Spangen, in denen sich Haare verheddert hatten, und ein Gerät, das ihn an einen zylinderförmigen Rasierapparat aus den 1940er Jahren erinnerte, den er vor Jahrzehnten einmal in einem terranischen Technikmuseum gesehen hatte.

›Staalbaard‹ hieß das Teil, wenn ich mich recht entsinne, dachte Giray, schüttelte rasch die nostalgischen Gefühle ab und verließ das Bad mit seinem Fund.

9.

Beim Anblick des Frisurenschneiders quiekte Bol Bolderopp wie ein blaues Schweinchen auf. »Was hast du vor?«

»Ich?«, fragte Giray mit gespielter Verwunderung. »Nichts.« Er reichte den Apparat Moklis, der ihn mit regelrechter Begeisterung an sich nahm und einschaltete. Das Gerät summte wie ein Hummelschwarm und näherte sich bedrohlich Bol Bolderopps Tolle.

»Das könnt ihr mit mir nicht machen!«, kreischte der Gefangene. »Ich habe Rechte!«

»Da habe ich aber etwas anderes gehört über diese Freihandelswelt«, entgegnete Giray gelassen. »Hier kann jeder tun und lassen, wie es ihm beliebt, solange er niemanden umbringt.«

»Oder entführt!«, fügte Bolderopp hinzu. Seine Augen schienen ihm fast aus den Höhlen zu purzeln, während er panisch den Frisurenschneider anstarrte und den Hals verbog. »Entführungen gelten hier als Verbrechen. Ihr solltet mich lieber freilassen, dann vergessen wir die Sache, und alles ist gut.«

»Dann wäre unsere ganze Mühe ja umsonst gewesen. Nein, falls wir zufällig mit deiner Entführung in Verbindung gebracht werden, weisen wir die Behörden einfach auf deine Beteiligung an der Entführung der Tel-Frau hin. Ich wette, dafür interessieren sie sich mehr, weil der galaktische Ruf Danlechraas auf dem Spiel steht. Du hingegen bist nur der Abschaum Rutekans, den niemand vermissen wird.«

»Weshalb misshandelt ihr mich? Ich habe euch nichts getan. Ich kenne euch nicht einmal. Warum muss ich so leiden?«

»Mir kommen gleich die Tränen.«

»Das sollten sie auch, du gemeiner Hund! Die Vereinigung der Alten Völker scheint recht zu haben. Ihr Terraner vergiftet das

Klima auf unserer schönen Freihandelswelt. Bisher habe ich es ja nie geglaubt, aber jetzt …«

»Deine persönliche Meinung interessiert mich einen Scheißdreck. Wenn du im Ganzen inklusive deiner heiß geliebten Tolle hier herauskommen willst, solltest du uns jetzt schleunigst etwas liefern! Siehst du nicht, wie mein Freund schon förmlich darauf brennt, sich durch dein Dickicht zu fräsen?«

Als der Frisurenschneider sich nur noch einen Zentimeter von seinen Haaren entfernt befand, schrie Bolderopp plötzlich auf: »Aufhören! Ich verrate euch ja die Adresse.«

Das Gerät in Moklis' Hand verstummte, blieb jedoch in Bereitschaft.

Bolderopp nannte die Adresse, die Giray natürlich sofort mit seinem Hand-Suprasensor überprüfte. Als sie sich als plausibel erwies, nickte der Agent seinem Helfer zu, der daraufhin einen Schritt von ihrem Gefangenen zurücktrat und den Frisurenschneider sinken ließ.

Erleichtert sackte Bolderopp ein Stückchen auf seinem Stuhl zusammen. »Seid ihr jetzt zufrieden?«

»Ja«, sagte Moklis, nur um direkt von Giray mit einem »Nein« korrigiert zu werden.

Der Agent seufzte innerlich auf, gab jedoch seinem Freund keine Schuld an der amateurhaften Gesamtsituation.

Natürlich nutzte Bolderopp die Steilvorlage. »Ja, was denn nun? Könnt ihr euch etwa nicht einigen?«

Moklis blinzelte und winkte mit dem Gerät in seiner Hand. »Provoziere mich nur lange genug, und ich benutze das Teil! Nicht einmal mein Freund hier wird mich dann davon abhalten können.«

Ein flüchtiges Lächeln huschte über die Lippen des Gefangenen, anhand dessen Giray erkannte, dass Bolderopp Moklis für das Schoßhündchen eines Terraners hielt. Er hoffte, dass das Selbstbewusstsein seines kleinen Freundes keinen Knick erleiden würde.

Verhöre konnten schnell in garstige Gefilde abdriften.

»Beschreibe uns deine Auftraggeber!«, verlangte Giray von Bolderopp.

Der Angesprochene runzelte die Stirn. »Habe ich das nicht vorhin schon? Es handelt sich um einen Utaren mit seinen beiden ratekischen Begleitern.«

»Woher weißt du, dass die beiden lediglich seine Begleiter sind?«

»Was sollen sie sonst sein?«, konterte Bolderopp, als wäre es das Normalste der Welt, dass Rateken Utaren lediglich begleiteten, jedoch niemals als gleichberechtigte Partner fungierten.

Giray erörterte die Hierarchiefrage nicht weiter, sondern wandte sich den wichtigeren Fragen zu: »Wie sehen die drei aus?«

»Der eine ist ungefähr einen Meter groß, blau, ausladende Tolle. Die anderen beiden sind etwa dreimal so groß und grau.«

»Ich weiß, dass du das besser kannst.«

»Nun, der Kleine könnte mein Zwillingsbruder sein, oder der deines Freundes. Im Grunde sehen wir Utaren doch alle gleich aus. Ich wette, wenn der da und ich die Plätze tauschen würden, würdest du es nicht einmal bemerken.«

»Du ähnelst ihm nicht im Geringsten.«

»Ach, komm!«, stöhnte Moklis auf. »Lass mich diesem Typen einfach die Tolle abrasieren, damit wir unsere Zeit nicht völlig umsonst verschwendet haben. Aus dem kriegen wir eh nichts mehr heraus!«

Einige Sekunden lang blickte Giray den Gefangenen erwartungsvoll an, doch als dieser nicht reagierte, gab er sein Einverständnis. Eine Kahlrasur konnte er besser mit seinem Gewissen verantworten als eine Folter mit Paralysestrahlen.

Mok Moklis schaltete das Gerät ein und näherte sich unendlich langsam seinem Opfer.

Bol Bolderopp jammerte und zeterte. Bald flossen die Tränen wie Sturzbäche, obwohl sich der Frisurenschneider noch mehr als eine Utarenhandbreite von seiner Tolle entfernt befand. Wäre er ein Schauspieler, hätte er bestimmt Preise für diese Szene gewonnen.

Giray hoffte, dass die Nachbarn, sofern sie das Gejammere überhaupt hörten, annahmen, dass irgendjemand den Holofernseher zu laut eingestellt hatte.

Trotz der Aussicht auf eine Glatze weigerte sich Bol Bolderopp vehement, eine nähere Beschreibung des Utaren und der beiden Rateken abzugeben. Er heulte Rotz und Wasser.

Verdammt!, fluchte der GSO-Agent innerlich. *Entweder wir schlagen uns weiter mit diesem Jammerlappen herum oder wir fahren zu dieser Lagerhalle! Dort stoße ich höchstwahrscheinlich auf seine Auftraggeber, sodass mir die Personenbeschreibungen egal sein könnten. Außerdem hat zum jetzigen Zeitpunkt Livs Befreiung oberste Priorität. Um die bösen Buben kann ich mich hinterher noch kümmern.*

Kurzum beschloss er, den Gnom von seinen Qualen zu erlösen und paralysierte ihn mit seinem Paraschocker. Anschließend zog er sich die Sturmmaske vom Kopf und nahm Moklis das Gerät aus der Hand.

Irritiert zuckte der Kopf seines Freundes herum. »Warum hast du das gemacht? Die Namen hätten wir bestimmt auch noch aus ihm herausbekommen.«

»Wir haben Besseres zu tun.«

»Und ich hatte mich schon so darauf gefreut, diesem Gauner eine Schneise zu rasieren, sodass sich seine Tolle genau in der Mitte geteilt hätte. Ich kann nämlich ziemlich gut mit dem Frisurenschneider umgehen.«

»Das glaube ich dir gern, jedoch finde ich, dass wir uns lieber um Azealia kümmern sollten, anstatt Kunst zu fabrizieren.«

»Das geht doch ratzfatz.«

»Von dem Trauma würde er sich nie wieder erholen.« Giray sah seinen Freund mit ernster Miene an.

»Das wäre kein Verlust für diese Welt«, blieb Moklis hartnäckig. »Außerdem hat er mich als ›Volltrottel‹ beschimpft, was ich sicherlich nicht auf mir sitzen lasse.«

»Wir haben die Adresse. Das muss fürs Erste genügen. Falls nicht, knüpfen wir uns ihn erneut vor.«

»Wie du meinst. Ich hätte nicht gedacht, dass es uns gelingt, einen Utaren auszuquetschen, ohne dass Credits ihren Besitzer wechseln. Insofern sind wir ein super Team, auch wenn er uns leider nicht alle Infos gegeben hat.«

Giray nickte und begann, Bolderopp loszubinden.

Nachdenklich betrachtete Moklis den Frisurenschneider in seiner Hand. »Beim nächsten Mal«, schwor er düster und legte das Gerät auf den Esstisch.

*

Ein paar Blocks von Moklis' »Zweitwohnsitz« entfernt lud Ömer Giray Bol Bolderopp in einer Seitengasse aus. Er deponierte ihn unter einem Busch, wo nicht gleich jeder Dahergelaufene den Bewusstlosen entdeckte und womöglich auf falsche Gedanken kam.

Zurück im Gleiter aktivierte Moklis den Flugmodus. Sie stiegen höher und höher, bis das Viertel unter ihnen wie eine bizarre Basaltformation anmutete, über die blasse Hologramme wie Geister im Tageslicht hinwegtanzten. Die Sonne Kraan hatte den Zenit längst überschritten.

Einige Minuten lang steuerte Moklis seinen Gleiter über die Stadt hinweg und tauchte dann wieder in die Häuserschluchten ein. »Wenn wir das Lagerhaus direkt von oben anfliegen, werden wir mit ein wenig Pech sofort gesehen«, erklärte er. »Eventuell sollten wir uns einen unauffälligen Schweber leihen.«

»Das dauert zu lange«, lehnte Giray den Vorschlag ab. »Reihe dich einfach in den normalen Straßenverkehr ein. Allzu sehr auffallen dürfte dein Gefährt ja nun nicht.«

»Stimmt. Ich hatte mir damals extra ein Modell mit bescheidener Karosserie zugelegt, um im Notfall damit abdampfen zu können. Die Innenausstattung entspricht jedoch dem gehobenen Standard. Sämtliche Sitze verfügen über eine Massageeinheit, die leider auf utarische Gesäßgrößen zugeschnitten ist, sonst hätte ich dich eingeladen, sie auszuprobieren.«

»Um ehrlich zu sein, mache ich mir im Augenblick ohnehin keine Gedanken um das Wohlergehen meines Hinterns, sondern eher um Bol Bolderopp.«

»Warum? Das Verhör lief doch wie geschmiert, wir sind den Kerl los und fliegen jetzt zur Lagerhalle, die wir übrigens in zwanzig Minuten erreichen dürften. Wo ist das Problem?« Moklis senkte den Gleiter ab, bis sich dieser wenige Zentimeter über der Betonplaststraße befand. Dank der Antigrav-Funktion glitt das Gefährt sanft wie durch Vakuum dahin.

»Es lief alles zu glatt für meinen Geschmack«, gestand Giray. Als langjähriger Agent im Dienste der Galaktischen Sicherheitsorganisation verfügte er über ausreichend Erfahrung in Sachen Verhöre. Dieses Detail aus seinem Leben band er Moklis natürlich nicht auf die Nase.

»Also mich freut es«, entgegnete der Utare. »Bolderopps Geheule hätte ich bestimmt keine weitere Stunde durchgehalten, ohne den Verstand zu verlieren. Ich war *so* kurz davor, dem Kerl eine Glatze zu rasieren.« Bei dem Wörtchen »so« drehte er sich zu Giray um und visualisierte die Maßeinheit mit Daumen und Zeigefinger, zwischen denen er einen etwa zwei Millimeter großen Abstand ließ.

»Guck bitte auf die Straße!«, ermahnte Giray ihn.

Grinsend drehte sich Moklis wieder nach vorn. »Im Prinzip könnte ich den Gleiter mit geschlossenen Augen fliegen. Der Bordrechner analysiert ununterbrochen die Daten, die ihm von den Sensoren außen an der Karosserie übermittelt werden, und korrigiert bei Bedarf Geschwindigkeit und Kurs. Darauf gab es sogar Garantie beim Händler.«

»Das freut mich. Trotzdem ist jetzt ein ungünstiger Zeitpunkt, um das auszutesten.«

»Hast du schlechte Laune? Falls ja, brauchst du es mir nur zu sagen, dann halte ich sofort meine Klappe.«

»Entschuldige bitte, falls ich dir das Gefühl gebe, du würdest mich nerven, Mok«, widersprach Giray mit ruhigerer Stimme. »Das tust du nicht. Ich bin dir für alles, was du für Azealia und mich tust, unendlich dankbar. Meine schlechte Laune liegt gewiss nicht an dir.«

»Sondern?«

»An Bolderopp. Ich glaube, er hat uns an der Nase herumgeführt.«

»Verdammt!«, platzte es aus Moklis heraus. »Ich hätte dem Mistkerl doch ein paar Löcher in die Tolle frisieren sollen!«

»In dem Fall hätte er vermutlich deine Wohnung mit Tränen geflutet.«

»Einem Waschlappen wie dem bin ich noch nie begegnet. So jemand überlebt doch keine zwei Tage im schwer kriminellen Milieu. Vielleicht haben wir den Falschen erwischt.«

»Nein, ich glaube, wir hatten den Richtigen. Die ganze Zeit kam es mir so vor, als ob er uns die Mimose nur vorspielt.«

»Warum erzählst du mir das jetzt erst? Als dein Partner muss ich doch über alles Bescheid wissen, damit wir als Team funktionieren, oder nicht?«

»Er sollte denken, dass wir auf seine Spielchen hereinfallen. Außerdem hegst du offenbar die gleichen Zweifel bezüglich seines Auftritts wie ich.«

»Tatsächlich? Wann habe ich welche geäußert?«

»Erst vor einigen Sekunden. Du hast dich darüber gewundert, wie es eine Mimose wie Bolderopp zum Bandenchef gebracht hat. Das passt nicht zusammen. Seine kriminellen Aktivitäten sind erwiesen, daher bleibt nur die Möglichkeit, dass er uns etwas vorgespielt hat.«

»Weshalb sollte er das tun? Wäre ich ein skrupelloser Gauner wie er, hätte ich mir niemals die Blöße gegeben, indem ich allein beim Anblick eines Frisurenschneiders herumflenne. So etwas spricht sich in der Unterwelt blitzschnell herum, und Schwächen werden bekanntermaßen nicht toleriert.«

»Es handelt sich um ein simples Täuschungsmanöver. Solange wir uns von seinen Tränen blenden lassen, hinterfragen wir nicht, wieso er offenherzig alles ausplaudert. Er versuchte nicht einmal, uns anzulügen oder irgendetwas zu verheimlichen.«

»Aber er behauptete doch steif und fest, von nichts zu wissen.«

»Das gehörte zum Plan. Er wollte, dass wir uns ein wenig ins Zeug legen und uns von unseren vermeintlichen Erfolgen blenden lassen. Ein bisschen Ablenkung hier, ein bisschen Ablenkung dort wirkt Wunder, wenn sich das Gegenüber nicht auskennt.«

»Du hast ihn durchschaut.«

»Allerdings. Ist dir nicht aufgefallen, wie er sich uns geradezu aufdrängte, als wir ihn ignorierten?«

»Ich dachte, er hätte Langeweile.«

»Von wegen.«

»Puh, vielleicht sollte ich nicht immer umschalten, wenn Krimis laufen. Was ist denn mit der Adresse? Gehörte das auch zum Plan?«

»Bestimmt.«

»Nur zum Schluss hat er sich strikt geweigert. Oder glaubst du, dass er uns noch etwas mitteilen wollte? Ich meine, der Frisurenschneider hing schon fast in seiner Tolle und trotzdem rückte er nicht mit der Sprache heraus.«

»Ich weiß nicht, was in seinem Schädel vorging.«

»Nach den Berichten meiner Bekanntschaften hatte ich etwas anderes von Bol Bolderopp erwartet. Wieso verfasst er handschriftlich einen Notizzettel, mit dem ihn die Polizei theoretisch drankriegen könnte?«

»Ganz genau das frage ich mich auch. Höchstwahrscheinlich wollte er uns damit auf seine Spur bringen. Nur so konnte er uns sämtliche ›Geheimnisse‹ brühwarm servieren und sicherstellen, dass wir direkt im Anschluss zu jenem Lagerhaus eilen. Wer immer hinter der Entführung steckt, musste davon ausgehen, dass wir nicht die Behörden einschalten.«

»Nie und nimmer hat Bolderopp zwanzigtausend Credits für diesen Auftrag erhalten. Für den Witzbetrag bekommt er nicht einmal eine solide neue Identität und Ressourcen, um schnell genug unterzutauchen, falls wider Erwarten etwas schiefläuft. Aykut, ich halte es für keine gute Idee, wenn wir sofort das Lagerhaus stürmen, sonst laufen wir den Typen direkt in die Falle.«

Ömer Giray pflichtete seinem Freund bei. »Genau deshalb werden wir vorsichtig sein und das Gebäude zunächst observieren.«

*

Nachdem Moklis den Gleiter rund einen Kilometer vom Ziel entfernt abgestellt hatte, begaben sich die beiden Männer auf den Weg zu jener Lagerhalle.

»Ist heute ein Feiertag?«, raunte Giray Moklis zu, verwundert über die verschlossenen Tore. Lediglich ein einziger Lastenschweber fuhr an ihnen vorbei.

Der Angesprochene zuckte mit den Schultern. »Auf Danlechraa gibt es keine allgemein verbindlichen Feiertage, falls du das meinst. Wir sind eine Freihandelswelt, wo jeder das Recht hat, das ganze Jahr über rund um die Uhr Geld zu verdienen. Möglicherweise handelt es sich in diesem Viertel hauptsächlich um Depots, in denen längerfristig Waren gelagert werden. Die meisten Chefs scheuen laufende Betriebskosten und sparen, wo sie nur können. Sieh dir nur das Unkraut an, das auf vielen Grundstücken sprießt! Ich würde es ganz genauso machen.«

Wie zwei harmlose Spaziergänger passierten sie die Lagerhalle, deren Adresse ihnen Bol Bolderopp genannt hatte, wobei sie mehrmals unauffällig durch die Löcher im Zaun linsten. Das Gelände wirkte ebenso verlassen wie der Rest des Viertels.

»Es ist anscheinend keiner da«, flüsterte Moklis. »Wollen wir uns in der Halle umsehen?«

Mit einem Mal vernahmen sie Lärm in nicht allzu weiter Entfernung. Er kam aus Richtung der Lagerhalle. Alarmiert blieben die beiden stehen.

»Schnell! Heb' mich hoch, damit ich über den Zaun schauen kann!« Wie ein Kleinkind, das auf den Arm genommen werden wollte, reckte der Utare seine Ärmchen in die Höhe.

Ohne zu zögern hievte Giray das Fliegengewicht auf seine Schultern und bemühte sich, möglichst stillzuhalten , während Moklis auf seinen Schultern stand. Natürlich hätte er genauso gut selbst über den knapp zwei Meter fünfzig hohen Zaun schauen können, indem er hochsprang und sich dann vollends nach oben zog, doch falls sich jemand auf der anderen Seite befand und in diesem Moment zufällig herüberschaute, wäre es vermutlich weniger verdächtig, wenn dieser das Gesicht eines Utaren statt das eines »Worgunmanipulierten« erblickte. *Nichtsdestotrotz wird sich derjenige bestimmt wundern, wie es der nur einen Meter große Kerl dort hinaufgeschafft hat,* durchzuckte es ihn.

Plötzlich duckte sich Moklis. »Ich glaube, ich habe einen Rateken gesichtet.«

»Hat er dich bemerkt?«

»Hoffentlich nicht. Er flitzte am anderen Ende des Geländes herum.«

»Konntest du sonst noch etwas erkennen?«

»Mal sehen …« Vorsichtig richtete sich Mok wieder auf. »Ich glaube, dort drüben herrscht Aufbruchstimmung. Oh, da fährt gerade ein Schweber weg. Zu blöd, dass ich mein Fernglas im Gleiter gelassen habe, sonst hätte ich dir die Kennung diktieren können.«

»Kein Problem. Die kurze Zeit reicht hoffentlich, damit ich mir einen kurzen Überblick im Gebäude verschaffen kann. Mit ein bisschen Glück sind alle ›Mitarbeiter‹ in dem Schweber weggefahren.«

Ömer Giray bückte sich, damit sein Freund von ihm herunterklettern konnte, dann wischte er sich den Schmutz von der Jacke und erhob sich wieder. Während er noch überlegte, wie er es am besten auf die andere Seite schaffte, kroch Moklis bereits einige Meter entfernt unter der Pforte hindurch. Er selbst war blöderweise zu groß für die Lücke zwischen Unterkante und Boden.

Im Nu befand sich Moklis drüben und lugte unter dem Zaun hervor. Hektisch winkte er und flüsterte: »Los, komm! Die Luft ist rein.«

Daraufhin nahm der Agent Anlauf, machte einen Sprung und ergriff mit ausgestreckten Armen die Oberkante des Hindernisses. Der löchrige Zaun bot genug Möglichkeiten, sich mit den Füßen festzuhaken, sodass Giray sich nicht mit purer Muskelkraft nach oben ziehen musste. Allerdings klapperte und dröhnte das Metall bei jeder seiner Bewegungen.

»Pst!«, kommentierte Moklis die akrobatischen Bemühungen seines Freundes, der wenige Sekunden später neben ihm landete. »Meine Güte, wieso bist du mir nicht einfach gefolgt? Den Krach hat bestimmt die halbe Nachbarschaft vernommen.«

»Lieber so, als mit dem Hintern direkt unter der Pforte stecken zu bleiben. Außerdem wissen wir jetzt, dass vermutlich keiner zu Hause ist, sonst hätten wir längst Gesellschaft.«

Mok Moklis runzelte die Stirn und begann mit einem Mal, seine Taschen abzuklopfen. »Hm, mir fällt gerade ein, dass ich völlig unbewaffnet bin. Was, wenn sich doch noch einer oder gar mehrere im Inneren der Halle befinden?« Hoffnungsvoll blickte er zu dem Terraner hinauf, der ihn um fast eine Körperlänge überragte. »Du hast nicht zufällig eine Ersatzwaffe dabei, die du mir für ein paar Minuten ausborgen könntest?«

»Leider nein. Davon abgesehen wäre es mir lieber, wenn du jetzt zum Gleiter zurückkehren würdest.«

Enttäuschung stahl sich in die großen blauen Augen. »Du willst mich loswerden?«

»Ich brauche jemanden, der die Stellung hält und die Behörden einschaltet, falls ich mich nicht in spätestens zwei Stunden zurückmelde.«

»Heißt das, ich habe mir völlig umsonst den teuren Anzug schmutzig gemacht?«

»So schnell, wie du unter dem Zaun hindurchgehuscht bist, konnte ich gar nicht reagieren. Abgesehen von mir bist du der Einzige, der von Azealia weiß. Sollten wir beide draufgehen, ist niemandem geholfen.«

Moklis ließ die Schultern sinken. »Du hast ja recht. Ich dachte bloß, ich könnte dich irgendwie unterstützen.«

»Du hilfst mir ja, indem du im Gleiter auf mich wartest. Möglicherweise muss ich übereilt fliehen. In dem Fall wäre es schön, wenn du bereitstündest. Und nun husch, husch, bevor die Typen zurückkehren!«

*

Nur wenige Sekunden brauchte der GSO-Agent Ömer Giray, um das Türschloss mit den Werkzeugen aus seiner Umhängetasche zu knacken. Offenbar beherbergte die Lagerhalle nicht allzu wichtige Dinge oder der Chef gehörte zu der besonders geizigen Sorte.

Vorsichtig öffnete Giray die Tür einen Spalt und lauschte. Als er nichts als Stille vernahm, zog er seinen Paraschocker, kontrollierte die Einstellungen sowie die Energieanzeige und schlüpfte dann ins Innere des Gebäudes.

Fast lautlos zog er die Tür hinter sich zu. Lediglich beim Einrasten des Schlosses gab sie ein leises, metallisches Klacken von sich.

Giray befand sich nun in der Lagerhalle. Vor ihm türmten sich vollgepackte Regale auf. Er huschte an der Wand entlang, die Umgebung stets im Blick. Dank seines Spezialauges nahm er mehr wahr als der Durchschnittsmensch.

Sollte sich Liv tatsächlich in diesem Gebäude befinden, muss ich woanders suchen, überlegte er. *In dem Video befand sie sich in einem recht kleinen Raum, der zum Verwaltungstrakt gehören könnte.*

In diesem Moment entdeckte er in rund dreißig Metern Entfernung eine Glastür. Eine Etage darüber befand sich ein breites Panoramafenster, das sicherlich einen guten Überblick über das Treiben in der Lagerhalle bot. Als er niemanden hinter der Scheibe entdeckte, hielt er auf die Tür zu.

Auf halbem Wege ertönte plötzlich ein lauter Knall. Erschrocken fuhr Giray herum, den Paraschocker zielsicher nach vorn gerichtet. Er ließ seinen Blick über die Regalreihen und den Lastenschweber schweifen, konnte jedoch nichts Verdächtiges ausmachen.

Um auf Nummer sicher zu gehen, schlich er in die Richtung, aus der der Knall gekommen war. Dort fand er mitten auf dem breiten Gang zwischen zwei Regalen einen Stapel großer Pappen vor. *Anscheinend umgefallen,* schlussfolgerte er. Trotzdem überprüfte er zusätzlich die Nebengänge, ehe er sich schließlich zur Glastür begab.

Sie war unverschlossen. Dahinter befand sich ein langer, fensterloser Gang mit mehreren Türen.

An der ersten hielt Giray kurz inne. Langsam drückte er die Klinke herunter und stieß dann die Tür auf, um das Überraschungsmoment zu nutzen.

Es handelte sich offensichtlich um einen Aufenthaltsraum mit einem Tisch, Stühlen und einer kleinen Küchennische. Müll und Lebensmittel lagen herum. Weil sich noch keine Kleintiere darum versammelt hatten, hatte höchstwahrscheinlich erst kürzlich jemand hier Essen zubereitet.

In den folgenden Räumen befanden sich Büros. Eine Tür stand jedoch offen. Auf dem Boden badeten Scherben in einer Pfütze von undefinierbarer Farbe.

Da hatte es wohl jemand eilig, grübelte Giray. Hoffnung keimte in ihm auf. *Vielleicht konnte Liv ihren Peinigern entkommen. Das würde den Tumult von vorhin erklären.*

Schließlich erreichte er eine Metalltür mit mehreren Riegeln. Sein Herz begann zu rasen. Hastig sah er sich nach links und rechts um, lauschte noch einmal, um keine böse Überraschung zu erleben, und öffnete die ebenfalls unverschlossene Tür.

Das ist der Raum aus dem Video!, schoss es ihm durch den Kopf. Eine Mischung aus Euphorie und Sorge schwappte über ihn hinweg. Noch einmal blickte er sich auf dem Flur um, dann stellte er seine Umhängetasche so ab, dass die Tür nicht zufallen konnte, und betrat die erstaunlich wohnlich eingerichtete Zelle, die sogar über einen Holofernseher verfügte.

Hastig tastete er das Bett ab, das sich an einer Stelle warm anfühlte. Ein Lächeln huschte über sein Gesicht. *Liv kann noch nicht lange fort sein. Ob sie ihren Verfolgern entkommen ist? Hält sie sich noch im Gebäude auf?*

Schnell verließ er den Raum wieder, bevor irgendjemand auf die Idee kam, die Tür von außen zuzudrücken. Von innen gab es nämlich kein Schloss, das er hätte knacken können.

Rasch untersuchte Ömer die verbliebenen Räume in dieser Etage und lief die Treppe zur nächsten hinauf. Bis auf Büros, Abstellkammern und Toiletten fand er nichts und traf auf niemanden.

Was, wenn Bol Bolderopp wider Erwarten früher erwacht ist und seine Auftraggeber gewarnt hat? Möglicherweise haben sie Liv weggebracht. Habe ich mich geirrt bezüglich der Falle?

Immer wieder kontrollierte er die Uhrzeit auf seinem Vipho. Mittlerweile durchsuchte er bereits seit mehr als zwanzig Minuten das Gebäude. Er rechnete jeden Moment mit der Rückkehr der Ganoven. *Wie viel Zeit bleibt mir noch?*

In einem der Büros stand das Fenster sperrangelweit auf, und der Schreibtisch wirkte verrückt.

Ömer schaute hinaus. *Einen Sprung aus fünf Metern Höhe wird Liv wohl kaum riskiert haben,* überlegte er. *Ist sie an dem Rohr heruntergerutscht oder hat sie das Fenster offen gelassen, damit ihre Verfolger glauben, sie sei entkommen?*

Seiner pfiffigen Partnerin traute er alles zu. Blöderweise hinderte ihre Raffinesse auch ihn daran, sie zu finden. Weit und breit war nichts Verdächtiges zu sehen, weder Liv Sanders noch eine Schwarze Weiße. Lediglich ein Lastenschweber der Firma »Rhol Rholok Feinkost« fuhr gemächlich hinter dem Zaun des Geländes vorbei. Gehörte er den Kriminellen?

Jetzt mach dich nicht lächerlich!, rügte Giray sich selbst in Gedanken.

Er setzte seine Suche fort.

Nach einer Dreiviertelstunde hatte er sämtliche Räume aller drei Etagen kontrolliert. Nun könnte er theoretisch noch jeden einzelnen Schrank durchwühlen, doch er ahnte, dass das reine Zeitverschwendung wäre, also kehrte er in die Halle zurück, wo er sich diesmal gründlicher umschaute. Jeden Gang lief er ab, und in jeden Spalt schaute er hinein.

Er verzichtete allerdings darauf, die meterhohen Regale hinaufzuklettern. Einen Unfall wollte er nicht riskieren. Entweder seine Kollegin versteckte sich so gut, dass er sie ohnehin nicht finden würde, oder sie befand sich längst nicht mehr im Gebäude. Und so kehrte er schließlich zum Gleiter zurück, wo Moklis ihn bereits sehnsüchtig erwartete.

*

Während Mok Moklis den Gleiter langsam durch die Straßen des Lagerhallenviertels flog, klärte Ömer Giray ihn über die Entdeckungen in der Lagerhalle auf, insbesondere die warme Stelle am Bett.

»Dann kann sie noch nicht weit sein!«, mutmaßte Moklis optimistisch. »Vielleicht entdecken wir sie, wenn wir hier noch ein Weilchen herumkurven. Oder sie uns.«

»Ich bezweifle, dass sie dein Flugvehikel wiedererkennt.«

»Wieso? Ich habe euch doch damals aus dieser einen Lagerhalle abgeholt. Weißt du noch?«

»Liv war bewusstlos. Außerdem, handelt es sich tatsächlich um denselben Gleiter? Das Wachpersonal hatte ihm ganz schön mit seinen Schusswaffen zugesetzt.«

»Stimmt, jetzt wo du es sagst. Ich glaube, ich musste mir danach einen neuen kaufen.«

»Du glaubst?«

»Ich war in den letzten Monaten aus diversen Gründen hauptsächlich mit Mietschwebern unterwegs. Irgendwann verliert man eben das Gefühl dafür, was man mal gekauft und was man nur geliehen hat.«

Giray runzelte die Stirn. Zwar verdiente er bei der GSO nicht schlecht, doch wiederum nicht so viel, dass er kostspielige Investitionen einfach vergaß. *Manchmal kann ich über Mok nur staunen.*

»Das waren noch Zeiten«, schwelgte Moklis in Erinnerungen. »Ich habe mich damals richtig gut gefühlt, als ich euch da rausgehauen habe – wie ein Superheld. Hinterher fragte ich mich oft, wie es wohl sein würde, wenn wir zu dritt als Team arbeiten würden. Wir könnten ein Detektivbüro eröffnen, natürlich nur, falls ihr rein zufällig nichts Besseres zu tun habt.«

Giray staunte über die Fantasie seines Freundes und es tat ihm leid, ihn enttäuschen zu müssen. Er hoffte, dass seine Absage einigermaßen einfühlsam klang. »Ich fürchte, für so etwas haben Azealia und ich keine Zeit, auch wenn ich die Idee zugegeben sehr reizvoll finde. Allerdings hetzen wir quasi von einem Auftrag zum nächsten, da bleibt nicht viel Zeit für anderes.«

»Das klingt stressig. Hast du noch nie darüber nachgedacht, dich umzuorientieren? Als Detektive wäre unser Leben bestimmt interessanter, auch wenn ich nicht genau weiß, wie viel wir damit verdienen würden. Ich fürchte, um die Kasinobesuche werde ich nicht herumkommen, wenn ich meinen Lebensstandard halten will.«

»Ja, selbstständig zu sein ist mit vielen Risiken verbunden. Das sollte man sich gut überlegen.«

Die beiden Männer klapperten die Gegend in einem Umkreis von fünf Kilometern ab. Je mehr Zeit verstrich, desto weniger glaubten sie daran, »Azealia« zu finden.

Den fremden Schweber entdeckten sie ebenso wenig, wobei sich Moklis auch gar nicht mehr so sicher war, wie dieser überhaupt ausgesehen hatte.

Der Agent machte seinem Freund keine Vorwürfe deswegen, denn erstens konnte er von einem Zivilisten keine professionellen Ermittlungsfähigkeiten erwarten, und zweitens engagierte sich Moklis schon zur Genüge. Ohne ihn hätte Giray nicht nur die Suche allein übernehmen, sondern auch einen Schweber oder Gleiter mieten müssen, um in dieser gewaltigen Megametropole von einem Ort zum anderen zu gelangen.

*

Als sich die Dächer der Lagerhallen in einem goldenen Orange unter dem wolkenlosen Abendhimmel färbten, kehrten Mok Moklis und Ömer Giray ins Hotel zurück, ohne auch nur eine einzigen Anhaltspunkt für Liv Sanders' Verbleib gefunden zu haben. Entsprechend schweigsam gestaltete sich der Rückflug.

Dennoch gab Giray die Hoffnung nicht vollends auf. *Vielleicht erinnert sich Liv an unseren utarischen Freund, was gar nicht so unwahrscheinlich ist. Abgesehen von den luxuriösen Annehmlichkeiten, die wir damals in seinem Appartement genossen haben, hebt er sich wohltuend von vielen seiner Artgenossen ab. Mit etwas Glück taucht Liv in ein paar Stunden an der Hotelrezeption auf – falls sie Geld für ein Schwebertaxi findet. Zu Fuß dauert es deutlich länger.*

10.

Fröstelnd rieb sich Liv Sanders die Oberarme. Kälte kroch wie eisige Hände unter ihre Kleidung. *Hoffentlich hole ich mir keine Erkältung,* dachte die Agentin und schaute zum wolkenlosen Abendhimmel hinauf. *Wenigstens regnet es nicht. Ob der Utare und die Rateken noch immer nach mir suchen? Was wohl Ömer gerade macht? Hat er schon Bernd Eylers wegen meines Verschwindens kontaktiert?* Leise seufzte sie. *Warum musste das ausgerechnet mir passieren?*

Mühsam raffte sie sich auf. Sie musste sich an dem Müllcontainer abstützen, hinter dem sie sich versteckte, um nicht gleich wieder zu stürzen. Auf wackeligen Beinen schleppte sie sich zum Rand des wuchtigen Metallbehälters und sondierte die Lage. Als sie niemanden entdeckte, lief sie um den Container herum, mobilisierte ihre letzten Kraftreserven und schob die schwergängige Luke zurück. Prompt schlug ihr ein bestialischer Gestank entgegen.

Würgend hielt sie sich die rechte Armbeuge vor die Nase und stolperte einige Schritte zurück. Selbstverständlich hatte sie nicht erwartet, von Wohlgerüchen begrüßt zu werden, doch in dem Container stank es nach verwesenden Schlachthausabfällen.

Ein Wunder, dass es hier nicht von Fliegen wimmelt!, schoss es Sanders durch den Kopf. Sie wandte sich um und atmete tief ein, ehe sie sich wieder an die Öffnung begab.

Auf Zehenspitzen konnte sie gerade eben über den Rand ins Innere schauen. Zu ihrer Erleichterung befanden sich darin keine Kadaver, sondern lediglich Pappen, ölgetränkte Lumpen, abgebrochene Holzstangen, rostiges Metall, Glasscherben, Schaumstoff, Draht, Schutt und schimmelige Essensreste, die sie jeglichen Hunger vergessen ließen.

Sie zog sich einige Pappen heraus, die zwar unangenehm rochen, dafür jedoch weitgehend sauber waren. Damit verkroch sie sich wieder hinter den Container und baute sich eine provisorische Unterkunft wie zuletzt im Kindergarten mit ihrer besten Freundin. Im Gegensatz zu damals besaß sie allerdings keine Farbe, keine Luftmatratzen und keine Wolldecken – nicht einmal mehr die Fantasie, um sich vorzustellen, es würde sich bei diesem Machwerk um eine Villa handeln.

Immerhin hält mein neues Zuhause ein bisschen die Kälte draußen, tröstete sich Sanders, die nun wie ein Fötus zusammengekauert unter einer Art Zelt lag, auf einer Matratze aus Pappe mit einem Kissen und Zudecken aus Pappe. Allzu ungemütlich hätte sie ihr Provisorium nicht gefunden, wäre da nicht dieser süßlich-penetrante Geruch, der ihr ständig in die Nase stieg. Mal weckte er die Assoziation von Käsefüßen in ihr, mal die von Erbrochenem. Immer, wenn sie glaubte, sich daran gewöhnt zu haben, wehte ihr eine noch scheußlichere Duftwolke entgegen.

Auch die Geräusche in der Umgebung ließen sie nicht schlafen. Wann immer sie ein Fahrzeug, ein Rascheln, Klacken, Rumpeln, Poltern hörte, rechnete sie damit, dass jede Sekunde ihr »Dach« fortgerissen wurde und sie in das hämisch grinsende Gesicht eines Utaren blickte, dahinter zwei grimmig dreinblickende Rateken, die mit den Fingerknöcheln knackten. Seltsamerweise wirkten die Geräusche in der Dunkelheit umso lauter und vor allem näher.

*

Tag 6

Als der sternlose, graue Nachthimmel über dem dauerbeleuchteten Rutekan zu einem dramatischen Rot-Orange wurde, kroch Liv Sanders mit steifen Gliedern aus ihrem provisorischen Pappzelt. Sie fühlte sich elend und hungrig. Sehnsüchtig dachte sie an eine dampfende Tasse Kaffee, doch dieses terranische Heißgetränk würde sie auf Danlechraa ohnehin nicht finden. Hier bevorzugten die Leute zum Frühstück einen heißen, würzigen Sud mit einer fast schon sirupartigen Konsistenz. Aber selbst dazu hätte Sanders in diesem Moment nicht Nein gesagt.

Sie überlegte, wie sie nun weiter vorgehen sollte. *Wie viele Tage sind überhaupt seit meiner Entführung vergangen?*, grübelte sie und stellte fest, dass ihr jegliches Zeitgefühl abhandengekommen war. Immer wieder kreisten ihre Gedanken um ihren leeren Magen, der mit Krämpfen auf sich aufmerksam machte. Sie wunderte sich darüber, weshalb die Festmahle der vergangenen Tage nicht länger anhielten, obwohl sie sich quasi den Bauch damit vollgeschlagen hatte. *Warum kann ein Mensch nicht einfach wie ein Hamster funktionieren?*

Ihr fiel ein, dass diese Nager das Futter nicht fraßen, sondern lediglich in ihren Backen lagerten. Sie ernährten sich – außer während des Winterschlafs – nicht von ihren Fettreserven, die sowieso meist nur eine optische Illusion darstellten. In Wahrheit steckten die Tierchen nämlich lediglich in einem flauschigen Fellkostüm.

Die Farbe des Himmelausschnitts, den die GSO-Agentin von ihrem Versteck aus sehen konnte, ging mittlerweile in ein Babyblau über. Ihr klebte vor lauter Durst die pelzige Zunge am Gaumen.

Wie lange kann ein Mensch ohne Wasser überleben?, geisterte es durch ihren Kopf. *Zwei Tage? Drei?*

Kurzerhand beschloss sie, sich auf die Suche nach einem Frühstück zu begeben, um einerseits ihre Überlebenschancen zu erhöhen und andererseits wieder vernünftig denken zu können.

Behutsam erhob sie sich, um ihren Kreislauf nicht zu überfordern. Sie ärgerte sich über ihre eigene Schwäche. Als der anfängliche Schwindel nachließ, schlich sie sich vorsichtig in Richtung Straße.

Genau wie am Vortag präsentierte sich die Gegend wie eine verlassene Geisterstadt, die hauptsächlich aus großen, simplen Gebäudeklötzen bestand. Niemand wollte hier wohnen.

An der Straße angekommen, schaute Sanders grübelnd nach links und rechts. In beiden Richtungen bot sich ihr ein ähnlicher Anblick. Sie wählte links, weil sie glaubte, am Tag davor von rechts gekommen zu sein, auch wenn sie sich dessen nicht ganz sicher war.

Sie hielt sich dicht an den Zäunen und Büschen, um notfalls in Deckung springen zu können. Immer wieder blickte sie sich nach etwaigen Verfolgern um, doch vor ihren Augen verschwamm ständig alles, was sich mehr als einhundert Meter entfernt befand. Nur, wenn sie angestrengt blinzelte, stellte sich ihr Sichtfeld scharf ein.

Da entdeckte sie plötzlich am Straßenrand einen Mülltüte, die irgendjemand oder irgendetwas zerpflückt hatte. Der Inhalt lag in einem Umkreis von drei Metern verstreut herum.

Ein undefinierbarer, verbeulter Behälter erregte ihre Aufmerksamkeit, in dem sich das Blau des Himmels spiegelte. Beim Näherkommen erkannte sie, dass sich eine Flüssigkeit darin befand.

Vermutlich Regenwasser, dachte Liv optimistisch. Ächzend ging sie auf die Knie und beugte sich tief, um daran zu riechen. Sie wollte nämlich nicht riskieren, das kostbare Nass beim Hochheben zu verschütten.

Die Flüssigkeit roch metallisch und erdig, aber nicht unangenehm.

Ob ich das mal probieren soll?, überlegte Sanders. Den Boden des Behälters konnte sie nicht erkennen, ebenso wenig die Überreste des Etiketts entziffern. Vorsichtig rührte sie mit dem Finger in dem Wasser herum, wodurch ungleichmäßig geformte Partikel aufstiegen. *Das ist bestimmt Erde, oder?* Eine Blase zerplatzte an der Oberfläche.

Skeptisch kniff Sanders die Augen zusammen. Unbändiger Durst plagte sie.

Ach komm!, wisperte eine Stimme in ihrem Kopf. *Ein paar Schlucke bringen dich schon nicht um.*

Sie wartete, bis sich die Teilchen wieder abgesetzt hatten, tunkte erneut den Zeigefinger hinein und führte ihn dann an ihren Mund. Mit der Zungenspitze berührte sie ihn, schmeckte jedoch nichts. Sie fiel auch nicht tot um.

Schließlich rang sie sich dazu durch, ihre Lippen an den Rand des Behälters zu setzen und das Oberflächenwasser abzuschlürfen. Vorsichtig probierte sie einen Schluck und hielt inne. Das kühle Nass rann wohltuend ihre Kehle hinunter. Als sie fünf Sekunden später keine negative Veränderung spürte, trank sie einen weiteren, und noch einen. Die Flüssigkeit schmeckte erstaunlich neutral. Ehe sie sich versah, hatte sie rund ein Drittel davon in ihrem Magen.

Nachdem Liv ihren gröbsten Durst gestillt hatte, wischte sie sich die Tropfen vom Kinn und blickte sich reumütig um. *Sollte mich jemand beobachtet haben, kursieren bestimmt bald neue Gerüchte über uns Menschen, dass wir wie Tiere den Müll der Alten Völker durchwühlen. Obwohl? Nein, mit meiner Hautfarbe gehe ich bestimmt noch als Schwarze Weiße durch.*

Halbwegs zufrieden erhob sie sich und klopfte sich den Schmutz der Straße von den Händen und von der Kleidung. Mit den Fingern kämmte sie sich durch das kinnlange, brünette Haar, dem sie nach erfolgreichem Abschluss dieser Mission eine neue Frisur verpassen würde. *Und in die Sauna gehe ich auch,* beschloss sie. *Ich brauche dringend ein Entspannungswochenende. Ohnehin weiß ich gar nicht mehr, wann ich das letzte Mal im Urlaub war. Verreist Ömer eigentlich manchmal privat? Irgendwie kann ich ihn mir gar nicht am Strand faulenzend vorstellen. Er scheint mir eher der Typ für einen aktiven Wanderurlaub zu sein, mit Rucksack und Zelt in einem Gebirge. Hat er überhaupt ein Privatleben?*

Nun, da Sanders wieder zusammenhängend denken konnte, überlegte sie, wie sie ihren Kollegen ausfindig machen könnte. Zunächst musste sie herausfinden, wo genau sie sich in Rutekan befand, was sich ohne Vipho und Translator allerdings kompliziert gestalten würde.

Sie setzte ihren Weg fort, passierte eine Lagerhalle nach der anderen, wobei sie ihre Umgebung sorgsam im Auge behielt. Ihre Verfolger schienen tatsächlich aufgegeben zu haben.

*

Nach rund zwölf Kilometern erreichte Liv Sanders eine dicht befahrene, mehrspurige Straße. Ihr Herz machte einen Freudensprung. Auf der gegenüberliegenden Seite erhoben sich Bäume und Sträucher mit üppigem Laub. Obgleich Sanders nach wie vor nicht den leisesten Schimmer hatte, wo sie sich befand, konnte ihr der Park immerhin als Anhaltspunkt dienen, denn allzu viele solcher öffentlichen Orte gab es in Rutekan nicht. Schließlich warfen diese kein Geld ab.

Sie fand eine Unterführung, die sie durchquerte, um auf die andere Straßenseite zu gelangen. In vielen Parks, die sie kannte, gab es Orientierungspläne, vielleicht auch in diesem. Sie folgte dem lieblosen Asphaltpfad, der bereits nach zweihundert Schritten an der nächsten Straße endete. Offenbar handelte es sich bei dem vermeintlichen Park lediglich um einen Grünfleck.

Es wäre auch zu schön gewesen, dachte sie enttäuscht.

Inmitten eines nahegelegenen Kreisverkehrs ragte ein Mast mit mehrsprachigen Schildern empor, die in verschiedene Richtungen zeigten. Einmal mehr bedauerte Sanders, nicht zumindest eine der Hauptsprachen Danlechraas zu beherrschen. Sie nahm sich vor, das schnellstmöglich nachzuholen, sofern sie dieses unfreiwillige Abenteuer überlebte.

Sie wollte gerade eine kleine Querstraße überqueren, als ihr plötzlich aromatische Gerüche entgegenwehten. Rund zehn Meter zu ihrer Rechten lockte ein Schild mit den Abbildungen exotischer Köstlichkeiten.

Sofort hielt sie darauf zu und erreichte gleich darauf das dazugehörige Restaurant, das sie unter anderen Umständen als »widerliche Fressbude« bezeichnet hätte. Im Schaufenster präsentierten sich die Mahlzeiten nicht einmal annähernd so ästhetisch wie auf dem Schild, sondern glichen grau-braunen Pampen, die vermutlich die Küchenhilfe in Form gepresst hatte. Welkendes Gemüse diente als Dekoration.

Trotz des miserablen Arrangements lief der ausgehungerten Terranerin das Wasser im Mund zusammen. Sie musste schon eine Weile dort gestanden haben, denn als sie hochschaute, blickte sie direkt in das undeutbare Fischgesicht eines Fanjuurs. Unwillkürlich knurrte ihr der Magen.

Sich an ihre Rolle als Tel-Frau erinnernd senkte sie rasch den Blick. Sie wusste nicht, wie gut sich der Kerl mit den Gepflogenheiten der Schwarzen Weißen auskannte. Normalerweise ließen sich anständige Tel-Damen selten in der Öffentlichkeit blicken, vor allem nicht ohne einen männlichen Begleiter. Hinzu kam Sanders' abgehalftertes Erscheinungsbild, das allerdings für eine hemmungslose Freihandelswelt wie Danlechraa nicht ganz so ungewöhnlich war.

Ein soziales Netzwerk, das die Verlierer des Systems gnädig auffing, existierte nicht.

Als der Fanjuur Anstalten machte, hinter der Essensausgabe hervorzukommen, huschte Sanders schnell davon. Zu gern hätte sie in unterwürfiger Tel-Art eine Portion von der Pampe aus dem Schaufenster erbettelt, doch sie durfte nicht mehr auffallen als ohnehin schon.

Um sich nicht zu verlaufen, kehrte sie zu jener Straße zurück, von der sie eben abgebogen war, und folgte dieser. Sie kam an einigen Imbissen vorbei, doch nur ein einziges Mal gelang es ihr, im Vorübergehen aus einem überquellenden Abfalleimer unbemerkt eine Schale zu fischen.

Hastig schaufelte sie die Essensreste in sich hinein. Die Passanten, die an ihr vorbeizogen, beäugten sie kritisch bis mitleidig. Ein Caldarer drückte ihr wortlos einen Fünf-Credit-Chip in die Hand. Bevor sie sich bei ihm bedanken konnte, war er schon wieder verschwunden.

Hätte er das auch getan, wenn er mich als Terranerin erkannt hätte?, fragte sie sich, als sie kurz ihr eigenes Spiegelbild in einem Schaufenster aufblitzen sah. Sie bot einen erbärmlichen Anblick mit ihren eingefallenen, blässlichen Wangen, zerzaustem Haar und halb abgerissenem Ärmel. Doch immerhin war ihre Haut noch dunkel genug, um bei den meisten Leuten keinen Zweifel an ihrer Tel-Identität aufkommen zu lassen.

Die anfängliche Freude über die freundliche Spende verpuffte schlagartig, als Sanders die Preise auf der Menükarte eines schäbigen Imbisses las. Die Gerichte begannen bei sechs Credits.

Betrübt machte sie sich auf die Suche nach einem Supermarkt, wo sie sich möglicherweise Konservenfutter kaufen konnte oder frisches Gemüse, doch außer Imbisse schien es in dieser Gegend keine Bezugsquellen für Essbares zu geben.

Gegen Mittag fiel ihr Blick zufällig auf eine Hotelpyramide. *Mok Moklis!*, durchfuhr sie ein Geistesblitz. *Wieso bin ich nicht gleich darauf gekommen?*

Natürlich lebte ihr alter Bekannter nicht in dem Gebäude, das sie in diesem Moment vor sich sah, sondern in einem wesentlich größeren, luxuriöseren.

Das letzte Mal trafen Ömer und ich ihn ..., wann war das? 2070? Ich erinnere mich nicht mehr an die genaue Adresse, aber allzu viele dieser gehobenen Hotels mit Appartements wird es nicht geben. Bestimmt könnte ich es ausfindig machen. Aber was, wenn er längst nicht mehr auf Danlechraa verweilt? Bei seinem Lebenswandel würde mich das nicht wundern. Als ich noch bei der Polizei von Babylon war, hatte ich es mit einigen »Glücksspielern« zu tun, die es binnen kürzester Zeit zu viel Geld brachten und urplötzlich spurlos verschwanden. Nein, es hat keinen Sinn, jetzt jedes einzelne Luxushotel in Rutekan abzuklappern in der Hoffnung, dass Mok doch nicht umgezogen ist. Außerdem kann ich die Strecken unmöglich zu Fuß zurücklegen. Ich brauche unbedingt Geld. Mit fünf Credits komme ich nicht weit.

*

»He, du!«

Überrascht drehte sich Liv Sanders um und entdeckte direkt hinter sich einen korpulenten Utaren, der seinen eng sitzenden Anzug mehr als ausfüllte. In der Hand hielt er eine Schale mit undefinierbarem Inhalt, den er sich mit bloßen Fingern häppchenweise in den Mund warf. Ungeniert schmatzend musterte er Sanders' hochgewachsene, schlanke Statur. Auf ihren üppigen Brüsten blieb sein Blick besonders lange hängen.

Aus seiner Perspektive ist es vermutlich schwierig, mir ins Gesicht zu schauen, witzelte Sanders in Gedanken.

Lüsterne Blicke war sie gewohnt und sah darin kein allzu großes Problem, solange die Leute ihre Hände und Gedanken für sich behielten.

»Bist du eine Tel oder ein Mensch?«, verlangte der Kerl mit herrischer Stimme zu wissen und schaufelte sich sofort weiteres

Essen in den Mund. Krümel und Fettflecken zierten sowohl seine Mundwinkel als auch sein Kinn, seinen Anzug und den ansteckbaren Translator.

Die Angesprochene wandte sich nun vollends nach ihm um und antwortete leise: »Eine Tel natürlich. Wieso fragst du?«

»Nur so, ich wollte auf Nummer sicher gehen, weil du so ungewöhnlich blass wirkst.«

»Ich durchlebe momentan eine schwere Zeit.«

»Das sehe ich wohl. Bist du ganz allein unterwegs?«

Mit gespielter Hilflosigkeit ließ sie die Schultern sacken. Sie musste den Utaren irgendwie loswerden, ohne ihn vor den Kopf zu stoßen. Sie tat so, als ob sie scheu zur Seite blicken würde, in Wahrheit jedoch sondierte sie die Umgebung auf der Suche nach ihren Verfolgern oder verdächtigen Fahrzeugen.

»Du bist ziemlich hübsch, weißt du das?«, fuhr der Blaue fort, als sie nicht antwortete. »Ich könnte dir helfen.«

Liv hob eine Augenbraue, bemüht, nicht in Gelächter auszubrechen. Sie ahnte schon, worauf der Kerl hinauswollte. »Mir helfen?«

»Ich leite ein Unternehmen, das sich auf Begleitservice spezialisiert hat. Wenn beispielsweise ein Tel auf eine Veranstaltung gehen will, stelle ich ihm das passende Accessoire zur Verfügung.«

Sprachlos klimperte Sanders mit ihren Mandelaugen. *Himmel, warum ziehe ich bloß ständig solche Widerlinge an?*

»Hier, willst du?« Gönnerhaft bot er ihr seine Schale an, die noch zu einem Drittel gefüllt war. »Ich bemerke schon die ganze Zeit, wie du hungrig darauf starrst. Keine Sorge, das Essen ist noch gut. Ich habe es selbst verköstigt.«

Nach einigem Zaudern bedankte sie sich und nahm das »Geschenk« entgegen. Während sie aß, stellte sie sich vor, wie sie ihm die Essensreste in die Tolle drückte.

Nach Beendigung ihrer Mahlzeit warf sie die Schale in einen nahegelegenen Mülleimer, verabschiedete sich von dem Utaren und ging eiligen Schritts davon.

Der Blaue schien die subtile Botschaft jedoch nicht begriffen zu haben und rannte ihr nach. »He, Moment! Wo gehst du hin?

Ich habe dir mein Mittagessen gegeben. Dafür schuldest du mir etwas.«

Einem Impuls folgend blieb Liv stehen, ballte die Fäuste und lockerte sie wieder. Mit einem unbestimmten Lächeln drehte sie sich ein weiteres Mal um. *Möglicherweise kann ich ja doch ein bisschen Geld aus ihm herauspressen,* keimte ein Hoffnungsschimmer in ihr auf.

Mit tapsigen Schritten watschelte der Utare heran. Als er endlich schwitzend und keuchend vor ihr stand, versuchte er erfolglos, die Ärmchen gegen die Taille zu stemmen, doch der Anzug spannte an den Ärmeln, sodass er die Idee rasch verwarf. »Mich einfach stehen zu lassen war ganz schön unhöflich von dir.«

»Entschuldigung«, antwortete Sanders mit liebreizender Stimme. »Ich pflege normalerweise keinen Umgang mit fremden Männern. Das gebietet der Anstand.«

Der Utare machte eine wegwischende Handbewegung. »Schwamm drüber! Ich glaube, ich hätte schon den idealen Kunden für dich. Er steht auf solche wie dich.«

»Tatsächlich? Wie heißt er denn?«

»Wir arbeiten diskret. Wenn es dich interessiert, begleite mich doch einfach.«

Die vermeintliche Tel legte einen Finger an ihre Lippen. »Hm, ich weiß nicht recht.«

»Was zauderst du? Eine solche Chance bietet sich nur ein einziges Mal im Leben. Du solltest sie ergreifen.«

»Ich würde ja gern, doch zuerst müsste ich telefonieren.«

»Tu dir keinen Zwang an. Ich warte so lange.«

»Das Problem ist, dass ich dringend Geld brauche.«

Der Utare grinste breit. »Wie praktisch, dass ich hier bin, nicht wahr? Mit nur einer Stunde Arbeit pro Tag kannst du dir deinen Lebensunterhalt für einen ganzen Monat sichern.«

»Wirklich? Das klingt sehr verlockend. Aber leider biete ich keinen erfreulichen Anblick.«

»Komm einfach mit mir! In meinem Etablissement gibt es sowohl Duschen als auch Kleidung.«

»So viel Großzügigkeit kann ich unmöglich annehmen.«

»Ich ziehe es einfach von deinem ersten Lohn ab. Betrachte es als Vorschuss auf Vertrauensbasis! Ich vertraue dir, also kannst du auch mir vertrauen.«

»Das klingt einleuchtend. Könnte ich …, könnte ich vielleicht meinen Vorschuss bar bekommen? Ich möchte dir nur ungern zur Last fallen.«

»Nein, und jetzt komm!«, entgegnete der Utare, mit einem Mal gar nicht mehr so freundlich und vertrauenserweckend. Offenbar hatte er es eilig, denn er begann, sich nervös umzuschauen. »Ich habe nicht den ganzen Tag Zeit.«

Einem weiteren Impuls folgend drehte sich Sanders um und eilte erneut davon. Diesmal ignorierte sie den Wicht, der ihr nun wüste Beschimpfungen hinterherrief. Schon nach wenigen Sekunden gab er auf. Als sie nach rund einhundert Schritten einen Blick über ihre Schulter riskierte, konnte sie ihn nirgendwo mehr ausmachen.

Gehörte er zu meinen Entführern oder handelte es sich um einen Kriminellen, der hilflose Frauen auf der Straße abfing?, fragte sie sich. *Widerlinge wie den scheint es in der gesamten Milchstraße zu geben. Ich wäre ja zu gern mit ihm mitgegangen und hätte ihm bei der erstbesten Gelegenheit eine Tracht Prügel verpasst. Ja, das wäre total ungerecht, weil ich so viel größer und stärker bin als er, doch bestimmt lauerte irgendwo sein Schlägertrupp. Die hätte ich dann ebenfalls ordentlich aufgemischt.*

Gerechter Zorn erfüllte die GSO-Agentin, die natürlich wusste, dass sie allein und unbewaffnet keine Chance gegen besagten Trupp gehabt hätte, zu dem mit Sicherheit mindestens ein Rateke zählte. Auch wenn sie in der Vergangenheit einigen Kerlen gezeigt hatte, wo es langging, litt sie keinesfalls an pathologischer Selbstüberschätzung. Manchmal genoss sie es jedoch, davon zu träumen, sie könnte es mit der ganzen Welt aufnehmen.

Einigermaßen gesättigt und endlich wieder allein überlegte die GSO-Agentin, was sie nun machen sollte. Wenn sie weiterhin ziellos herumirrte, sanken die Chancen, ihren Partner zu treffen. Der einzige Ort, der ihr einfiel, an dem Giray möglicherweise demnächst aufkreuzen könnte, war die Lagerhalle, in der sie gefangen gewesen war. Mittlerweile müsste er das Entführungsvideo erhalten haben. *Wenn er inzwischen an der Lagerhalle war und wir uns infolgedessen verpasst haben, könnte ich mir in den Allerwertesten beißen! So viel Pech kann man im Leben aber nicht haben, oder?*

*

Weil Liv Sanders seit heute Morgen fast nur geradeaus gegangen war, fand sie den Müllcontainer mit ihrem Pappzelt dahinter problemlos wieder.

Dort angekommen versuchte sie, sich an den Weg zur Lagerhalle zu erinnern. Bei der gestrigen Flucht hatte sie sich halbblind durch die Gegend geschleppt.

Zunächst änderte sie jedoch ein wenig ihr Aussehen, indem sie sich die Ärmel von der Bluse riss und ihr Haar mit dem Wasser aus einer Pfütze zurückstrich. Ihre Entführer würden sie, falls sie sie zufällig erspähten, auf diese Weise nicht sofort aus größerer Entfernung anhand ihrer wallenden Frisur erkennen können.

Die Umgebung stets im Auge behaltend erreichte Sanders nach einer gefühlten Stunde besagte Lagerhalle. Weit war sie also gestern nicht gekommen. Vorsichtig spähte sie durch die Löcher im Zaun.

Ob ich mich lieber auf eines der benachbarten Gelände schleichen soll?, überlegte sie. *Falls mich jemand erwischt, könnte es allerdings einen großen Tumult geben, der wiederum meine Entführer auf den Plan ruft.*

Zu ihrer Linken stand ein Haufen Schrott auf dem Gelände, den irgendjemand vor Urzeiten dort abgestellt haben musste, denn das Holz war völlig aufgequollen.

Bestimmt haben meine Verfolger bereits gestern dort nachgeschaut und werden es heute ganz bestimmt kein zweites Mal tun. Niemand rechnet damit, dass ich zurückkehre.

Kurzerhand kletterte Sanders über den Zaun und huschte zu dem Haufen hinüber. Sie zwängte sich gerade in einen recht engen Spalt hinein, als sie plötzlich ein Geräusch hinter sich hörte.

Sie stockte. Mit angehaltenem Atem lauschte sie den trippelnden Schritten, die auf sie zuhielten.

»Endlich wurde die Gesuchte gefunden!«, verkündete die triumphierende Stimme eines Utaren.

11.

Etliche Stunden zuvor an einem anderen Ort

Lustlos rührte Ömer Giray in der Müslischale. Die ganze Nacht über hatte er kein Auge zugetan, und jetzt – am Morgen des sechsten Tages seit seiner Ankunft auf Danlechraa – lagen seine Nerven blank. Das kam nicht nur daher, dass sich seine Kollegin entgegen aller Hoffnungen nicht bei ihm gemeldet hatte, sondern auch von seinen Gedanken an Bernd Eylers, der auf einen Bericht von seinen beiden Agenten wartete.

Was soll ich meinem Chef bloß erzählen?, brütete Ömer. *Bestimmt hat er längst von der Entführung erfahren. Immerhin wurde das Video auf sämtlichen wichtigen Nachrichtenkanälen Rutekans ausgestrahlt. Er wird mich fragen, wie es den Mistkerlen gelungen ist, mir meine Kollegin unter der Nase wegzuschnappen. Dabei weiß ich selbst keine Antwort darauf. Hätten mir die vier Rateken vom Zoll nicht schon verdächtig vorkommen müssen, als sie uns in der Abfertigungshalle anhielten, spätestens als sie uns trennten? Warum habe ich nichts bemerkt? Verdammt! Wenn ich diesen Schlamassel nicht bald aufkläre, zieht er uns wegen Inkompetenz von dem Fall ab. Liv wird mir den Hals umdrehen – falls ich sie überhaupt lebend wiederfinde.*

»Denkst du an Azealia?«, fuhr ihm Mok Moklis in die Gedanken.

Im Gegensatz zu Ömer zeigte der Utare einen ordentlichen Appetit. Der Agent nickte knapp. »Wären wir gestern ein paar Minuten früher angekommen, hätten wir sie vielleicht erwischt.«

»Wir können nicht mit Gewissheit sagen, dass der Tumult mit ihrer Flucht zusammenhing. Vielleicht ist sie bereits viel früher geflüchtet.«

»Dagegen spricht das warme Bett. Oder glaubst du, ihre Entführer hätten sich darin gewälzt?«

»Bist du dir denn sicher, dass es sich um denselben Raum wie in dem Video handelte?«

»Ziemlich sicher. Erstens gab es nur diesen einen im gesamten Gebäude, der so eingerichtet war. Zweitens glaube ich kaum, dass jemand einen identischen Raum an anderer Stelle kreiert, damit ich glaube, er wäre es.«

»Was, wenn er nur als Kulisse diente und Azealia in Wahrheit woanders untergebracht war?«

»Abgesehen von dieser Gefängniszelle wirkte das Gebäude wie eine gewöhnliche Lagerhalle mit Verwaltungstrakt auf mich. Wie gesagt, habe ich jeden einzelnen Raum durchsucht und sie nirgendwo gefunden. Dieses ›woanders‹ befindet sich mit ziemlicher Sicherheit nicht in der Halle. Um nicht zu wild herumzuspekulieren, halte ich mich an das Naheliegende, nämlich dass sie höchstwahrscheinlich durch das offene Fenster im ersten Stock entkommen ist.«

»Ja, schon. Aber vielleicht haben die Rateken sie wieder eingefangen«, hielt Moklis dagegen.

»Und dann?«

»Sie woanders versteckt.«

»Und wo?«

»Keine Ahnung. Irgendwo halt.«

Giray runzelte skeptisch die Stirn. »Ich bezweifle, dass sie Azealia durch die Gegend kutschieren, nachdem sie mit dem Entführungsvideo sämtliche Behörden in ganz Rutekan beunruhigt haben dürften. Wahrscheinlich kennt schon die gesamte Stadt Azealias Gesicht.«

»Man hat sie doch nur ganz kurz von der Seite gesehen. Hättest du mir nichts von dem ominösen Verschwinden unserer Freundin erzählt, hätte ich die Frau im Video für irgendeine Tel gehalten und hätte sie garantiert nie mit Azealia in Verbindung gebracht.«

»Angenommen, deine Theorie stimmt, werden wir Azealia sehr wahrscheinlich nie finden, sondern müssen darauf hoffen, dass sich die Entführer noch einmal melden. Nachdem wir Bol

Bolderopp auf den Zahn gefühlt haben, dürften sie wissen, dass wir ihnen dicht auf den Fersen sind, auch wenn sie das sicherlich so geplant haben. Ich wäre ihnen wirklich gern einen Schritt voraus.«

Mit dem Schnittchen gestikulierend, das er eigentlich essen wollte, erwiderte Moklis: »Angenommen, *deine* Theorie stimmt, wo könnte sich Azealia in diesem Moment aufhalten? Du kennst sie besser als ich. Wo würde sie hingehen?« Prompt fiel etwas von dem Schnittchen herunter, das er sofort mit dem Finger auflas.

»Gute Frage«, räumte Giray ein. »Ich hatte gehofft, dass sie auf die gleiche Idee wie ich kommt und sich an unseren alten Freund erinnert.«

»An welchen Freund?«

»An dich natürlich. Du hast uns schon einmal geholfen. Wen auf Danlechraa würden wir wohl als Erstes um Rat fragen?«

»Du schmeichelst mir.«

»Nein, ich meine das ernst. Des Weiteren wohnst du so ausgefallen, dass sie dein Luxushotel bestimmt nicht vergessen hat. Sie könnte es deshalb leicht wiederfinden.«

»Sofern sie Geld besitzt …«

»Wie bitte?«

»Rutekan ist eine Megametropole, in der stündlich neue Gebäude wie Pilze aus dem Boden schießen. Sie wächst unaufhaltsam. Ich glaube, selbst ein ausgewachsener, sportlicher Rateke würde zu Fuß mehr als eine Woche benötigen, um vom heutigen Stadtrand zum anderen Ende der Stadt zu gelangen. Ohne Transportmittel bist du aufgeschmissen, und die kosten – wie so ziemlich alles auf Danlechraa – Geld.«

Giray brummte zustimmend. »Ihre Credit-Chips und ihre Ausrüstung hat man ihr bestimmt beim Zoll abgenommen, ansonsten hätte sie mich nämlich längst auf dem Vipho angerufen. Wie könnte man hier kurzfristig an Geld kommen?«

Moklis' Miene wurde nachdenklich. »Ohne gültige ID-Karte gestaltet sich das in der Regel schwierig«, sinnierte er. »Bankkredite scheiden aus. Taxifahrer nehmen ohne Bezahlung oder Pfand niemanden mit. Sie könnte sich einen Job suchen, aber als

Tel-Frau wird sie vermutlich nichts Seriöses finden, sondern schlimmstenfalls in die Hände von Ausbeutern geraten. Es bleibt die Option des Schwarzfahrens. Falls sie allerdings ohne Fahrkarte erwischt wird und zusätzlich keine ID-Karte vorzuweisen hat, landet sie wahrscheinlich in irgendeinem Lager, wo sie ihre Schulden plus Zinsen abarbeiten muss.«

»Das klingt nicht sehr erbaulich.«

»Bei Geld hört der Spaß auf Danlechraa auf.«

»Ich an ihrer Stelle wäre vielleicht per Anhalter gefahren. Eine attraktive Dame in Not lassen die wenigsten am Straßenrand stehen, oder?«

»Hier fährt viel Gesocks durch die Gegend. Als Frau würde ich nicht einfach irgendwo einsteigen.«

»Azealia weiß sich ihrer Haut zu wehren. Du hast sie selbst erlebt.«

»Trotzdem ist sie kein Naivchen! Außerdem wäre sie längst hier, wenn sie irgendjemand Nettes getroffen hätte. Zum Raumhafen wird sie wohl kaum gefahren sein, um dort beim Zoll nach ihrem verlorenen Liebsten zu fragen.«

Das Müsli in Girays Schüssel besaß mittlerweile die Konsistenz von Haferschleim. Widerwillig schob sich der Agent einen Löffel davon in den Mund – hauptsächlich seinem Gastgeber zum Gefallen, der auch heute den Frühstückstisch wieder vollgeladen hatte. Giray wünschte, er könnte diese Aufmerksamkeiten besser würdigen, doch im Moment musste er sich regelrecht zum Essen zwingen.

*

Nach dem Frühstück telefonierte Mok Moklis wieder in seinem umfassenden Bekanntenkreis herum, während Ömer Giray durch die Fernsehkanäle schaltete und gleichzeitig das hiesige Datennetz nach Informationen durchforstete.

Als sich der Agent zum fünften Mal am heutigen Tag das Entführungsvideo ansah, rieselte es ihm plötzlich wie Schuppen von den Augen. »Ich glaube, ich weiß, wo sie ist«, verkündete er zwischen zwei Viphonaten.

Moklis drehte sich überrascht zu ihm um. »Hat sie dich etwa kontaktiert?«

»Das nicht, aber ich bin mir ziemlich sicher, dass sie zu der Lagerhalle zurückkehrt.«

Der Blaue starrte ihn an, als ob er den Verstand verloren hätte.

»So würde ich es jedenfalls machen«, ergänzte Giray.

Der Gesichtsausdruck seines Gastgebers blieb derselbe. »Hör mal, Aykut, ich verstehe ja, dass dir Azealia fehlt, aber könntest du mir sagen, warum sie sich ausgerechnet ihren Entführern in die Arme schmeißen sollte?«

»In dem Video war sie offensichtlich wach und bekam mit, wie sie gefilmt wurde. Folglich wird sie eins und eins zusammenzählen und davon ausgehen, dass ich ihren Aufenthaltsort früher oder später herausfinden werde. Welcher Ort wäre also geeigneter als die Lagerhalle, um mich nicht zu verpassen? Natürlich würde sie sich nicht gefangen nehmen lassen, sondern irgendwo verstecken in der Hoffnung, dass ich früher oder später dort auftauche.«

»Hm«, brummte Moklis und stellte das Vipho beiseite. »Darauf hätte ich eigentlich selbst kommen müssen.«

*

Gegen neun Uhr morgens steuerten Giray und Moklis die Umgebung der fraglichen Halle an und parkten den Gleiter in einer Seitenstraße. Gemeinsam machten sie sich auf die Suche nach einem geeigneten Versteck, von dem aus sie das zur Halle gehörende Gelände gut beobachten konnten.

Bei den Nachbarn standen zwar einige Fahrzeuge, die einen guten Sichtschutz boten, allerdings lief dort bereits eine Handvoll Arbeiter herum. Giray und Moklis wollten kein Aufsehen erregen.

»Wie wäre es mit dem Schrotthaufen auf dem Gelände unseres Zielobjekts?«, flüsterte der Blaue seinem terranischen Begleiter zu.

Giray lehnte ab. »Zu gefährlich, zu unübersichtlich. Vermutlich passe ich da nicht einmal hinein.«

»Das hätte ich jetzt nicht erwartet.«

»Was?«

»Ich dachte, du scheust keine Gefahr.«

»Das tue ich auch nicht. Allerdings würde ich mich gern an einer Stelle postieren, wo ich im Zweifelsfall fliehen kann.«

»Ich wette, ich finde eine passende Nische. Sollte mich irgendjemand entdecken, husche ich einfach davon. Du hast doch gestern selbst erlebt, wie flink ich unter dem Zaun hindurchgeschlüpft bin.«

»Das war die Pforte, ein recht kleiner Bereich, zu dem du erst einmal gelangen musst.«

»Egal, ich kriege das hin. Außerdem handelt es sich um die taktisch beste Stelle. Falls mich jemand erwischt, spiele ich das besoffene Unschuldslamm, meine Spezialrolle für brenzlige Fälle.«

»Die Tel-Schläger zeigten sich damals nicht von deinen Schauspielkünsten beeindruckt.«

»Zwischenzeitlich habe ich geübt, außerdem hatte ich damals wirklich ein bisschen zu viel getankt. Also, was ist nun? Sollen wir weiter herumlabern oder endlich Nägel mit Köpfen machen? So heißt es doch bei euch Menschen, nicht wahr?« Ungeduldig rieb sich Moklis die Hände.

Giray stieß einen resignierenden Seufzer aus. »Na schön. Falls du irgendetwas bemerkst, rufe mich sofort auf dem Vipho an! Versuche bitte nichts auf eigene Faust, verstanden?«

»Ja, Papa.«

»Ich bin nicht dein Papa.«

»Dann bevormunde mich auch nicht. Auch wenn ich aus deiner Perspektive vielleicht nicht so wirke, bin ich doch ein erwachsener Mann.«

»Ich denke, ich habe verstanden. Pass auf dich auf!«

*

Mit einem beklemmenden Gefühl in der Magengrube ließ der GSO-Agent den risikofreudigen Utaren zurück und sah sich nach einem eigenen Versteck um. Weil er hier nichts fand, lief er einmal um den Block und näherte sich dem Gelände von der anderen Seite, wo er jedoch auch nicht fündig wurde.

In Ermangelung eines besseren Verstecks kroch er deshalb unter einen Lastenschweber, der mit ausgefahrenen Stützen am gegenüberliegenden Straßenrand parkte. Er baute darauf, den zurückkehrenden Fahrer rechtzeitig zu bemerken, damit er nicht unter dem Fahrzeug lag, wenn dieser den Prallfeldgenerator einschaltete.

Aus der Froschperspektive konnte Ömer leider nicht allzu viel vom Gelände der Lagerhalle erkennen, doch wenigstens hatte er die Pforte gut im Blick. Des Weiteren half ihm sein künstliches Auge, das sich als Teleskop einsetzen ließ.

Nun begann das Warten.

Hoffentlich behalte ich recht und Liv taucht tatsächlich hier auf. Möglicherweise hatte sie gestern schon auf mich gewartet, und weil ich nicht kam, ist sie weitergezogen, geisterten Zweifel durch seinen Kopf, die er rasch zu unterdrücken versuchte.

Als Geheimagent durfte er sich gefühlsmäßig nicht zu sehr an seinen Partner hängen. So lautete eine der wichtigsten Regeln, die ihm und seinen Mitanwärtern bei der Ausbildung eingebläut worden war.

In seiner über zwanzigjährigen Agentenlaufbahn hatte er viele Kollegen kommen und gehen sehen. Einige endeten bereits in jungen Jahren als Leiche, andere zerbrachen am Verlust ihres Partners.

Romantische Gefühle hegte er keinesfalls für Liv Sanders, doch er fühlte sich mit ihr verbunden, für sie verantwortlich. Konnte er sie eigentlich als Freundin bezeichnen? Abseits der Fälle unternahm er nichts mit ihr, und er wusste generell nicht viel über ihr Privatleben, außer natürlich das, was sie von sich aus preisgegeben hatte. Er selbst fragte niemals nach persönlichen Details – aus Respekt vor der Privatsphäre und vielleicht auch, um sich selbst zu schützen.

Und nun lag er unter einem Schweber, observierte von Sorgen zerfressen die Lagerhalle, obwohl er diesen Grad an Emotionalität bei der Ausübung seines Berufs eigentlich vermeiden wollte. *Als hätte ich nicht schon genug Probleme, muss ich mir jetzt zusätzlich um Mok Gedanken machen. Möglicherweise hätte ich mich durchsetzen sollen, wie es sich für einen ›Papa‹ gehört. Ich hoffe, es geht ihm gut.*

Mit einem Mal reagierte sein Armbandvipho mit einem kaum hörbaren Piepsignal, das vereinbarte Zeichen dafür, dass sein blauer Freund etwas gesichtet hatte. Sofort kroch Giray aus seinem Versteck, sah sich kurz um und rannte dann zum Zaun. Anlauf nehmend meisterte er das Hindernis mit der Eleganz eines Parkourläufers.

Kaum dass er auf der anderen Seite gelandet war, huschte er geduckt zur Halle und hielt sich dicht an der Mauer, um auf direktem Wege zu Moklis' Versteck zu gelangen. Ansonsten hätte er nämlich den Weg um den Block nehmen müssen, was einen nicht unerheblichen Zeitverlust bedeutet hätte.

Der Schrotthaufen befand sich noch rund zweihundert Meter entfernt in der rechten Ecke der Umzäunung. Dank der Teleskopfunktion seines künstlichen Auges konnte Giray ihn ganz genau erkennen, allerdings sah er weder Moklis noch Sanders noch sonst irgendjemanden.

Vorsichtshalber zog er seinen Paraschocker und kontrollierte beim Weiterlaufen die Einstellung. Fast lautlos federten seine Schritte über den harten Asphalt.

Am Ende der Hallenwand hielt er an, lauschte, schaute kurz um die Ecke, lauschte erneut und riskierte einen zweiten Blick. Als er nichts Verdächtiges feststellte, schlich er zum Schrotthaufen hinüber. Nach einigem Suchen fand er eine Nische, groß genug, dass auch er hineinpassen könnte, was er natürlich nicht einfach so tat.

»Pst!«, machte er stattdessen, woraufhin ein blaues Büschel erschien.

Moklis hob den Kopf und grinste Giray breit an. »Nur herein in die gute Stube!«, flüsterte er sichtlich amüsiert.

Grimmig biss Giray die Kiefer aufeinander ob des ziemlich unangebrachten Verhaltens seines Freundes. Da er keine Szene unmittelbar neben der Lagerhalle machen wollte, folgte er ihm, wobei er aufgrund der Enge seine Schultern einziehen musste. Die Sache gefiel ihm nicht, doch er vertraute seinem Freund.

Die Nische war zum Glück nur wenige Schritte tief, schon kam er in einer Art Hohlraum wieder heraus, der durch das Arrangement von rostigen Platten, Balken und aufgequollenem Holz entstanden war. Löcher in dem Chaos ermöglichten einen Blick nach draußen auf das Gelände.

So übel ist das Versteck gar nicht, gestand sich Giray ein und wollte sich an seinen Freund richten.

Doch was immer er hatte sagen wollen, er vergaß es schlagartig. Sein Herz machte einen Satz, als ihm plötzlich Liv Sanders aus dem Halbdunkel entgegensprang und um den Hals fiel. Sämtliche Gedanken fegten aus seinem Kopf, als sich seine Kollegin so eng an ihn schmiegte, dass er nicht nur ihre üppigen Brüste spürte, sondern auch, wie sie ihm regelrecht die Luft abdrückte. Unsicher, wohin mit seinen Händen, klopfte er ihr auf den Rücken.

Als sie von ihm abließ und wieder Luft in seine Lunge strömte, bereute er, sie nicht richtig umarmt zu haben. Nun war es zu spät. Außerdem stieg ihm in diesem Moment ein abartiger Gestank in die Nase. Er konnte sich gerade noch zurückhalten, nicht angewidert zu würgen, denn er ahnte, dass der Geruch von Liv stammte. Ein bisschen schämte er sich für seine Reaktion.

»Geht es dir gut?«, erkundigte er sich mit Sorge in der Stimme.

»Mir geht es den Umständen entsprechend. Ich stinke wie ein Iltis, was mich ziemlich frustriert, und wünsche mir nichts mehr als eine Dusche. Außerdem könnte ich eine Kleinigkeit zu essen vertragen.«

»Das sollst du alles bekommen. Aber zuerst möchte ich wissen, ob es dir wirklich gut geht. Ich meine, *wirklich.*«

»Wie wirklich wirklich?«

»Du weißt, was ich meine.« Da bemühte er sich einmal, ernst zu sein, und schon verstand sie ihn nicht mehr. »Haben dich diese Dreckskerle anständig behandelt?«

»Bezüglich des Zimmers und des Essens kann ich mich nicht beklagen. Allerdings waren meine Gastgeber nicht sehr gesellig und ließen mich neunundneunzig Prozent der Zeit mit dem Holofernseher allein. Ich kenne mittlerweile sämtliche utarisch-ratekischen Seifenopern, worauf ich bestimmt nicht stolz bin. Ich hoffe, das reicht als Zusammenfassung meines Martyriums.«

Giray fiel ein Stein vom Herzen. Als unverbesserlicher Realist hatte er zwar nicht mit dem Schlimmsten gerechnet, doch zu wissen, dass Liv nicht an einen Psychopathen geraten war, beruhigte ihn ungemein. Er hätte es sich niemals verziehen, wenn er sie verloren hätte.

»Was ist denn das?« Sanders' Stimme klang eine Oktave zu hoch, aber leise genug, um nicht die halbe Gegend zu unterhalten. »Du hältst einen Paraschocker in der Hand? Meine Güte, das hätte ich nie erwartet! Was ist geschehen?«

Giray spürte, wie ihm die Röte ins Gesicht stieg. Verlegen steckte er die Waffe weg. »Tja, manchmal bin ich eben für Überraschungen gut.«

»Ich hatte tagelang Albträume, du würdest wie üblich unbewaffnet in die Lagerhalle hineinspazieren und den Rateken in die Hände fallen. Einmal, ich glaube vorgestern, hängten sie dich mit den Füßen zuerst auf und missbrauchten dich als Boxsack. Zwar versuchte ich, dich zu retten, doch als ich dich endlich nach einer gefühlten Ewigkeit erreichte, warst du nicht mehr da – nicht im Sinne von tot, sondern körperlich abwesend. Und genau in dem Moment bemerkte ich, dass ich ja bewaffnet war, und ärgerte mich so sehr über mich selbst, weil ich den Handnadelstrahler nicht benutzt habe, dass ich aufwachte.«

»Was glaubst du, was ich deinetwegen für Albträume hatte! Die waren auch nicht besser.«

»Du träumst von mir?«

Giray blinzelte. Er wusste, dass seine Kollegin ihn nur neckte, doch irgendwie verletzte ihn das. Nachdem er die Umarmung versemmelt hatte, wollte er wenigstens auf andere Weise seine Wiedersehensfreude ausdrücken und ihr sagen, wie froh er war, sie wiederzuhaben – auf eine nicht missverständliche Weise natürlich –, doch diese Frau ließ ihn einfach nicht.

Liv, warum machst du es mir so schwer?, dachte er resignierend. *Du bist schlimmer als ich. Habe ich so sehr auf dich abgefärbt, warst du schon immer so oder sind gar diese Seifenopern daran schuld?*

Zu allem Überfluss setzte Mok Moklis noch einen oben drauf: »He, ihr Turteltäubchen! Jetzt, wo wir endlich wieder glücklich vereint sind, schlage ich vor, dass wir von hier verschwinden!«

*

Als Liv Sanders das Hotel betrat, kamen ihr fast die Tränen vor Glück. Obwohl ihre Gefangenschaft weniger als eine Woche angedauert hatte und sie lediglich einen Tag obdachlos gewesen war, fühlte sie sich unendlich dankbar und überwältigt von all dem Luxus. In Mok Moklis' geräumigem Appartement, das über mehrere Gästezimmer mit eigenen Bädern verfügte, gönnte sie sich als Allererstes eine ausgiebige Dusche.

Wohltemperiertes Wasser sprühte sie von Kopf bis Fuß ein. Sie genoss die Wärme so sehr, dass sie dabei fast einschlummerte. Angenehme, exotische Düfte mit zitrischen und harzigen Noten umspielten sie. Immer wieder überraschte die Komposition mit neuen Aspekten, subtil, aber dennoch wahrnehmbar. Selbst die Seife, mit der sie sich einschäumte, roch herrlich. Ihrem Haar widmete sie sich besonders lange, um die Andenken der letzten Nacht herauszuspülen. Zum Schluss ließ sie sich trockenpusten.

Mit rosigen Wangen stieg sie aus der Kabine und betrachtete sich im Spiegel, erfreut, dass man ihr die Strapazen der letzten Tage nicht mehr ansah. Ihre Haut besaß noch immer einen dunklen Ton, allerdings mittlerweile den einer Weißen, die sich regelmäßig ausgiebig unter die Sonnenbank legte.

Mithilfe eines grobzackigen Kamms entknotete sie ihr Haar, eine ziemliche Mammutaufgabe, bei der sie sich am liebsten eine Glatze rasiert hätte. Ihr Kollege trug seines viel länger als sie, trotzdem wirkte es stets, als könnte er damit jederzeit für die Abbildungen auf Shampoo-Flaschen posieren.

Wäre ich nicht so blöd gewesen, meinen Geistesblitz zu verwerfen, hätte ich solche Probleme heute nicht, ärgerte sie sich. *Dabei hatte ich doch schon an Mok gedacht! Dass ich nicht wenigstens mal überprüft habe, ob er noch an derselben Adresse wie vor drei Jahren wohnt, kann nur am Hunger gelegen haben.*

Kopfschüttelnd schlüpfte sie in frische Kleidung: eine gemütliche dunkelbraune Hose, dazu ein petroleumblaues T-Shirt mit tief geschnittenem Rundkragen, das ihre Brustansätze ansprechend betonte, sowie eine dünne, offene Strickjacke. Anschließend ging sie in den Wohnraum, wo Ömer Giray und Mok Moklis sie grinsend auf der Couch erwarteten.

»Was ist?«, fragte sie, breitete ihre Arme aus und schaute suchend an sich herab. »Habe ich irgendetwas vergessen?«

»Nein«, erlöste Moklis sie von ihren Befürchtungen. »Du siehst toll aus. Wir freuen uns lediglich, dich heil zurückzuhaben.«

»Ja, ich mich auch. Noch eine Nacht in meinem Pappzelt hätte ich nicht ausgehalten.«

»Warum bist du nicht einfach zu mir gekommen?«

»Ja, genau! Warum eigentlich?«, fügte Giray belustigt hinzu und verschränkte die Arme vor der Brust.

Sanders schoss einen giftigen Blick auf ihren Partner ab. »Wach du mal abends hinter einem Müllcontainer auf, ohne zu wissen, wo genau du dich befindest! Einfach irgendwo hinzugehen funktioniert nicht. Glaube mir, ich habe es versucht. Wäre ich nicht eine begnadete Bauingenieurin und hätte mir ein Zelt aus müffelnden Pappen gebaut, wäre ich gestern Nacht garantiert erfroren.

Heute Morgen musste ich dann erst einmal meinen Hunger und meinen Durst stillen, bevor ich überhaupt klar denken konnte. Anschließend bemühte ich mich darum, irgendwie an Geld zu kommen, was sich gleich zu Beginn als großer Reinfall entpuppte. Da fällt mir ein: Wo ist eigentlich der Fünf-Credit-Chip, den ich vorhin geschenkt bekommen habe? Den behalte ich auf jeden Fall als Andenken an den einzigen erfreulichen Moment der letzten sechs Tage.« Aufgewühlt kämmte sie sich mit den Fingern durch das brünette, seidig glänzende Haar. Es fühlte sich so gut an, frisch gewaschen zu sein.

»Komm, setz' dich zu uns!«, forderte Moklis sie auf. »Wir haben schon gedeckt.«

Beim Anblick der herrlichen Speisen, die den gesamten Wohnzimmertisch einnahmen, ließ sie sich nicht zweimal bitten. Den

Anflug von Ärger längst vergessen lümmelte sie sich in einen der Betonplastsessel, der härter aussah, als er sich anfühlte.

Es folgte ein regelrechter Raubzug durch das Festmahl, an dessen Ende sich Sanders' Bauch kugelrund unter dem T-Shirt wölbte.

»Azealia!«, entfuhr es Moklis mit einer Mischung aus Erstaunen und Sorge. »Diese Mistkerle haben dich doch wohl nicht hungern lassen?«

Die Angesprochene errötete leicht. »Ähm, nein.«

»Und wann hast du das letzte Mal etwas gegessen?«, hakte Giray nach.

»Wenn man diesen fettigen Fraß von heute Vormittag nicht zählt, dann gestern.«

Kurz tauschten die Männer Blicke miteinander aus, vertieften das Thema jedoch nicht weiter, was Sanders sehr begrüßte. Erstens wollte sie ihnen ungern von den Demütigungen am Vormittag berichten, zweitens wollte sie sich nicht ihren gesunden Appetit vorhalten lassen. Abgesehen von ihrem temporären Kugelbauch, der von den Dingen stammte, die sie in den letzten dreißig Minuten in sich hineingeschaufelt hatte, besaß sie eine schlanke, sportliche Figur, für die sie sich ganz bestimmt nicht zu schämen brauchte.

Nach rund einer Minute bedrückenden Schweigens überfiel Mok Moklis ein Geistesblitz. Er klatschte in die Hände und fragte in die Runde: »Wer von euch möchte einen Drink? Ich möchte den glimpflichen Ausgang der Entführung anständig feiern.«

Liv Sanders sah ratsuchend zu Ömer Giray hinüber. Zwar verspürte sie Lust auf etwas Alkoholisches, wusste allerdings nicht, was ihr Kollege für heute noch geplant hatte. Immerhin waren sie wegen der blöden Entführung fast eine Woche im Rückstand mit ihren Ermittlungen. Es gab bestimmt viel nachzuholen.

Der Schwarzhaarige hob jedoch nur die Augenbrauen, als wollte er sagen: »Was fragst du mich?«

Nachdenklich schürzte sie die Lippen und lehnte schließlich dankend ab. »Ich glaube, zum Feiern ist es noch zu früh, zumal noch eine Menge zu klärender Fragen auf uns warten. Besonders mit den Kerlen vom Zoll habe ich noch ein Hühnchen zu rupfen.«

Verlegen kratzte sich Moklis an der Tolle. »Stimmt, da war ja was.«

»Ich hoffe, du hast dir diesen Chram und Bilku ordentlich vorgeknöpft!«, wandte sie sich an ihren Kollegen.

»Ehrlich gesagt, nein«, gestand dieser. »Zwei ziemlich feindselige Utaren haben mich abgewimmelt, und auf eine Szene wollte ich verzichten. Dafür hat unser Mok die beiden Rateken erwischt. Sie scheinen jedoch geschmiert worden zu sein, weshalb er nichts herausfinden konnte.«

»Wieso habt ihr nicht mit einem Credit-Chip gewunken? Das soll hier in Rutekan angeblich wahre Wunder wirken.«

»Leider zeigten die beiden absolut kein Interesse an einem Zusatzverdienst. Jemand muss ihnen sehr hohe Summen zugesteckt haben.«

Sanders erinnerte sich an die Situation in dem Verhörraum. Leider hatte sie die Guthabenanzeige nicht erkennen können, aber weil auf den Chips individuelle Beträge gespeichert werden konnten, hielt sie Girays Theorie für plausibel.

»Wir waren jedoch nicht untätig«, fuhr ihr Kollege fort. »Insbesondere bei Mok darfst du dich bedanken, denn er hat wahrscheinlich mit halb Rutekan telefoniert, um dich zu finden.« Er berichtete ihr von Moklis' Engagement. Aus seinem Mund klang es, als säße der geheime Superheld Rutekans neben ihnen.

Gerührt lächelte Liv ihren blauen Freund an, der jedoch mit dem Holofernseher beschäftigt war. Liebend gern hätte sie ihn ganz fest umarmt und nie wieder losgelassen. Das Trauma, das ihr ehemaliger Partner Viktor Zailer bei ihr hinterlassen hatte, saß ihr nach wie vor tief in den Knochen, obwohl sich die Vorfälle von damals mittlerweile wie aus einem anderen Leben anfühlten, so fern, fast unwirklich.

Ganz selten kamen die Emotionen aber doch wieder hoch, insbesondere dann, wenn sich Leute, die sie sehr schätzte, für sie einsetzten.

Sie hätten mich einfach ignorieren können, geisterte es durch ihren Kopf. *Als Agentin der GSO muss ich stets damit rechnen, bei einem Einsatz draufzugehen. Das war schon zu meiner Zeit als Sonderermittlerin bei der Polizei von Babylon so.*

Im Grunde wusste sie, wie absurd ihre Gedanken waren. Ömer Giray würde sie niemals im Stich lassen. Mok Moklis hingegen kannte sie kaum, und trotzdem hatte er Zeit und Geld investiert.

Ich hoffe, ich kann mich irgendwann einmal bei ihm revanchieren.

Giray beugte sich nach vorn und winkte. »Azealia? Hörst du mir überhaupt noch zu?«

Sanders riss ihren Blick von Moklis los, sah ihren Partner an und klimperte mit ihren braunen Mandelaugen. »Ja, wieso?«

»Für einen Moment wirktest du entrückt.«

»Was soll das denn heißen?«

»Ich bin zwar kein Gedankenleser, aber wenn du mich so fragst, dann …«

Schnell hob sie die Hand. Sie kannte den Humor ihres Kollegen. »Moment, ich glaube, ich will's lieber nicht wissen. Erzähle mir lieber von dem Speicherkristall!«

Anerkennend hob er die Augenbrauen. »Du hast ja doch zugehört.«

Sie schenkte ihm ein kaltes Lächeln. »Habe ich je etwas anderes behauptet?« Mit Genugtuung bemerkte sie, wie er aufgab, und spürte einmal mehr, wie sehr sie ihn und seine kleinen Sticheleien vermisst hatte.

»Der Punkt geht an dich«, räumte Giray ein. »Aber zurück zum Thema. Auf besagtem Speicherkristall fand ich Fragmente eines gelöschten Berichtes, der offenbar von Gro Grovis verfasst wurde. Er handelte von den Aktivitäten der VdAV im Herbst 2071.«

Nur zu gut war den beiden Agenten noch ihr Zusammentreffen mit Grovis vor rund drei Jahren in Erinnerung. Schon damals ahnten sie, dass mit dem Blauen etwas nicht ganz hasenrein war.

»Dachte ich's mir doch!« In Livs Augen blitzte es auf.

»Was meinst du damit?«

»Wer sollte sonst hinter der Entführung stecken, wenn nicht dieser kuriose Verein, der es sich offenbar zur Lebensaufgabe gemacht hat, uns Menschen von diesem Planeten zu vertreiben?

Oder glaubst du an einen Zufall, dass sich ein solcher Bericht auf dem Speicherkristall befand?«

»Nein, trotzdem genieße ich meinen Fund mit Vorsicht, damit wir uns nicht selbst ein Bein stellen bei unseren Ermittlungen. Um einen echten Beweis handelt es sich nicht, sondern bestenfalls um ein Indiz.«

»Manchmal hätte ich wirklich Lust, mit dir zu wetten.«

Giray wollte gerade etwas erwidern, als Moklis vor dem Holofernseher zu tanzen begann. »Leute, seht euch das an! Nicht mich, das Programm!«

12.

Im Holofernseher lief eine Sondersendung, die die Entführung einer Tel-Frau behandelte. Utarische Experten tauschen sich in einem minimalistisch eingerichteten Studio über ihre jeweiligen Theorien zu diesem Fall aus. Mit in der Runde saß ein Schwarzer Weißer, der allerdings unter den schnatternden Blauen sehr verloren wirkte.

Erstmals sah Liv Sanders das berühmte Video, in dem sie selbst die Hauptrolle spielte. Ein befremdliches Gefühl überkam sie, als sie sich selbst in dieser misslichen Lage beobachtete. Absurderweise kam sie sich dabei wie ein Voyeur vor.

Himmel! Wirke ich immer so schwach und zerbrechlich? Sieht Ömer mich genauso, wie ich mich gerade selbst sehe?, schoss es ihr durch den Kopf. Zorn kochte in ihr hoch. *Die ganze Welt weiß über mich Bescheid! Vielleicht wird das Video sogar im galaktischen Hyperfunknetz verbreitet. Das werde ich nie wieder los. Karriere ade!*

Doch dann gestand sie sich ein, dass sie im Profil kaum zu erkennen und ihre Haut zudem fast rabenschwarz war. Niemand, der nicht Bescheid wusste, würde annehmen, dass es sich bei der Frau im Video eigentlich um eine weiße Terranerin handelte, die ein paar Wunderpillen geschluckt hatte. *Wenn Ömer mich nicht verrät, wird es niemand je herausfinden.*

»Und?«, rief Moklis aufgeregt. »Seht ihr es auch?«

»Was meinst du?«, fragte Sanders, während Giray zu ihrer Verblüffung mit »Ja« antwortete.

»Schau dir das Datum in der Nachrichtensendung an, die im Hintergrund läuft!«, half ihr der Utare auf die Sprünge.

Sanders klappte der Mund auf. Sofort schloss sie ihn wieder, denn sie wollte Moklis nicht mit einer wütenden Schimpftirade schockieren. Stattdessen schnaufte sie verächtlich. Nachdem sie sich einigermaßen beruhigt hatte, meinte sie: »Welcher Künstler war da denn am Werk?«

»Offenbar ein ziemlich guter«, erwiderte ihr Kollege. »Hätte ich das Video nicht schon tausend Mal gesehen und stündest du jetzt nicht neben mir, hätte ich tatsächlich geglaubt, es sei heute aufgenommen worden.«

»Raffinierte Typen. Sie hoffen wohl noch immer, dass wir auf ihr Spielchen hereinfallen. Glaubst du, sie wissen, dass ich wieder bei euch bin?«

»Keine Ahnung, aber die Manipulation des Videos sowie die neuerliche Ausstrahlung haben einen Grund. Sie wollen mich aus der Reserve locken.«

»Du bist eben beliebt.«

»Sehr witzig«, entgegnete Ömer mürrisch. »Möglicherweise spekulieren sie sogar darauf, dass wir beide bei ihnen aufkreuzen.«

»Darauf können sie lange warten.«

»Wirklich?«

*

Um neun Uhr morgens strahlte der Himmel in einem herrlichen Blau und verhieß einen schönen Tag. Die Gegend, in der sich Lagerhallen aneinanderreihten, so weit das Auge reichte, döste friedlich in der Morgensonne. Feine Nebelschwaden lagen dicht über dem Asphalt, aus dessen Ritzen sich hier und dort Gräser und Sprösslinge erhoben. Langsam lösten sie sich in den warmen Sonnenstrahlen auf.

Glücklicherweise hatte Mok Moklis diesmal nicht darauf bestanden, an der Aktion teilzunehmen, sondern wartete freiwillig in seinem Gleiter ein paar Straßen weiter für den Fall, dass seine terranischen Freunde eine schnelle Fluchtmöglichkeit brauchten.

Giray und Sanders hingegen begaben sich zu jener Lagerhalle, die sie bereits bestens kannten. Weshalb sie ausgerechnet am helllichten Tag hier aufliefen, lag auf der Hand: Jeder ging davon aus, dass Einbrecher nachts im Schutze der Dunkelheit kommen würden anstatt morgens zum Frühstück.

Mit ihren altbewährten Saugnäpfen kletterten die Agenten eine fensterlose Wand der Halle hinauf.

Wohlbehalten auf dem Dach angelangt wischte sich Sanders erleichtert über die Stirn. Obwohl sie nun schon das zweite Kletterabenteuer dieser Art überstanden hatte, misstraute sie der Agentenausrüstung noch immer.

Die beiden schlichen zu jedem Oberlicht dieser Etage des Verwaltungstraktes und spähten bei jedem vorsichtig ins Innere des Gebäudes.

»Es scheint niemand zu Hause zu sein«, stellte Giray am letzten Fenster zufrieden fest. »Dieses Fenster hier befindet sich über dem ersten Büro direkt neben dem Treppenhaus. Hier werden wir einsteigen.« Er hievte seinen Agentenkoffer vom Rücken, ging in die Knie und klappte den Deckel zurück. »Oh, Mist!«

Sanders atmete tief ein. »Sag mir nicht, du hast schon wieder das Seil vergessen!«

Hilflos zuckte er mit den Schultern.

»Ich fasse es nicht. Wir sind echt die letzten Amateure. Ich springe garantiert nicht aus vier Metern hinunter und riskiere einen Knochenbruch.«

»Tja, uns bleibt wohl nichts anderes übrig. Ich hatte noch keine Gelegenheit, unser Seil von Deneb V abzuholen, wo es vermutlich immer noch an jenem Baum hängt.«

»Schon mal was vom Baumarkt gehört?«

»Als meine Partnerin hättest du auch mal unseren Bestand kontrollieren können.«

Verdrossen presste sie die Lippen aufeinander. *Wo er recht hat, hat er recht.*

Da grinste Ömer schelmisch und holte ein zusammengerolltes Seil aus einem Nebenfach heraus, wofür Liv ihm freundschaftlich gegen die Schulter boxte.

»Du bist echt unmöglich«, grummelte sie halb verärgert. Ihre Erleichterung konnte sie jedoch nicht gänzlich verbergen.

»Ich wollte bloß deinen Gesichtsausdruck sehen.«

»Das schreit nach einer Retourkutsche. Mach dich auf was gefasst!«

»Ich freue mich schon darauf.« Schlagartig kehrte der Ernst zurück. »So, und nun ran ans Werk!«

Mit einem entsprechenden Werkzeug aus dem Koffer gelang es Giray, das Oberlicht aufzustemmen. Anschließend wickelte er das Seil um eine der Dachstreben, von denen es hier dank der Gerüstbauweise eine ganze Menge gab.

Bevor er ins Büro hinunterkletterte, steckte er den Kopf in den Raum und lauschte. Nachdem er sich noch einmal vergewissert hatte, dass sie niemand gehört hatte, ließ er das Seil langsam hinab, schnallte sich den Koffer wieder um und kletterte hinunter.

Unten angekommen sondierte er kurz die Lage auf dem Flur und gab dann seiner Kollegin das Zeichen, dass die Luft rein war.

*

Ömer Giray übernahm die Führung, Liv Sanders zückte ihren Handnadelstrahler und gab ihm Rückendeckung, froh darüber, dass ihr werter Kollege diesmal einen Paraschocker mitgebracht hatte. Sie dachte an den kochfreudigen Rateken, dem sie zwischen den Beinen hindurchgerutscht und somit entwischt war.

Bestimmt hat ihm der Utare die Hölle heiß gemacht, grübelte sie, *und er möchte sich liebend gern für diese Schmach an mir rächen. Es tut mir fast leid, wenn ich ihn über den Haufen schießen müsste, wo er sich doch so viel Mühe mit dem Essen gegeben hat. Hoffentlich begegnet er Ömer zuerst.*

Auf leisen Sohlen huschten die beiden GSO-Agenten die Treppe hinunter in die zweite Etage, wo sie einen Raum nach dem anderen durchsuchten.

Hier bestätigte sich auch Girays Theorie, dass Sanders tatsächlich durch das offenstehende Bürofenster entwischt war, das er entdeckt hatte.

Auch in diesem Stockwerk trafen sie niemanden, sodass nur noch das Erdgeschoss und die Lagerhalle blieben. Als Giray die Tür zum Treppenhaus öffnen wollte, berührte Liv seinen Oberarm. Verwundert drehte er sich zu ihr um.

»Mir wäre es lieber, du würdest jetzt deinen Paraschocker in die Hand nehmen«, flüsterte sie. »Ich habe keine Lust, dich unbewaffnet in eine Falle rennen zu sehen.«

»Aber ich bin doch Pazifist, schon vergessen?«, entgegnete er mit unveränderter Miene, der sie nicht entnehmen konnte, ob er das ernst meinte oder als Witz.

Sie malträtierte ihn so lange mit einem strengen Blick, bis er einen resignierenden Seufzer ausstieß und gehorchte.

»Was tu ich nicht alles für dich!«, klagte er leise.

»Zur Deko hattest du den Paraschocker sowieso nicht dabei. Gib's zu!«

»Vielleicht hatte ich bloß vergessen, ihn abzuschnallen.«

»Du meinst, du warst mit dem Ding schlafen?«

»Deine ausgeklügelte Fragetechnik macht mich echt fertig.«

»Danke, aber im Einsatz gegen Utaren und Rateken verlasse ich mich trotzdem lieber auf den hier anstatt auf Worte.« Sie deutete auf ihren zu Boden gerichteten Handnadelstrahler.

Ömer sah auf seine Waffe, allerdings mit deutlich weniger Enthusiasmus. Schließlich zuckte er mit den Schultern, öffnete die Tür mit der freien Hand und betrat das Treppenhaus.

Die Stille im gesamten Gebäude kam ihm verdächtig vor, wobei es vorgestern genauso gewesen war. *Die Falle befindet sich höchstwahrscheinlich in jenem Raum, wo Liv gefangen gehalten wurde, oder in dessen Nähe. Das ist zumindest das Naheliegendste, denn die Entführer können ja nicht wissen, aus welcher Richtung wir zuschlagen. Mit seinen schlauchartigen Gängen bietet dieses Gebäude die idealen Voraussetzungen für einen Hinterhalt. Zwei Rateken genügen, um uns den Fluchtweg zu verbauen. Möglicherweise war es doch keine schlechte Idee, den Paraschocker bereitzuhalten, auch wenn ich ein Gemetzel tunlichst vermeiden möchte. Ich hoffe, die eingestellte Intensität der Strahlen reicht aus, um einen Grauen mit einem Schuss ins Land der Träume zu schicken.*

Im Erdgeschoss angelangt bedeutete er seiner Kollegin mit einer Handgeste, zu warten, während er die Tür des Treppenhauses öffnete und in den Flur schaute. Zu seiner Freude begrüßten ihn weder eine Salve Energiestrahlen noch die Faust eines Rateken. Der Flur lag still und leer vor ihm, also schlüpfte er hinaus.

Mit seinem künstlichen Auge, das auch auf größere Entfernung noch extrem hochauflösend sowie im erweiterten Spektrum sehen konnte, nahm er nach wie vor nichts Verdächtiges wahr, keine manipulierten Bodenplatten, die möglicherweise eine Sprengfalle auslösten, keine verräterischen Drähte, die in der Luft hingen. Dennoch mahnte er sich zur Vorsicht.

Zum Glück bildeten er und Liv Sanders mittlerweile ein eingespieltes Team, sodass es keinerlei Erklärungen oder Worte bedurfte. Seine Kollegin interpretierte seine Gesten richtig und folgte ihm erst, als er durch die Milchglastüren der ersten vier Räume gespäht und dahinter keine Bewegungen oder typische Silhouetten von Rateken oder Utaren ausgemacht hatte. Er konnte schon von hier aus die Zellentür sehen, daher erachtete er es als ratsam, dass sich Sanders auf halber Strecke postierte, um den Flur in beiden Richtungen im Auge zu behalten. Als seine Kollegin ihn erreichte, deutete er stumm den Gang hinunter auf besagte Zellentür, um ihr zu signalisieren, worauf er hinauswollte. Aus dem Augenwinkel sah er, dass sie nickte.

Plötzlich fuhr hinter ihnen eine Tür krachend ins Schloss. Die beiden Agenten drehten sich ganz langsam um …

13.

»Ausweichmanöver!« Ren Dhark richtete seinen Befehl direkt an den Checkmaster. Die POINT OF allein hätte er persönlich aus dem Feuerüberfall gesteuert, doch ihr folgten auch neun unbemannte S-Kreuzer, die vom Schiff des Commanders aus ferngesteuert wurden. Kein menschlicher Verstand brachte eine solche fliegerische Leistung zustande, wie das Bordgehirn des Ringraumers es vermochte.

Der Checkmaster reagierte keinen Wimpernschlag später. Haken schlagend wich die POINT OF vom eingeschlagenen Kurs ab, und die S-Kreuzer brachen aus der Formation aus. Sie schossen in verschiedene Richtungen davon, in der Bildkugel als farbige Markierungen dargestellt.

In glühendem Rot zeigte die in der Mitte der Zentrale schwebende Sphäre auch die Angreifer, ein Dutzend Ringraumer, die Sekunden nach ihrem Auftauchen aus dem Hyperraum das Feuer eröffnet hatten.

Und sie schossen weiter, allerdings nur Fahrkarten. Das Manöver des Checkmasters verwirrte sie – doch lange würde der Überraschungseffekt nicht anhalten.

»Nicht die feine englische Art!«, blaffte Ortungschef Tino Grappa. »Wer sind die?«

Die Antwort auf diese Frage interessierte auch Dhark. Der Kopf des weißblonden Raumfahrers ruckte zu Glenn Morris herum. »Funkverbindung?«

»Negativ, Commander«, antwortete der Erste Funker. »Phase ist offen. Die Unbekannten melden sich nicht.«

Wieder einmal.

Die Antwort verdross Dhark. In Voktar – oder NGK 3109, wie die Zwerggalaxis in den Sternkatalogen der Menschheit genannt wurde – schien es an der Tagesordnung zu sein, zuerst zu schießen und dann zu fragen.

Rosarote Energiestrahlen zuckten durch den Weltraum. Es handelte sich um Nadelstrahl, eine von den Worgun stammende und für S-Kreuzer typische Waffenart.

Die Angreifer feuerten weiter. Sie intensivierten ihre Bemühungen, erzielten dank der Geschicklichkeit des Checkmasters aber keine Treffer.

Noch nicht.

Es war nur eine Frage der Zeit, wenn Dhark nicht begann, mit gleicher Münze zurückzuzahlen. Doch er sträubte sich, das Feuer zu erwidern, solange er nicht den Grund des Angriffs kannte.

Und die Identität der Angreifer.

»Immer noch nichts, Mister Norris?«

Der Funker schüttelte den Kopf. »Nicht der leiseste Mucks.«

»Checkmaster, wir ziehen uns ein paar Lichtjahre weit zurück. Mal sehen, wie sie darauf reagieren.«

Wieder kam das Bordgehirn dem Befehl fast zeitverlustfrei nach. Die POINT OF führte eine weite Kehre durch. Die neun S-Kreuzer umschwirrten sie in weitem Abstand, eine diffuse Wolke bildend, deren einzelne Elemente unablässig ihre Positionen veränderten.

Der grünblaue Planet geriet aus der optischen Erfassung, wurde aber weiterhin von der Ortung eingefangen, ebenso wie die anderen zehn Planeten.

Nur das gelbe Zentralgestirn leuchtete weiterhin in der Bildkugel, wurde jedoch rasch kleiner, bis der Anblick verwehte wie eine erlöschende Kerzenflamme.

Der Schiffsverband raste weiter in den interstellaren Leerraum hinaus. Dharks Hoffnung, die Unbekannten würden es dabei belassen und von einer Verfolgung absehen, erfüllte sich jedoch nicht.

»Sie hängen an uns wie die Kletten.« Grappa kauerte regungslos vor dem Arbeitspult der Ortungseinrichtung. »Sie lassen nicht locker. Irgendetwas scheinen die gegen uns zu haben.«

Und sie schossen weiter, mit verbissener Beharrlichkeit. Bündel von Nadelstrahlen eilten hinter den Menschen her, rosafarbene Lichtfinger rasterten den Raumbereich auf wie eine Zeichnung am Reißbrett.

»Treffer!«, meldete der Mailänder. »Sie haben einen unserer S-Kreuzer erwischt.«

»Schadensanalyse?«, erkundigte sich Dhark.

»Nur ein Streifschuss, soweit ich das erkennen kann. Aber dass die Kerle überhaupt getroffen haben, gefällt mir nicht. Sie beginnen, sich einzuschießen. Lange können wir ihnen nicht mehr aus dem Weg gehen.«

Das befürchtete Dhark ebenfalls. »Mister Norris, eine positive Neuigkeit würde mir gefallen.«

»Tut mir leid, Commander, nichts zu machen. Die haben die Ohren auf Durchzug gestellt.«

Sofern sie über so etwas wie Ohren verfügen, dachte Dhark. Er hatte genug von der Hasenjagd. Wenn die Unbekannten nicht reden wollten, war das deren Problem. Er konnte sich jedenfalls keinen Abschuss erlauben. Verlor er eins seiner Schiffe, verlor er die Möglichkeit, im Koppelflug in die Milchstraße heimzukehren.

Allein stand die POINT OF gegen die zwölffache Übermacht auf verlorenem Posten. Den neun sie begleitenden Schiffen fehlte die Besatzung, und die einfachen Hyperkalkulatoren besaßen nicht die Fähigkeit, eine Raumschlacht gegen einen taktisch versierten Gegner zu führen. Um sie in den Kampf einzubinden, gab es nur eine Möglichkeit.

»Checkmaster, Rückzug abbrechen. Kampfhandlungen erwidern. Du übernimmst die Gefechtskoordination.« Dhark aktivierte Bordsprech und rief die beiden Waffensteuerungen, um Bud Clifton und Jean Rochard über seine Entscheidung zu informieren. »Lehnen Sie sich zurück, meine Herren, und lassen Sie den Checkmaster machen.«

»Aye, Commander«, bestätigte Clifton, der Mann mit dem Kindergesicht, aus WS-West.

»Verstanden«, schloss sich sein Kollege Rochard in WS-Ost an.

»Ich übernehme die Koordination«, verkündete das Bordgehirn überflüssigerweise.

*

Alle in der Zentrale der POINT OF Versammelten, zu denen auch Hen Falluta, Wächterin Doris und der hünenhafte Parock gehörten, beobachteten die Veränderung in der Bildkugel, als der Checkmaster die neun Hyperkalkulatoren seiner Befehlsgewalt unterwarf.

Die grünen Markierungen in der Bildkugel, die die eigenen Einheiten darstellten, erfuhren eine geradezu sprunghafte Umstrukturierung. Sie huschten aufeinander zu, verschmolzen in der Darstellung sekundenlang zu einem verwaschenen Knäuel und trennten sich gleich darauf wieder zu einem dicht beieinanderstehenden Pulk, dessen einzelne Schiffe Dhark kaum voneinander unterscheiden konnte. Draußen im Raum operierten die neun S-Kreuzer nun auf engstem Raum.

Während die Umgestaltung der taktischen Darstellung auch in der Bildkugel stattfand, gingen Dharks Gedanken vier Jahre in die Vergangenheit zurück. Bei der finalen Schlacht der vereinten Völker gegen die Kraval im Januar 2069 hatte der Checkmaster die Fähigkeit der Gefechtskoordination in einer scheinbar aussichtslosen Lage zum ersten Mal eingesetzt und die fast verloren geglaubte Schlacht zugunsten der Alliierten gewendet.

Und diesmal?

Dhark schob die Erinnerung beiseite.

Die Angriffsbemühungen der Unbekannten gerieten kurz ins Stocken. Offenbar dachten sie über den Sinn des merkwürdigen Manövers nach und mussten sich erst darauf einstellen. Das Angriffsfeuer ließ kurzzeitig nach, nur um dann umso heftiger wieder einzusetzen. Ein Blitzlichtgewitter aus Nadelstrahlen fiel über die POINT OF und die S-Kreuzer her, deren Intervallfelder einander nun überdeckten und für eine enorme Verstärkung sorgten.

Der Checkmaster ging zum Gegenangriff über. Der Verband bremste mit brachialen Werten ab, sodass ein Beobachter den Eindruck hätte gewinnen können, die Schiffe seien geradewegs gegen eine unsichtbare Wand geprallt, die sie aufhielt. Angeführt von der POINT OF warfen sich die S-Kreuzer herum. Ihre Antennen spuckten Nadel und jagten Dust hinterher.

Die feindlichen Ringraumer, bis gerade eben in der Rolle des Verfolgers, gingen in Break-Formation und verteilten sich, um gleich darauf aus mehreren Richtungen zu attackieren.

Die Unbekannten ließen sich nicht aufs Glatteis führen. Sie reagierten schnell und folgerichtig. Sie stürzten sich auf die POINT OF, die sie als Leitschiff erkannt hatten und auf das sie ihr Feuer jetzt konzentrierten.

»Nicht dumm«, brummte Dharks Stellvertreter Falluta. »Gar nicht dumm.«

Mit den virtuosen Flugmanövern des Checkmasters konnten sie dennoch nicht mithalten. Die S-Kreuzer kämpften jetzt wie ein Schiff, das über multiple Antennen verfügte. Die Nadelstrahlen suchten sich ihre Ziele – und trafen.

Die Unbekannten hingegen brachten kaum noch einen Schuss ins Ziel, was sie aber nicht daran hinderte, blindwütig weiter anzustürmen.

»Sie haben ein Schiff verloren«, machte Grappa die anderen auf einen eigenen Treffer aufmerksam. »Es treibt antriebslos im Raum. Außerdem feuert es nicht mehr. Anscheinend sind seine Waffensysteme ausgefallen.«

Dhark suchte in der Bildkugel nach der optischen Bestätigung. Sie zeichnete sich in Form einer einzelnen Markierung ab – eine deutliche Duftmarke, die die Unbekannten hoffentlich zur Vernunft brachte.

»Bekommen wir endlich Funkkontakt, Mister Morris?«

»Nein.« Der hellblonde Funker hob bedauernd die schmalen Schultern. »Ich rufe sie ununterbrochen. Sinnlos!«

Grappa räusperte sich. »Drei Ringraumer sammeln sich und rasen auf uns zu. Sind die verrückt? Es sieht so aus, als hätten sie die Absicht, uns zu rammen.«

Doch die Schiffe waren noch weit weg, und im nächsten Moment brach im Weltraum die Hölle los.

Der Checkmaster erstickte die Gefahr im Keim, indem er den Ringraumern mit zwei Wuchtkanonengeschossen aus den Geschütztürmen der POINT OF den Weg verlegte. Die Explosionen erschütterten das Raum-Zeit-Gefüge und lösten hyperphysikalische Begleiterscheinungen aus, für die die Wissenschaftler bis heute nur unzureichende Erklärungen fanden.

Für eine Sekunde wurden Grappas Instrumente bis an den Rand ihrer Kapazität belastet. Als sie gleich darauf wieder Daten lieferten, zählte Dhark noch immer zwölf Feindschiffe.

Allerdings war denen der Kampfeseifer offenbar gründlich vergangen. Sie feuerten nicht mehr.

Zusätzlich zu dem bereits zuvor getroffenen Ringraumer trieben zwei weitere Schiffe schwer beschädigt durch die Schwärze des Alls.

»Keine direkten Treffer«, las Grappa seine Anzeigen ab.

Der Checkmaster hatte darauf verzichtet, begriff Dhark. Die Wirkung der in relativer Nähe zu den Angreifern ausgelösten Explosionen genügte, um verheerende Wirkung zu zeigen – und Respekt einzuflößen, denn Wuchtkanonen, bei denen es sich ja um eine erst wenige Jahre alte Entwicklung der Menschen handelte, kannten die Völker Voktars nicht. Das galt auch für die Unbekannten in den Ringraumern, die Morris' Funkanrufe auch jetzt noch beharrlich ignorierten.

»Sie ziehen sich zurück, gehen in Transition. Die beschädigten Schiffe …« Falluta verstummte mitten im Satz, als es draußen aufblitzte, einmal und dann noch ein weiteres Mal. »Sie sind explodiert.«

»Als Folge der Beschädigung?«, fragte Dhark.

Grappa schüttelte den Kopf, als neun immer noch unbekannte Angreifer sprangen. »Wir haben sie kampfunfähig geschossen, und aus eigener Kraft wären sie auch nicht mehr von hier weggekommen, aber die Schäden waren nicht gravierend genug, um eine Explosion nach sich zu ziehen. Ich sehe keinen Grund dafür. Eine Erklärung finde ich erst recht nicht. Es sei denn …«

Dhark hob eine Braue. »Was, Tino?«

Der Mailänder zögerte. Spekulationen waren nicht sein Ding. Solange er Zweifel an einem Sachverhalt hegte, zog er es vor, sich nicht dazu zu äußern. Doch nun, von Dhark aufgefordert, gab er sich einen Ruck. »Vielleicht haben die Besatzungen ihre Schiffe selbst zerstört.«

»Selbstzerstörung?«, zweifelte Doris. »Warum hätten sie das tun sollen?«

»Keine Ahnung.« Grappa druckste kurz herum, dann gab er sich neuerlich einen Ruck. »Bevor die Ringraumer transitierten, ist mir noch eine weitere Merkwürdigkeit aufgefallen. Ich hatte den Eindruck, dass sie auf das letzte Schiff, das jetzt noch da draußen treibt, gefeuert haben.«

Auch das glaubte die rote Wächterin nicht. »Auf die eigenen Kameraden zu schießen wäre genauso sinnlos wie eine Selbstzerstörung.«

»Vielleicht habe ich mich geirrt«, räumte Grappa ein. »Oder die Unbekannten haben im Eifer des Gefechts unbeabsichtigt auf ihr eigenes Schiff geschossen.«

Oder sie wollten sämtliche zurückbleibenden Spuren vernichten, damit uns nichts in die Hände fällt, woraus wir Schlüsse ziehen können, ging es Dhark durch den Kopf. »Können Sie Lebenszeichen in dem beschädigten Ringraumer ermitteln, Tino?«

»Negativ, Commander.« Der Mailänder schüttelte bedauernd den Kopf. »Da drüben lebt niemand mehr.«

Falluta schnaufte. »Ob Versehen oder nicht, meinetwegen können die Unbekannten sich gegenseitig ins Visier nehmen. Das ist schließlich deren Sache, und darin will ich mich auch gar nicht einmischen. Wenn sie aber völlig grundlos auf uns losgehen, darf es mir bitte niemand übelnehmen, wenn ich gereizt reagiere.«

Das tat Dhark nicht. Er brachte sogar Verständnis für Fallutas Reaktion auf, auch wenn diese ihnen nicht weiterhalf.

*

Der Commander übernahm die Steuerung über sein Schiff, und der Checkmaster stellte die frühere Formation der S-Kreuzer wieder her. Bei der Gelegenheit informierte sich Dhark gleich über den Zustand des eigenen getroffenen S-Kreuzers.

Der bot keinen Anlass zur Besorgnis. Die Unitallhülle hatte den Streifschuss locker weggesteckt.

Ren Dhark hob auffordernd die Hände. »Ideen, wer die Unbekannten waren? Sonstige Vorschläge?«

»Vielleicht irrt Mister Falluta sich«, meldete sich Doris zu Wort. Der gut zwei Meter große, polymetallische Roboterkörper, der ihre Bewusstseinsessenz barg, stand da wie angewachsen.

Der Genannte schaute zu der gesichtslosen Wächterin hinüber. »Inwiefern?«

»Mit der Überlegung, dass der Angriff grundlos erfolgte. Da wir die Identität der Angreifer nicht kennen, können wir den Grund ihres Vorgehens nicht beurteilen. Vielleicht haben sie einen, den wir nicht kennen.«

»Und warum verraten sie ihn uns dann nicht? Sie haben Mister Morris' Kontaktversuche durchgehend ignoriert.« Falluta winkte ab. »Das sind doch Haarspaltereien.«

»Eines können wir ausschließen.« Grappa hob die Rechte und deutete mit dem Daumen über seine Schulter. »Ein Zusammenhang mit dem Elf-Planeten-System besteht wohl nicht. Es ist unbewohnt. Wir können also niemandem auf die Füße getreten sein, der uns dort nicht haben will.«

»Ob die INSTANZ von ARKAN-23 gelogen hat?«, brachte der vier Meter große Parock eine andere Überlegung ins Spiel.

Sie waren durch reinen Zufall auf die Überreste des schweren Kreuzers der Arkan-Klasse gestoßen und hatten dessen INSTANZ einen Besuch abgestattet. Nach anfänglichen Missverständnissen hatte die INSTANZ sich nicht nur kooperativ gezeigt, sondern die POINT OF sogar mit einer den Raumfahrern bis dahin unbekannten Technik aufgetankt.

»Du meinst, sie hat ihre Entscheidung, uns friedlich ziehen zu lassen, geändert?«, fragte Dhark den vierbeinigen Hünen von Brock.

»Ja.«

»Weshalb sollte sie ihren Entschluss ändern?«

»Keine Ahnung.« Parock schwenkte seine tentakelartigen Arme. »Ihr Terraner seid es doch, die ständig Bedenken äußern, wenn wir mit Hinterlassenschaften der Worgun konfrontiert werden. Besonders Arc Doorn behauptet ...«

»Ja, schon gut«, unterbrach Dhark den Riesen. Die Erwähnung von Doorns Namen erinnerte ihn daran, weshalb sie sich überhaupt viereinhalb Millionen Lichtjahre entfernt von der Milchstraße am Rand der Lokalen Gruppe aufhielten, nämlich um die Verschollenen Amy Stewart, Chris Shanton und eben Arc Doorn zu finden. »Nichts für ungut, Parock, aber das glaube ich nicht. Ich bin mir sicher, die INSTANZ hat mit offenen Karten gespielt. Sie steckt nicht hinter dem Überfall. Warum sollte sie so lange damit gewartet haben, ein paar noch flugtaugliche Ringraumer zu aktivieren und hinter uns her zu schicken? Warum erst jetzt, und was verspricht sie sich davon?«

Dhark schüttelte den Kopf. Ganz andere Wesen steckten hinter dem Angriff. Unbekannte natürlich, denen Menschen noch nie zuvor begegnet waren.

Wie beiläufig wanderte sein Blick zur Bildkugel, wo der treibende Ringraumer inzwischen durch eine Vergrößerung deutlich zu sehen war. Da ihre Überlegungen im Sande verliefen, entschied Dhark, Flash hinüberzuschicken, um ein Bild der Unbekannten zu erhalten.

Auch wenn er sich keinen Erfolg davon versprach, forderte er Morris ein letztes Mal auf, einen Kontaktversuch zu unternehmen.

Wie zuvor blieb ein Erfolg aus. Morris bemühte sogar die Echo-Kontrolle, die bestätigte, dass der Hyperfunksender des angefunkten Ringraumers Betriebsbereitschaft aufwies.

Dhark aktivierte Bordsprech und rief Pjetr Wonzeff.

Wenige Minuten später starteten drei Flash aus ihren Depots und flogen mit eingeschalteten Intervallen in den Weltraum hinaus.

*

Die Flash schwärmten aus und näherten sich dem Ringraumer aus drei Richtungen. Neben dem hochgewachsenen Ukrainer Wonzeff nahmen Mike Doraner und Larry Fongheiser an dem Außeneinsatz teil.

Ein merkwürdiges Gefühl, das er sich zunächst nicht erklären konnte, erfasste Pjetr Wonzeff. Als der vom Scheinwerfer des kleinen Raumzylinders geworfene Lichtkegel über die unitallblaue Hülle wischte, fiel ihm ein, was ihn irritierte. Es war die

Tatsache, in einer fremden Galaxis auf die gleichen Schiffe zu stoßen, die den Menschen aus der Milchstraße schon seit fast zwanzig Jahren bekannt waren. Sicher, der einstige Aktionsraum der Worgun umfasste – abgesehen von ihrer Heimatgalaxis Orn – vier weitere Sterneninseln, neben der Milchstraße noch Andromeda, Triangulum und Maffei 1.

Vier, von denen wir bisher wussten, korrigierte Wonzeff seinen Gedankengang. *Anscheinend sind es fünf Galaxien.*

In dem Fall mussten die Menschen umdenken und einen Teil ihrer historischen Kenntnisse neu bewerten.

Oder aber die Gestaltwandler vom Planeten Epoy hatten niemals eins ihrer Pseudopodien in die Zwerggalaxis gesetzt, sondern die Ringraumer waren auf andere Weise nach NGK 3109 gelangt.

Jedenfalls war es seltsam, mit äußerlich hinlänglich bekannten S-Kreuzern in Kampfhandlungen verstrickt zu werden. *Fast so, als würden wir tatsächlich gegen Mysterious kämpfen.* Eine unwirkliche Vorstellung, die Wonzeff mit einem Frösteln abtat.

»Der Antriebsbereich liegt jetzt genau vor mir«, meldete sich Doraner. »Kein Wunder, dass diese Kiste sich nicht mehr bewegt. Ich sehe großflächige Zerstörungen, allerdings ausschließlich auf die Antriebsaggregate beschränkt. Der Checkmaster hat eine fast chirurgische Präzision an den Tag gelegt. Reife Leistung in einer ausgewachsenen Raumschlacht.«

»Oder ein Glückstreffer«, klinkte sich Fongheiser ein. »Reiner Zufall.«

»Zufall? Du glaubst an Zufall, Larry? Wir sprechen nicht von einem x-beliebigen Hyperkalkulator, sondern vom Checkmaster.«

»Auch wieder wahr, Mike. Ich nehme meine unbedachte Äußerung zurück und behaupte das Gegenteil.«

»Kriegt euch wieder ein«, rief Wonzeff seine Kameraden zur Ordnung. »Ich fliege jetzt rein.«

Doraner und Fongheiser bestätigten und schlossen sich ihrem Kameraden an.

*

Die unitallblaue Hülle des Wracks ragte wie ein sanft gekrümmter Berg vor Wonzeffs Flash auf. Kaum dass der Ukrainer die Worte ausgesprochen hatte, änderte sich der Anblick auf dem Monitor über seinem Kopf.

Das Beiboot glitt durch die Hülle des Ringraumers – *ursprünglich vermutlich ebenfalls als Beiboot gebaut,* dachte Wonzeff beiläufig, *als Beiboot einer Erron- oder Arkan-Einheit* – und fand sich im Ringkorridor wieder.

Die Berechnung des Piloten ging auf. Wie gut, wenn man sich in diesen Schiffen auskannte. Zumindest bauliche Überraschungen blieben einem dann erspart.

Andere harrten hingegen ihrer Entdeckung. Wie mochten die unbekannten Raumfahrer aussehen, nach denen er suchte? Als langjährig erfahrener Raumpilot bildete sich Wonzeff ein, bei vergleichbaren Einsätzen schon so ziemlich alles gesehen zu haben. Ihn brachte so schnell nichts aus der Ruhe. Dennoch blieb es ein besonderes Erlebnis, zum ersten Mal Angehörige eines bis dato unbekannten Volkes zu Gesicht zu bekommen.

Dass es sich im vorliegenden Fall aller Voraussicht nach um ein totes Wesen handeln würde, trübte Wonzeffs Vorfreude jedoch.

Er verlangsamte den Flash und folgte dem Verlauf des Korridors mit kaum mehr als Schrittgeschwindigkeit. Der Eindruck des Vertrauten verstärkte sich noch. Unwillkürlich erwartete Wonzeff, im nächsten Moment ein bekanntes Gesicht um die Krümmung kommen zu sehen.

»Atembare Atmosphäre«, drang Fongheisers Stimme aus dem Lautsprecher. »Wie für Menschen gemacht. Zumindest in meinem Bereich gab es keinen Luftaustritt.«

Eilig kontrollierte Wonzeff seine Anzeigen. Sie lieferten die gleichen Werte. Er konnte aus dem Flash steigen, ohne den Helm seines W-Anzugs zu schließen.

Nur Doraner bewegte sich im zerfetzten Antriebsbereich durch das Vakuum des Raums. Der Umstand, auf eine Sauerstoff atmende Spezies zu stoßen, bedeutete nicht unbedingt eine Überraschung. Die Natur schien eine Vorliebe für Lebewesen zu haben, die auf ein Sauerstoffgemisch angewiesen waren, egal ob es sich um Humanoiden, Reptilien, Insektoiden oder weiß-der-Kuckuck-was handelte. Bloß, wo steckten die Raumfahrer, auf deren Aussehen es immer noch keinen Hinweis gab? Handelte es sich womöglich um ein automatisches Schiff ohne Besatzung?

Wonzeff wollte die Frage gerade an seine Kameraden weitergeben, als der Scheinwerferkegel über ein im Korridor liegendes Bündel strich.

»Liebe Güte, was ist das?«, entfuhr es ihm.

Prompt meldete sich Doraner. »Alles in Ordnung, Pjetr?«

»Ja, schon«, antwortete der Ukrainer zögernd. Er brachte den Flash zum Stillstand und richtete den Scheinwerfer aus, um das Bündel besser erkennen zu können. Als es zur Gänze angestrahlt wurde, wusste er, was da vor ihm lag. »Ich habe ein Besatzungsmitglied gefunden.«

»Wie sieht es aus?«, wollte Doraner wissen.

»Wie eine Krabbe«, kam Fongheiser dem Ukrainer zuvor. »Wie eine menschengroße Krabbe. Hier liegen nämlich auch welche. Sie rühren sich nicht. Ich schätze, sie sind alle tot.«

Den Eindruck teilte Wonzeff.

Ohne lange zu überlegen, schaltete er das Intervall aus und landete den Flash im Korridor. Erneut kontrollierte er die Atmosphärenzusammensetzung, und obwohl sie sich als atembar bestätigte, entschied er, Vorsicht walten zu lassen. Erst nachdem er den zu einem dünnen Nackenwulst zusammengelegten Helm nach vorn geklappt und verschlossen hatte, öffnete er die Luke des Zylinders und stieg aus.

*

Aus der Nähe betrachtetet erinnerte die Kreatur Wonzeff an eine irdische Rundkrabbe, nur dass sie um ein Vielfaches größer war. Ihr mattschwarzer Panzer durchmaß zwei Meter, die dicken, keulenartigen Scheren besaßen etwas Furchteinflößendes. Die Vorstellung, dass sie sich als Waffen einsetzen ließen, bereitete dem Flashpiloten Unbehagen.

Eine typisch menschliche Regung, ausgelöst durch die Fremdartigkeit, ging es Wonzeff durch den Kopf. Vielleicht handelte es sich bei der Krabbe um ein friedfertiges Geschöpf, das keiner Fliege etwas zuleide tun konnte. *Friedfertige Geschöpfe greifen keine anderen Raumschiffe an,* korrigierte sich der Ukrainer augenblicklich.

Doch ihm drohte keine Gefahr, denn die Riesenkrabbe war tot. Daran bestand kein Zweifel.

Während er um sie herumstiefelte und sie von allen Seiten betrachtete, machte er mit seinem Vipho Aufnahmen, die er an die POINT OF sandte. Wenn er sich nicht irrte, besaßen irdische Rundkrabben acht Gliederbeine. Diese hier begnügte sich mit drei Beinpaaren, wobei die Beine in sichelartigen Dornen endeten.

Wonzeff schätzte, dass die Kreatur im aufrechten Stand eine Körperhöhe von anderthalb Metern erreichte. Auf dem vorderen Scherenarm der linken Seite stachen ihm seepockenartige, feuerrote Auswüchse ins Auge.

Nach der zweiten Umrundung der toten Krabbe blieb Wonzeff nachdenklich stehen. »Keine sichtbaren Verletzungen«, murmelte er.

Er fragte sich, woran das Wesen gestorben sein mochte, da es weder einen Atmosphärenaustritt gab noch kampfbedingte Zerstörungen in diesem Teil des Schiffs. Wonzeff aktivierte sein Armbandvipho und gab seine Beobachtungen an Doraner und Fongheiser sowie die POINT OF weiter.

»Ich bin ebenfalls ausgestiegen«, antwortete Fongheiser. »Hier liegen mehrere Krabben, alle tot. Sie weisen ebenfalls keine Verletzungen auf. Merkwürdige Sache, sie können doch nicht ohne Grund tot umgefallen sein. Sie tragen übrigens ausnahmslos rote Auswüchse auf dem linken Scherenarm, so wie bei dir. Ich hielt die Merkmale zunächst für natürlichen Ursprungs, doch dazu sind sie zu symmetrisch angeordnet.«

Wonzeff schaute noch einmal hin. Die drei feuerroten Pocken bildeten ein exaktes, gleichseitiges Dreieck. »Vielleicht Namensschriftzüge«, überlegte er laut. »Oder Dienstgradabzeichen.«

»Haben Sie die Helme geschlossen, meine Herren?«, erklang Dharks Stimme im Helmempfänger des Ukrainers.

Wonzeff bestätigte, Fongheiser verneinte.

»Ich habe vor dem Aussteigen eine Luftanalyse durchgeführt«, erklärte letzterer. »Keine toxischen Beimengungen. Es besteht keine Gefahr, Commander.«

»In Ordnung. Zusätzliche Entdeckungen, Mister Doraner?«, erkundigte sich Dhark.

»Ich bin auf dem Weg Richtung Zentrale. Ich kann bestätigen, dass der Luftaustritt ausschließlich auf den Antriebsbereich beschränkt ist. Ansonsten blieb die Atmosphäre im ganzen Schiff aufrechterhalten. Die toten Krabben liegen überall, ausnahmslos unverletzt. Dieses Massensterben sieht nach kollektivem Selbstmord aus, aber das kann nur durch eine eingehende medizinische Untersuchung festgestellt werden.«

»Verstanden«, übermittelte Dhark. »Kommen Sie zurück, meine Herren.« Mit diesen Worten endete die Verbindung.

Schulterzuckend ließ Wonzeff von der krabbenartigen Kreatur ab. Er stieg in seinen Flash, schloss die Luke und aktivierte den Antrieb. Der kleine Raumzylinder erhob sich und schoss mit aktiviertem Intervall hinaus ins Weltall.

*

Dharks Interesse an den Krabbenwesen wich Ratlosigkeit. Das Volk war ihm gänzlich unbekannt, so wie allen in der Zentrale. Auch der Checkmaster fand in seinen Speicherbänken keine Bilddateien mit Lebewesen, die den Krabben ähnelten. Dhark empfing die Flashpiloten mit dem Befehl, nicht auszusteigen. Stattdessen stellte er drei weitere Flash mit Ray Dafner, Kenneth Wouldt und Arly Scott ab.

»Sie bringen Passagiere hinüber«, instruierte er die Piloten. »Ich will wissen, woran die Krabben gestorben sind. Unsere Mediziner und Biologen werden eine eingehende Untersuchung vornehmen. So viel Zeit nehmen wir uns. Schließlich müssen wir damit rechnen, jederzeit einem weiteren Angriff dieser Wesen ausgesetzt zu sein. Dann möchte ich möglichst viel über sie wissen.«

»Glauben Sie wirklich an einen kollektiven Selbstmord der ganzen Besatzung?«, fragte Hen Falluta.

»Ich weiß es nicht.« Ohne weitere Informationen konnte Dhark sich keine andere Todesart vorstellen. Es würde dazu passen, dass zwei Feindschiffe die Selbstzerstörung aktiviert hatten – sofern diese Vermutung zutraf. Einen Beweis für die Richtigkeit der Überlegung gab es nicht, und er ließ sich auch nicht erbringen. Außerdem stellte sich die Frage, warum die Besatzung ihr Schiff nicht ebenfalls gesprengt sondern auf andere Weise den Tod gesucht hatte. »Verschaffen wir uns Gewissheit.«

Neben der Biologin Rani Atawa kommandierte Dhark die Ärzte Manu Tschobe und Gregor Hanfstik ab. Um Zugriff auf den Hyperkalkulator zu erlangen, setzte er zudem den Leitenden Ingenieur Miles Congollon und den Techniker Igor Varnuk in Marsch, dazu den Roboter Artus.

In Fällen wie diesen standen sonst Doorn und Shanton in vorderster Reihe. Einmal mehr bestätigte sich, wie schmerzhaft der Verlust der beiden genialen Koryphäen war.

Der vorübergehende Verlust, redete Dhark sich ein. *Und wenn nicht nur zeitweilig? Wenn du sie nicht wiederfindest, sie und Amy, was dann?*

»Stimmt etwas nicht, Ren?«, vernahm der Commander Parocks dröhnende Stimme.

Dhark zuckte regelrecht zusammen. Er bemerkte, dass ihn die Versammelten fragend anschauten. Offenbar war er einige Sekunden lang geistig so sehr abwesend gewesen, dass man es seinem Gesicht angesehen hatte.

Statt dem Kraval zu antworten, wandte er sich an die sechs Flashpiloten, die in den Depots auf ihre Passagiere warteten. »Erhöhte Alarmbereitschaft beibehalten! Sie steigen da drüben nicht aus, sondern bleiben mit den Flash in unmittelbarer Nähe ihrer Kollegen, um notfalls einen Blitzstart durchführen zu können. Denken Sie an die zwei explodierten Ringraumer. Beim geringsten Hinweis auf eine verzögerte Aktivierung der Selbstzerstörungseinrichtung bringen Sie die Wissenschaftler nach eigenem Ermessen in Sicherheit.«

Die Bestätigungen der Piloten trafen in rascher Folge ein. Nur Minuten später saßen die Spezialisten in den Flash, die daraufhin ihre Depots verließen.

Dhark versenkte seinen Blick in die Darstellung der von Wonzeff übermittelten Krabbenbilder. Vorausgesetzt, die Ahnung eines kollektiven Massenselbstmordes bestätigte sich, was besaß eine solche Tragweite und Bedeutung, dass sich ganze Schiffsbesatzungen freiwillig dafür opferten?

14.

Die Biologin und Zoologin Rani Atawa gehörte zu jenem kleinen Kreis Unsterblicher, von dem der Rest der Menschheit nichts ahnte. Dass sie in den Genuss des von Robert Saam entwickelten Unsterblichkeitsprogramms gekommen war, verdankte die Einundvierzigjährige, die sich selbst als zu klein und zu pummelig empfand, ihren teilweise herausragenden Leistungen in den vergangenen fünfzehn Jahren.

Sie selbst stand auf dem Standpunkt, stets nur ihre Pflicht getan zu haben, ohne viel Aufhebens darum zu machen, doch andere bewerteten ihre Leistungen differenzierter. Positiver. Das galt besonders für Ren Dhark, dem sie ihre potenzielle Unsterblichkeit verdankte.

Nicht mehr zu altern, keine weiteren Grübchen oder Falten zu bekommen, davon träumt doch so ziemlich jede Frau – und Männer genauso, auch wenn sie ihre Eitelkeit nicht zugeben, dachte Atawa vergnügt.

Sie selbst leugnete ein solches Gefühl nicht, doch stand es bei ihr erst an zweiter Stelle. Sie betrachtete ihre Unsterblichkeit vor allem als Chance, ihr Wissen und Können über einen Zeitraum in den Dienst der Menschen stellen zu können, an den sie in ihren kühnsten Träumen nicht zu denken gewagt hätte.

Theoretisch sogar für eine Ewigkeit.

Atawa seufzte. Darüber dachte sie besser nicht zu intensiv nach, sonst stellte sich ein Schwindelgefühl ein, das sie bei einer Außenmission nicht brauchen konnte. Außerdem konnte sie durch Gewalteinwirkung genauso sterben wie jeder andere Mensch auch.

Und so wie die Besatzung des Ringraumers, in den Pjetr Wonzeff sie brachte.

»Behagt Ihnen der Außeneinsatz nicht?«, fragte der Pilot, hinter dessen Rücken sie saß, unvermittelt.

»Wie kommen Sie auf diese Idee?«, fragte die Biologin zurück.

»Wegen Ihres Stoßseufzers gerade eben. Er war nicht zu überhören.«

»Ich dachte nicht, dass Sie ihn mitbekommen haben.« Natürlich dachte die Biologin nicht daran, ihm die Wahrheit auf die Nase zu binden. »So feinfühlig? Ich hörte, Sie seien ein Draufgänger, der zu Anfällen von Leichtsinn neigt.«

Für einen Moment drehte Wonzeff den Kopf, bevor er sich wieder den Kontrollen zuwandte. »Sie hörten, verstehe. Sicher wäre es Ihnen angenehmer, von einem meiner Kameraden chauffiert zu werden als von mir. Nur mal angenommen, diese Einschätzung würde tatsächlich zutreffen, also verantwortungsloser Draufgänger und leichtsinniger Hallodri, dann gehen Sie davon aus, dass sich das nicht mit Feingefühl vereinbaren lässt.«

»So meinte ich das nicht«, beeilte sich Atawa zu sagen.

»Nein?«

»Nein, wirklich nicht«, versicherte die Biologin. Obwohl sie ehrlich war, hörte sie sich unehrlich an, fand sie. Das hatte sie nun davon, im Überschwang der Gefühle drauflos zu plappern, ohne nachzudenken. »Sie klingen wie jemand, der durchaus über Feingefühl verfügt. Und nein, ich würde es nicht bevorzugen, mit einem Ihrer Kameraden zu fliegen.«

»Zu gütig.«

Atawa fürchtete, dass der Pilot eingeschnappt war, doch als er sich abermals kurz zu ihr umdrehte, huschte ein spitzbübisches, fast jungenhaftes Lächeln über seine Züge. Humor besaß Wonzeff anscheinend auch. Und war da nicht sogar noch etwas anderes in seinem Blick?

»Sie flirten doch nicht etwa mit mir?«

»Warum nicht?«, gab er unumwunden zurück. »Eine Konstellation wie die hier ergibt sich selten. Eigentlich nie, wenn ich ehrlich sein soll. In der POINT OF haben wir Flashpiloten das Nachsehen, weil wir die meiste Zeit in Lauerstellung verbringen.«

»In Lauerstellung auf einen Flirt?« Atawa lachte. »Nein, das war ein Scherz. Ich verstehe schon, was Sie meinen.«

Der Flash flog jetzt durch die Ringraumerhülle. Im angrenzenden Korridor erwartete Dunkelheit das Beiboot und seine Insassen, eine andere Dunkelheit als im Weltall, schwarz und ohne die Myriaden Lichtpünktchen, aber doch auch irgendwie vertrauter, wärmer.

Reine Einbildung, sagte sich die Biologin.

»Trinken wir mal einen Kaffee zusammen?«, schlug Wonzeff unerwartet vor. »Ich meine, wenn ich mal nicht in Lauerstellung bin.«

»Bringen Sie mich zur Medo-Abteilung«, bat Atawa. Sie brauchte einen Moment, um über die Frage nachzudenken. So unverblümt wie der Pilot hatte sie lange kein Mann mehr nach einem Rendezvous gefragt.

Liebe Güte, Mädchen, in der POINT OF hat dich noch nie ein Mann nach einem Rendezvous gefragt.

Es war doch ein Rendezvous, auf das er hinauswollte, oder? Ganz sicher war sie sich nicht. Wonzeff war deutlich älter als sie, fünfzehn Jahre oder mehr, schätzte sie. Das störte sie nicht. Dieser Draufgänger, wie man ihn ihr beschrieben hatte, besaß Charme und Humor, eine Kombination, die ihr gefiel. Hieß es nicht, dass die braven Mädchen auf die bösen Buben flogen? Die Biologin grinste in sich hinein. Ein »Einverstanden« kam ihr über die Lippen, über das sie sich selbst wunderte.

»Im Ernst?«, fragte Wonzeff ungläubig. Offenbar hatte er mit einer Abfuhr gerechnet.

»Zur Medo-Station«, wechselte Atawa das Thema. »Das meine ich auf jeden Fall ernst.«

»Wir sind auf dem Weg dorthin. Wenn ich noch einen Vorschlag wegen des Kaffees machen darf …«

»Nein«, fiel Atawa dem Piloten ins Wort. Schlagartig holte die harte Wirklichkeit des Augenblicks sie ein. Auf dem Monitor über ihrem Kopf sah sie ein Krabbenwesen, das mit verrenkten Gliederbeinen im Gang lag. Zum ersten Mal dachte sie daran, dass sie einen der Fremden in die Medo-Station schleppen mussten, um ihn obduzieren zu können.

*

»Hier sieht es aus wie in der guten, alten POINT OF«, stellte Ray Dafner fest, als der Flash in die Zentrale des Ringraumers schwebte. »Die Abmessungen stimmen. Fünfundzwanzig Meter Durchmesser, acht Meter Höhe.«

»Haben Sie etwas anderes erwartet?« Miles Congollon, Rücken an Rücken mit dem Piloten sitzend, legte den Kopf in den Nacken und fasste den Monitor ins Auge. Auf den ersten Blick stimmte er Dafner zu, doch die schlaglichtartigen Eindrücke, die der Scheinwerfer des Flash der Dunkelheit entriss, offenbarten Unterschiede. »Wieso sind die Notstromaggregate nicht angesprungen?«

»Vielleicht kennen die Krabben so etwas nicht«, überlegte der Pilot laut.

»Das wäre aber ein gewaltiger Unterschied zur POINT OF. Wenn die Worgun dieses Schiff gebaut haben, haben sie sicher keine so gravierende Abweichung vorgenommen.«

»Nein, vermutlich nicht«, stimmte Dafner dem Leitenden Ingenieur der POINT OF zu. »Es könnte sein, dass bei den großen Zerstörungen, die Doraner im Antriebsbereich gesehen hat, auch die Technik für den Notstrom in Mitleidenschaft gezogen wurde. In dem Fall sehe ich im wahrsten Sinne des Wortes schwarz.«

»Die Ursache kann auch weitaus weniger dramatisch sein.« Congollon war zuversichtlich, das Problem in den Griff zu bekommen. Andernfalls sank die Aussicht, Zugriff auf die Datenspeicher zu erhalten.

Eine kurze Analyse der Luft bestätigte das Resultat von Doraners und Fongheisers erstem Ausflug. Sie war atembar und für Menschen bestens verträglich.

Zwei weitere Flash drangen mit eingeschalteten Scheinwerfern in die Zentrale vor.

Die drei Beiboote verteilten sich und setzten auf ihren spinnenbeindünnen Auslegern auf. Mit ihrer Länge von drei Metern und dem Durchmesser von gerade einmal anderthalb Metern fanden sie genug Platz für eine Landung.

»Ich verzichte auf den Helm.« Congollon sprach zu sich selbst. Der kleingewachsene Eurasier mit den mandelförmigen Augen öffnete die Luke und stieg aus.

Das von den leistungsstarken Scheinwerfern der Flash erzeugte Licht tauchte die Zentrale des fremden Ringraumers in einen Schein, der zum Arbeiten genügte. Nun erkannte Congollon die Unterschiede, die ihm auf dem Monitor nur unterschwellig aufgefallen waren. Anstelle der Gliedersessel standen wannenförmige Sitzgelegenheiten in der Zentrale, flache Schalenhocker, angepasst an die Körperform der Krabben. Die gesamte Einrichtung war auf die Proportionen dieser Wesen ausgerichtet.

»Eine Rampe führt zur Galerie hinauf«, stellte Artus fest. »Dafür fehlt eine Wendeltreppe wie die bei uns installierte. Kein Wunder, da kämen die Krabben nicht hoch.«

Congollon registrierte nickend, dass der Roboter und Igor Varnuk ebenfalls ausgestiegen waren.

*

Varnuk lief die Rampe hinauf und blieb vor dem Transmitter stehen. Der genau auf diese Stelle gerichtete Scheinwerferkegel eines der Flash verlieh dem Techniker einen dämonischen Anstrich. Er ähnelte einem Scherenschnitt aus schwarzem Karton, der plötzlich zu gestikulieren begann.

»Der Zugang zum Transmitter wurde verbreitert, damit die Krabben das Gerät betreten können«, verkündete er in seiner schleppenden Sprechweise.

»Alles nachvollziehbare Umbauten«, folgerte ich und rückte mein grünes Stirnband mit dem goldenen »A« zurecht.

Wann die Modifikationen vorgenommen worden waren, erschloss sich uns natürlich nicht. Einige wenige Jahre konnten seitdem vergangen sein, ein Jahrtausend oder noch mehr.

Congollon winkte Varnuk zu. »Kommen Sie wieder runter. Zunächst einmal versuchen wir, für Licht zu sorgen. Was meinst du, Artus, kriegen wir das hin?«

»Probieren geht über Studieren«, antwortete ich zuversichtlich.

»Aha«, entgegnete Congollon nur.

Mir entging nicht, dass er mich von der Seite musterte. Was er sah, war ein äußerlich humanoider Großserienroboter mit im Vergleich zum Torso dünnen, röhrenförmigen Armen und Beinen und mit einem stählernen Schädel, um dessen oberen Teil sich das Stirnband spannte.

Allein schon mit diesem Accessoire, das längst zu meinem persönlichen Markenzeichen geworden war, kamen viele Menschen nicht klar. Zumindest erschien es ihnen gewöhnungsbedürftig, vielleicht sogar ein wenig affektiert. Ein Roboter mit einem Modetick? Wie lächerlich!

Wie sollte ich einem Menschen klarmachen, dass ich keine Maschine war, sondern dank eines Turing-Sprungs eine künstliche Intelligenz mit Gefühlen, die den ihren nicht nachstanden? Es ihnen wirklich klar und verständlich machen, meine ich. Sicher, meine Kameraden in der POINT OF kennen die Fakten, und sie akzeptieren mich – sogar als einen der ihren. Richtig verstehen, was es bedeutet, ich zu sein, tun jedoch nur die Wenigsten.

Mein Gedankengang dauerte kaum länger als ein menschlicher Wimpernschlag und endete, noch bevor Varnuk wieder bei uns war.

Ich wandte mich dem Instrumentenpult zu und verband mich mittels eines simplen Adapterkabels damit. Der Vorgang ging so einfach vonstatten wie in der POINT OF. Es gab nur einen Unterschied: Hier stellte ich keine Verbindung zum hochkomplexen Checkmaster her, sondern drang in das elektronische Innenleben eines stupiden Hyperkalkulators ein.

Die Hoffnung des Leitenden Ingenieurs erfüllte sich schnell. Ich brauchte nur wenige Minuten, um Zugriff auf die technischen Systeme zu erlangen und den Defekt zu ermitteln, der verhinderte, dass die Notstromaggregate bei Ausfall der primären Energiesysteme automatisch ansprangen. Weitere Minuten später hatte ich das Problem behoben.

Flackernd sprang das Notlicht an und machte die verwirrend grellen Scheinwerfer der Flash überflüssig, die daraufhin von ihren Piloten ausgeschaltet wurden.

»Gute Arbeit, Artus«, sagte Congollon. »Doorn und Shanton hätten es kaum schneller hinbekommen.«

Ich fragte mich, ob ich das beabsichtigte Lob als solches auffassen oder gekränkt sein sollte.

*

In der Medo-Station fanden Rani Atawa, Manu Tschobe und Gregor Hanfstik ähnliche Umbauten vor, die der Körpergestalt der Krabben geschuldet waren. Das galt besonders für die Liegen für Patienten, die annähernd rund und zudem wesentlich dichter über dem Boden angelegt waren als in der POINT OF. Gleiches galt für die flachen Tische und Sitzgelegenheiten.

Auf einer der Patientenliegen ruhte eine tote Krabbe. Sie wies keine Verletzungen auf, was sich mit den früheren Beobachtungen der Flashpiloten deckte. Eine unbestimmte Ahnung sagte der Biologin, dass es sich nicht um einen Patienten handelte. Die Krabbe hatte sich dort zum Sterben niedergelegt.

Handelte es sich womöglich um den Arzt, dessen medizinisches Reich dies hier war?

Tschobe, Arzt und Funkspezialist in Personalunion, versuchte vergeblich, die medizinischen Geräte in Betrieb zu nehmen. Die Arbeitspulte ließen sich nicht in den Bereitschaftsmodus versetzen. Ratlos fuhr sich der Nachfahre eines Massai-Häuptlings durch das schlohweiße, geglättete Kraushaar. »Nichts zu machen. Wir müssen uns gedulden, bis Congollons Trupp einen Erfolg erzielt.«

»Das kann dauern. Wenn wir Pech haben, warten wir vergeblich. Es wäre besser gewesen, wir hätten ein paar Leichen in die POINT OF bringen lassen. Dort gingen die Untersuchungen einfacher und schneller vonstatten«, monierte Hanfstik die Arbeitsbedingungen.

»Dem gegenüber stände die Problematik des Übersetzens der Toten«, widersprach Atawa. »In einem Flash lassen sie sich nämlich nicht transportieren.«

»Dann raus aus einer Personenschleuse mit ihnen. Mit A-Grav oder einem schwachen Traktorstrahl wäre es kein Problem, sie von einem Schiff zum anderen zu bugsieren. Sie sind tot, also bitte keine moralischen Bedenken.«

Atawa schüttelte missbilligend den Kopf. »Sehr einfühlsam.«

Einfühlsam.

Unwillkürlich ging ihr Blick zu dem Flash hinüber. Zweifellos verfolgte Wonzeff das Vorgehen seiner unschlüssig dastehenden Kameraden. Ob er sie, Rani, wohl besonders aufmerksam beobachtete?

Die Biologin riss sich zusammen. »Davon abgesehen, dass Sie mit unseren eigenen Leuten im Todesfall sicher nicht so umgehen würden, bestünde zudem die Gefahr, dass das Vakuum des Raums den Körpern schwere Schäden zufügt, die eine Autopsie zumindest erschweren würden.«

»Du hast recht, Rani«, stimmte Tschobe der Biologin zu. Seit der Unsterblichkeitsbehandlung duzten sie beide sich. »Leider muss ich auch Mister Hanfstik zustimmen. Für eine eingehende Untersuchung genügt die Ausrüstung, die wir mitgebracht haben, nicht. Wir benötigen zusätzlich mobile Energieerzeuger. Ohne Strom sind wir aufgeschmissen. Daran hätten wir gleich denken sollen.

Dummerweise gehen wir wie selbstverständlich davon aus, dass Doorn und Shanton in solchen Fällen allein durch Handauflegen jede Technologie zum Laufen bringen, und vergessen dabei, dass uns die beiden nicht zur Verfügung stehen.«

»Seien Sie nicht ungerecht«, warf Hanfstik ein. »Immerhin ist Artus mit von der Partie. Ich bin mir sicher, er, Congollon und Varnuk tun, was in ihrer Macht steht.«

Das taten sie tatsächlich. Auf einmal sprang in der gesamten Medo-Abteilung das Licht an. Medizinische Gerätschaften erwachten zum Leben, und Arbeitsflächen signalisierten Betriebsbereitschaft.

Hanfstiks bis eben unglückliche Miene hellte sich schlagartig auf.

Die Mediziner und die Biologin fanden nun alles vor, was sie für die beabsichtigte Untersuchung benötigten. Sie wandten sich der toten Krabbe auf der Liege zu und machten sich an die Arbeit.

*

Bei aktivierter Deckenbeleuchtung wurden wir auf weitere Auffälligkeiten aufmerksam, auf die wir zuvor nicht geachtet hatten. Um die Mitte der Zentrale herum – also dort, wo im Betriebszustand die Bildkugel schwebte – verlief ein transparentes Podest, das aussah, als diente es als zusätzliche Sitzgelegenheit für Angehörige der Zentralenbesatzung, und entlang der freistehenden Wände reihten sich Schränke.

»Was sind das für Höcker?« Varnuk deutete auf halbkugelförmige Aufsätze, die zur Ausstattung jeder Konsole gehörten. »Sie scheinen in die übrige Technik integriert zu sein.«

»Keine Ahnung. Wir lassen besser die Finger davon«, warnte Congollon. »Was meinst du, Artus?«

Ich pflichtete ihm bei. Selbst mir gelang es nicht, die Bedeutung der Halbkugeln zu ermitteln. Unser eigentliches Augenmerk galt den Speichern des Bordrechners, und dem rückten wir nun zu Leibe.

Ich musste schnell feststellen, dass die Besatzung sich alle Mühe gegeben hatte, den Zugriff auf die Speicher zu verhindern.

»Die Krabben haben sämtliche Daten gelöscht«, teilte ich meinen menschlichen Kameraden mit. »Zumindest haben sie es versucht. Es muss in ziemlicher Eile geschehen sein, wodurch der Vorgang nicht abgeschlossen wurde. Ein paar zerrissene Fragmente existieren noch. Mal sehen, ob es uns gelingt, einen sinnvollen Kontext herzustellen.«

Ich verfolgte nicht, was Varnuk tat, aber irgendwie gelang es ihm, ein Hologramm aufzurufen. Es entfaltete sich in Form eines Kubus über dem Instrumentenpult, ohne vollständig Gestalt anzunehmen.

Das obere Viertel sah aus wie der wegschmelzende Rand einer Kerze. Holografische Tropfen rannen an beiden Seiten herunter, zerstoben zu Pixelgewittern und entschwanden ins elektronische Nirwana.

In der Mitte des Kubus bildeten sich unablässig in Bewegung begriffene Punkte, Striche und Schlieren, von denen ich annahm, dass sie eigentlich zu Schriftzeichen oder grafischen Darstellungen werden sollten. Es gelang dem Holoprojektor jedoch nicht, sie aufzubauen.

Lediglich im unteren Bereich des Holos manifestierten sich abstrakte Symbole, die so etwas wie eine Schrift hätten sein können. Doch die Fragmente ergaben keinen für uns erkennbaren Sinn. Selbst wenn wir die Sprache, die wir wahrscheinlich in ihrer Schriftform sahen, beherrscht hätten, wäre uns aufgrund der Zerrissenheit eine Deutung kaum möglich gewesen.

Meine Kabelverbindung bestand weiterhin. Von ihr versprach ich mir mehr Erfolg. Dennoch hinderte ich Varnuk und Congollon nicht daran, es auf ihre Weise zu versuchen. Die Hilfe von Doorn und Shanton wäre mir willkommen gewesen, und ich leistete Congollon Abbitte für seine Bemerkung, die ich inzwischen als Lob einordnete.

Doorn und Shanton hätten es kaum schneller hinbekommen.

Es wurde Zeit, dass wir die beiden und Stewart fanden.

»Jetzt!«, stieß ich aus, und meine Kameraden sahen mich erwartungsvoll an. »Ich habe Zugriff auf die Dateien … oder genauer: auf die Dateifragmente. Es gelingt mir, sie herunterzuladen.«

Keinen Moment zu früh. Varnuks Holodarstellung platzte wie eine überreife Frucht, in der Gärprozesse zu viel nach außen strebendes Gas produziert hatten. Das Pixelgewitter weitete sich zu einem Orkan aus. Der Kubus blähte sich auf, so kurz, dass ich bezweifelte, dass die beiden Menschen den Vorgang überhaupt mitbekamen, und implodierte dann zu nichts.

Varnuk schnaufte, und Congollon verdrehte die Augen. »Sag mir, dass du die Dateien auslesen kannst, Artus,«

»Ich kann.« Das Ergebnis meiner Bemühungen fiel jedoch bescheiden aus. »Ich funke die POINT OF an und teile Dhark unsere Erkenntnisse mit.«

Hoffentlich fanden Atawa, Tschobe und Hanfstik mehr heraus als ich.

*

Das Blut der toten Krabbe war schwarzrot und roch intensiv süß. Ohne die Atemschutzmasken hätte es den Raumfahrern die Sinne vernebelt. Die Anordnung der Organe glich tatsächlich der irdischer Rundkrabben, wie Rani Atawa den beiden Ärzten ihr zoologisches Sachwissen vermittelte. Bis auf gelegentliche Anweisungen arbeitete sie wortlos.

Tschobe und Hanfstik unterstützten die Biologin nach Kräften. Bis auf Handreichungen und kleine Hilfestellungen konnten sie sonst wenig zu der Untersuchung beitragen. Das galt besonders für die Obduktion des toten Wesens, die sich über zwei Stunden hinzog.

Anschließend führte Atawa an der geöffneten Leiche weitere Tests durch, bis sie die Untersuchung schließlich beendete. Sie streifte die dünnen Latexhandschuhe aus der mitgeführten Ausrüstung ab und warf sie achtlos auf eine Ablage. Ein dünnes Rinnsal Blut tropfte von der Konsole zu Boden, versiegte aber schnell, da die zähe schwarzrote Flüssigkeit gerann.

»Fertig?«, fragte Tschobe.

»Ja.«

»Und?«

»Selbstmord, so wie wir es vermutet haben«, erklärte die Biologin. »Die toxikologische Untersuchung ergab ein schnell wirkendes, tödliches Gift, das, wie man so schön sagt, einen Elefanten umgehauen hätte.«

»Sollen wir den Commander informieren?« Hanfstik hob seinen Arm und klopfte auf das Vipho.

»Noch nicht«, lehnte die Biologin ab. »Ich möchte ganz sichergehen.«

Tschobe ahnte, was sie beabsichtigte. »Eine zweite Autopsie, Rani?«

Atawa nickte. »Ich verspreche mir davon zwar kein anderes Ergebnis, bin aber trotzdem dafür. Oder hast du Einwände, Manu?«

»Nein, ich würde es genauso machen.«

»Ich auch«, schloss sich Hanfstik an.

»Schade, dass es hier keine zweite Leiche gibt.« Tschobe nahm einen kleinen A-Grav-Generator aus dem Ausrüstungspaket. »Uns bleibt nichts anderes übrig, als einen Toten zu holen. Wenn ihr wollt, erledige ich das alleine, und ihr wartet hier.«

»Wir haben es gemeinsam angefangen, und wir ziehen es gemeinsam durch«, lehnte Atawa ab. »Na los, bringen wir es hinter uns.«

Tschobe wandte sich dem Ausgang zu. Er drückte eine Kontaktplatte, die aufgrund der geschätzten anderthalb Meter Körperhöhe der Krabben tiefer angebracht war als vergleichbare Vorrichtungen in der POINT OF. Das Schott fuhr zischend beiseite, und er trat in den Gang hinaus. Hanfstik und die Biologin schlossen sich ihm an.

Schon nach wenigen Metern bemerkten sie, dass die Flash ihnen folgten.

Atawa stöhnte auf. »Das ist doch wohl nicht deren Ernst!«

»Befehl von Dhark, falls ein Alarmstart erforderlich wird«, erinnerte Tschobe sie an die Order des Commanders.

»Wir sind doch gleich zurück. Außerdem sind ein paar Stunden vergangen. Wenn der Ringraumer bisher nicht auf die Idee kam, doch noch explodieren zu müssen, besteht diese Gefahr jetzt bestimmt nicht mehr.«

»Das ändert nichts. Befehl ist Befehl. Die Flashpiloten werden den Teufel tun, Dharks ausdrückliche Anweisungen zu missachten.«

»Meinetwegen.«

Als sie einen Seitengang kreuzten, warf Atawa einen unauffälligen Blick über die Schulter. Sie versuchte zu erkennen, in welchem der drei Flash Pjetr Wonzeff saß. Es gelang ihr nicht. Diese verflixten torpedoförmigen Boote glichen sich wie ein Ei dem anderen.

Wie erwartet brauchten sie nicht weit zu gehen, bis sie fündig wurden. Hinter einem weiteren Seitengang stießen sie auf eine Leiche.

Die Biologin erinnerte sich, dass sie die Krabbe mit den verrenkten Gliederbeinen schon beim Anflug gesehen hatte.

Tschobe schaltete das kleine A-Grav-Gerät ein und erfasste den Toten, der sich daraufhin vom Boden löste und in geringer Höhe in die von Tschobe gewählte Richtung schwebte.

Die Flash ließen die Wissenschaftler passieren und folgten ihnen geräuschlos wie Phantome. Als sie sich dem Schott zur Medo-Station näherten, beschleunigte Atawa ihre Schritte und ging voraus, um zu öffnen. Sie tippte mit dem Zeigefinger auf die tief angebrachte Kontaktplatte und trat nach dem ruckartigen Verschwinden des Schotts über die Schwelle.

Sie blieb abrupt stehen, als sie Bewegungen erhaschte. Zwischen den Liegen wuselte ein Krabbenwesen herum.

*

Die Raumüberwachungseinrichtungen der POINT OF arbeiteten unablässig. Grappa saß regungslos vor der Ortungsanlage, ohne die Anzeigen aus den Augen zu lassen. Er harrte hartnäckig aus und lehnte eine Ablösung ab. Nur einmal verschwand er kurz Richtung Messe, um sich einen großen Kaffee zu holen, saß jedoch Minuten später wieder auf seinem Platz und nippte an dem dampfenden, schwarzen Gebräu, dessen Aroma durch die Zentrale zog.

Für Glenn Morris, der sich in seine Unterkunft zurückgezogen hatte, um zwei Stunden zu schlafen, versah der Zweite Funker Elis Yogan Dienst an der Funkbude.

Dhark selbst dachte nicht daran, den Platz des Kommandanten zu räumen und auch nur für einen Moment die Zentrale zu verlassen. Zum einen wartete er händeringend auf Neuigkeiten aus dem Ringraumer der Krabben, zum anderen fürchtete er eine Rückkehr dieser Wesen. Ebenso schnell wie sie geflohen waren, konnten sie mit Verstärkung eintreffen und den Versuch unternehmen, zu Ende zu bringen, was ihnen beim ersten Angriff nicht gelungen war.

Der Grund für den Überfall blieb weiterhin so schleierhaft wie die Weigerung der Krabben, auf die Funkanrufe der POINT OF zu reagieren.

Als sich Artus meldete, erhoffte sich Dhark erhellende Neuigkeiten. Zunächst erfuhr er, wovon er ohnehin ausging: Bei dem Ringraumer der Fremden handelte es sich um einen ganz normalen S-Kreuzer, der lediglich an einigen Stellen den körperlichen Besonderheiten seiner Besatzung angepasst worden war. Alles in allem glich er jedoch den Menschen bekannten S-Kreuzern.

»Was noch?«, drängte Dhark, als Artus eine Pause einlegte.

»Der Speicher des Bordrechners wurde vorsätzlich gelöscht«, fuhr der Roboter fort. »Dies geschah allem Anschein nach ziemlich eilig, fast wie eine Kurzschlussreaktion. Vermutlich wurden nur deshalb einige Datenfragmente von der Löschung verschont. Wären die Krabben umsichtiger vorgegangen, ständen wir gänzlich mit leeren Händen da. Das Wenige, was wir sichern konnten, ließ sich schnell analysieren.«

Wieder legte Artus eine Pause ein. Dhark konnte sich denken, was das bedeutete. Es gab nicht viel zu berichten.

Artus' nächste Worte bestätigten das. »Es gibt Hinweise darauf, dass die Besatzung, nachdem ihr Schiff getroffen wurde, versucht hat, die Selbstzerstörung zu aktivieren. Auf den beiden explodierten Ringraumern dürfte also genau das eingetreten sein, was wir bereits vermuteten. Die Besatzungen haben sie gesprengt. Wieso es hier nicht klappte, lässt sich leider nicht klären. Zum anderen fanden wir einen auf Audio beschränkten Logbucheintrag des Kommandanten, der die Einleitung der Selbstzerstörung dokumentiert, sowie einen weiteren Eintrag …«

»… über den Befehl zum kollektiven Selbstmord der Besatzung«, sprach Dhark seine Ahnung aus, die sich nun zur Gewissheit verdichtete.

»Richtig«, bestätigte Artus. »Haben Atawa, Tschobe und Hanfstik sich gemeldet?«

»Noch nicht. Sie sind noch mit der Obduktion einer Leiche beschäftigt.«

Doch im Grunde war diese Untersuchung Makulatur. Dhark erwartete keine von Artus' Erkenntnissen abweichende Meldung. Sie diente nur noch der endgültigen Bestätigung.

Enttäuschung stieg in ihm auf. »Keine Informationen über die Herkunft der Krabben? Nicht mal der Name ihres Volkes?«

»Gar nichts«, enttäuschte ihn der Roboter. »Ich überspiele die Dateien für eine weitere Untersuchung an den Checkmaster.«

Aber die wird nichts bringen.

Dhark vernahm den Nachsatz, auch wenn Artus ihn nicht aussprach.

*

Gedankenschnell griff Rani Atawa nach ihrer Waffe, die sie ebenso wie alle anderen Teilnehmer des Außeneinsatzes standardmäßig bei sich trug. Als der Strahler in ihre Hand glitt, erkannte die Biologin ihren Irrtum.

Was sich zwischen den Medoliegen aufhielt, war keins der Krabbenwesen, sondern ein ihnen nachempfundener Roboter. Sein schwarzer Scheibenkörper, der sich auf sechs Gliederbeinen bewegte, durchmaß gut einen Meter. Seine mit Aufsatzmodulen bestückten Greifarme bewegten sich geschäftig.

Da Atawa nicht erkannte, ob er eine Waffe besaß, legte sie auf ihn an. Tschobe und Hanfstik taten es ihr gleich, wovon sich der Roboter allerdings nicht beirren ließ.

Die Flash sausten an ihnen vorbei, halb im Korridor, halb in und hinter der Wand verborgen. Sie jagten in die Medo-Station und näherten sich der Metallkrabbe von drei Seiten.

»Was macht die Blechkiste da?«, fragte Hanfstik.

Tschobe drückte sich durch den Eingang und schob sich an der Wand entlang, um ein besseres Blickfeld zu erlangen. »Sie entfernt das blutige Rinnsal, das von Ranis Handschuhen auf den Boden getropft ist.«

Die Biologin ließ den Strahler sinken. »Ein Reinigungsroboter.«

»Und zwar einer von der einfachsten Sorte«, bedauerte Tschobe. »Aus seiner simplen Basisprogrammierung erfahren wir nicht mehr als von einem Stück Holz.«

Die Maschine kümmerte sich nicht um die Menschen. Sie schien nicht einmal zu erkennen, dass es sich um Fremde handelte, die sich deutlich von ihren Erbauern unterschieden. Auch als Tschobe zwei Schritte auf sie zu machte, setzte sie ihre Tätigkeit stoisch fort.

Erst als der Boden von dem Blut gesäubert war, setzte sie sich auf ihren Gliederbeinen in Bewegung. Sie steuerte das inzwischen wieder geschlossene Schott an, öffnete es durch Berühren der Kontaktplatte und wieselte in den Korridor hinaus, um sich eine neue Tätigkeit zu suchen.

Die Raumfahrer sahen dem Roboter hinterher, bis er im nächsten Seitengang verschwand, dann steckten sie die Waffen weg. Auch die Flashpiloten betrachteten die Lage als bereinigt. Sie schalteten die Intervalle aus und landeten die Raumzylinder.

Tschobe ging nach draußen, um die Leiche zu holen. Vorsichtig hob er sie mit dem A-Grav-Feld weiter an und bugsierte sie auf eine freie Liege.

Erneut machten sie sich an die Arbeit. Da sie nun wussten, wonach sie suchten, kamen sie viel schneller voran als bei der ersten Obduktion. Sie gelangten zum selben Resultat, woran ohnehin keiner von ihnen gezweifelt hatte. Das Krabbenwesen hatte sich mittels eines schnell wirkenden Giftstoffes selbst getötet.

»Damit gibt es keinen Zweifel mehr«, brachte Hanfstik das Ergebnis der Untersuchungen auf den Punkt. »Die Besatzung ist einem kollektiven Selbstmord zum Opfer gefallen. Ich begreife das nicht. Hatten die Krabben solche Angst vor uns, dass sie lieber freiwillig starben, als uns lebend zu begegnen? Und das, obwohl sie uns gar nicht kannten?«

»Vielleicht gerade deswegen, *weil* sie uns nicht kannten«, spekulierte Tschobe. »Die Furcht vor dem Unbekannten treibt intelligente Lebewesen manchmal zu Entscheidungen, für die der gesunde Menschenverstand keine Erklärung findet. Die Hintergründe des hier stattgefundenen Dramas werden sich uns wohl nie erschließen – es sei denn, wir erhalten einen zweiten Kontakt mit diesem Volk, bei dem uns eine Verständigung gelingt.«

»Das bezweifle ich. Wieso sollten diese Wesen sich beim nächsten Mal anders verhalten?« Hanfstik schnaufte verständnislos. »So ein Wahnsinn! Jedenfalls wissen wir jetzt, was Dhark erfahren wollte.«

»Ich informiere ihn.« Atawa winkelte den Arm an und aktivierte ihr Vipho, um die POINT OF zu rufen.

Der Kontakt kam augenblicklich zustande. Anscheinend saß der Commander auf heißen Kohlen.

Die Biologin fasste das Ergebnis der Untersuchungen zusammen.

Dhark ließ sich nicht anmerken, wie er die Meldung aufnahm. Er erklärte den Einsatz für beendet und beorderte sämtliche Beiboote zurück in die POINT OF.

Die der Kommunikation zugeschalteten Flashpiloten öffneten die Luken für ihre Passagiere.

Atawa warf den beiden Toten einen letzten Blick zu, dann stieg sie in den Flash. Ihr war flau im Magen.

»Willkommen an Bord«, empfing Wonzeff die Biologin. »Gleich geht es ab durch die Mitte in eine angenehmere Umgebung. Eine heiße Dusche, und die Welt sieht gleich ganz anders aus.«

Rani Atawa schloss die Luke und sperrte den penetrant süßen Geruch aus. Sie nickte und war dankbar für Wonzeffs aufmunternde Worte. Sie nahm sich vor, so bald wie möglich auf die Einladung zum Kaffee zurückzukommen.

15.

Dhark saß unschlüssig in der Zentrale, während er auf Nachricht von Rani Atawa wartete und während der Checkmaster die von Artus gesicherten Dateien analysierte. Ringsum herrschte Stille. Die Raumfahrer hingen ihren eigenen Gedanken nach, niemand sprach.

Ratlosigkeit machte sich breit, gepaart mit einem Anflug von Resignation.

Wie es aussah, steckten sie in einer Sackgasse, weshalb es wohl das Beste war, den ursprünglichen Kurs wieder aufzunehmen und den Flug fortzusetzen. Auch der Commander erwartete nicht, dass das Bordgehirn den spärlichen Dateien noch irgendwelche Informationen entriss. Schließlich lag der Inhalt des sichergestellten Materials auf der Hand: Selbstzerstörung oder kollektiver Selbstmord. Diese klaren Befehle boten weder einen Interpretationsspielraum noch enthielten sie verstecktes Datenmaterial, das es zu entschlüsseln galt.

Morris betrat die Zentrale und löste Yogan an der Funkanlage ab.

Es wurde Zeit, dass Dhark sich zum Aufbruch durchrang. Er wusste selbst nicht, worauf er eigentlich noch wartete. Auf ein Wunder? Damit konnte nicht einmal der Checkmaster dienen.

»Analyse abgeschlossen«, durchbrach die künstliche Stimme des Bordgehirns in diesem Moment die Stille.

Die Meldung riss niemanden zu Jubelstürmen hin. Tino Grappa merkte auf, widmete sich aber gleich wieder der Ortungsanlage. Glenn Morris verschränkte wortlos die Arme vor der Brust, und Hen Falluta, wie der Erste Funker inzwischen wieder im Dienst, trommelte mit den Fingerspitzen auf der Lehne seines Sessels.

Dhark schielte zum Instrumentenpult hinüber, so als befände sich dort der zentrale Sitz des Checkmasters, was natürlich nicht stimmte.

»Erkenntnisse?«, fragte er zögernd.

Er glaubte, die Antwort bereits zu kennen: *Keine.*

»Ich habe eine Vielzahl von Untersuchungen durchgeführt«, begann der Checkmaster umständlich. »Unter anderem habe ich das Audio-Log des Kommandanten, der den Befehl zur Selbstzerstörung dokumentierte, mit sämtlichen anderen gespeicherten Audiodateien verglichen. Bekanntlich zeichne ich sämtliche Funkgespräche auf, die mit uns fremden Völkern geführt werden. Bei deren Sichtung bin ich dann auf eine Übereinstimmung gestoßen.«

Dhark richtete sich in seinem Sessel auf, und Falluta beendete seinen Trommelwirbel. Sogar Doris, die bis eben wie eingefroren dagestanden hatte, zeigte eine körperliche Regung. In solchen Momenten hatte Dhark stets den Eindruck, die Wächterin würde aus einem tiefen Schlaf erwachen.

»Eine Übereinstimmung?«, fragte er lauernd. »Du meinst, die Stimme des Kommandanten ist uns bekannt?«

»Nicht die des Kommandanten, wohl aber die seines Volkes. Wir sind schon früher mit diesem Volk zusammengetroffen«, führte der Checkmaster seine Analyse aus.

Früher? Dhark glaubte, dem Bordgehirn nicht ganz folgen zu können. »Was meinst du mit früher? Wir halten uns ja noch nicht lange in NGK 3109 auf.«

»Wir sind diesem Volk nicht in Voktar begegnet, sondern in der Milchstraße, und zwar im Sonnensystem Wolver 369.«

Die beschauliche Ruhe in der Zentrale endete jäh. Wolver 369? Alle redeten durcheinander, ließen ihrer Verwunderung freien Lauf oder warfen Fragen in den Raum.

Es kam Dhark so vor, als habe der Checkmaster in ein Wespennest gestochen, und das war kein Wunder, hatte das Bordgehirn soeben doch nicht weniger behauptet, als dass sich Angehörige des Krabbenvolks in der viereinhalb Millionen Lichtjahre entfernten Milchstraße aufhielten – oder zumindest aufgehalten hatten.

Dhark hob eine Hand, um Ruhe einzufordern. Als diese endlich eintrat, wandte er sich an den Checkmaster: »Du nanntest Wolver 369. Erkläre das.«

»Du erinnerst dich an die Jaylinen?«

Bei den Jaylinen handelte es sich um eine intelligente Sandwurm-Spezies, die auf dem dritten Planeten des Wolver-Systems lebte. Vor wenigen Wochen hatten Unbekannte die Welt der Würmer angegriffen, dort zunächst eine unter der Oberfläche verborgene Station der Wächter zerstört und danach die Sandwürmer gejagt.*

»Selbstverständlich erinnere ich mich.« Dhark hatte den Zwischenfall im Wolver-System noch deutlich vor Augen. »Nur unserem Eingreifen war es zu verdanken, dass die Jaylinen nicht vernichtet wurden. Die unbekannten Angreifer, die wir kein einziges Mal zu Gesicht bekamen, funkten uns an und forderten uns auf Worgun auf, uns nicht einzumischen. Sie hielten uns für Hohe und drohten damit, irgendeine Vereinbarung als nichtig anzusehen, wenn wir uns nicht zurückziehen. Wir wissen bis heute nicht, von welcher Vereinbarung die Rede war.« *Genau genommen wissen wir gar nichts.* »Du behauptest also, die unbekannten Angreifer von Wolver 369 gehörten dem Krabbenvolk an?«

»So ist es«, bestätigte der Checkmaster. »Worgun ist nicht gleich Worgun. Jedes Volk verwendet die Sprache auf eine andere Weise. Die Unterschiede bestehen meist nur in Nuancen, doch mir entgehen sie nicht. Ich habe genau auf die Sprechweise geachtet. Im Wolver-System war die Stimme des Sprechers zwar offenbar künstlich verfremdet, aber das verfälscht das Resultat nicht. Es besteht kein Zweifel daran, dass es sich bei den Unbekannten, die die Jaylinen angriffen, um Vertreter desselben Volkes handelte, das uns angriff.«

»Also stammen die Krabben aus der Milchstraße?«, mutmaßte Grappa.

»Das glaube ich nicht«, antwortete Doris. »Weder Menschen noch Wächter kamen jemals in Kontakt mit diesem Volk.«

---

* Siehe Weg ins Weltall Band 64, »Im Auftrag der INSTANZ«

»Das gilt auch für die Kraval«, schloss sich Parock an. »Wir haben nie von einem Volk gehört, auf das die Beschreibung der Krabben auch nur ansatzweise passt. Wenn ihr mich fragt, stammen sie aus Voktar.«

Dhark nickte bedächtig. »Das denke ich auch. Aber irgendwie ist es ihnen gelungen, den Abgrund zwischen den Galaxien zu überwinden. Wie haben sie das geschafft? Wir wissen, welch enormer technischer Aufwand für eine solche Reise erforderlich ist. Ohne den Koppelflug könnten wir sie nicht bewältigen.«

»Die viel dringlichere Frage ist doch, was die Krabben in der Milchstraße wollen«, warf Falluta ein.

»Sie suchen nach Stationen der Wächter und vernichten sie«, brachte Doris tonlos hervor.

Abermals nickte Dhark. »Ja, darauf deutet alles hin. Und sie stehen in Verbindung mit den Worgun. Zwischen beiden scheint eine Vereinbarung zu existieren. Was für eine Vereinbarung? Und warum greifen sie Einrichtungen eures Ordens an, Doris?«

»Ich weiß es nicht«, versicherte die rote Wächterin. »Du musst mir glauben, dass ich keine Ahnung habe. Ich spreche auch für die anderen, für Simon und Arlo. Das Krabbenvolk ist uns unbekannt.«

Dhark nahm Doris die Beteuerung ab. Wieso hätte sie ihn anlügen sollen? Die Krabben agierten zwar an verschiedenen kosmischen Schauplätzen, schafften es aber, ihre Identität zu verschleiern. Kein Wunder, wenn sie entweder keine Zeugen ihrer Überfälle zurückließen oder im Fall der Unterlegenheit ihre eigenen Schiffe zerstörten und die Mannschaften Selbstmord begingen.

»Rani Atawa ruft uns«, meldete Morris in diesem Moment.

Das bedeutete, dass die Biologin Neuigkeiten bereithielt. Auf ein Handzeichen des Commanders hin öffnete der Funker die Phase.

Atawa verkündete den Abschluss ihrer Untersuchungen, die zweifelsfrei Selbstmord der Krabben ergaben. Die gesamte Besatzung hatte sich vergiftet.

Dharks Nachfrage bei Congollons Gruppe ergab nichts Neues. Daraufhin befahl er die Rückkehr der Flash in die POINT OF.

*

Während die Flash von Ringraumer zu Ringraumer übersetzten, entspann sich in der Zentrale der POINT OF eine Diskussion über das weitere Vorgehen. Doris beharrte darauf, die von der INSTANZ von ERRON-2 erhaltenen Koordinaten anzufliegen. Zwar wusste keiner von ihnen, was sie dort erwartete, aber ein vager Hinweis war allemal besser als gar keiner.

»Ich würde vorschlagen, noch einmal das Elf-Planeten-System anzufliegen«, vertrat Falluta eine andere Meinung.

»Dort gab es keinerlei hilfreiche Hinweise, das sagte ich bereits«, widersprach Grappa. »Das System besitzt nicht mal einen bewohnten Planeten.«

»Wir haben es nur oberflächlich durchgemessen. Zu mehr blieb uns durch den Angriff der Krabben keine Zeit«, beharrte Falluta auf seinem Vorschlag. »Eine nähere Untersuchung führt vielleicht zu einem anderen Ergebnis. Die Welt der Jaylinen ist das beste Beispiel. Wären die Sandwürmer nicht an die Oberfläche gekommen, hätten wir den Planeten für unbewohnt gehalten. Tatsächlich verbarg er jedoch eine geheime Station der Wächter. In Wolver 369 wie in dem Elf-Planeten-System tauchten die Krabben auf und begannen mit ihrem Feuerzauber. Wieso griffen sie uns ausgerechnet dort an? Ich halte das nicht für Zufall. Ich glaube vielmehr, sie wollen verhindern, dass wir dort irgendetwas entdecken, was nicht für unsere Augen bestimmt ist.«

Fallutas Argumentation leuchtete Dhark ein, andererseits konnte es sich durchaus auch um einen Zufall handeln. Die Entscheidung lag bei ihm, doch sie wurde ihm durch Grappas plötzliche Aktivität abgenommen.

Der Mailänder rückte dichter an die Arbeitsbucht der Ortungseinrichtung heran. Er hieb auf einen Kontakt, der eine optische Darstellung in die Bildkugel zauberte.

»Strukturerschütterungen, und zwar haufenweise«, kommentierte er seine Schaltung. »Ein Ringraumerverband tritt aus dem Hyperraum aus.«

In der Bildkugel flammten rote Markierungen auf. Sie nahmen in rascher Folge an Zahl zu.

Mehr als nur ein Dutzend Schiffe, durchzuckte es Dhark. »Entfernung, Tino?«

»Etwas mehr als vier Lichtminuten. Ich glaube«, Grappa nahm eine weitere rasche Schaltung vor, »ja, keine weiteren Erschütterungen. Der Transitionsvorgang wurde abgeschlossen. Ich registriere einhundert Einheiten. Die Krabben haben Verstärkung geholt. Sie formieren sich und nehmen Kurs auf uns.«

Die Markierungen wimmelten wie Glühwürmchen durch ein Segment der Bildkugel.

Nichts wie weg von hier, war Dharks erster Gedanke. Er verschwendete keinen Moment mit der Überlegung, dass es sich vielleicht um freundlich gesinnte Besucher handeln könnte. Sorge um das Außenteam erfasste ihn. »Sind die Flash an Bord?«

Glücklicherweise konnte Falluta die Frage bejahen. »Wonzeff ist soeben als Letzter eingetroffen. Alle sechs Flash stehen in ihren Depots.«

»Phase öffnen, Mister Morris.« Dhark rechnete mit keinem Erfolg. Er wollte auf die Steuerung der POINT OF zugreifen, doch die Ringraumer näherten sich bereits auf Gefechtsdistanz. »Vielleicht sind die Krabben inzwischen etwas gesprächiger.«

»Aye.« Morris stockte. »Sie rufen uns von sich aus. Ein gutes Zeichen?«

Der Commander hoffte es. »Das werden wir gleich erfahren.«

Der Funker berührte einen Kontakt. »Phase ist offen.«

Ein Holo entfaltete sich und bildete eins der Krabbenwesen ab. Seine rötlichen Augen schienen in dem ledrigen Gesicht zu glühen, und seine Scheren öffneten und schlossen sich in rascher Folge.

Dhark bedauerte, die Geste nicht interpretieren zu können. *Hier spricht Ren Dhark an Bord der POINT OF,* lag ihm die bei unzähligen Gelegenheiten vorgetragene Begrüßungsformel auf der Zunge. Er kam nicht dazu, sie auszusprechen.

»Eure Anwesenheit an diesem Ort widerspricht der Vereinbarung«, blaffte die Krabbe auf Worgun. »Die Hohen haben hier nichts zu suchen!«

Die Hohen – schon wieder. Diese Wesen hielten die Raumfahrer von der Erde offensichtlich für Worgun. Welche Verbindung bestand zwischen ihnen und den Mysterious?

Die Krabbe schnaubte vor Wut. Um das zu erkennen, brauchte Dhark nicht mit der Körpersprache dieses Volkes vertraut zu sein. Die Mandibeln um die Mundpartie des Fremden bewegten sich wie eigenständige Lebewesen, als die Krabbe weitersprach. »Ihr wisst, dass dieses Gebiet für euch tabu ist. Ihr werdet die Dreistigkeit, die Vereinbarung zu brechen, bitter bereuen. Wir werden euch vernichten, und das ist eure eigene Schuld.«

Bevor Dhark Gelegenheit erhielt, auf den Redeschwall einzugehen, endete die Verbindung.

Ein Kopfschütteln Morris' zeigte an, dass sie nicht wieder zustande kam. Wie schon beim ersten Zusammentreffen erwiesen sich die Krabbenwesen als starrköpfig.

»Sie stellen Feuerbereitschaft her!«, gellte Grappas Warnung durch die Zentrale.

Diesmal wartete der Checkmaster nicht auf Dharks Befehl. Er übernahm die Gefechtskoordination des Verbands, und die neun S-Kreuzer spritzten mit enormen Beschleunigungswerten in verschiedene Richtungen davon.

*

Die Antennen von hundert Angreifern feuerten Nadel.

Wie bei der vorangegangenen Schlacht setzten sie Nadelstrahl ein, und ausschließlich Nadelstrahl. Dhark registrierte es beiläufig. Zum Wundern blieb ihm keine Zeit, denn es trafen keine zahlenmäßig etwa gleichstarken Flotten aufeinander. Die Krabben warfen eine zehnfache Übermacht in die Schlacht. Ihr gegenüber standen die herausragenden Fähigkeiten des Checkmasters, der jeden anderen Hyperkalkulator an Leistung und Rechenkapazität bei Weitem übertraf. Die Kommandanten und Waffenleitoffiziere einer Raumflotte mochten noch so gut aufeinander eingespielt sein, ihnen fehlte dennoch die Gabe, wie ein Mann zu denken, zu entscheiden und perfekt aufeinander abgestimmt zu handeln.

Der Checkmaster beherrschte genau das, wie sich bereits beim ersten blindwütigen Ansturm der Krabben zeigte. Sie fegten in eine leere Gasse, und ihr Feuersturm griff ins Leere. Hunderte rosafarbene Energiestrahlen jagten durchs All, ohne einen einzigen Treffer zu erzielen.

Nadel löste fast jede Materie in Energie auf, doch dazu musste Nadel treffen. Dhark konnte sich den Unglauben der Angreifer vorstellen, die eine solche Reaktionsschnelligkeit vermutlich nicht kannten.

Die unbemannten S-Kreuzer des menschlichen Verbands jagten an den Flanken des Gegners entlang, und im Gegensatz zu diesem trafen sie. Nadelstiche, mehr nicht, da die Kreuzer sich nicht auf ein gemeinsames Ziel konzentrieren konnten, um dessen Intervall ernsthaft zu belasten, doch sie genügten, um die Formation der Krabben in Unordnung zu bringen. Schon bröckelten deren konzertierte Angriffsbemühungen, schon brachen einzelne Schiffe aus, um die Kampfführung nach eigenem Gutdünken fortzusetzen.

Dharks Blick hing wie gebannt an der taktischen Darstellung in der Bildkugel. Die roten Markierungen wirkten wie ein wütender Schwarm Moskitos, doch jeder dieser Moskitos stellte einen Ringraumer mit einer Feuerkraft dar, die imstande war, einen Planeten zu verwüsten.

Aber diese Moskitos besaßen keine Wuchtkanonen.

Das war allein der POINT OF vorbehalten.

Ein enormer Vorteil für die Menschen. Noch setzte der Checkmaster diese mächtige Waffe jedoch nicht ein.

Die von den Krabben in die Schlacht geworfene Formation zerfiel zusehends. Der Checkmaster zwang sie dazu. Mit unberechenbaren und nicht nachvollziehbaren Flugmanövern stiftete er Verwirrung.

Soweit Dhark es beurteilen konnte, hatten die S-Kreuzer noch immer keinen einzigen Treffer eingesteckt, doch allmählich begannen die Angreifer, ihre Verwirrung zu überwinden. Sie setzten den S-Kreuzern der Menschen in kleinen Rotten von jeweils sechs oder sieben Schiffen nach und zwangen das Bordgehirn der POINT OF in die Defensive.

Zumindest schien es kurzzeitig so.

Die S-Kreuzer ließen sich jagen, und trotz angelegten Zickzackkurses kassierten sie eine Reihe von Treffern, doch immer noch schlugen die meisten Schüsse fehl. Dann plötzlich legten sie ein rasantes Manöver hin, das so schnell vonstatten ging, dass Dhark es kaum mitbekam, und befreiten sich aus der Umklammerung der Krabben.

Doch nur kurzfristig, denn die Angreifer stürmten nicht mehr blindlings an. Sie versuchten, auf die Flugmanöver der neun Kreuzer zu reagieren.

Tatsächlich gelang es einer Rotte, ein einzelnes Ziel ins Fadenkreuz zu bekommen. Ein Dutzend und mehr Nadelstrahlen verfingen sich im Intervallfeld des Kreuzers, auf den sie es abgesehen hatten. Sie badeten ihn in einem rosafarbenem Energiegewitter.

Unversehens stand der einzelne Kreuzer auf verlorenem Posten. Während der Checkmaster die anderen Schiffe mit irrwitzigen Beschleunigungswerten aus der unmittelbaren Gefahrenzone brachte, schien er zu diesem einen Opfer bereit zu sein.

Dhark öffnete den Mund. Er brachte kein Wort heraus. Verloren sie den Kreuzer, verloren sie die Option eines Koppelflugs zwischen den Galaxien.

Die Ringraumer der Krabben schossen sich auf den wehrlosen Gegner ein, dessen eigene Schüsse in dem Netz aus ihn erfassenden Strahlen verloren wirkten.

»Intervall bricht zusammen«, krächzte Grappa rau. »Er ist nackt.«

Das bedeutete, dass die Strahlen nun direkt auf die Unitallhülle auftrafen. Das Farbenspiel des Rosarots auf dem Violettblau zeugte von einer faszinierenden Schönheit, die dem Untergang vorausging.

Zweihundertundzehn Sekunden, schoss es Dhark durch den Kopf.

210 Sekunden.

So lange widerstand Unitall direktem Beschuss mit Nadelstrahl. Nach Ablauf dieser Frist kam es zu explosivem Zerfall des Superschwermetalls, einer Kettenreaktion mit so ungeheurer

Stärke, dass diese sogar die Explosionskraft einer thermonuklearen Bombe in den Schatten stellte.

210 Sekunden.

Wie viele davon waren vergangen? Wie viele blieben?

Ein Huschen verwirrte Dhark, ein verwaschener Reflex in der Darstellung. In einem Moment sah der Commander den S-Kreuzer noch, im nächsten war das Ziel der Angreifer verschwunden.

»Er ist in eine Kurztransition gegangen.« Grappa blies die Backen auf, stieß die Luft aus. »Ich habe ihn in der Erfassung. Er ist noch in einem Stück. Das gibt es doch nicht!«

Sekundenlang jagte der Ringraumerpulk orientierungslos durch die Schwärze. Da die Kommandanten irritiert nach ihrem vermeintlichen Opfer Ausschau hielten, achteten sie nicht auf die Gefahr, die aus einer anderen Richtung auf sie zukam.

Die POINT OF raste in einer geraden Linie auf sie zu. Vereinzelte Nadeltreffer schluckte ihr Intervall. Weit voraus in Flugrichtung entstand ein silbrigblau fluoreszierendes Strahlenfeld, das einen Ausschnitt des Raums färbte, ihn trübte, als würde sich aus dem Nichts heraus eine Wolke bilden. Dhark kannte das Phänomen.

Mix-4.

Das Strahlenfeld weichte Intervallfelder auf und setzte ihre Belastbarkeit herab.

»Mix-2.« Grappas Stimme klang kalt, als wollte sie selbst das folgende Grauen transportieren. »Der Checkmaster wirft alles raus, was wir im Köcher haben.«

Das energetische Strahlengemisch Mix-2 unterstützte Mix-4. Es diffundierte durch Schutzschirme hindurch und schwächte sie.

Zwei unheimliche Waffen der Worgun, erst recht in Kombination.

Die Kommandanten der feindlichen Ringraumer schienen die Gefahr, in der sie schwebten, nicht zu erkennen.

Wieso nicht?

Dhark begriff ihr Fehlverhalten nicht. Er an ihrer Stelle hätte sofortigen Ausweichkurs angelegt. Sie taten es nicht, also sahen sie offenbar auch nicht voraus, was zwangsläufig auf den Einsatz von Mix-2 und Mix-4 folgte.

Dhark wusste es umso besser.
Wuchtkanoneneinsatz.

*

Ein Dutzend Ringraumer jagte auf die POINT OF zu, aus sämtlichen Antennen feuernd. Nadel. Immer noch nur Nadel. Verfügten sie womöglich über keine anderen Waffensysteme? Sie pflügten jetzt im Kielwasser von Dharks Schiff durch den Raum und schossen, was das Zeug hielt.

Der Commander ignorierte sie. Der Checkmaster ignorierte sie.

»Wir feuern!«, meldete Grappa lautstark.

Eine Anzeige dokumentierte den Vorgang. Zwei Wuchtkanonen spuckten ihre Tofiritgeschosse durch ein röhrenförmiges, masseneutralisierendes Feld in den Raum hinaus und den anvisierten Zielen entgegen, bei deren Erreichen die Tofiritkugeln ihre Masse zurückerlangten und lichtschnell einschlugen. Der ganze Vorgang nahm keine Sekunde in Anspruch, wurde in seiner Komplexität von einem menschlichen Verstand aber ohnehin kaum wahrgenommen.

Dhark sah nur das Ergebnis, zwei künstlich erzeugte Sonnen, die in der Schwärze des Alls aufgingen, sich aufblähten und Sekunden später im Vakuum des Raums verwehten. Er ertappte sich dabei, die Augen zu schmalen Schlitzen zusammenzukneifen, eine überflüssige Geste, denn die Automatik dunkelte die Darstellung in der Bildkugel auf ein für menschliche Augen verträgliches Maß ab.

Grappas Instrumente erfassten Erschütterungen des Raum-Zeit-Gefüges und einen höherdimensionalen Aufriss, der in den Hyperraum zu reichen schien.

Die POINT OF drehte ab und befreite sich aus dem Feuer ihrer Verfolger. Die Intervallfeldbelastung lag bei knapp vierzig Prozent. Kein Grund zur Besorgnis.

»Trefferwirkung, Tino?«

»Zwei feindliche Schiffe wurden vernichtet, zwei weitere sind kampfunfähig und treiben.«

Doch die Wirkung ging darüber hinaus. Dhark konnte die Unruhe, die in Reihen der Krabben entstand, beinahe mit Händen greifen. Einige ihrer Schiffe vergaßen über den erlittenen Schock das Weiterschießen, andere drehten verwirrt ab. Zwar fingen sie sich schnell und gingen wieder zum Angriff über, doch die Verunsicherung blieb. An ihrer Entschlossenheit, die Menschen zu vernichten, änderte das jedoch nichts.

Dhark hielt den Zeitpunkt für gekommen, einen Kontaktversuch zu unternehmen. Er wies Morris an, eine Phase zu öffnen, doch das Ergebnis war wohlbekannt. Die Fremden ignorierten die Funkrufe.

Die Schlacht ging weiter, und obwohl sie mit unverminderter Heftigkeit tobte, entwickelte sie sich in der Folgezeit deutlich in eine Richtung. Dem Checkmaster gelangen weitere Abschüsse, und Dharks Verband gewann zunehmend die Oberhand. Bald trieb ein Dutzend Ringraumer des Feindes als Wracks durchs All, wohingegen die Menschen keinen einzigen Verlust zu beklagen hatten.

In der taktischen Darstellung trat eine Veränderung ein. Die rötlichen Markierungen zogen sich zurück. Die stark dezimieren Angreifer sahen ein, dass sie gegen die Terraner, die sie für die Hohen hielten, nichts ausrichten konnten. Die Bestätigung kam Sekunden später von Grappa, der seine Instrumente anstrahlte.

»Sie sehen zu, dass sie Land gewinnen. Hundert gegen zehn, und sie kneifen den Schwanz ein! Wäre ich nicht dabei, würde ich es nicht glauben«, schwärmte der Mailänder. »Sie leiten Transitionen ein.«

Dhark atmete auf. Ihren Erfolg verdankten sie dem Checkmaster. Ohne ihn wären sie der Übermacht hoffnungslos unterlegen.

Doch noch sprangen die Ringraumer nicht. Im Raum bildete sich eine Reihe winziger Sonnen, die wieder erloschen, kaum dass sie entstanden waren.

»Diese Wahnsinnigen sprengen ihre treibenden Schiffe«, schimpfte Falluta. »Die Besatzungen opfern sich freiwillig.«

»Und nicht nur das.« Grappa schüttelte fassungslos den Kopf. »Diesmal gibt es keinen Zweifel: Die auf dem Rückzug befindlichen Krabben haben zwei treibende Raumer vernichtet, die nicht von selbst explodiert sind. Vielleicht wollten die Überlebenden sich uns ergeben.«

Das werden wir nie erfahren. Dhark behielt den Gedanken für sich. Nach den Erfahrungen bei der letzten Schlacht hatte er die finale Zerstörungsorgie kommen sehen. Die Fremden ließen nach Möglichkeit nichts zurück, was sich für eine Untersuchung eignete.

Der Ortungschef starrte wie gebannt auf seine Anzeigen. »Sie springen … jetzt!«

In der nächsten Sekunde waren die Krabben fort. Nur die Trümmer ihrer zerstörten Ringraumer trieben noch im All.

»Merkwürdig«, murmelte Grappa.

»Was denn, Tino?«

»Dass sie lediglich Nadelstrahlen eingesetzt haben«, sprach der Mailänder an, was Dhark schon während des Kampfes gewundert hatte. »Wieso haben sie keine der Mix-Varianten verwendet?«

Ein weiteres Rätsel, das seine Lösung schuldig blieb. Dhark hielt es für möglich, dass der Rückzug der Krabben nur von vorübergehender Dauer war. Er traute ihnen zu, dass sie in ihrer Verbohrtheit weitere Verstärkung holten.

»Positionswechsel, Checkmaster!«, befahl er. »Absolviere eine Reihe von Transitionen, um unsere Spur zu verwischen. Ich will nicht, dass die Angreifer uns wiederfinden.«

16.

Zwar hätte Dhark das gewünschte Manöver selbst durchführen und mehrmals nacheinander aufs Geratewohl mit dem kompletten Verband springen können, doch das Bordgehirn berechnete in Sekundenbruchteilen eine Sprungfolge, die höchstmögliche Effektivität versprach.

»Du glaubst, nach zwei Niederlagen kommen die Krabben ein weiteres Mal zurück?«, fragte Parock.

Dhark war sogar davon überzeugt. »Du etwa nicht?«

»Sie sind hartnäckig. Ja, vermutlich hast du recht. Es ist möglich, dass sie sich nur zurückgezogen haben, um weitere Verstärkung zu holen«, überlegte der Kraval laut.

Genau damit rechnete Dhark.

Doch selbst wenn nicht, schadete es keinesfalls, Abstand zwischen sich und die schießwütigen Krabben zu bringen. Das Elf-Planeten-System, ohnehin eine nur wenig erfolgversprechende Option, geriet damit endgültig aus dem Fokus weiterer Überlegungen.

Während des kurzen Wortwechsels zwischen Dhark und Parock führte der Checkmaster zwei dicht aufeinanderfolgende Transitionen durch. Die erste endete im Leerraum, den Anzeigen zufolge fernab des nächsten Sonnensystems, die zweite führte in die Nähe eines planetenlosen Roten Riesen, der sekundenlang wie ein gigantisches glühendes Auge in einem Meer aus Schwärze in der Bildkugel prangte.

Bevor Dhark die zurückgelegte Sprungweite und die neuen Koordinaten in den Anzeigen erfassen konnte, schickte der Checkmaster den Verband bereits in die nächste Transition. Abermals veränderte sich die Umgebung, und wieder umgab Leerraum die POINT OF.

Einem unterbewussten Impuls folgend überzeugte sich Dhark von der Nähe der neun S-Kreuzer. Sie machten jede räumliche Versetzung mit, auch die folgende, die an die Peripherie eines Doppelsternsystems führte, in dem sich ein blaues Gestirn und ein Weißer Zwerg umtanzten.

»Der Checkmaster arbeitet einen Touristenrundflug für Astronomiebegeisterte aus«, kommentierte Grappa die schnell wechselnden optischen Eindrücke.

Der Verband sprang zum fünften und dann noch ein weiteres Mal. Vor den Ringraumern erstreckte sich jetzt ein ausgedehntes Asteroidenfeld.

Unwillkürlich erwartete Dhark, dass das Trümmerfeld einem anderen Bild Platz machte, doch eine weitere Transition blieb aus.

»Der Touristenrundflug scheint beendet zu sein«, murmelte Grappa.

»Sind wir da?«, fragte Dhark. *Wo auch immer.*

»Ich berechne eine über sechsundneunzig Prozent liegende Wahrscheinlichkeit, dass die Krabben nicht in der Lage sind, uns zu folgen«, erklärte der Checkmaster. Er steuerte den Verband in die Ausläufer des Trümmerfeldes. »Weitere Transitionen sind nicht erforderlich. Sie würden diesen Wert höchstens im Promillebereich verbessern.«

Trotzdem wandte Dhark sich an Grappa: »Wenn wir in den nächsten fünf Minuten keine Verfolger anmessen, bin ich zufrieden. Lassen Sie die Ortung nicht aus den Augen, Tino.«

Das hatte der Mailänder mit seinem ausgeprägten Pflichtbewusstsein ohnehin nicht vor. Er saß aufmerksam vor seiner Arbeitsbucht und schien geistig mit der Ortungsanlage zu verschmelzen.

Dhark fasste das Asteroidenfeld ins Auge, das von einem Ende bis zum anderen eine Lichtstunde maß.

Eine Flut von Daten traf ein. Die treibenden Gesteinsbrocken reichten von Faustgröße bis zum Durchmesser von einigen Hundert Metern. Es waren Millionen.

Der Verband drang weiter in das Feld vor und fand sich inmitten einer unüberschaubaren Zahl kosmischer Objekte wieder, die einen perfekten optischen Sichtschutz darstellten. Der Checkmaster passte Kurs und Geschwindigkeit der Schiffe der Bewegung des Asteroidenfeldes an und sorgte so für eine scheinbar stabile Position.

»Ist eine Schadensanalyse des beschädigten S-Kreuzers möglich?«, erkundigte sich Dhark beim Bordgehirn.

»Ich tausche mich mit dem betreffenden Hyperkalkulator aus«, antwortete das Wunderwerk aus der Ideenschmiede der Worgun Margun und Sola. »Schäden wurden ermittelt. Die Reparatur lässt sich mit Bordmitteln durchführen, wird allerdings einige Stunden in Anspruch nehmen.«

Der Commander entschied, diese Zeit zu investieren. Sollten sie später erneut von einer zahlenmäßig überlegenen Flotte angegriffen werden, konnte jedes Schiff wichtig sein, wie die vorangegangene Schlacht bewiesen hatte.

»Checkmaster, sobald Mister Grappa bestätigt, dass uns keine Verfolger auf den Fersen sind, lande den beschädigten S-Kreuzer auf einem der großen Brocken mit eigener Schwerkraft. Die POINT OF und die restlichen Schiffe bleiben in dessen unmittelbarer Nähe. Mister Falluta, Sie schicken dann eine Reparaturmannschaft mit Roboterunterstützung raus. Sicherungseskorte durch Flash. Ich will nicht, dass einem unserer Leute da draußen etwas passiert.«

»Aye, Commander.« Falluta leitete die erforderlichen Maßnahmen in die Wege.

Wie auf ein stummes Kommando hin schwenkte Grappa seinen Gliedersessel herum. »Fünf Minuten sind um«, las er die Zeitanzeige von seinem Armband ab. »Kein Hinweis auf Verfolger, weder Strukturerschütterungen noch Energieanzeigen. Die Krabben sind wir los, zumindest fürs Erste.«

Dhark nickte seinem Ortungschef zu. »Danke, Tino, endlich eine gute Nachricht.«

Daraufhin löste sich die Anspannung in der Zentrale.

Während der Checkmaster den beschädigten S-Kreuzer auf einem fünfhundert Meter langen, kartoffelförmigen Gesteinsbrocken landete, holte sich Dhark einen Kaffee. Er verspürte Lust auf eine Zigarette, ein Laster, dem er lange nicht mehr gefrönt hatte. Er unterdrückte jedoch den Impuls, sich irgendwo einen Glimmstängel zu besorgen.

Hen Falluta beschäftigte sich unterdessen mit dem Asteroidenfeld.

»Von solchen Trümmerfeldern scheint es in der Zwerggalaxis eine ganze Menge zu geben«, sinnierte er. »Im Vergleich zu den uns bekannten Raumbereichen in der Milchstraße dürften es sogar überdurchschnittlich viele sein. Es wäre sicher interessant, mehr darüber zu erfahren.«

Der Ansicht waren auch die Astronomen, wie sich kurz darauf zeigte. Spence Claus Bentheim meldete sich über Bordsprech.

»Wie lange bleiben wir bei diesen Koordinaten?«, erkundigte sich der hochgewachsene Astrophysiker.

»Wenn Sie mir sagen, wieso Sie das wissen wollen, verrate ich es Ihnen.« Dhark konnte es sich ohnehin denken. Sobald die Fachleute in der Astro eine Gelegenheit sahen, sich in ihrem Ressort auszutoben, gerieten sie schier aus dem Häuschen.

In diesem Fall verhielt es sich nicht anders, wie Bentheims Antwort sogleich belegte. »Wegen des Trümmerfeldes da draußen, Commander. Wir haben uns sofort an die Vermessung gemacht und sind schnell auf eine Reihe astrophysikalischer Auffälligkeiten gestoßen, die uns verschiedene Vermutungen hegen lassen.«

Kaum jemand hätte es geschafft, sich umständlicher auszudrücken. Dhark lächelte amüsiert in sich hinein. »Durch die Schäden an einem unserer Schiffe sind wir gezwungen, eine Reparaturpause einzulegen, die sich voraussichtlich ein paar Stunden hinziehen wird.«

»Wunderbar!«, jubelte der Astrophysiker. Er räusperte sich. »Natürlich nicht die Schäden, die sind sicher nicht wunderbar. Ich meinte nur …«

»Schon gut, Mister Bentheim. Was wollen Sie?«

»Da wir ohnehin vorübergehend hier festsitzen, würde es uns helfen, einige Drohnen ausschleusen zu dürfen, um weitere Teile des Asteroidenfeldes untersuchen zu können.«

Dhark hatte nichts dagegen. »Gewährt. Sie können über ein Dutzend Drohnen verfügen.«

Aus den Sprechrillen drang mehrstimmiger Jubel. Bentheim bedankte sich überschwänglich, und schon endete die Verbindung.

Falluta grinste breit. In der Astro arbeitete eine Horde von Kindsköpfen, deren sonniges Gemüt nicht einmal eine ausgewachsene Raumschlacht gegen eine zehnfache Übermacht zu trüben vermochte.

*

Die Reparaturarbeiten kamen zügig voran. Entgegen ihrer sonstigen Gewohnheit schritt Doris in der Zentrale auf und ab. Es war ein beeindruckendes Schauspiel, den tonnenschweren Roboterkörper in Bewegung zu sehen.

Obwohl die gesichtslose Fläche an der Vorderseite des Kopfes keine Regung verriet, gewann Dhark zunehmend den Eindruck, dass der Wächterin etwas auf der Seele lag, was sie gern loswerden würde. Immer wenn sie an ihm vorbeiging, verlangsamte sie ihre Schritte, setzte ihre Wanderung dann aber fort.

Doch schließlich blieb sie vor dem Kommandantensessel stehen. »Wenn wir die mir vorliegenden Koordinaten gleich angeflogen hätten, wären uns die Raumschlacht und diese weitere Unterbrechung unseres Fluges erspart geblieben.«

Dhark hatte sich gedacht, was Doris ihm vorwerfen würde, und nun war es heraus.

»Stimmt«, gab er bereitwillig zu. »Dummerweise weiß man so etwas nie im Voraus. Genauso gut hätten wir in den Besitz von Informationen gelangen können, die wertvoller sind als die Daten, die du von der INSTANZ erhalten hast. Du weißt so gut wie ich, wie gering die Wahrscheinlichkeit ist, dass sich Arc, Amy und Shanton noch an dem Ort aufhalten, an dem sie – vermutlich! – in Voktar angekommen sind.«

»Ich weiß aber auch, dass die Wahrscheinlichkeit, unsere Freunde dort anzutreffen, mit jedem vertrödelten Tag geringer wird«, konterte die Wächterin.

Dhark kam nicht umhin, ihr beizupflichten, doch die angebliche Spur hätte durchaus auch gleich ins Leere stoßen können.

Daher war es eine Ermessensfrage gewesen, und er hatte seine Entscheidung jeweils nach Abwägen sämtlicher Tatsachen getroffen.

Ein Hangeln von einem Strohhalm zum nächsten.

Das wusste keiner so gut wie er selbst, doch Ideallösungen für bestimmte Situationen existierten nicht. Wenn er die Wahl zwischen zwei Übeln besaß, wählte er das kleinere, und wenn sich die Wahl zwischen zwei Chancen bot, ergriff er die, die ihm vielversprechender erschien.

Dass sich manche Entscheidung im Nachhinein als die unglücklichere entpuppte, lag in der Natur der Dinge, da er so wenig hellsehen konnte wie jeder andere Mensch.

Als er Doris seine Überlegungen darlegte, zog diese sich ein Stück zurück und verfiel einmal mehr in einen Zustand scheinbarer Starre.

»Wohin wenden wir uns nach der Reparatur?«, fragte sie, regungslos wie eine Statue aus rötlichem Metall.

Dhark spürte, wie sich die Blicke seiner Leute auf ihn richteten. Die Wächterin setzte ihn absichtlich unter Druck, doch dies war nicht der Grund, aus dem er seine Entscheidung traf. Er hielt den richtigen Zeitpunkt für gekommen, um Doris' Koordinaten anzufliegen, da ihnen keine Alternative mehr zur Verfügung stand, der er größere Erfolgsaussichten zubilligte.

»Wir halten uns an die Koordinaten der INSTANZ. Nach allem, was seit unserer Ankunft in Voktar geschehen ist, möchte ich es vermeiden, noch tiefer in die Händel der Zwerggalaxis hineingezogen zu werden. Die politische Großwetterlage mag interessant sein, aber sie ist nicht unsere Sache. Vor allem dürfen wir darüber nicht unser eigentliches Anliegen vergessen. Mehr noch als bisher werden wir versuchen, jedem Kampf aus dem Weg zu gehen. Wir können es uns nicht erlauben, ein Schiff zu verlieren, wenn wir nicht in NGK 3109 festsitzen wollen.«

»Gut.« Mehr hatte die Wächterin offensichtlich nicht dazu zu sagen. Ihre Sehnsucht nach dem verschollenen Arc Doorn schien immer größer zu werden.

Das brachte Dhark zu den Fragen, die ihn seit dem mysteriösen Verschwinden der drei Freunde beschäftigten. Wie gestaltete sich seine und Amys Zukunft? Wie sollte er sich verhalten, wenn es ihm tatsächlich gelang, sie zu finden? Und wie überhaupt würde sie bei einem Wiedersehen reagieren?

Eigentlich stellten sich diese Fragen gar nicht, solange es keinen greifbaren, handfesten Hinweis auf den Verbleib der Verschollenen gab, doch sie lauerten ständig in einer Ecke seines Verstandes, und sobald sich ein Moment der Ruhe einstellte, brachen sie wieder hervor.

»Fragt sich außer mir eigentlich noch jemand, wieso wir seit unserer Ankunft in Voktar ständig von einem Wespennest ins nächste stechen?«, durchbrach Hen Falluta die eingetretene Stille.

Dhark war dankbar für die Ablenkung, obwohl er keine Antwort auf die Frage besaß.

»Vielleicht liegt es an den Ereignissen in Wolver 369«, überlegte Grappa laut. »Es kann doch sein, dass die Krabben unseren Beistand für die Jaylinen noch nicht verwunden haben und auf Rache sinnen.«

»Ich glaube nicht, dass sie von unserem Zusammenstoß mit ihren Artgenossen wissen«, zweifelte Falluta an dem Erklärungsversuch des Mailänders.

Dhark teilte die Meinung seines Stellvertreters. »Nein, unser Kampf im Wolver-System und die hiesigen Überfälle haben nichts miteinander zu tun. Die Krabbe, die uns vor dem zweiten Angriff kontaktierte, ging mit keinem Wort auf den Zwischenfall in der Milchstraße ein. Ich bin mir sicher, dass die Kunde davon gar nicht bis hierher vorgedrungen ist. Außerdem führten die Aggressoren, die die Wächterstation zerstörten und die Jaylinen angriffen, anscheinend ohnehin eine Selbstmordmission durch. Die Angriffe auf uns stehen vielmehr in Zusammenhang mit den Worgun. Die Krabben sehen in uns die Hohen. Das brachten sie unmissverständlich zum Ausdruck. Sie werfen uns vor, eine Vereinbarung gebrochen zu haben.«

Womit sie schon wieder bei dieser Vereinbarung anlangten, die keiner von ihnen kannte. Ohne mehr über sie zu erfahren, drehten sich die Raumfahrer im Kreis.

Falluta kratzte sich nachdenklich am Kinn. »Wie drückte diese wutgeifernde Krabbe sich aus? Wir – also die Worgun – hätten hier nichts verloren. Worauf bezog sich dieses ›hier‹? Auf das Sonnensystem, in dessen Nähe wir aufeinandertrafen? Oder auf diesen Raumsektor? Oder gar ganz Voktar?«

Das einsetzende Schweigen sprach Bände. Fallutas Fragen zogen Ratlosigkeit nach sich.

Dhark hielt es für möglich, dass man sie hätte beantworten können, wenn man über die Verbindung zwischen Hohen und Krabben Bescheid gewusst hätte. Vermutlich klärte die wiederholt erwähnte »Vereinbarung« noch viel mehr.

*

Die Besprechung dauerte noch eine Weile an, ohne zu brauchbaren Ergebnissen zu führen. Je mehr sich die Reparatur des S-Kreuzers in die Länge zog, umso mehr befürchtete Dhark unvorhergesehene Komplikationen. Ein beschädigtes Bauteil, das sich nicht reparieren ließ und für das sie kein passendes Ersatzteil dabei hatten, kam einer Katastrophe gleich.

Als die Reparaturmannschaft endlich Vollzug meldete und ins Schiff zurückkehrte, hielt den Commander nichts mehr in dem Asteroidenfeld. Er aktivierte Bordsprech und rief die Astronomische Abteilung.

Der Astronom Jens Lionel nahm den Anruf entgegen. Er klang hektisch. »Ja, Commander?«

»Wir brechen auf«, kündigte Dhark an. »Beordern Sie die Drohnen zurück ins Schiff.«

»Uns liegen erste Erkenntnisse vor.« Lionel schien die Aufforderung glatt überhört zu haben. »Das da draußen ist nicht einfach nur ein Asteroidenfeld. Verteilung und Beschaffenheit der Trümmer kamen uns von Anfang an ungewöhnlich vor, und dank der Drohnen sind wir uns inzwischen sicher. Bei den Trümmern handelt es sich um die Überreste eines ehemaligen Sonnensystems.«

Dhark horchte auf. Das war in der Tat eine bemerkenswerte Entdeckung. Unwillkürlich fragte er sich, ob das System einst intelligentes Leben beherbergt haben mochte. »Wann wurde es zerstört?«

»Unbestimmt, Commander«, bedauerte Lionel. »Um das zu ermitteln, brauchen wir deutlich mehr Zeit. Die Katastrophe liegt etliche Jahre zurück. Wahrscheinlicher sind Jahrtausende oder sogar noch mehr. Es ist ungewöhnlich, dass sich das Feld in der Zeit nicht weiter verteilt hat. Es scheint einen unsichtbaren Zusammenhalt zu besitzen, für den die Gravitation der eigenen Masse nicht verantwortlich sein kann. Dahinter steckt etwas anderes.«

»Verstehe.« Kein Wunder, dass die Neugier der Astronomen und Astrophysiker hohe Wellen schlug. »Ein unbekanntes Rätsel also.«

»So ist es, und da ist noch etwas anderes. Wir können keine Begründung dafür nennen, aber wir sind übereinstimmend der Ansicht, dass das Sonnensystem keiner Naturkatastrophe zum Opfer fiel. Es wurde gewaltsam zerstört, und zwar mit Waffengewalt.«

»Von wem?«

»Wir wissen es nicht. Daher ersuchen wir darum, dass Sie uns weitere Zeit zur Verfügung stellen.«

Dhark seufzte. Unter anderen Umständen hätte er Lionels Ansinnen vielleicht nachgegeben, aber die prekäre Lage gestattete keinen längeren Aufenthalt – ganz abgesehen von seiner Doris gegebenen Zusage.

»Tut mir leid, aber ich muss Ihre Bitte ablehnen. Im Moment ist es zu riskant, uns länger an einem Ort aufzuhalten«, erklärte er. »Wir müssen in Bewegung bleiben, weil die Angreifer, die schon zweimal über uns hergefallen sind, wahrscheinlich schon wieder nach uns suchen. Ich bin mir sicher, dass die Krabben sich noch lange nicht geschlagen geben. Also holen Sie die Drohnen rein. Vielleicht ergibt sich später die Gelegenheit, hierher zurückzukehren.«

»Verstanden, Commander.« Lionel gab sich keine Mühe, seine Enttäuschung zu verbergen.

Dhark bedauerte den Umstand, die Astro aus ihren Nachforschungen reißen zu müssen, aber er konnte ihn nicht ändern. Er beendete das Gespräch und programmierte die von Doris zur Verfügung gestellten Koordinaten.

Als Jens Lionel das vollzogene Einschleusen der Drohnen meldete, verließ der Verband das Asteroidenfeld und nahm Fahrt auf.

17.

»Gibt es weitere Informationen über den Kampf der Ringraumer?«, wollte Shanton wissen.

Dabophilorisoptyl antwortete nicht sofort. Der Kommandant der Schwadron von Herzmuschelschiffen bewegte sich unruhig auf den Fühlern, die aus der Unterseite seines Muschelpanzers wuchsen. Dass Ringraumer gegeneinander kämpften, verwirrte ihn offenbar so sehr, dass er sich erst sammeln musste.

»Nun?«, bohrte Shanton unverdrossen weiter. »Wer kämpfte gegen wen?«

»Wir wissen es nicht.« Die beiden Siphons des Woniozell zuckten abwechselnd. »Es heißt, dass es ein kleiner Verband von zehn Schiffen mit einer zehnfachen Übermacht aufgenommen hat, ohne die Flucht zu ergreifen.«

Doorn wurde hellhörig. »Zehn Ringraumer haben gegen einhundert gekämpft?«

»Nicht nur das, sie sind sogar siegreich aus der Schlacht hervorgegangen«, lamentierte Dabophilorisoptyl fassungslos. »Sie haben die Übermacht in die Flucht geschlagen. Wir verstehen das nicht, denn es ist unmöglich.«

Nacheinander blickte Stewart die beiden Männer an. Alle drei zogen denselben Schluss. Wenn zehn Raumschiffe gegen einhundert Einheiten baugleichen Typs kämpften, zogen sie zwangsläufig den Kürzeren, es sei denn, auf Seiten der zahlenmäßig unterlegenen Seite gab es einen Faktor, der die Ungleichgewichtung nicht nur kompensierte, sondern sogar überwand. Sowohl Doorn als auch Shanton und Stewart konnten sich nur einen solchen Faktor vorstellen.

»Der Checkmaster«, sprach Doorn, von Worgun zu Angloter wechselnd, aus, was alle dachten.

»Ren ist hier.« Stewart versagte fast die Stimme. »Das kann nur eins bedeuten: Unsere Freunde haben herausgefunden, dass wir in einer anderen Galaxis festsitzen. Die POINT OF und neun weitere Ringraumer sind in Voktar eingetroffen, um nach uns zu suchen.«

Freude erfasste die Gefährten, helle Aufregung. All ihre in den vergangenen Wochen unternommenen Bestrebungen, die dazu dienten, einen Weg in die Heimat zu finden, erwiesen sich als Makulatur, doch dagegen hatte keiner von ihnen etwas einzuwenden.

»Ich frage mich, wie Dhark unsere Spur gefunden hat – ohne unsere Hilfe, meine ich.« Das Mürrische, das Doorn oft wie einen Schutzpanzer umgab, war wie weggeblasen. Er brachte sogar ein Lächeln zustande.

»Alter Witzbold, Arc!«, tadelte Shanton seinen Kumpel. »Wie du siehst, kommen die anderen auch ohne uns zurecht, wenn es sein muss. Zumindest für eine Weile. Sie müssen Hinweise gefunden haben, wohin uns die Wächterstation unter dem Titicacasee transportiert hat. Allerdings ist selbst eine Zwerggalaxis wie Voktar unüberschaubar groß. Wo also wird Dhark mit der Suche nach uns beginnen?«

Stewart kam ein Einfall. »Wenn Ren weiß, dass wir nach NGK 3109 gelangt sind, dann verfügt er sicher auch über Hinweise darauf, wie der Transport stattfand und zu welcher Gegenstation er uns brachte.«

Doorn nickte. »Naheliegend. Die POINT OF wird also früher oder später im System der Sarrack auftauchen. Wir müssen sofort dorthin aufbrechen!«

»Ihr seid aufgeregt«, mischte sich Dabophilorisoptyl in Worgun in das Gespräch der Terraner ein. »Hängt eure Aufregung mit den zehn siegreichen Ringraumern zusammen?«

Der Woniozell riet. Es gelang den Menschen nicht, Körpersprache und Gefühlswelt der Muschelwesen zu erkennen, und umkehrt war es sicherlich ebenso aussichtslos. Also riet er, aber er riet gut, räumte Doorn ein, ziemlich gut sogar.

»So ist es«, gab der Rotschopf zu. »Diese zehn Ringraumer werden von unseren Freunden gesteuert.«

»Von Freunden aus einer anderen Galaxis? Sie sind hier, hier in Voktar? Wie sind sie hergelangt?« Das Zucken von Dabophilorisoptyls Siphons endete übergangslos, als er verstummte. Er dachte nach.

Doorn konnte sich die Gedankengänge des Kommandanten vorstellen. Zehn Schiffe, die hundert andere besiegten, stellten einen imposanten militärischen Machtfaktor dar. Und diese zehn Schiffe gehörten den Freunden jener drei Terraner, mit denen er eine Art Bund geschlossen hatte. Also malte er sich aus, eben jene zehn Ringraumer für seine eigenen Zwecke einsetzen oder sich zumindest ihre Unterstützung im Kampf gegen die Friedensstifter sichern zu können.

Doorn behielt die verlangte Information für sich. »Wisst ihr, wo unsere Freunde sich jetzt aufhalten?«

»Nein. Nach dem Kampf sind sie fortgeflogen. Ihr Ziel ist uns unbekannt.«

»Dann müssen wir zu den Sarrack aufbrechen.«

»Zu den Sarrack?« Dabophilorisoptyl zierte sich. »Was sollen wir dort? Ein offener Flug ist gefährlich. Wir sind für die Woniozell unserer Schwadron verantwortlich. Wir bringen sie nicht leichtfertig in Gefahr.«

Shanton räusperte sich vernehmlich. Der Kommandant sträubte sich nur, um etwas für sich herauszuschlagen. So oder so würde er die TOTENSCHIFF nicht allein aufbrechen lassen, da die Terraner ihm versprochen hatten, seine Leute in die Bedienung von Ringraumern einzuweisen.

Um ihn zu motivieren, warf Doorn ihm einen zusätzlichen Brocken hin: »Wir nehmen an, dass unsere Freunde ins Sarrack-System fliegen. Ich bin mir sicher, sie werden euch dabei helfen, mit den Friedensstiftern zu verhandeln, um mehr Rechte für euch einzufordern.«

Dabophilorisoptyls Siphons bebten. Er zögerte, scheinbar nachdenklich, doch sein Manöver war durchschaubar. In Wahrheit stand sein Entschluss längst fest. Der gewiefte Kommandant dachte gar nicht daran, sich eine solche Chance entgehen zu lassen. Er griff nach jedem Strohhalm, der Unterstützung gegen die verhassten Friedensstifter verhieß.

Schließlich zeigte er sich einverstanden, allerdings mit einer Einschränkung: »Wir nehmen nur einen Teil unserer Schwadron mit.«

Das war den Menschen durchaus recht.

Sechs Herzmuschelschiffe begleiteten die TOTENSCHIFF, als sie sich auf den Weg zum Sarrack-System machte.

*

Sie kreuzten am Rand des Sonnensystems, weit genug weg, um nicht von den Kugelschiffen der Sarrack oder einem ihrer nur selten anfliegenden Handelspartner erfasst zu werden.

Doorn legte keinen Wert darauf, weitere Verwicklungen zu provozieren. Die Lage war durch die Anwesenheit der Woniozell ohnehin bereits brisant genug. Er kannte Dharks Ansichten zu gewissen Themen. Der ehemalige Commander der Planeten lehnte einen militärischen Wissenstransfer an nicht mit der Menschheit befreundete Völker im Allgemeinen ab. Mit ihrem Versprechen, die Muschelwesen in die Bedienung von Ringraumern einzuweisen, hatten die drei Gestrandeten eine solche Informationsweitergabe zugesagt, sehr wohl wissend, dass es sich bei Ringraumern um hochentwickelte Waffensysteme in Raumschiffsform handelte.

Allerdings plagte den Sibirier deswegen kein schlechtes Gewissen. Ihnen war gar nichts anderes übrig geblieben, als grenzwertige Zugeständnisse zu machen, um einen Weg aus ihrer misslichen Lage zu finden.

Wer hätte ahnen sollen, dass Dhark einen Weg zu den nach Voktar Verschlagenen finden würde, in eine Galaxis, in der noch nie ein Mensch zuvor gewesen war?

Selbst ein Mann wie Ren Dhark, der sich jeder Herausforderung stellte, stieß irgendwann an seine Grenzen.

In diesem Fall jedoch nicht.

Doorn wand sich schnaufend in dem unbequemen und für die menschliche Körperform nur bedingt brauchbaren Sitzmöbel. Zwar begann er, sich allmählich daran zu gewöhnen, dennoch freute er sich darauf, endlich wieder in einem gleichermaßen funktionalen wie bequemen Gliedersessel Platz zu nehmen, der seiner Statur entgegenkam.

»Wie lange wollen wir eigentlich abwarten?«, fragte Shanton, dem die tatenlose Ruhe nicht behagte. »Ich meine, wir gehen zwar davon aus, dass die POINT OF hier aufkreuzen wird, eine Garantie dafür gibt es jedoch nicht. Möglicherweise zwingen uns unbekannte Umstände unsere Freunde dazu, einen ganz anderen Weg einzuschlagen.«

Stewart stöhnte. »Wir sind gerade erst eine Stunde hier. Entspann dich. Hetzen wir von einem Ort zum anderen, beschwerst du dich. Haben wir endlich mal eine Ruhepause, bist du auch nicht zufrieden. Kannst du dich vielleicht mal entscheiden?«

»Zufrieden bin ich erst, wenn wir die Zentrale der POINT OF betreten.«

»Dann wappne dich mit Geduld.«

»In Ordnung.« Shanton verschränkte die Hände hinter dem Kopf. Er starrte zur Decke hinauf, murmelte etwas Unverständliches, nahm die Hände wieder herunter und wühlte in seinem Kinnbart. »Nein, wirklich, wie lange bleiben wir hier in Warteposition? Uns allen ist klar, dass wir uns irren können. Unser Wunsch allein genügt nicht, um die POINT OF anzulocken. Wenn wir Pech haben, warten wir bis zum Sankt-Nimmerleins-Tag, und den möchte ich nicht erleben. Vernünftigerweise müssen wir uns eine Frist setzen und uns nach deren Ablauf wieder Plan B zuwenden.«

»Warum lassen wir die Dinge nicht erst einmal auf uns zukommen?« In Stewarts Augen blitzte es gefährlich auf. »Warum müssen wir Pläne machen, wenn sie nicht zwingend erforderlich sind?«

Sie können es aber rasch werden, dachte Doorn.

Er pflichtete Shanton bei, behielt das jedoch für sich, denn ihm entging nicht, dass etwas die blonde Frau beschäftigte. Normalerweise gehörte Amy Stewart dem Typ Mensch an, der Pläne entwickelte und Kalkulationen anstellte, lieber zu früh als zu spät. Seit der Nachricht von der Anwesenheit der POINT OF in Voktar wirkte sie verändert. Sie war unruhig, fahrig, ein Wesenszug, der nicht zu ihr passte. Die Geduld und Gelassenheit, die sie von Shanton forderte, ließ sie selbst vermissen, auch wenn sie sich alle Mühe gab, das zu überspielen.

Doorn ahnte, was sie beschäftigte. Es war Dharks Nähe. Keiner von beiden machte ein Geheimnis daraus, dass sie eine Phase der geplanten Trennung durchlebten, ohne zu wissen, ob sich ihre auf Eis gelegte Beziehung wieder einrenken würde. Löste die riesige räumliche Trennung womöglich Gefühle in ihr aus, die für eine Weile verschüttet gelegen hatten? Doorn war sich fast sicher, dass es sich so verhielt.

Seit wann bist du unter die Psychologen gegangen, alter Worgun-Brummbär?

Doorn kannte die Antwort auf seine unausgesprochene Frage, weil es ihm nicht anders erging als Amy. Er vermisste Doris und wünschte sich sehnlichst, sie zu sehen. Dieser Wunsch würde sich jedoch nicht so schnell erfüllen. Im Gegensatz zu Dhark reiste Doris nicht in der POINT OF mit, sondern hielt sich an einem Doorn unbekannten Ort auf, mindestens irgendwo in den Weiten der Milchstraße, in ihrer Funktion als Wächterin möglicherweise aber sogar in einer anderen Galaxis.

»Ich schlage vor, dass wir unsere Pläne für ein paar Tage zurückstellen«, brummte er schließlich, als ihm die quälende Länge der eingetretenen Pause auffiel. »Wenn wir vergeblich auf die POINT OF warten, wird Dabophilorisoptyl früher oder später ungeduldig und wir müssen uns dann ohnehin mit ihm arrangieren. Was haltet ihr davon?«

Stewart nickte. »Ein guter Kompromiss, finde ich.«

Shanton hob schicksalsergeben die Hände. »An mir soll es nicht liegen. Ihr habt mich überzeugt.«

Doorn nickte erleichtert. Er hoffte, dass sich die POINT OF dem Sarrack-System näherte, bevor das eben erörterte Thema erneut auf der Tagesordnung stand.

Wenn sie überhaupt kam …

*

Der Rest des Tages verlief ohne nennenswerte Ereignisse, und auch am folgenden Tag tat sich nichts. Die Menschen vertrieben sich die Tatenlosigkeit, so gut es ging. Die meiste Zeit verbrachten sie in der Zentrale, um auf alle Eventualitäten vorbereitet zu sein und im Notfall sofort die Flucht ergreifen zu können. Gelegentlich und auch nur abwechselnd zogen sie sich in ihre Unterkünfte zurück, um ein paar Stunden zu schlafen und sich frischzumachen.

Sporadisch tauschte sich Doorn über Funk mit Dabophilorisoptyl aus.

Der Woniozell demonstrierte nach wie vor Gelassenheit, da er davon ausging, dass sich seine Geduld früher oder später auszahlen würde.

Doorn selbst ertappte sich dabei, sich mit Shantons Überlegung zu beschäftigen. Wie viele weitere Tage wollten sie tatenlos ausharren, bis ihnen nichts anderes mehr übrig blieb als zu akzeptieren, dass sie vergeblich warteten? Weitere zwei Tage? Eine Woche? Selbst wenn es noch länger dauerte, bezweifelte er, dass Amy Stewart sich vom Aufbruch überzeugen lassen würde.

Doch dann gerieten die Dinge in Bewegung.

Die Funk-Z machte mit einem Signalton auf einen eingehenden Funkspruch aufmerksam.

Doorn erhob sich, stapfte durch die Zentrale und nahm vor der Funkbude Platz. Er öffnete die Phase und nahm den Anruf entgegen. Er kam von Dabophilorisoptyl, der sich lange vor der nächsten vereinbarten Funkkonferenz meldete. Der Kommandant ersparte sich Floskeln.

»Mehrere Schiffe nähern sich dem System«, kam er ohne Umschweife zur Sache. »Unser Detektor identifiziert sie als Ringraumer.«

Sofort waren Shanton und Stewart auf den Beinen. Sie begaben sich ebenfalls an die Funk-Z, um jeden Ton des Gesprächs mitzubekommen.

»Wie viele Schiffe sind es?«, wollte Doorn wissen. *Zehn, bitte!*

»Unbestimmt«, antwortete Dabophilorisoptyl. »So genau ist der Detektor nicht. Er ermittelt lediglich Annäherungswerte. In diesem Fall schwankt seine Schätzung zwischen fünf und zwanzig Schiffen.«

Also können es durchaus zehn Ringraumer sein, hielt Doorn an der Zahl fest. *Die POINT OF und neun weitere Einheiten für den Koppelflug.* »Was sagt eure Ortung?«

»Gar nichts. Es gelingt ihr nicht, den Schiffsverband zu ermitteln.«

»Seid ihr sicher, dass euer geheimnisvoller Detektor euch keinen Streich spielt?«, warf Shanton ein.

Dabophilorisoptyl stutzte. »Einen Streich? Das verstehen wir nicht.«

»Das heißt, dass er womöglich eine Falschmeldung ausgibt.« Shanton winkte ab. »Schon gut, vergesst es, ich sehe selbst nach. Aus welcher Richtung findet nach Meinung eures Detektors die Annäherung statt?«

»Er gibt keine Meinungen ab«, erklärte das Muschelwesen widerstrebend. »Deshalb vertrauen wir ihm. Er hat sich bisher noch nie geirrt. Wenn er anfliegende Ringraumer anzeigt, dann sind auch welche da. Das Gerät arbeitet wissenschaftlich korrekt.«

Wissenschaftlich korrekt, aber ohne konkrete Zahlen nennen zu können, dachte Doorn mit einem Anflug von Sarkasmus. Er sparte sich den Kommentar. Mit spitzfindigen Bemerkungen konnten die Woniozell nicht viel anfangen. Sie stellten sie höchstens vor Verständnisprobleme.

»Übermittelt mir einfach die Richtung, aus der die Ringraumer kommen«, forderte Shanton das Muschelwesen auf.

*

Nach Eingang der gewünschten Information begab sich der Ingenieur zur Ortungsanlage, die seit ihrer Ankunft im Sarrack-System Betriebsbereitschaft aufwies. Ortungsimpulse zeigte sie jedoch nicht an. Shanton maß den Raumbereich durch, aus dem die Ringschiffe angeblich kamen.

»Nichts«, stellte er leidenschaftslos fest. »Ich fürchte, ihr überschätzt euren Wunderdetektor. Es sind weit und breit keine Ringraumer in der Nähe.«

»Doch«, versicherte Dabophilorisoptyl fast trotzig.

»Weshalb misslingt es dann sowohl eurer als auch unserer Ortung, sie zu erfassen?«

»Wir wissen es nicht. Vielleicht ein Ausfall der Ortungsanlagen.«

»Das glaubt ihr doch selbst nicht.« Shanton unterzog die Instrumente einer kurzen Prüfung. Sie versahen ihren Dienst, die Anlage besaß volle Funktionsbereitschaft.

Dabophilorisoptyl juckte das nicht. »Dann gibt es eben einen anderen Grund.«

»Ja, ganz bestimmt«, knödelte Doorn, doch er räumte ein, dass der Woniozellkommandant sich mit dem Detektor auskannte. »Vielleicht sind es Ringraumer, die mit voller Tarnung fliegen.«

»Nicht ausgeschlossen«, stimmte Shanton ebenso leise zu.

Sie verzichteten darauf, Dabophilorisoptyl über die Defensiveinrichtung ins Bild zu setzen.

»Funken wir die angeblichen Ringraumer an, und wir wissen, woran wir sind«, schlug der Worgun in Menschengestalt so laut vor, dass auch der Woniozell ihn wieder verstehen konnte.

Shanton nickte griesgrämig, und Doorn fühlte sich an sich selbst erinnert. Er wollte gerade die erforderliche Schaltung vornehmen, als Stewart einschritt.

»Warte! Wir sollten eine Sicherheitsmaßnahme treffen, solange wir nicht wissen, was da vor sich geht«, warnte sie ihre Gefährten. »Falls der Detektor der Woniozell zuverlässig arbeitet und sich tatsächlich Ringraumer im Anflug befinden, heißt das noch lange nicht, dass Ren uns gefunden hat. Vielleicht sind es Reckbatz, die auf unsere Spur gestoßen sind.«

»Unwahrscheinlich, besonders wenn wirklich eine Tarnung aktiv ist«, brummelte Shanton undeutlich, um die Sache mit der Tarneinrichtung weiterhin unter der Decke zu halten.

»Unwahrscheinlich, aber nicht ausgeschlossen«, konterte Stewart ebenso genuschelt, bevor sie laut und deutlich fortfuhr: »Ich schlage deshalb vor, dass ihr beide die TOTENSCHIFF für eine Nottransition vorbereitet. Das gilt auch für die Woniozell. Sobald ihr fertig seid, jage ich einen Funkspruch hinaus. Sollten uns wirklich Reckbatz auf die Pelle rücken, nehmen wir die Beine in die Hand und laufen.«

»Die Beine in die Hand?«, echote Dabophilorisoptyl. »Unsere Anatomie unterscheidet sich von der euren. Wir haben keine Beine.«

Stewart seufzte. »Dieser Begriff bedeutet so viel wie das Auslösen einer Nottransition.«

Dabophilorisoptyl zeigte sich einverstanden.

Doorn erhob sich von dem Platz vor der Funkanlage, und Shanton überließ die Ortung sich selbst. Während die beiden Männer die erforderlichen Vorbereitungen für einen Sprung in den interstellaren Leerraum vornahmen, setzte sich Stewart vor die Funk-Z.

*

Das Schott öffnete sich, und Jimmy trottete in die Zentrale der POINT OF. Der künstliche Scotchterrier mit dem pechschwarzen Fell sah sich schnüffelnd um und tat so, als habe er diesen Raum durch Zufall entdeckt und beträte ihn zum ersten Mal.

Der Roboterhund macht sich rar in letzter Zeit, ging es Dhark durch den Kopf.

Seit Chris Shantons Verschwinden neigte Jimmy nur selten zu Scherzen, und er sah davon ab, den anderen Besatzungsmitgliedern auf die Nerven zu gehen. Er schien seinen Konstrukteur zu vermissen.

Ausgeschlossen war das nicht, wenn er wirklich zu einer Künstlichen Intelligenz mit Gefühlen geworden war. Ob dieser Sachverhalt zutraf, konnte allerdings nicht einmal Shanton selbst endgültig beurteilen.

»Ich hörte, wir folgen einer Spur, die uns zu dem Dicken führt?« Jimmy sah den Commander fragend an.

»Zu Shanton und den beiden anderen Verschollenen, ja, vielleicht. Vielleicht aber auch nicht.« Dhark, der die POINT OF steuerte, während der Checkmaster sich weiterhin um die neun S-Kreuzer kümmerte, wollte dem Brikett auf Beinen nicht zu viel Hoffnung machen.

»Ich frage mich schon die ganze Zeit, ob er überhaupt noch lebt. Amy Stewart und Arc Doorn, die beiden ja, da bin ich mir sicher. Weil sie nämlich selbst auf sich aufpassen können. Aber der Dicke ist ein Tolpatsch, der sich kaum selbst die Schuhe zumachen kann.«

Es handelte sich um einen typischen Jimmy-Spruch, vorlaut und frech. Mit derlei Bemerkungen gelang es dem künstlichen Vierbeiner immer wieder, seinen Erbauer auf die Palme zu bringen. Das Gezänk zwischen den beiden war legendär und aus der POINT OF nicht wegzudenken. Doch jetzt handelte es sich nicht um Frotzelei. Jimmy sorgte sich aufrichtig um Shanton.

»Er ist längst nicht so unbeholfen, wie du denkst«, versicherte Dhark. Er wollte noch etwas hinzufügen, doch es kam ihm merkwürdig vor, einen Roboter – und sei es auch ein intelligent gewordener – zu trösten.

»Es geht Shanton gut«, drang eine andere Stimme durch die Zentrale. »Es geht allen dreien gut, auch Arc und Amy.«

Dhark war froh, dass sich Doris um Jimmy kümmerte, denn seine eigenen Sinne waren auf die Schiffssteuerung gerichtet. Nicht, dass sie dem Commander viel abverlangt hätte. Er beherrschte sie beinahe wie im Schlaf. Aber sie näherten sich den von der INSTANZ genannten Koordinaten und wussten nicht, was sie dort erwartete. Bei den undurchsichtigen Zuständen in Voktar bereitete Dhark sich geistig auf neue Schwierigkeiten vor.

Jimmy fuhr seine Rollen aus, schlingerte am Kommandantensessel vorbei und zu der reglos dastehenden Wächterin hinüber. »Woher willst du das wissen? Du hast seit Monaten nichts von Doorn gehört.«

»Das stimmt, doch das brauche ich nicht. Ich spüre, dass Arc wohlauf ist«, behauptete Doris.

Jimmy hielt inne. Er hob den Kopf und musterte den im Licht der Deckenbeleuchtung glänzenden Roboterkörper. »Das verstehe ich nicht. Wie kannst du dir so sicher sein?«

»Weil ich Arc liebe. Solche Gefühle ermöglichen manchen Menschen Dinge, die die meisten nicht begreifen. Zum Beispiel wird man in die Lage versetzt, selbst über große Entfernung hinweg zu empfinden, wie es einer geliebten Person geht.«

»Unmöglich!«, bellte Jimmy. »Gibt es dafür wissenschaftliche Beweise?«

Doris lachte. »Nein, aber das macht nichts, denn nicht alles lässt sich wissenschaftlich erklären.«

»Hm«, machte der Roboterhund nachdenklich. »Menschen sollen so etwas können? Aber du bist doch gar kein Mensch.«

Doris schwieg einen Moment, bevor sie erwiderte: »Und du bist kein Hund, sondern ein emotionsloser Roboter.«

»Bin ich nicht!«, kläffte Jimmy aufgebracht. »Ich bin … oh, du hast mich aufs Glatteis geführt, und ich bin darauf reingefallen. Ja, du hast recht, ich entschuldige mich für meine unbedachte Äußerung. Äußerlich magst du zwar kein Mensch sein, aber in diesem Metallkoloss steckt ein Mensch.«

Dhark horchte auf. Er konnte sich nicht erinnern, jemals gehört zu haben, dass sich die kleine Kodderschnauze, wie Shanton seine Kreatur zuweilen nannte, entschuldigt hatte. Doris entlockte dem Brikett auf Beinen ganz neue Facetten.

»Du hast es begriffen«, sagte Doris zu Jimmy. »In jedem Wächter steckt ein Mensch oder der Vertreter einer anderen intelligenten Spezies, so wie unter deinem schwarzen Kunstfell ein braver Hund mit einer echten Hundeseele steckt.«

»Wuff!«, machte der Vierbeiner. »Das ›brav‹ verbitte ich mir, aber der Rest stimmt. Eins verstehe ich jedoch nicht. Wenn deine Gefühle dir verraten, wie es Doorn geht, warum spüre ich dann nichts von dem Dicken?«

»Vielleicht musst du noch an deinen Gefühlen arbeiten«, riet ihm die Wächterin.

»Eine Funksendung kommt herein«, übertönte Morris die Unterhaltung zwischen Wächterin und Roboterhund. »Seltsam, keine Meldung, nur ein Signal.«

»Von einer automatischen Einrichtung?«, erkundigte sich Dhark.

»Nein, Commander, es hat eben erst eingesetzt. Es kommt mir so vor, als wolle uns jemand auf sich aufmerksam machen und uns dazu veranlassen, selbst eine Phase zu öffnen. Ich lokalisiere die Quelle. Das Signal kommt vom Rand des Sonnensystems, auf das wir zufliegen.«

Also von den Koordinaten, die die INSTANZ Doris gesteckt hatte. Hielten sich dort die verschollenen Freunde auf? Und wenn ja, wieso meldeten sie sich nicht offen? Fürchteten sie eine Gefahr?

Unsere Tarnung!, schoss es Dhark durch den Kopf. *Eigentlich dürfte uns niemand anmessen können!*

»Ich überspiele die Koordinaten der Quelle zu Grappa«, fuhr Morris fort.

Der Mailänder nickte in der nächsten Sekunde. »Tatsächlich, da ist etwas. Ich erfasse die Energiesignaturen von sieben Raumschiffen, darunter ein Ringraumer. Die anderen Einheiten sind uns unbekannt.«

»Soll ich die Phase öffnen?«, stellte Morris die alles entscheidende Frage.

Dhark presste die Lippen aufeinander. Sein Zögern währte nur einen Sekundenbruchteil. Schließlich waren sie hier, um Kontakt zu bekommen.

Er nickte. »Phase öffnen, Mister Morris.« Dhark schaute in die Runde. »Und alle die Daumen drücken!«

*

Amy Stewarts schweißnasse Hände zitterten. Nach Abschluss der Vorbereitungen für eine Nottransition stand der entscheidende Moment bevor. Wer würde sich melden, wenn sie das anonyme Funksignal abstrahlte?

Je länger sie darüber nachdachte, desto größer wurde ihre Überzeugung, dass sich die POINT OF näherte. Wenn der geheimnisvolle Ringraumer-Detektor der Woniozell keine Fehlfunktion aufwies, flogen Ringschiffe auf das Sarrack-System zu. Da die Ortung diese Schiffe nicht erfasste, lautete die logische Schlussfolgerung, dass sie über eine volle Tarnung verfügten, und so etwas besaßen Raumschiffe in Voktar nach ihren bisherigen Erkenntnissen nicht. Im Grunde ganz einfach, und doch blieben Zweifel.

Redete Amy sich die Kausalität nur ein, weil sie einfach daran glauben *wollte*?

Noch viel mehr quälte sie die Frage, wie Ren sich verhalten würde, wenn sie wieder aufeinandertrafen.

Wir haben einen Fehler gemacht, wir beide. Ich habe selten etwas so klar erkannt. Ich sehe es ein. Und er?

Die Angst davor, dass er sie wie eine Kameradin begrüßte, wie eine Raumfahrerfreundin und nicht mehr, drohte übermächtig zu werden.

Amy spielte mit dem Gedanken, in ihr Zweites System umzuschalten und sich von ihrem Programmgehirn steuern zu lassen, damit Ren bloß nichts von ihrem emotionalen Notstand mitbekam.

Du benimmst dich wie ein Backfisch! schalt sie sich. *Wie eine pubertierende Fünfzehnjährige vor dem ersten Rendezvous mit ihrem Angebeteten. Reiß dich gefälligst zusammen!*

»Worauf wartest du, Amy? Es kann losgehen«, drängte Doorn.

»In Ordnung. Ich fürchtete bloß für einen Moment, eine Enttäuschung zu erleben.«

»So geht es uns allen«, behauptete Shanton. »Na los, es wird schon schiefgehen.«

Stewart nickte zu der Floskel und jagte das Funksignal in den Raum hinaus.

Bange Sekunden verstrichen, und jede einzelne kam ihr wie eine kleine Ewigkeit vor. Als die Funkanlage anschlug und ein akustisches Signal von sich gab, zuckte Amy unmerklich zusammen.

»Wir werden gerufen«, haspelte sie mit belegter Stimme.

»Von wem?«, brummte Doorn.

»Hier spricht Ren Dhark an Bord der POINT OF«, ertönte eine wohlbekannte Stimme.

Amy hatte den Eindruck, ihr würde der Boden unter den Füßen weggezogen. Ihre Hand klatschte auf einen Schalter, und in der Bildkugel zeigte sich Rens Konterfei.

Shanton und Doorn jubelten lauthals. Amy hingegen presste die Lippen zu zwei blutleeren Strichen aufeinander.

Hallo, Ren, dachte sie. Sie brachte die Begrüßung nicht heraus.

*

Das Daumendrücken wirkte. Die Phase öffnete sich, und Amy Stewart blickte Dhark aus ihren großen, blauen Augen an. Er vermeinte, einen verdächtigen Schimmer darin zu sehen, doch der Eindruck rührte sicher von den Lichtverhältnissen her.

»Ihr seid es wirklich«, hörte der Commander sich sagen. »Der Hinweis der INSTANZ erweist sich tatsächlich als Glücksgriff.«

»Der INSTANZ?« Amys Augen wurden groß. »Wie habt ihr …«

»Nicht jetzt«, unterbrach Dhark die blonde Frau. Er konnte es nicht erwarten, sie mit eigenen Augen zu sehen. »Wir haben nachher Zeit für Erklärungen. Nur so viel: Seid ihr wohlauf? Wo sind Doorn und Shanton?«

»Hast du sie nicht jubeln gehört?«

»Nein.« Dhark lachte. »Demnach geht es ihnen gut.«

»Ja, sie sitzen hinter mir, bereit, eine Nottransition auszulösen. Es hätte ja passieren können, dass wir Besuch von bösen Buben erhalten, statt von meinem Märchenprinzen.«

Dhark ließ die Bezeichnung auf sich wirken. *Märchenprinz?* So hatte Amy ihn noch nie genannt. Wollte sie ihn foppen? Wenn ja, so war dies der denkbar ungünstigste Augenblick dafür. Oder ging das Wiedersehen nicht nur ihm nahe, sondern auch ihr, und benutzte sie deshalb unverbindliche Flapsigkeit als einen Schutzpanzer?

»Was sind das für Schiffe in eurer Begleitung?«, erkundigte er sich geschäftsmäßig, um seine innere Aufgewühltheit zu überspielen.

»Sie gehören einem Volk namens Woniozell. Nennen wir sie … Verbündete.«

»Verstehe. Ihr werdet mir von ihnen berichten. Ich schicke drei Flash hinüber, die euch abholen.« Dhark gab Falluta durch Handzeichen zu verstehen, sein Stellvertreter möge drei Boote in Marsch setzen.

»Was wird aus unserem Ringraumer?«, wollte Amy wissen.

»Eurem Ringraumer? Wie seid ihr denn an den gekommen? Schon gut. Noch eine lange Geschichte, nehme ich an. Die sparen wir uns ebenfalls für später auf. Ich stelle den Ringraumer unter das Kommando des Checkmasters.«

Amy nickte. Das Lächeln ihres dreidimensionalen Abbildes wärmte Dharks Seele wie ein Sonnenstrahl. Er nickte zurück und beendete die Verbindung.

*

Sekundenlang starrte Amy Stewart auf die Stelle in der Bildkugel, wo zuvor Ren Dharks Abbild zu sehen gewesen war. Es kam ihr fast wie ein Tagtraum vor, denn nun zeigte die schwebende Sphäre in der Mitte der Zentrale nichts anderes als den umliegenden Weltraum und das halbe Dutzend Herzmuschelschiffe der Woniozell.

Amy versuchte sich zu erinnern, mit welchem Gesichtsausdruck Ren auf ihren Anblick reagiert hatte. Ein Ausdruck des Erstaunens, ja, sicher, aber darüber hinaus? Freude über das unerwartete Wiedersehen? Zumindest ein leicht verhohlener Anflug von Freude? Der weibliche Cyborg bekam die Erinnerung nicht zustande. Erst allmählich bemerkte Amy, dass ihre beiden Gefährten sich wie Kinder aufführten.

»Sie haben uns gefunden!« Shantons Lachen erfüllte die Zentrale. »Sie haben uns tatsächlich gefunden!«

»Ich gestehe, dass ich nicht daran geglaubt habe.« Trotzdem ließ auch Doorn seiner Freude freien Lauf. Der mürrische Sibirier strahlte übers ganze Gesicht. Sonst musste man ein solches Vorkommnis rot im Kalender anstreichen.

»Weil du ein alter Schwarzseher bist«, polterte Shanton. »Ich habe nie daran gezweifelt.«

»Auf einmal, ja?« Der Rotschopf winkte ab. »So etwas lässt sich im Nachhinein leicht behaupten. Ich glaube dir kein Wort.«

»Weil du ein alter Schwarzseher bist, wie gesagt. Ich hoffe, Jimmy hat sich während meiner Abwesenheit ordentlich benommen und mich vermisst.«

»Ich glaube eher, er hat gar nicht gemerkt, dass du weg bist. Und ordentlich benehmen kann er sich ohnehin nicht, schließlich hast du ihn programmiert.«

Amy verzog keine Miene. Sie hätte sich ebenso freuen müssen wie ihre Begleiter, und als sie in sich hineinlauschte, registrierte sie tatsächlich Freude darüber, dass die POINT OF kam – Freude und Erleichterung.

Eine andere Stimme wisperte jedoch lauter, intensiver. Quälender! Sie säte Zweifel daran, dass Ren dem bevorstehenden Zusammentreffen mit der gleichen unbändigen Freude entgegensah, wie Amy es tat.

Was ist, wenn er sich inzwischen entschieden hat? fragte sie sich. *Wenn er sich gegen mich entschieden hat, gegen eine gemeinsame Zukunft?*

Noch vor Kurzem hätte sie sich diese Fragen nicht gestellt. Und wenn, wäre sie mit einem Achselzucken darüber hinweggegangen, ohne den geringsten Schmerz dabei zu empfinden, doch der unfreiwillige Transport in eine andere Galaxis stellte den Status ihrer Beziehung in einem ganz neuen Licht dar. Die Vorstellung, dass Ren sie abwies, fühlte sich an wie ein in den Körper getriebener Eiszapfen, der sich klirrend einen Weg durch Fleisch und Blut bahnte. Sie war sich ihrer Gefühle für Ren nie so sicher gewesen wie in diesem Augenblick. Sie ertappte sich bei dem unterbewussten Wunsch, dass es besser wäre, die POINT OF hätte sie nicht gefunden.

»Unsinn!«, presste sie zwischen den Zähnen hervor. Unsinn allein um Doorns und Shantons Willen. Sie hatte kein Recht, nur allein an sich zu denken.

Doorn trat neben sie. »Was ist Unsinn?«

»Nichts!« Amy antwortete heftiger als beabsichtigt.

»Deine Begeisterung ist ansteckend«, scherzte Shanton. »Ich habe selten einen solchen Überschwang erlebt.«

»Tut mir leid. Es liegt nur daran, dass ich es immer noch nicht fassen kann«, log die blonde Frau.

Mit Erleichterung nahm sie das Eintreffen der Flash zur Kenntnis. Es ersparte ihr weitere Erklärungen.

Die Intervalle erloschen, und die schmalen Raumzylinder verteilten sich rings um die Bildkugel. Geräuschlos setzten sie auf, und ebenso geräuschlos öffneten sich die Luken.

Pjetr Wonzeff, Mike Doraner und Ray Dafner streckten die Köpfe ins Freie. Sie begrüßten die verlorengegangenen Besatzungsmitglieder der POINT OF mit ehrlicher Freude.

»Schnell einsteigen!«, drängte Doraner. »Der Commander kann es nicht erwarten, Sie von Angesicht zu Angesicht zu begrüßen. Das hat er uns mit auf den Weg gegeben.«

Münzte Ren diese Botschaft auf uns alle drei oder speziell auf mich? Amy ließ die Frage unausgesprochen. Sie fürchtete, sich lächerlich zu machen.

18.

Nachdem die Flash Amy Stewart, Arc Doorn und Chris Shanton aus dem Ringraumer mit Namen TOTENSCHIFF abgeholt hatten, verließ Dhark die Zentrale und machte sich auf den Weg zu den Depots. Jimmy schloss sich ihm ungefragt an. Der Commander erhob keine Einwände.

Die lange verschollenen Freunde kamen ihnen auf halber Strecke entgegen.

Dhark hatte sich ein paar Worte zu Amys Begrüßung zurechtgelegt, doch als er seine frühere Partnerin im Korridor erblickte, vergaß er sie schlagartig. Das war ihm auch noch nie passiert. Er hielt sich beileibe nicht für einen guten Redner, geschweige denn für übermäßig eloquent, doch er wusste sich auszudrücken und sein Anliegen zu vermitteln. Zumindest in den meisten Situationen. Jetzt hingegen war sein Kopf wie leergefegt.

Amy sah blendend aus. Sie war wunderschön – und vor allem war sie noch viel mehr als das. Bloße Schönheit allein hätte ihn nicht annähernd so berührt.

Bellend rannte Jimmy auf Shanton zu. Der Vierbeiner geriet außer Rand und Band und übertrieb es dabei fast ein wenig. Er gab sich alle Mühe, einen echten Hund zu imitieren, der sein Herrchen lange nicht gesehen hatte und sich über alle Maße freute.

Es gelang ihm ausgesprochen gut, trotz der schauspielerischen Übertreibung, fand Dhark, zumal er von einem richtigen Scotchterrier äußerlich nicht zu unterscheiden war. Als er jedoch zu sprechen anfing, wäre auch dem letzten Uneingeweihten aufgefallen, dass da etwas nicht stimmte.

Dhark hätte sich Amy gern mit der gleichen Freude an den Hals geworfen wie Jimmy sich seinem Konstrukteur, doch er unterdrückte den Impuls, weil er unschlüssig war, wie sie darauf reagieren würde. Doorns und Shantons Anwesenheit störte ihn nicht im Mindesten.

Der Commander blieb vor den langjährigen Weggefährten stehen. »Schön, Sie gefunden zu haben, Chris, Arc.« Er reichte Shanton und Doorn die Hand und merkte, dass die Wiedersehensfreude ganz auf Gegenseitigkeit beruhte. »Willkommen zu Hause, meine Herren. Die ganze Mannschaft hat Sie vermisst.«

»Es ist schön, wieder an Bord zu sein«, entgegnete der Worgunmutant.

»Dem schließe ich mich an«, röchelte Shanton. Jimmy hing an seinem Hals wie ein Klammeraffe. »Auch wenn der Kleine sich alle Mühe gibt, mich vor Freude zu erwürgen.«

»Der Dicke ist noch dicker geworden«, kläffte Jimmy gutgelaunt. Er sprang zu Boden. »Ein bisschen Bewegung kann dir nicht schaden.«

»Ich hatte in den vergangenen Wochen Bewegung genug, das kann ich dir versichern. Das gilt auch für Arc und Amy.«

»Ach ja, ich hörte bereits davon. Ihr habt einen Ringraumer geklaut«, witzelte das Brikett auf Beinen. »Wahrscheinlich ist ganz Voktar hinter euch her. Es würde mich nicht wundern, wenn die Friedensstifter Steckbriefe von euch aufgehängt hätten.«

»Hörst du, Arc? Er hat sich nicht verändert. Immer noch die gleiche unverschämte Kodderschnauze wie früher.« Shanton seufzte theatralisch. »Aber zur Feier des Tages vergebe ich dir, Kleiner.«

»Fein, etwas anderes bleibt dir nämlich auch gar nicht übrig, Dicker. Komm mit in die Zentrale! Die anderen können es nicht erwarten, die verlorenen Söhne zu empfangen.«

»Ich begleite euch.« Doorn klopfte seinem Kumpel auf die Schulter. »Ren und Amy wollen sicher einen Moment unter vier Augen sein.«

»Ja, das glaube ich auch.«

Doorn und Shanton stiefelten hinter dem schwanzwedelnden Jimmy her.

Erst jetzt merkte Dhark so richtig, wie sehr er die beiden vermisst hatte. Umso mehr galt das natürlich für Amy. Gerade als er sich ihr zuwenden wollte, fiel ihm etwas ein, und er rief hinter Doorn her: »In der Zentrale wartet übrigens eine Überraschung auf Sie, Arc!«

Der Sibirier drehte seinen roten Schopf. »Was denn für eine Überraschung?«

»Sie werden es schon merken.«

Die beiden Technikgenies verschwanden mit Jimmy hinter der Korridorkrümmung.

*

Als Dhark die vor ihm stehende Frau betrachtete, schossen ihm wie ein Orkan tausend Gedanken und Empfindungen gleichzeitig durch den Kopf. Sie konkurrierten miteinander, und jede einzelne kämpfte um das Vorrecht, als erste ausgesprochen zu werden. Dhark wusste nicht, wo er anfangen sollte. Immerhin war sein Kopf nicht mehr so leer wie noch Sekunden zuvor.

»Da stehen wir also«, brach Amy das Schweigen. Für einen Moment blickte sie zu ihren Fußspitzen hinunter, dann hob sie den Kopf und sah Dhark so tief in die Augen, wie sie es schon lange nicht mehr getan hatte.

Viel zu lange.

Anderthalb Jahre.

»So viel Zeit ist vergangen?«

Erst als sie ihm die Frage stellte, wurde Dhark klar, dass er seine Überlegung laut ausgesprochen hatte. »Anderthalb Jahre«, wiederholte er laut. »So lange dauert unsere Auszeit jetzt schon an.«

»Tatsächlich? Ist mir gar nicht aufgefallen«, säuselte Amy. Der Klang ihrer Stimme strafte ihre Behauptung Lügen. Sie rümpfte die Nase. »Kann man nach anderthalb Jahren überhaupt noch von einer Auszeit reden? Sollte man nach einem so langen Zeitraum nicht besser den Tatsachen ins Auge schauen?«

Dhark erschrak. »Was meinst du damit?«

»Dass ich mich mit einer so langen Auszeit nicht arrangieren kann. Entweder ist es vorbei, oder es ist nicht vorbei, aber dieser Schwebezustand ist unerträglich. Für mich jedenfalls. Du scheinst das ja gelassener zu sehen. Das Blöde ist, ich weiß nicht mal, was du dabei empfindest. Das Blöde ist … Was rede ich da eigentlich?« Amy hob ihre Hände vors Gesicht und betrachtete sie. »Sieh dir das an, sie zittern, und das nicht zum ersten Mal. In letzter Zeit haben sie ständig gezittert, wenn ich an dich dachte. Das ist zu kindisch!«

Schlagartig begriff Dhark, was sie ihm sagen wollte, aber ebenso wenig über die Lippen brachte wie er. Er war nicht der Einzige, dessen Gefühle zurückgekehrt waren. Sie hatten sich gegenseitig vermisst, er Amy so sehr wie sie ihn. Seine Hände schnellten nach oben und fassten die ihren.

»Ich bin froh, dass du so zitterst«, brachte er hervor. Sein Atem ging schwer.

Amy sah ihn verständnislos an. »Wieso denn?«

»Weil dadurch nicht so offensichtlich auffällt, dass ich genauso zittere wie du«, gestand Dhark.

Später konnte er nicht mehr sagen, ob er Amy gepackt oder ob sie ihn zu sich herangezogen hatte. Sie umschlangen einander, als seien sie die einzigen Menschen an Bord, und küssten sich lange und leidenschaftlich. Verlangen erwachte in Dhark, bis Amy ihn sanft aber bestimmt von sich wegschob.

»Es gibt einige Dinge, die wir künftig ändern müssen, wenn unsere Beziehung dauerhaft bleiben soll«, sagte sie um Atem ringend. »Wir müssen darüber sprechen, damit wir gewisse Fehler nicht wiederholen.«

»Ja, ich weiß.« Dhark hatte mehr als nur einmal darüber nachgedacht, und er stimmte Amy zu. »Aber nicht jetzt. Wir müssen in die Zentrale, auch wenn ich gerade überhaupt keine Lust dazu verspüre. Es gibt eine Menge aufzuarbeiten.«

Er erwartete Widerspruch, erntete jedoch keinen. Stattdessen ergriff Amy seine Hand und zog ihn mit sich.

In der Zentrale trafen sie auf ein Paar, wie es äußerlich nicht unterschiedlicher hätte sein können, das aber nicht weniger glücklich war, endlich wieder vereint zu sein, als der Commander und der weibliche Cyborg.

Und sie trafen auf einen aufgelöst an der Funkanlage sitzenden Glenn Morris, der der Verzweiflung nahe war.

*

»Ein gewisser Dabophilorisoptyl ruft uns schon zum dritten Mal, seit die Flash ins Schiff zurückgekehrt sind«, klagte Morris sein Leid nach einem kurzen aber umso überschwänglicheren Begrüßungshallo. »Er lässt sich weder abwimmeln noch vertrösten. Er verlangt, umgehend mit dem Befehlshaber der zehn siegreichen Ringraumer sprechen zu wollen.«

»Dabophilorisoptyl? Siegreiche Ringraumer?« Dhark sah die wiedergefundenen Freunde fragend an.

»Ein Woniozell.« Doorn strich seine langen, roten Haare nach hinten, eine Geste der Verlegenheit. »Unser Verbündeter. Wir waren nämlich gezwungen, gewisse Zugeständnisse zu machen. Dabophilorisoptyl will uns sicher an unsere Vereinbarung erinnern und erfahren, was nun daraus wird.«

»Vereinbarung? Na schön, von Anfang an bitte.« Dhark wandte sich an Morris. »Teilen Sie diesem Dabophilorisoptyl mit, dass ich mich wegen der Vereinbarung in Kürze bei ihm melden werde.«

»Aye, Commander.«

»Also, meine Herren, ich höre. Amy?«, forderte Dhark die Freunde zum Sprechen auf.

»Notwendigkeiten«, brummte Doorn kurz angebunden. »Notwendigkeiten, die sich nicht umgehen ließen.«

Shanton wurde ausführlicher. Er berichtete über die Friedensstifter und über das Zustandekommen der Vereinbarung mit den Woniozell.

Der Ingenieur schloss: »Uns war klar, dass Ihnen eine solche Übereinkunft nicht gefallen wird. Uns blieb aber gar nichts anderes übrig, als sie einzugehen. Wir gingen davon aus, für alle Zeit in Voktar gestrandet zu sein, wenn wir nichts unternehmen. Unsere einzige Hoffnung bestand darin, uns in den Besitz von zehn Ringraumern zu bringen, um mittels Koppelflug in die Milchstraße zu gelangen. Wir mussten den Woniozell eine Gegenleistung bieten, sonst hätten sie uns nicht geholfen. Niemand hätte das getan.«

»Verstehe, und ja, diese Vereinbarung gefällt mir nicht.« Unwillkürlich dachte Dhark an die ominöse Vereinbarung, mit der sie in anderem Zusammenhang wiederholt konfrontiert worden waren. Er dachte auch an die Beschädigung eines seiner Ringraumer bei der Schlacht und seine Angst davor, eins der Schiffe zu verlieren. Er fasste Amy Stewart ins Auge. »Allerdings hattet ihr gute Gründe. Trotz meiner generellen Vorbehalte hätte ich an eurer Stelle vermutlich genauso gehandelt.«

»Wie willst du dich den Woniozell gegenüber verhalten?«, fragte Stewart.

»Ihr habt ihnen ein Versprechen gegeben, also bemühen wir uns, es einzuhalten. Mister Grappa, wie verhalten sich die Herzmuschelschiffe?«

»Passiv. Sie führen keine Flottenbewegung durch. Sie lassen sich einfach treiben.«

Doorn schnaufte. »Dabophilorisoptyl ist geduldig. Er kann warten, wenn er etwas haben will. Aber ich bin sicher, dass er uns folgt, sobald wir Fahrt aufnehmen.«

Das lag nicht in Dharks Absicht. »Mister Morris, Phase öffnen. Ich will mit dem Woniozell reden.«

Der Funker schaltete die Verbindung.

*

Der Umgang mit Extraterrestriern unterschiedlichen Aussehens gehörte für Dhark gewissermaßen zum Tagesgeschäft. Beim Anblick der vorn geöffneten Muschelschale, aus der zwei siphonartige, etwa einen Meter lange Auswüchse aufragten, zuckte er nicht einmal.

Ein Stielaugenpaar am oberen Ende der Auswüchse richtete sich auf Dhark, der sich daraufhin vorstellte.

»Dürfen wir unsere Vereinbarung als weiterhin gültig betrachten?«, erkundigte sich Dabophilorisoptyl anstelle einer Begrüßung.

Er ging anscheinend davon aus, dass der Befehlshaber der zehn siegreichen Ringraumer seinen Namen kannte. Seine Stimme klang, als würde er mit vollem Mund sprechen.

»Ja, die Vereinbarung behält ihre Gültigkeit. Ich fühle mich an das Versprechen gebunden, das meine Freunde dir gegeben haben.«

»Uns«, schlurfte Dabophilorisoptyl mit gutturalem Klang.

»Die Woniozell sprechen von sich selbst und von anderen immer im Plural«, raunte Doorn dem Commander zu.

Meinetwegen.

»Wir bitten euch jedoch um ein wenig Geduld«, übernahm Dhark die Spracheigenheit der Muschelwesen. »Da uns das Wissen über die jüngsten Ereignisse fehlt, müssen wir uns zunächst mit unseren Freunden beraten, damit keine Missverständnisse auftreten. Wir müssen unser weiteres Vorgehen gemeinsam abstimmen.«

»Doch ihr werdet das Versprechen eurer Freunde einlösen?«, hakte Dabophilorisoptyl nach.

»Mit unseren zehn Schiffen gelingt das vielleicht sogar schneller als geplant.« Dhark blieb mit Absicht vage. Er beabsichtigte jedoch nicht, die Muschelwesen zu hintergehen. Ihm schwebte eine Lösung vor, mit der er den Konflikt zwischen den Woniozell und den Friedensstiftern friedlich beilegen konnte. Wie die allerdings aussehen sollte, wusste er beim besten Willen nicht. »Entschuldigt uns nun für eine Weile, damit wir uns beraten können. Wir melden uns wieder bei euch.«

Dabophilorisoptyl zeigte sich zufrieden. »Ja, gut, einverstanden.«

Dhark schnitt mit der flachen Hand durch die Luft, woraufhin Morris die Phase schloss.

*

»Du sprachst von einem Hinweis der INSTANZ«, kam Stewart auf das bei ihrem Funkgespräch von Dhark angeschnittene Thema zurück.

Der Commander nickte. »Den Hinweis verdanken wir Doris.«

»Nicht mir, sondern der INSTANZ von ERRON-2«, differenzierte die Wächterin. »Ich habe die INSTANZ besucht, und sie gab mir die Koordinaten, zu denen ihr vermutlich versetzt wurdet. Genau konnte sie es nicht sagen, daher blieb es bis zuletzt ein Risiko, dieser Spur zu folgen.«

»Wozu Doris mich mehr als einmal gedrängt hat, weil seit unserer Ankunft in Voktar ständig etwas anderes dazwischenkam.« Dhark fasste die Ereignisse seit dem Eintreffen der POINT OF für die drei Verschollenen zusammen. Immer wieder suchte sein Blick dabei den von Amy, was ihr jedes Mal ein verstohlenes Lächeln entlockte. »Ein Glück, dass wir noch rechtzeitig eintrafen. Ich fürchtete schon, ihr hättet euch längst auf den Weg gemacht.«

»So war es ja auch«, offenbarte Shanton. »Wir trafen bereits mit einer Reihe von Völkern zusammen.« Nun war es an ihm, die Erlebnisse der drei Gestrandeten zu erzählen. »Hätte sich die Geschichte des Triumphs von zehn Ringraumern über einhundert Gegner nicht herumgesprochen, wären wir nicht hier. Wir begriffen sofort, dass es sich bei dem siegreichen Kampfgeschwader nur um die POINT OF mit einem Koppelverband handeln kann, der uns gefolgt ist. Nun wissen wir, wie es dazu kam.«

»Richte der INSTANZ bei nächster Gelegenheit unseren herzlichen Dank aus, Doris«, bat Stewart. »Sobald wir von eurer Anwesenheit in Voktar erfuhren, reimten wir uns ein paar Dinge zusammen. Erstens: Wenn ihr wusstest, dass wir unfreiwillig nach NGK 3109 gelangt sind, kanntet ihr möglicherweise auch die Koordinaten des Zielsystems. Zweitens: Ihr würdet sicher bei diesen Koordinaten mit der Suche nach uns beginnen. Daher machten wir uns umgehend auf den Weg ins Sarrack-System.«

»So heißt dieses Sonnensystem?«, vermutete Dhark.

»Ja, Ren. Gegen wen habt ihr eigentlich gekämpft?«

»Gegen Angehörige eines krabbenartigen Volkes.«

»Reckbatz!«, riefen Stewart und Doorn wie aus einem Mund.

Shanton schürzte die Lippen. »Bei der Erwähnung der Ringraumer dachte ich es mir schon. Mit denen haben wir auch schon unliebsame Bekanntschaft gemacht. Unsympathische Zeitgenossen und zu keinen Kompromissen bereit. Reden ist nicht ihr Ding. Sie schießen lieber.«

Dhark nickte. »Diese Beschreibung deckt sich mit unseren Erkenntnissen.«

»Die Reckbatz sind in ganz Voktar gefürchtet«, fuhr Shanton fort. »Von den Woniozell wissen wir, was es mit ihnen auf sich hat. In der ganzen Zwerggalaxis herrschen gewisse Regeln, aufgestellt von den Friedensstiftern. Wer gegen diese Gebote verstößt, bekommt es mit den Reckbatz zu tun. Es ist besser, sich den Unmut der Krabben nicht zuzuziehen. Wer es dennoch tut, der bekommt Probleme. Die Muscheln können ein Lied davon singen.«

»Friede, Freude, Eierkuchen.« Dhark erinnerte sich an ihr Zusammentreffen mit den Loon und den Besuch bei den Zwitti. »Das scheint die Maxime in Voktar zu sein. Die Völker sind zu Friedfertigkeit und Produktivität angehalten. Wer dagegen verstößt, sieht sich gnadenlosen Strafexpeditionen ausgesetzt. Es herrscht ein allgemeines Klima der Angst. Kein Wunder bei der Vorgehensweise der Reckbatz.«

»Also sind die Reckbatz mit den Friedensstiftern identisch?«, überlegte Doris laut.

Dhark spann seinen Gedankenfaden weiter. »Nein. Amy, seid ihr einem humanoiden Volk begegnet? Oder habt ihr auch nur von einem einzigen humanoiden Volk in Voktar gehört?«

»Nein.«

»Wir auch nicht. Es scheint in der ganzen Galaxis keine einheimischen humanoiden Völker zu geben. Die Friedensstifter hingegen sind offenbar humanoid. Daher die seltsamen Reaktionen auf unser Auftauchen. Die Loon begegneten uns nicht nur mit Respekt, sondern mit nackter Angst. Die Zwitti verhielten sich nicht ganz so ängstlich, wiesen jedoch ebenfalls gehörigen Respekt vor uns auf.«

»Wir sind aber nicht die Friedensstifter, da bin ich mir ganz sicher«, übte sich Shanton in Sarkasmus. »Wer aber sind sie sonst? Wenn es sich um Humanoide handelt, liegt zumindest die Schlussfolgerung nahe, dass sie wie wir nicht aus Voktar stammen. Sprechen wir also von Invasoren aus einer anderen Galaxis, die hier die Macht übernommen haben?«

Dhark zuckte mit den Achseln. »Keine Ahnung. Ich will auf etwas anderes hinaus. Wenn es sich bei den Friedensstiftern um Humanoide handelt – und davon können wir ausgehen – sind die

Reckbatz aus dem Spiel. Sie sind ein Hilfsvolk der Friedensstifter, mehr nicht. Was liegt näher, als an Worgun zu denken? Wir selbst wurden wiederholt für Hohe gehalten.«

Doorn gab ein unwilliges Brummen von sich. »Wundern würde es mich nicht. In der Vergangenheit haben sich die Worgun immer wieder irgendwelcher Hilfsvölker bedient, um ihre Interessen durchzusetzen«, drückte er seinen Abscheu gegen die häufig zweifelhaften Machenschaften seines Volkes aus. »Sie können es einfach nicht lassen.«

»Nicht so eilig!«, fuhr Shanton seinem Freund in die Parade. »Wir sollten die Worgun nicht vorverurteilen. Mir kommt nämlich gerade eine ganz andere Idee. Was, wenn hinter den Friedensstiftern Salter stecken?«

Für einen Moment war Dhark sprachlos, und den anderen ging es ebenso. Salter, die Nachkommen genetisch veränderter Primaten von der Erde, ein den Worgun ergebenes humanoides Volk, das die Menschen für eine Weile sogar für die Worgun selbst gehalten hatten.

Später hielt man sie dann für ausgestorben, was aber ebenso ein Irrtum war. Seit der Andromeda-Expedition wussten die Menschen, dass die Salter lebten*. Wieso also nicht auch in Voktar? Sie hinter den Friedensstiftern zu vermuten, passte ins Bild.

»Ja, richtig.« Stewart nickte nachdrücklich. »Salter! Wieso haben wir nicht früher daran gedacht?«

»Leider bleibt auch diese Möglichkeit reine Spekulation, weil es keinen einzigen Beweis gibt. Sie bringt uns also ebenfalls nicht weiter.« Der Commander sah sich im Kreis seiner Gefährten um. »Eigentlich«, er dehnte das Wort, »ist das alles nicht unsere Sache.«

Der Blick aus Stewarts blauen Augen heftete sich an ihm fest. »Wie bitte? Was willst du damit sagen?«

»Dass wir hergekommen sind, um nach euch zu suchen. Wir haben euch gefunden. Unsere Aufgabe in Voktar ist somit erledigt.«

---

* Siehe Weg ins Weltall Band 5, »Strahlungshölle W« u. ff.

»Ren hat recht«, bezog Doorn Stellung. »Ich habe es satt, mich mit den Folgen von Angelegenheiten herumzuschlagen, die die Worgun verbockt haben.«

»Aber wir wissen doch gar nicht, ob die Worgun überhaupt etwas mit der Situation in Voktar zu tun haben«, widersprach Stewart.

»Dann habe ich es eben satt, mich mit den Folgen von Angelegenheiten herumzuschlagen, die die Worgun *vielleicht* verbockt haben«, versetzte der Sibirier patzig. »Die Frage ist doch, ob wir uns schon wieder in die internen Angelegenheiten einer anderen Galaxis einmischen sollen. *Wollen* wir das? Du klingst so, als seist du dagegen, nach Hause zu fliegen. Ich gebe zu, dass es mir in dieser Zwerggalaxis bisher nicht so gut gefallen hat, um große Lust zu verspüren, noch länger hierzubleiben.«

»Aber wir sind nun einmal hier«, brachte sich Doris in das Gespräch ein. »Auch ich bin nur hergekommen, um nach euch zu suchen. Nun, nachdem wir euch gefunden haben und ich dich wiederhabe, rücken neue Dringlichkeiten nach, die uns bis dato zweitrangig erschienen sind. Wir alle haben hier bereits zu viel erlebt, um uns einfach abzuwenden.«

»Du plädierst also dafür, hierzubleiben und weitere Nachforschungen anzustellen?« Doorn klang erstaunt und alles andere als begeistert.

»Ja, und zwar gründlich.«

»So spricht ein Mitglied des Wächterordens.«

»Auch, stimmt«, gab Doris zu. »Aber das ist es nicht allein. Ich weigere mich einfach, die Augen zu verschließen, wenn die Völker einer ganzen Galaxis durch dubiose Verordnungen von Unbekannten unterdrückt werden. So spricht ein Mitglied des Wächterordens und ein Mensch, der über den Tellerrand seines eigenen Daseins hinausschaut. Ach was, nicht nur ein Mensch, sondern auch ein Worgun.«

Die abschließende Bemerkung war auf Doorn gemünzt, das begriff nicht nur Dhark. Alle Anwesenden kannten Doorns wahre Abstammung und seinen richtigen Namen Arcdoorn. In der Öffentlichkeit ging er als gebürtiger Sibirier durch, doch seine engsten Freunde und Kameraden wussten es besser.

Der Rotschopf hob schicksalsergeben die Hände. »Wie gut, dass ich diese Entscheidung nicht fällen muss. Damit bin ich fein aus dem Schneider«, brummte er mürrisch.

»Schon kapiert.« Dhark griff den unverblümten Hinweis auf. »Ich bin geneigt, Doris zuzustimmen. Wir können uns nicht heraushalten, weil wir längst in die hiesigen Händel verstrickt sind. Das begann nicht erst mit der Ankunft der POINT OF, sondern bereits mit dem schicksalhaften Zwischenfall unterhalb des Titicacasees. Seien wir doch ehrlich, die politische Wetterlage in Voktar lässt keinen von uns kalt. Das gilt auch für Sie, Arc. Ich kenne Sie zu gut, um Ihnen eine gegenteilige Behauptung abzunehmen.«

Doorn hob eine Braue. »Das ist die Höhe! Nicht einmal Doris kennt mich so gut.«

»Doch, das tut sie«, widersprach die Menschenfrau im Roboterkörper eines Wächters. »Und der Commander kennt dich ebenso gut.«

Doorn murmelte ein paar unverständliche Brocken vor sich. Er sparte sich weiteren Widerspruch, und Dhark wusste, dass der Rotschopf im Grunde seines Herzens auch gar keinen solchen einlegen wollte.

*

Dharks Entscheidung stand fest. Er wollte hierbleiben und herausfinden, wer sich hinter den Friedensstiftern verbarg, die das Streben nach Frieden mit Waffengewalt durchsetzten. Wie er dieses Problem angehen wollte, wusste er allerdings noch nicht. Am ehesten war das Hilfsvolk der Reckbatz in die Identität der Friedensstifter eingeweiht. Daraus ergab sich zwangsläufig, dass sich die Raumfahrer aus der Milchstraße an die schießwütigen Krabben halten mussten, um an Informationen zu gelangen – eine Aussicht, die Dhark, wie er sich selbst eingestand, alles andere als verlockend erschien.

Bevor er dazu kam, nach anderen Vorschlägen zu fragen, ergriff Amy Stewart das Wort: »Ich habe gerade noch mal über alles nachgedacht. Dabei ist mir eine Ungereimtheit aufgefallen.

Die Völker, denen ihr begegnet seid, haben auf die eine oder andere Art merkwürdig auf den Anblick von Menschen reagiert, geradezu ängstlich.«

Dhark nickte. »Richtig.«

»So war es bei uns auch, bis auf eine Ausnahme.«

»Stimmt.« Shanton schlug sich mit der flachen Hand gegen die Stirn. »Die Corell zeigten keinerlei auffälliges Verhalten.«

»Die Corell?« Falluta, der der Unterhaltung bisher wortlos gefolgt war, horchte auf. »Von denen haben wir gehört. Sie wurden uns von den Loon als Kartografen beschrieben, die angeblich umfangreiches Kartenmaterial über Voktar besitzen. Doch die Corell gelten gemeinhin als eine Art Mythos. Kaum ein Volk glaubt an ihre Existenz, geschweige denn ist bekannt, wo sie sich aufhalten.«

»Sie existieren, wenngleich in einem Zustand fortschreitender Degeneration«, verriet Stewart. »Sie leben in einem künstlichen Habitat, einer technisch hochentwickelten Raumstation, die ihren Heimatplaneten umkreist. Sie begegneten uns auf Augenhöhe. Keine Scheu, kein Duckmäusertum. Angst zeigten sie schon gar nicht.«

»Interessant.« Dhark überlegte. »Glaubst du, sie kennen die Identität der Friedensstifter?«

»Sie haben es geleugnet.«

»Das besagt nichts.« Doorn kroch aus seinem Schmollwinkel hervor. »Wir hatten keinen Grund, an ihrer Aussage zu zweifeln, also haben wir nicht weiter nachgefragt. Doch im Nachhinein und unter Berücksichtigung der allgemeinen Angst, von der wir zu dem Zeitpunkt noch nichts wussten, bekomme ich Zweifel. Gut möglich, dass sie uns angelogen haben. Wenn sie wissen, wer die Friedensstifter sind, wundert es nicht, dass sie keine Angst vor uns hatten.«

»Genau.« Stewart zog eine weitere logische Schlussfolgerung. »In dem Fall sind nicht nur die Reckbatz aus der Verlosung, sondern auch die Salter. Schließlich sind letztere rein äußerlich nicht von uns zu unterscheiden.«

Dharks Ratlosigkeit über die nächsten Schritte wich einem neuen Ziel. »Mit den Corell haben wir zumindest einen Ansatzpunkt. Wir statten diesem Volk einen weiteren Besuch ab, und diesmal fragen wir ein wenig eindringlicher.«

»Was ist mit Dabophilorisoptyl?«, erinnerte Shanton die anderen an die auf Antwort wartenden Woniozell. »Er betrachtet uns als seine Verbündeten, da wir ihm ein Versprechen gegeben haben.«

»Ich beabsichtigte weiterhin nicht, es zu brechen«, versicherte Dhark. »Allerdings lassen wir uns nicht unter Druck setzen. Die Art unserer Zugeständnisse müssen die Woniozell uns überlassen. Wir helfen ihnen, soweit es in unserer Macht steht. Wenn wir zwischen ihnen und den Friedensstiftern vermitteln, schließt das nicht ein, dass wir gemeinsam mit ihnen einen Krieg vom Zaum brechen.«

Mit dieser Bündnisauslegung zeigte sich Shanton zufrieden. »Mehr kann Dabophilorisoptyl nicht verlangen.«

»Wird er darauf bestehen, uns zu den Corell zu begleiten?«

»Zweifellos. Der Bursche weicht nicht von unserer Seite, solange wir bei ihm im Wort stehen. Wir sind die beste Option, die die Woniozell seit Langem hatten. Vielleicht sogar die beste, die sie überhaupt jemals hatten. Ich wette, er sitzt schon auf heißen Kohlen.«

»Dann sorgen wir dafür, dass er sich nicht verbrennt.« Dhark gab dem Funker einen Wink. »Laden wir Dabophilorisoptyl zu einem Ausflug zu den Corell ein. Eine Phase zu den Woniozell öffnen, Mister Morris.«

»Moment!«, rief Grappa. »Ich messe Strukturerschütterungen in einigen Lichtminuten Entfernung an. Ringraumer!«

»Befehl zurück, Mister Morris.«

Ringraumer?

Das konnten nur Reckbatz sein. Die Krabben hatten die Spur der Menschen wiedergefunden.

Nach den schlechten Erfahrungen der jüngsten Vergangenheit rechnete Dhark mit einem weiteren Angriff. »Wie viele Schiffe, Mister Grappa?«

»Ich messe drei typische Signaturen an.« Tino Grappa nahm eine Reihe von Schaltungen vor. Er schüttelte den Kopf. »Es werden nicht mehr. Keine Nachzügler. Nur drei Ringraumer,

Commander. Das sieht nicht nach einem bevorstehenden Angriff aus.«

Nein, wirklich nicht. Dhark korrigierte seine spontane Einschätzung. Er gestattete sich sogar die Hoffnung, dass die Reckbatz nach der letzten Schlappe zur Vernunft gekommen und gesprächsbereit waren. Wenn die Krabben sogar Kooperationsbereitschaft zeigten, sparten sich die POINT OF und die S-Kreuzer den Flug zu den Corell.

Grappa nahm eine weitere Schaltung vor. »Merkwürdig.«

»Was ist merkwürdig?« Dem Tonfall des Mailänders entnahm Dhark eine Überraschung.

»Die Ortungsanalyse zeigt ein Detail an, das ich mir nicht erklären kann. Bei den Schiffen handelt es sich der Form nach zwar um Ringraumer, aber sie bestehen nicht aus Unitall, sondern aus einem anderen Material. Das ist … *Ter.*«

»Ter?«, fragte Dhark ungläubig. »Ganz sicher?«

»Ja, Commander, kein Zweifel möglich.« Grappa legte die Darstellung der drei mit mäßiger Geschwindigkeit anfliegenden Schiffe in die Bildkugel. »Es gelingt der Ortung nicht, irgendwelche Einzelheiten innerhalb der Raumer zu erfassen. Das kommt unseres Wissens nur bei Ter vor. Sehen Sie selbst, Commander!«

Die Ortungsinstrumente saßen keinem Irrtum auf. In der Bildkugel standen drei Ringraumer, die langsam näherkamen. Drei *grüne* Ringraumer. Der verwirrende Anblick bestätigte die Messung.

Ter lautete die Worgun-Bezeichnung für den Baustoff, aus dem jegliche grüne Technologie bestand. Es handelte sich um ein Kunstmetall, dessen Zusammensetzung den Menschen bis heute unbekannt war. Der Wächterorden verwendete es seit Jahrtausenden, niemand sonst. Ter war ein Alleinstellungsmerkmal des uralten Ordens.

Sämtliche Blicke richteten sich auf die Wächterin.

»Doris, hast du eine Erklärung dafür?«, erkundigte sich Dhark.

Der Roboterkörper schüttelte den Kopf, eine bizarr anmutende Geste. »Nein! Ich habe noch nie von einem aus Ter gebauten Ringraumer gehört.«

»Sie beschleunigen.« Grappa keuchte vor Entsetzen. »Sie beschleunigen mit unglaublichen Werten. Dagegen sind die Werte der Thomas-Klasse gar nichts!«

Dann ging alles rasend schnell.

Mit unglaublicher Geschwindigkeit jagten die grünen Ringraumer auf den Rand des Sonnensystems zu. Dhark blieb nicht einmal Zeit, Morris das Öffnen einer Phase zu befehlen.

In der Schwärze des Weltraums blitzte es auf, und die TOTENSCHIFF verging in einem konzentrierten Feuerschlag.
